我这一辈子，修桥造路，施粥送药。

我修的是，我儿一世平安。

我求的是，母子今生相见。

魅丽文化 桃天工作室

Hui Dang

回档1995

上

爱看天 著

廣東旅游出版社
GUANGDONG TRAVEL & TOURISM PRESS
悦读书·悦旅行·悦享人生

中国·广州

图书在版编目（CIP）数据

回档 1995. 上 / 爱看天著. — 广州：广东旅游出版社，2023.1

ISBN 978-7-5570-2841-1

Ⅰ. ①回… Ⅱ. ①爱… Ⅲ. ①长篇小说－中国－当代 Ⅳ. ① I247.5

中国版本图书馆 CIP 数据核字（2022）第 171969 号

HUIDANG1995.SHANG
回档 1995. 上

出　版　人：刘志松
总　策　划：曾英姿
责 任 编 辑：梅哲坤
责 任 技 编：冼志良
责 任 校 对：李瑞苑

广东旅游出版社出版发行
地址：广东省广州市荔湾区沙面北街 71 号首、二层
邮编：510130
电话：020-87347732（总编室）　020-87348887（销售热线）
投稿邮箱：2026542779@qq.com
印刷：湖南天闻新华印务有限公司
（湖南望城湖南出版科技园 电话：0731-88387578）
开本：880 毫米 ×1230 毫米　1/32
字数：280 千字
印张：11
版次：2023 年 1 月第 1 版
印次：2023 年 1 月第 1 次印刷
定价：45.00 元

目 录

CONTENTS

第一章
重　回

“黎舟！黎舟！”

黎舟猛地清醒过来，意识归位，眼前的一切就像是流动的水一般模糊不清。他的瞳孔收缩了几下，视线才慢慢稳住，重新变得清晰起来。

坐在对面沙发上的中年男人微微挑高了一边的眉毛，有些不满地看着他说道：“怎么站着也能走神？刚才跟你说的话听到了吗？”

黎舟的喉头滚动了一下，看着对方一言不发。

那个男人看了他一会儿，忽然又摇头叹息道：“我知道，这件事发生得挺突然的，不过上次跟你谈过以后，我愿意尊重你的意愿。毕竟你现在长大了，再开学就是高中生了，有些事也应该自己做决定。”他拿出一张纸递过来，叮嘱道，“我让许秘书去查的，如果你决定了，就给她打电话，到时候我派车送你过去。不管你最后做出什么样的选择，爸爸都支持你。不过你要记住，黎家的大门永远为你敞开，我们永远都是你的家人。”

他站起身把字条塞到黎舟手中，然后凑近黎舟开玩笑道：“怎么还在发呆？你弟弟都问过好几回了，比你还上心呢。”

黎舟的喉咙有些干涩，开口说了第一句话：“弟弟？”

男人笑道：“对啊，你弟弟，黎江啊！说起来，这个周末黎江也该放假了，我听许秘书说，他最近也在帮你查这些呢。毕竟都过去这么多年了，许秘书只能从孤儿院查起，找得不一定对。”黎舟的视线转过来，男人似乎对此很满意，接着用慈爱又带了些无奈的语气说道，“老爷子最近还专门拨了人给他用，你弟弟现在本事着呢，怕是比我查得还要全。不如等过两天他回来，你们兄弟俩再商量一下。”

黎舟不太确定自己是否在梦中，他模模糊糊记得自己遇上车祸身受重伤，意识恍惚中，眼前的场景就倒退到了 20 世纪 90 年代。眼前这个男人虽然要年轻许多，但黎舟可以确定，他就是自己的养父江心远。

江心远是黎家的上门女婿，黎老爷子挣下家产无数，偏偏膝下只有一个女儿。养母黎曼的身体一直不好，单独住在别院休养。而且她对经商并不感兴趣，只一门心思沉浸在绘画中。黎舟见得最多的就是江心远，因此对他的那一套太过熟悉。江心远一直以老好人自居，即便当着他和黎江的面也在演戏。这个人像是笑着随口说了两句，其实是在故意挑拨自己和黎江的关系。

黎舟记得很清楚，江心远为了争夺黎家的财产不惜父子反目，对他和黎江都没有手下留情。他心里明白，这位可不是什么好人。

黎舟见识过他的真面目，江心远恼羞成怒起来什么话都骂得出口，他甚至还骂过“你不过是黎家养的一条狗”这样的话。江远心骂的何尝不是他自己，他被金钱迷了眼，围着黎家打转，不舍离去。

但他已经不是之前那个黎舟了。任凭江心远怎么说，此刻他心里想的就只有弟弟黎江在他病床前的一幕。在他失去意识前模糊地看到黎江吞下一颗药，在那之后黎江到底怎么样了？

心绪烦乱间，黎舟看到江心远又走了过来，他下意识地躲开。原本江心远还想要拥抱他一下，但是看到黎舟身子僵硬，就改成拍了拍他的肩膀：“回去好好想想，你想怎么做，爸爸都支持你。”

黎舟低头看了看手里的字条，上面是一串电话号码。他点头道：“我想去看看。”

江心远有些惊讶，不过愣了片刻又微笑着点头道：“去看看也好，正好这几天学校放假，你就当去散散心。”

黎舟点头应下，然后上楼，回到三楼的房间里。

房间的电子日历屏闪烁，上面显示的时间是 1995 年。他在既熟悉又陌生的房间里躺了许久，方才吐出胸中那口浊气。

心中的滋味难以形容。

黎舟回来后的第一晚睡得极不踏实，连晚饭都没有吃，只昏昏沉沉地睡着。

江心远让人上来看过他一回，听人说他还在睡，略想了一下后道：“那就让他睡吧，能睡着也是件好事。”

江心远按照平日的习惯用晚餐，又去看了一会儿报纸和书籍，这才回卧室睡觉。多年来他的作息一直都是这么规律，除非是出差，只要在家就都是如此。

这座宅子就只有江心远和两个孩子住，黎老在外地，而家里的女主人则因身体不好常年在别院疗养，吃住都不同他们一起。

一直在这里做事的阿姨倒是有些不忍，她又去看望了哥哥。瞧见黎舟桌上摆着的那张字条，又看看床上侧身蜷着的少年，她心里难受得紧。毕竟她在黎家工作了十多年，也算是看着两个孩子长大的，黎家突逢变故，连她都有些难以接受。

黎舟却没有时间管这些，他睡得并不安稳，断断续续地做梦，有些时候他感觉自己像被巨石压在胸口，闷得透不过气来。

他梦到以前的一些事，但零零碎碎拼凑不全。他只记得自己被困在一处狭窄的半透明玻璃罩内，无论如何都挣脱不出去，身心俱疲。慢慢地，玻璃罩透过一些亮光，他看到弟弟黎江隔着玻璃正对他说着什么。他奋力敲打着玻璃喊黎江，但无论他怎么努力，都发不出声音。他心里烦躁，奋力撞上去，雾气顿时消散了一些。离得近了，他才看到黎江嘴角的血。

他心里“咯噔”一下，有什么记忆正慢慢涌上来。

…………

黎舟猛地睁开眼，心脏在胸膛里剧烈跳动，喉咙沙哑干涩，连话都说不出来。手背上微微有刺痛的感觉，他的手抽动一下，立刻又被人按住道：“别动，刚打了针，小心一会儿碰到……”

一旁的阿姨给他拿了软枕，小心地扶着他坐起来，焦虑地道：“可算是醒了，这都睡了两天了。饿不饿？要不要吃点东西？我煮了鸡蓉粥，还有你最喜欢的小菜，我拿些来给你垫垫肚子好不好？”

黎舟的身体依旧没有什么力气，点头道：“好。”

阿姨高兴起来，立刻跑去拿粥，房间里只剩下家庭医生。医生又给黎舟检查了一下，确定他只是有些低烧后才叮嘱道：“这两天吃清淡一些，多休息，不要太累，养几天就好了。”

黎舟点点头。

此时，门口传来响动，跟着阿姨一同进来的江心远上下打量了黎舟一番，问道：“怎么回事？”

家庭医生把刚才对黎舟说的话又说了一遍：“受了惊吓或情绪起伏过大都会这样，我已经给他开了一些安神的药，输液之后休息两天就好了。”

江心远又转头看着黎舟，面带责怪地道：“生病了怎么不早说？多休息两天吧，什么事都不要着急，慢慢来。”

黎舟记得以前刚知道自己的身世时，也因为情绪波动太大、思虑过多而病了几天。那个时候弟弟黎江有事去了外公黎老爷子那边，半个暑假都没有回来。他那时情绪很不稳定，江心远一直细心照顾和安抚他，还令他感动了许久。自那以后，他就稀里糊涂地给江心远这个养父当了好一阵棋子。

黎江此刻看着江心远嘘寒问暖的样子，心里没有半分感动。

江心远的演技对一个十来岁刚知道自己的身世的孩子来说还算高明，但他已经不是过去的那个黎舟了，只这一双眼睛就跟以往不同。要不是他以前看得清楚，恐怕二十几岁就要替江心远担罪名去坐牢了。

江心远没有察觉，看了一眼阿姨拿来的粥还放在那儿，说道：“只有这个？厨房里还有一些补品，花胶、鱼翅那些多做一点。”

阿姨道：“是医生说要吃清淡些的。”

江心远不赞同地道：“我看着那些就挺清淡的，只是些汤汤水水而已。”

家庭医生忙道：“低烧吃这些并不好，多吃些蔬菜和粥就可以了。”

江心远瞧着还想留下陪陪黎舟，可黎舟却不想和他多说什么，只借口说自己累了想睡觉。江心远又装模作样地看了一圈，然后离去。

阿姨照顾黎舟喝了粥，又端了切好的水果过来，小声地叮嘱他多吃一些。

黎舟对阿姨的印象很好，当初他们兄弟俩成年之后离开这里，逢年过节才会回来一趟。但只要他们回来，他们以前住的房间都会被打扫得干干净净，房间里常用的物品也都准备得妥妥帖帖。

“吴阿姨，我自己吃。”黎舟有些无奈地接过叉子，阿姨什么都好，就是一直照顾他们兄弟俩，总拿他们当小孩子看待。

吴阿姨见黎舟吃了小半盘水果，这才喜笑颜开："对对，多吃些病好得快，我一会儿就去跟老爷子和小江打电话。你不知道，昨天小江听说你病了，急得直跳脚，恨不得马上赶回来呢。也不知道他今天是怎么个闹腾法，我得赶紧去向那边汇报你的情况，也好让他们安心些。"

黎舟微笑，这确实像他那个弟弟能做出来的事。

黎舟抬头看了一眼日历，1995 年 7 月 10 日。他在心里计算了一下时间，倒是有几件事都能赶上。

大概是他沉默的时间有点长，吴阿姨守在一旁期期艾艾地道："别听那些人嚼舌，咱们这么多年，一家人多好啊！姑爷也是，怎么还让人陪着你闹，这要是……"

要是查到地址，他回去，是对黎家不忠；他不回去，是他嫌贫爱富，对亲生父母不孝。

黎舟心里清楚，但已经没有以前那些顾虑了。他现在一心只想离开，去过不一样的人生。他留在黎家过得并不好，无论是对他自己还是对黎江而言，他离开黎家都是最好的。至于以后的争斗，他并不担心。那个时候他和黎江争得厉害，江心远却只能暗中捣鬼，不敢正面和黎江起冲突。他离开以后黎江有黎老爷子扶持，只会过得更顺。

他拥有过金钱，已经对钱没有太大兴趣。

晚上，果然有人送来花胶鱼翅汤。黎舟一口没动，有些东西看着是关爱，却同毒药没什么两样。

他休息了两天，身体完全康复以后，拨通了字条上的电话，问到了地址。

黎舟上一次虽然没有认亲，却也查过一些。许秘书说的那个地址同他上一次查到的基本一致，在确认过后，黎舟踏上了归途。

这次虽说是他想先"看一看"，但江心远还是给他派了车，还让许秘书带了一个司机跟着，大张旗鼓地把他送去了那个临海小城。

黎舟知道江心远这么做，是有心做给其他人看的，也就懒得管。他一路颠簸过去，闭着眼睛连外面的景色都没看过。

同行的许秘书一直小心观察后排座椅上的黎舟。她发现这个少年和她想象中完全不同，没有紧张也没有焦虑，整个人就像是出门踏青似的，神态平和，一路上该吃吃该喝喝，睡得也好，比前两天在黎家刚见到的时候气色更好了。

许秘书在心里嘀咕一阵，瞧着那张即使闭眼小睡也格外漂亮的脸，还是忍不住多看了两眼。

不说别的，单论长相黎家两个孩子都是出类拔萃的，尤其是哥哥黎舟，性情温和，光这张脸就能在校园里吸引无数目光，更别说还有这样显赫的身份加持呢！

不过以后他可能就不是黎家的“大少爷”了。

许秘书在心里叹息，又看了后面坐着的黎舟一眼。

在颠簸的汽车里，后排的少年睡得很香，尚未完全长开的五官此刻显得秀气俊美，眉宇舒展，长而浓密的睫毛在脸颊上投下一小片阴影，随着呼吸微微颤动，只坐在那里睡着也像是随时可以入镜一般。

到了目的地，黎舟也没急着找过去。

许秘书道：“查到的那户人家姓李，住的地方远，还需要乘船。我现在去订船票？坐车过去得趁早，晚了要在岛上过夜。”

黎舟道：“不急，先在附近看看。”

和他说的一样，他只是在附近走了走，看了看，晚上也住在这里。第二天一早他依旧在附近溜达，并没有急着上岛。

在 1995 年，这座临海小城尚未被高楼大厦覆盖，商场和写字楼数量也不多。倒是附近卖早点的摊子不少，热气腾腾，人来人往，很有活力。

黎舟坐下吃了一顿早餐，然后就接到了弟弟黎江的电话。

黎江打电话跟他撒娇，软的硬的都来，目的只有一个，让他回家。

黎舟听着手机里弟弟的声音有些恍惚，他已经很久没有听见黎江这么跟他说话了。这会儿他十五岁，弟弟黎江才十三岁，是还会跟哥哥撒娇的年纪，他们兄弟的感情还很好。

“哥，你回来啊，回家好不好？我下周就能回去了，你不在家我回去也没意思。你不是感冒刚好吗，怎么能到处跑呢？外公听到后也不高兴了，你这是不爱惜自己的身体。”

黎舟吃了一口油条，又慢悠悠地喝了豆浆，道：“后天就回去。”

黎江顿了一下，又求他：“还要待两天啊，那边也没什么好玩的，哥，你直接回家呗。如果你一定要去的话，等我回去，我陪你去，好不好？”

黎舟道：“不用，你在那边好好陪着外公。最近外公身体怎么样，都还好吧？”

黎江应道：“都挺好的。”

两个人沉默了片刻，黎舟想开口说请黎老接个电话，但弟弟的沉默显然并不会让他的这个愿望实现。记忆里好像也是从这个时候开始，他就没怎么见过外公了，说话的次数也屈指可数，像是在故意避开他和周边的人一样，外公只见黎江一个人。

黎江有些慌乱，似乎是怕他生气，连声音都低了一点：“哥……”

黎舟：“嗯？”

黎江小声道：“其实这次也想带你……”此时，他身边有人出声说了什么。显然在黎江打这通电话的时候一直有人陪着，黎江有些不耐烦地应了一声。

黎舟也不为难他，岔开话题道：“我后天回去，你想要什么礼物？先说好别太贵啊，我身上带的钱不多。”

“那给我买个篮球吧，你上回答应要陪我打球的。”黎江笑了一声，对着话筒尽量让语气轻快些，道，“那咱们可说好了，后天你回来啊。我一会儿就去跟外公说，也早点回家，你在家等着我。”

“好，你回来就带你去。”黎舟把最后一口豆浆喝完。

黎江舍不得挂断电话，又问黎舟吃了什么。听黎舟说了，他颇感兴趣地道：“一会儿我也让厨房做，在外公这边每天早上就吃小馄饨，我都吃不饱。”

黎舟的耐性足够，跟黎江打了很长时间的电话，等黎江心满意足了才挂断电话。

黎舟把手机放在一旁，又找老板要了一碗素面。他正是长身体的时候，食欲旺盛，吃这些也不会嫌多。

老板端着面过来的时候，好奇地看了一眼桌上放着的那部轻薄的手机。这会儿用“大哥大”这种模拟信号机的人居多，这是身份地位的象征，像黎舟手边的这部轻薄便携的小手机在这座小城并不多见。不过用不了几年，这款爱立信直板手机就会变成最流行的通信手机。

黎舟也在想，电子手机行业在90年代竞争最激烈，而且依靠手机打开市场并不容易，需要的资源太多。至于餐饮业，前期投入的资金不算多，但是回笼慢，耗费心力较多。他想要在小城站住脚，这些都不合适。

他慢吞吞地吃完最后一口面，心里否决了两个想法。

黎舟面上不显，倒是一旁的许秘书比他还心急。

许秘书耐心地陪着他逛了一上午，又问他："现在要过去岛上吗？只有下午一班轮渡了。"

黎舟想了想道："开去海边看看吧。"

许秘书吩咐司机开车送黎舟过去，两个人一个留在岸边车上等着，另一个想要陪着一起走。但是奈何许秘书穿着一双高跟鞋，才走两步鞋就陷进了沙子里，还进了不少沙子，根本走不动路。她穿的还是大都市白领精英的一身套裙，这会儿急得满脸通红。

黎舟走了两步才察觉，回头淡淡地道："你和司机都在岸边等着我吧，我自己走走。"

说完他也不等许秘书，就自己迈步走了。

1995 年，海岸线还未完全被开发。这里就如被遗忘之地一般，没有多少人来，也没有后世旅游景区那般繁华，只有几个大人带着孩子在这里挖沙子、捡贝壳，海风把孩子们的欢笑声吹得很远。

黎舟慢慢走着，也捡了一枚贝壳。

他查过资料，这两天在小城里闲逛的时候也跟当地的人打听过，他要去的那座岛占地面积不小，只能坐轮渡过去，全程大概需要 20 分钟。不过几年之后当地撤县立市，这里又归到临海市统一管辖，还修建了一座跨海大桥与那座岛相连，发展潜力还是很不错的。

黎舟眯眼看着，海上雾蒙蒙，只能模糊地看到一个岛屿的轮廓，有几处黑点晃动，也不知是谁家的小船。

黎舟看了一阵子，回来后依旧没说话。

当天下午，车子就在这里一圈圈地绕着。黎舟像对这片海岸上的一切都很感兴趣一样，但就是不过海。

许秘书拿不准他在想什么，但黎舟要转，她也只能陪着。

黎舟像是熟悉环境似的看了两天，唯一的收获就是买了一个篮球，第三天才吩咐回程。

许秘书有些不解，送黎舟回到黎家后她脸上的笑容都快绷不住了。反倒是司机挺高兴的，笑道："你管他做什么，就当陪着出去旅游了一趟。这不一分钱没花，还领着工资，多好啊！”

许秘书勉强笑了一下，说：“是，麻烦送我回公司。”

司机好奇地道：“许秘书还要回公司上班啊？今天可是星期六，大周末。”今年三月才调的休息制，改为大小周，逢大礼拜休息两天。才刚实行几个月，不少人还有些不适应，经常忘了今天休息还赶回去上班。

许秘书含糊道：“对，还有些事要处理。”

司机应了一声，开车送许秘书回了公司。

黎舟回到家后并没有看见江心远，倒是吴阿姨一早准备好了饭菜，还放了热水，像是盼着他回来一般。吴阿姨一边接过他手上的东西，一边笑道：“可算是回来了，快洗洗准备吃饭吧。小江一早就催了，时间掐得刚刚好，就等你啦。”

黎舟问道：“他还没下班？”

家里上班的只有江心远，吴阿姨道：“姑爷出差去了，这几天都不在家。”

黎舟点点头，上楼去房间里泡了澡，放松了不少。他的头发这两天都被海风吹得有些发硬，泡了一阵又忍不住有些想笑，自己拿手指捏了一绺头发，弄了个冲天的造型，想着以后或许遇到大风浪就得吹成这样。一直听说靠海的地区有台风，他还没见识过，不知道以后该怎么应对。

不过这也要等他在黎家做完一些事后才能离开。

黎舟泡了好一阵子，也对下一步有了计划，因此心情好了不少。他披了浴袍出去，才刚走两步就被人扑倒在床上，发出一声闷哼。扑倒他的人倒是毫不见外，笑得还挺高兴，抱着他不撒手：“哥，你想不想我？”

黎舟吸了一口气，说：“沉，起来。”

黎江拿脑袋在他的衣服上蹭了蹭，这才翻身躺在一旁。少年模样的黎江长得酷似母亲，还没有成年之后的气势。他穿着一身运动T恤和短裤，看起来活力四射，笑起来眼睛都弯着，说：“我提前完成了功课，外公就让我早几天回来，时间是不是算得刚刚好？哥，我在楼下看到一个新篮球，是送我的吗？”

黎舟起身道："对。"

黎江挺高兴的，说："那咱们一会儿就去打球。"

黎舟惊讶道："你不累？明天吧，刚回来，先休息一会儿。"

黎舟的原意是觉得黎江刚从外公那边赶回来，黎江却会错了意，懒洋洋地躺在那儿伸手拽哥哥浴袍上的带子，缠在手指上玩："也行，哥，你这次出去是不是挺辛苦的？听说那边连个好点的酒店都没有，你这几天都没睡好吧？"

黎舟从黎江手中把浴袍带子抽出来，换了一身衣服，又把换洗的衣服从浴室拿出来，对黎江道："还行。"

黎舟话少，黎江也习惯了，跟着黎舟一起下楼的时候瞧见从他衣兜里掉出一枚小小的贝壳，骨碌碌地滚在地毯上。黎江弯腰捡起来拿在手上看了一会儿，笑道："这个也给我吧？"

"拿去吧。"一枚贝壳而已，他还不至于不舍得给弟弟。

黎江一边玩贝壳，一边跟在黎舟身后小声地和他说话："等以后我们一起去三亚或者去国外找片海滩玩吧。我有一个同学今年去了澳大利亚，说那边的珊瑚礁特别漂亮。还有黄金海岸，听着挺有意思的，比你之前去的那个地方好多了。我去跟外公说，这次考第一的奖励我不要别的，咱们就一起去旅游。哥，你觉得怎么样？"

黎舟回头看了黎江一眼，就瞧见黎江眨巴着眼睛全神贯注地在看他。这一招黎江小时候经常用，威逼利诱，以利诱居多。

从前的黎江少年心性，十五六岁正是自尊心最强烈的时候。黎江每次拿这些跟那个临海小城比的时候，说不上几句兄弟俩就要吵架。不过现在黎舟一眼就能瞧出黎江那点小心思，像带着点不安似的，生怕自己走。

黎江又小声喊道："哥？"

黎舟道："先过好这个暑假吧。这两天打算干什么？"

黎江的眼珠子转了一下，道："哥哥呢？"

黎舟道："不干什么，陪你去打球。"想了想他又道，"你不是报名要学小提琴吗？到时候我送你去上课。"

黎江很惊讶，说："你陪我一个暑假？"

黎舟看着他："怎么，不欢迎？"

黎江笑得露出一口白牙："怎么会？我求之不得！"

这个时候的弟弟还是有点可爱的，像只刚长了几颗奶牙的小狗，每天跟着自己跑着闹着玩，即便凶起来也不会将人咬得很疼。黎舟这么想着，顺手就摸了一下他的脑袋，揉了揉道："好了，走吧。"

有件事他一直记在心里，以前黎江的腿有些跛，走慢了看不出来，但仔细观察还是可以瞧出异样。是在今年暑假快结束的时候，黎江出了一次车祸，他乘坐的小轿车被迎面而来的卡车撞到，小轿车被撞烂了半边车身，司机当场死亡，黎江伤到了腿，差点要坐一辈子轮椅，后来黎老亲自把他接过去，放在身边疗养了两年多，黎江才一点一点慢慢站起来。黎江虽然没成为一个残疾人，但他的腿脚始终有缺陷。

黎江心高气傲，这件事对他的打击很大，他因此变得沉默寡言。

那两年他们兄弟俩交流不多，但是每次他跟着江心远去探望黎江，总会发生争执，关系也就逐渐紧张起来。再后来就是他和黎江在决策上的不和，引起纷争。说到底是他不对，是他亏欠了外公黎老和弟弟。这次他还有时间，可以尽可能地保护黎江，避开创伤。

这也是他离开黎家之前一定要做的事情。

十来岁的黎江还处在崇拜兄长的年纪，见哥哥沉默不语，又小狗似的蹭过来喊"哥"。

黎舟回神，推开他一些："别闹，一会儿让吴阿姨看到笑话你。"

吴阿姨正在楼下忙活，瞧见他们兄弟俩下来，连忙迎上去，接过黎舟手里的衣服道："怎么自己拿下来了？我一会儿会上去收呢，放在浴室门口就好。"

黎舟忘了，他成年之后就搬出去自己住，已经习惯什么事都自己做。不过吴阿姨也就随口说了一句，又笑着催他们兄弟俩吃饭。

江心远不在，他们兄弟俩在一起吃饭还自在一些。

黎舟没说他去了临海小城的事，黎江也默契地没提一个字，就跟这几天没有出去过一样。

一连几天，黎舟都如约跟在黎江身边，陪他打篮球，又接送他去学小提琴。闲暇时，两个人还一起在阁楼上的藏书室里看书。藏书室里有一扇大大的玻璃窗，呈不等边的三角形，阳光充足。小的时候他和黎江经常来这里玩捉迷藏，记忆里这里是一个很大的房间，现在看来虽然也不小，却已不再是需要仰视的高度了。

黎舟有睡午觉的习惯，有些时候阳光晒在身上暖融融的，他翻上几页书就会靠在沙发上睡着。黎江大部分时间跟他在一起，有些时候也会去自己房间玩一会儿电脑，休息的时候还会端杯果汁上来给哥哥喝。

黎舟睡得迷迷糊糊的，听到桌上有轻微的玻璃碰撞的声音，睫毛抖了抖，睁开眼睛后就看到黎江端着一个杯子，将里面的液体一饮而尽，嘴角还留有一点点红渍。

黎舟瞳孔骤缩，拽了黎江的手过来，探手在他的嘴角抹了一下，冰凉的触感让他绷紧的胳膊放松了一点。

黎江关心地问："哥，怎么了？你喝不喝西瓜汁？冰镇的，解暑。"

黎舟的心跳得有些快，松开黎江的手。他这几天又断断续续地做梦，其他的记不清，但黎江嘴角的血他记得十分清楚。他刚醒，声音还有些沙哑，道："有哪儿不舒服跟我说，要出门也记得跟我说我一声。"

这段时间黎江已经习惯了有哥哥陪，大哥学习好、打球好，样样都特别优秀，黎江还是很自豪的。听见黎舟说的话，他点头应了一声，眼珠子转了一下，摸着嘴角道："这里还真有点疼。"

黎舟抬头，关心地问："怎么了？"

黎江笑道："吃饭的时候不小心咬着舌头了，哥你要不要看？"

黎江笑嘻嘻地将小脑袋伸过来，黎舟照着他的脑门屈指弹了一下。

黎江又道："明天约了同学打球。哥，你陪我去呗，咱们组队，我跟你配合得最好了。"

黎江身边有一群玩伴，常常约在一起看球赛，他们最喜欢的就是打篮球了。

黎舟的个子比他们都高，瞧着他们人手也足，就没管弟弟在那儿求他下场，留下给他们当裁判。他打球算不上好，但身高摆在那儿，要真跟黎江配合着打一场，那明摆着就是欺负小孩了。

黎江倒是没再要求，只是那一场球赛黎江打得特别凶。他不仅抢对手的球，就连自家的球他也抢，钩射、跳投、带球上篮……他像是一头狼崽子在篮球场上横冲直撞、肆无忌惮，全场得分最多的就是他。那个新篮球在他手上基本没离开过，只在中场休息的时候才松松手让别人摸一下。

不过这会儿也没人管篮球了，一场球打下来，那帮十来岁的男孩都累得够呛，身上的球衣都湿透了，拽高了衣领抹额头上的汗，一边跟在黎江身后走，一边喘着粗气道：“老大，你这也太拼了吧，以前没这么猛过呀！”

“就是，这里也没别人，打给谁看啊！”

“你懂啥，老大的哥哥在那儿坐着看呢。”

这帮小子都管黎江叫老大，算是这一群人里的领头。黎江的哥哥，他们自然也要喊一声大哥。

黎江的嘴角勾了一下，没吭声。他瞧着他哥放下计分板站起身离开，下意识地快跑了两步。不过当眼神扫过座椅那边的东西时，他放心不少，他哥的包还在，人就一定会回来。

其他人四仰八叉地坐下，在阴凉处歇息。

几个人闲着没事聊天，聊的无非是暑假作业写了多少，又去了哪里玩。聊了一会儿，话题又回到篮球上。有个圆脸男孩羡慕地道：“老大，你哥还陪你打球呢，长得也好看，跟港台明星似的，而且脾气也好。我姐现在回来就跟人出去玩，去溜冰都不带我。”

另一个皮小子小声哼道：“你姐？你姐可没大哥长得白……”

黎江推了他一下，有些不太乐意。

那年头说小白脸、奶油小生什么的不算什么好词，那小孩立刻改了口：“没没，我不是那个意思，我就是夸大哥长得好看，真的。”

黎江还是不太乐意：“少拿我大哥和女孩比。”

“知道、知道。”

休息了一阵，黎舟也回来了。他手里提着一个袋子，里面装着一些冰镇饮料和矿泉水，拿出来给他们分了。

那些小孩都很高兴，黎江先喊了一声“谢谢哥”，其余的人也跟着喊了一遍，然后笑嘻嘻地喝水。黎江拧开一瓶矿泉水，“咕咚咕咚”喝了两口，抬头瞧见黎舟手里没有，顺手就把自己那瓶递过去：“哥，你喝我的。”

黎舟摇摇头道：“不用，我口不渴，你喝完了就去打球吧。”

“哎！”

对面的小孩压根儿就没觉察出什么，满心满眼为自己受到关注而兴奋，喝完水又跟那帮小伙伴去打球了。

黎舟坐在观众席上帮他们计分，最后赢的果然是黎江那一队。输了的也不恼，都跟在黎江身后眼巴巴地求他下一场跟自己组队。黎江站在那帮小孩里就像一个小太阳，恨不得自己一边旋转一边发光。

黎舟笑了笑，很快又认真地看他们比赛。

他这段时间把黎江看护得很严，生怕他出什么事。

时隔多年，那段记忆太过久远，弟弟从轮椅上站起来的时候他记得更清楚。反倒是出事的时候，他因为生病被江心远安排住院，两个人分别了一个暑假。之后黎江也不想提起那段往事，所以黎舟只能记得一个大概的时间段，7 月底——挨着黎江的生日没几天，所以他记得特别清楚。

打完球回去的时候，黎江走在前头，一边走一边用食指把篮球顶起来旋转。这是他刚学会的小把戏，起初还有点生疏，没几次就转得很好了。他学这些一贯很快，篮球在指尖滴溜溜地旋转的时候，他就偷偷去瞧身边的哥哥，一副想炫耀又有点不好意思的样子。

黎舟瞧见了，揉了揉他的脑袋。

黎江手上转的球没稳住，差点掉下来。他两只手抱住篮球，揉了一下鼻尖也笑了。

家里的司机在球场旁边等着，兄弟俩上了车后，黎舟道："回家。"

一旁坐着的黎江赶忙阻止，道："哎，等等，去一趟画材店。"

黎舟看向他，问："怎么了？"

黎江抱着篮球道："也没什么，就想买点新颜料和纸笔……哥，你记得这个月月底是什么日子吗？"

黎舟点点头："你的生日。"

旁边坐着的小孩眼睛亮亮地道："我想生日那天去看望妈妈，买两份颜料好不好？她画画肯定用得上，水彩和油画的都买一些，就当我们两个人送的礼物，咱们一起去。"

黎舟愣了一下，忽然记起一件事。黎江腿伤了之后，养母黎曼也跟着大病一场，两年多不肯见人。后来即便恢复了些许，她也只在天气最热的那几天才见他们一面。记忆里，养母是美丽的，却也是脆弱的，像是布满裂纹的水晶瓶，即使存放在最豪华柔软的丝绒盒里，也让人担心一碰就碎。

他低头看了一眼黎江的腿，神色有些复杂。

"哥，你不想去吗？"黎江的声音也低了几分，听着有点失落。

"去。"黎舟道，"不过今天不去老城那边买颜料，去市里吧。

那边大学附近也有几家新开的画材店，都能买到。”

黎江答应了一声，嘴里哼着歌。

黎舟把出行的时间都卡在白天，没让黎江有落单的机会，走的路也故意选在繁华的市区。他记得当时黎江出车祸的地点较为偏僻，出事之后过了好长时间才被人送去医院，这也是他腿伤加重的原因。

走市中心总不会错。

黎舟坐在车上想着，看着车窗外，车窗玻璃上映照出他一副认真的面孔。

黎江自己玩了一会儿，忽然凑过去看他，耸着鼻尖笑出小白牙：“哥，你这几天都跟我一起。”

黎舟缓声道：“嫌烦了？”

黎江摇头：“不烦，你跟我一辈子我都不烦。”

黎舟笑了笑，没回他。

怎么可能一辈子？黎江也就现在年纪还小听话一些，过两年长大些，臭脾气也跟着与日俱增。等到那个时候见了他就黑着一张脸，能坐下不吵架都要谢天谢地了。

黎江又道：“哥，你这两天对我特别好。”

黎舟“嗯”了一声：“以前对你不好吗？”

黎江摇头，咧嘴笑道：“也好，都好。”

车子开到大学城附近，不过黎舟预料错了，正值暑假，周围的店铺都是为学生而开，一放假店铺就关了大半，只剩下零星几家还开着。

司机带他们绕着找了一阵，好不容易才找到一家画材店买了些颜料。

养母黎曼是一名画家，画作流传在外的并不多，但业内评价一直不错。后来她因为身体不好画得少了，就慢慢淡出了圈子。黎老曾经还为她开过两家画廊，瞧着她也无心打理，最后就不了了之。老爷子三十多岁才有了这么一个宝贝女儿，什么都是以她为先，要什么给什么，后来有了两个外孙，也是宠爱着的。

黎舟手里拿着一盒水彩颜料，上面印了春日出游的图片，他看得有点恍惚。小的时候黎老也常过来，养母身体不好，老人就替她陪着他和黎江，逢寒暑假还会接他们一起去度假。不过渐渐地，能见到老爷子的就只有黎江一个人了，黎舟已经很长时间没见过外公了。

黎舟轻叹了一口气，从他前些天离开黎家到踏上另一座城市的土地，黎老都没给他打电话，养母黎曼也依旧在别院疗养，没有询问他一句。有些时候他甚至想听黎老中气十足地教训他的声音，但他最在乎的两个亲人并没有出面说些什么。

黎江挑了几盒颜料，零散着又买了好些工具。瞧着他功课做得一知半解，不过兜里的零用钱充足，买了许多，一边走过来一边小声地抱怨："哥，我要的那个牌子的松节油卖光了，老板说要下周才能进货。"

黎舟点点头："那我们先回去，明天再去其他地方找找看。"

黎江有点不好意思地说："要不明天你休息吧，你连着好几天都陪着我，也没空干点自己的事……"

黎舟摇头："我陪你就好。"

黎江咧嘴笑了，没说什么，跟着他一起回家去了。

到家的时候，江心远正在书房和人交谈。

夏天天热，江心远不怎么习惯空调，打开了书房的门同那个人小声地说话。

黎舟路过的时候，用眼角的余光瞟了书房一眼。对面坐着的一脸窘迫的男人和江心远有几分相似，只是额头上的皱纹更深一些，嘴角勾出一丝憨厚讨好的笑，嗫嚅着不知该怎么接话。

黎舟记得这个人是江心远的大哥江连忠，一个老实巴交的男人，一辈子没什么大出息，唯一做对的一件事就是在父母死后把弟弟抚养成人。黎舟记得他是因为这个人一度做小生意赔光了本钱，运气实在是不好，每回都靠着江心远帮一把才能吃上饭。

江连忠这个人虽然无能，人倒是真实得多，窝囊摆在明面上，也从不为自己辩解什么，每次拿了钱都是面红耳赤，连声的感谢之词。

江心远和江连忠的人生完全不同，1978年恢复高考后，江心远一跃成了知名学府的高才生，又出国留学，和黎家大小姐成婚后一直生活在这样的氛围里。他和江连忠的角色早就对调了，现在已经是他反过来帮衬大哥。不过这是他江心远唯一的亲人，往日里帮衬的钱也不算多，给个十万八万做点小生意而已。这点钱对黎家不过是九牛一毛，江心远并不在意。

江心远也瞧见兄弟俩走过去了，喊道："黎江？你过来一下。"

黎江撇嘴，他不是很喜欢这个无能的大伯。但是江心远喊了他也只好过去，半路转了身往书房走。

黎舟走了两步，站在楼梯拐角处偷听。

托江心远开着书房门的福，里面说话的声音断断续续传出来。黎舟听了个大概，不过只是问好一类的话，倒是没什么值得在意的。

黎舟倚着墙躲着听，江心远一直摆出一副坦荡荡正人君子的形象，书房也跟没有任何秘密一样，家里的亲人也好，公司的亲信也罢，谁来了都可以进去，他也不在意讲什么被人听到。当初也是江心远让他去书房帮忙拿一份文件，黎舟才“无意”中看到孤儿院回给他的那封感谢信——江心远捐赠了那么多东西，孤儿院自然郑重地对待，将书信摊开，提笔第一页写着的就是黎舟的名字。

可真是太巧了。

书房里的谈话还在继续，江连忠这次大概得了不少钱，连声的感谢之词都落在了侄子身上，努力夸奖道：“黎江又长高了，打球好啊，运动长得高！还买了这么多颜料啊，这是准备学画画了？这样也好，跟你妈妈一样，将来当大画家。心远啊，还是你们教育的孩子好……”

江心远听得有些不耐烦，道：“行了，这次钱给你了，不要再乱花。孩子的教育提高一些，转学的事你也不用操心了，我会去处理，你自己也应该用心一些。”

江连忠道：“是是是，我回去一定管好那个臭小子，他考不好都对不起你这个叔叔。”

“你怎么还是不明白，念书是给自己念的，对不起我什么，对不起的是他自己！”

…………

楼下有人端茶上来，黎舟抬头瞧见，闪身上楼梯走了两步，慢慢回了自己房间。

黎舟的房间收拾得简单又清爽，外间有一个小书房，放着书桌和一台老式的笨重电脑。这会儿用的多是局域网，网上也查不到什么有用的信息，黎舟一连几天都没打开它。跟后世各类轻薄高效的电脑比起来，这台老爷机慢得像是老牛拉破车，实在是不敢恭维。

书桌上还放着几本订阅的杂志，是吴阿姨替他们拿上来的，这份是黎舟订的电影杂志。他坐下来随手拿起翻看了一下，看了没两页就听到外面有脚步声，紧接着房门被敲响，黎江探头进来：“哥？我能进来吗？”

黎舟：“你下回等我答应了再进来。”

黎江“哦”了一声，看他招手这才走进来，手里端着一杯果汁：“吴阿姨刚榨的果汁，我的在楼下喝完了，这杯给你。刚才渴死我了，大伯一直在那儿念叨，可真烦人。”

黎舟道：“他做生意又亏钱了？”

黎江撇嘴：“可不是，坐在那儿说的话我都会背了，听得耳朵都要起茧子了。”他挨着黎江坐下，跟他说悄悄话，“哥，你不知道这次他不光是没钱了，就连江彭亮也出事了。”

黎舟愣了一下：“江彭亮？他又出什么事了？”江彭亮是江连忠唯一的儿子，即便出了事也只是嘴巴上教训，连一根手指都不舍得碰一下。江心远也颇为偏爱这个侄子，大概是他自己的孩子没有机会姓江，一直拿着江彭亮当江家传宗接代的唯一人选一样培养。只是烂泥扶不上墙，江彭亮这个人成事不足，败事有余。

“江彭亮这次在学校考试作弊，牵扯到好几个老师，闹得有点大，在原来那所学校待不下去，求着要转学来咱们学校。”黎江十分不乐意，“我一点也不想他来，瞧见他就烦。”

黎舟记得江彭亮最后还是转学过来了，不过他的印象不深。他开学之后读了高一，跟初中部是分开的。而从前的黎江因为腿伤两年没有再回来，一直留在外公黎老身边。等再回来的时候，对谁都黑着脸，见了江心远也会吵起来，更别提江家的其他人了。

黎江念叨半天没得到回应，不高兴地去拽他的衣袖：“哥，你说呢？”

黎舟都没听到弟弟抱怨了些什么，眨眨眼道：“你说得对。”

黎江就笑起来，捏着鼻尖得意地道：“我就说，你肯定是向着我！”

黎舟也笑了。

黎江腻腻歪歪还要拿小脑袋蹭他，黎舟被黎江拱得有些热，伸手把人推远点：“一身汗，去洗澡。”

黎江低头闻了一下，他下去打球把衣服汗湿了一遍又晒干了，这会儿确实有些味道。不过他又蹭了黎江一下，嘟囔道：“大哥是香的。”

黎舟忍无可忍，想拽他的衣领，黎江灵活地转了个圈，笑嘻嘻地跑了。

随着距离七月底的时间越来越近，黎舟的心情都有些沉重起来。

他没有阻止弟弟外出，也不知道意外什么时候会来，他只能小心提防。

黎江这几天很快乐，他找了许多画材店，终于把想要的那些都找齐全了，精心打包成两份礼物，准备生日那天带去别院送给母亲黎曼。

因为最后几支油画棒是在黎江他们就读的中学附近的画材店买到的，黎江心情不错，还特意请大哥一起吃冰。

“哥，我跟你说，这家的刨冰最好吃了。这会儿学校放假他们都关门不做生意，老板认识我才特意做了一份，一般人他都不卖。”

黎舟对吃冰兴趣不大，这几天神经紧张，眼底都浮现淡淡的青色。

刨冰店里的冰不足了，还需要再等一阵子。黎江等不及，就道：“我看旁边有卖冷饮的，哥，我去给你买瓶水先喝着吧！”

老板笑道：“小同学再去买两根奶油雪糕，我这儿还有红豆，给你们做特制的招牌甜品！”

黎江笑着应了，又对黎舟道：“哥，我去旁边买两根冰棒，很快就能吃刨冰了，你等我啊！”

黎舟看到弟弟一路小跑着过去，太阳穴突突跳动。

学院路上栽种的老树粗壮，树上蝉鸣不断，阳光晒得路面都要热化了。刨冰店的老板掀了纱网门帘走出来，把清洗刨冰机的水泼到地上，念叨着“鬼天气这么热”。店内的一丝丝冷气被带出来，混着外面的烈日，让黎舟身上一半发烫一半冰凉。

他在店里待不住，莫名有些心慌，皱眉走了出去。

周围开着的店铺只有两三家，旁边那家原本是文具店，老板为了招揽生意，在路边撑了巨大的遮阳伞，把冰柜搬到马路边摆了些饮料瓶在那里当招牌。黎江正在那顶遮阳伞下买东西，一个老头儿拿了几根冰棒装在袋子里递给他，慢吞吞地给他找零钱。似乎是有所感应，黎江提着袋子回头看了他一眼，笑着冲他招了招手。

黎舟下意识也抬手回应，但他的瞳孔紧跟着骤缩。

一辆满载石料的重型卡车刚从街角露出半个头，大概行驶了很久，车身上满是厚厚的尘土。卡车轧过柏油马路发出低沉的轰鸣声，比任何声音都让黎舟的心脏缩紧。

黎江已经买好东西，手里的零钱掉了一枚，他下意识弯腰去捡。

卡车开过街心，还在直直地冲着黎江所在的路边而来，车子歪歪扭扭地行驶，但没有减速——

黎舟的血一股一股涌上头顶，喉咙沙哑，喊出声之前身体就先冲了过去。也不知道身体里从哪儿涌上来一股力气让他搂住黎江的腰向后连退了几步，踉踉跄跄勉力躲开！卡车车头部位撞过遮阳伞下的冰柜，连那个老头儿带冰柜一起撞飞，发出"砰"的一声闷响！这时，闯祸的卡车司机才如梦初醒一般猛打方向盘。但因为着急掉头却让卡车重心不稳，车身倾斜，紧跟着"轰隆"一声，车厢侧翻，车上的石料滚落一地！

突如其来的变故令人猝不及防，黎舟只来得及翻身护着弟弟滚到一旁的绿化带——那里正在施工，挖了一条半米深的狭窄土沟还未来得及栽种树木。黎舟身体僵硬，拼命撑在黎江身上用身体替他抵挡一切伤害。身下是泥土混着血的腥味，耳边是橡胶轮胎摩擦地面发出的刺耳的声音，黎舟只觉得气血上涌，心跳声响在耳边，除了把黎江死死地护在怀里这一个念头外，他想不起其他任何事。

"啊啊啊——撞死人了！"

"快叫救护车——"

"天哪，救人，快救人啊！把这些石头搬开，有人被压在下面了！"

…………

周围的人在大声喊叫，很快就围上来不少人，警车和救护车也先后赶来。

黎舟和黎江因为那一条浅浅的土沟得救了，除了救上来的时候黎舟的胳膊被石料砸伤外，两个人没有其他伤。只是他情绪紧绷，抱着弟弟的手指太过用力，好一会儿才被医护人员分开。

黎江看到他胳膊上、脸上都是血的样子，刚喊了声"哥"就哭了。黎舟又惊又怕，他一只手的手肘被砸伤，弯曲变形，只能跪在地上用另一只手去摸黎江的腿。他的手指都在颤抖，关切地问："腿有没有……有没有受伤……"

医护人员面露不忍，按住黎江的肩膀道："你弟弟没事，是你伤得比较重。这位同学你不要再动了，得先给你止血！"她一边招手让担架过来，一边大声喊道，“有没有跟他们一起的人在？”

“有、有！”黎家的司机失魂落魄，身上满是泥土和汗水，十根手指带着血印子。显然他刚才也在搬石料救人，这会儿被吓得双腿发抖。

“他们需要住院检查，尤其是这位受伤的同学，可能需要做手术，麻烦跟我们去医院签字！”

司机答应了一声，很快又跑了几步冲到不远处的小轿车里拿手机打电话去了。

医护人员用担架抬了一个人过来，那个人身上血肉模糊，伤得比他们严重多了。瞧着模样是刚才那个文具店的老板，那人胸膛有轻微的起伏，人还活着。

救护车的鸣笛声让黎舟的头脑稍微清醒了些，他的手指动了动，紧接着被旁边的黎江紧紧握住。黎江眼里还有泪水，一张小脸煞白，看到他的眼睛一眨不眨。

黎舟动了动脖子，扭头对着医护人员哑声道：“我的伤没事，麻烦看看我弟弟，他的腿……”

医护人员愣了一下，按住他不让他再动：“我们已经帮你弟弟检查过了，他没受伤。你现在什么都不要管，你需要休息。”

黎舟还盯着旁边男孩的腿，黎江握着他的手放在自己的膝盖上：“哥，你摸，我没事，有你护着我，一点都没让我伤着。”

黎舟这才放下心，胳膊上的剧痛席卷而来，他闭上眼睛不再说话。

黎舟被送去医院急救，他的胳膊伤得有些严重，半边衣服上都是血迹，看起来很吓人。

司机给江心远打了电话，又忙着去办住院手续，在心里祈祷黎舟千万别出什么事。他是陪着两个孩子出来的，不过是偷闲找地方抽支烟的工夫，竟然发生了这样大的事情，这个责任他实在担不起。

黎江坐在急诊室外等着，他刚被护士拽着做完检查，身上除了一点擦伤外，没有其他的伤。

大哥黎舟把他护得很好。

黎江用力咬着嘴唇，仿佛随时会咬掉一块肉一般，目光深沉地看着脚下那巴掌大的一块地方。

急诊室里有戴着口罩的医护人员急匆匆地推门出来，大声喊道：

“病人失血过多，需要输血！”

黎江认得她，是刚才推了他哥进去抢救的医生，他连忙站起身道：“我、我可以！用我的血！”

女医生额前的头发已经被汗浸湿了，正凌乱地黏在上面。她看了看门口的男孩，皱眉道：“小同学别闹，我们有规定必须从血库取血。而且你都没有到献血的年龄，你们两个人的血型也不一定相符。护士长呢？护士长准备一下，从血库调0型血备用……”

黎江挽起袖子，但紧接着脸色煞白，到了嘴边的话又咽了下去。

大哥是0型血，而他是AB型血。

是他没有用。

无论是刚才车祸发生的时候，还是现在大哥躺在急诊室里，他什么都做不了。

一股不甘混着愤怒涌上心头，黎江的手指重重地在胳膊上抓出几道血痕，力气大得连指尖都泛白了。他紧咬牙关，对自己的弱小和无力第一次有了恨意，把胳膊抠出了血都没有觉察。

江心远匆匆赶来，平日负责接送的那个司机紧跟在他身边。司机身上满是尘土，显得十分狼狈。他把事情大概跟江心远叙述了一下：“是意外，谁都没想到那辆车怎么就冲着路边斜撞了过来。刚才警察也来了，说是那个司机已经被控制了，司机喝了酒，本来就是通宵送货，疲劳驾驶再加上酒驾，是那个司机的全责。他本来不该走那条路的，但滨江大道年初刚修好，路政查得严，不允许超载重型卡车通过，所以那个卡车司机才会绕路过来。刚才市局也来人说，出了这么大的事，上面责令严查。”

江心远步履匆匆地道：“他们伤得怎么样？”

“小江没事，石料掉下来的时候小舟冲过去护着他滚到了路边的土沟里。就是小舟的胳膊骨折了，由于失血过多，还在抢救。您不知道，小舟被救之后还护着小江，要两个医护人员才能掰开他的手……”

江心远脸色难看，打断他道：“不是说今天去图书馆吗？怎么会突然去学院路那边？”

司机为难地道：“这……这是因为小江说要去买画材，已经找了几天了，总有一两种没找到，凑不全。”

医护人员从急诊室出出进进，黎江一直紧张得坐立不安。他也不知道此刻能做什么，一颗心揪起来不住地看向急诊室，哪怕只露出一个边角也努力辨认是不是自己的大哥。

江心远走过来，脸色发黑。他对黎江道："你跟我过来。"

黎江脚步僵硬地跟着他过去，走到无人的走廊处。江心远猝不及防抬起手，狠狠地扇了他一个耳光！

黎江的脸颊上立刻浮起一个印子，他转过头来，沉默地看着江心远，嘴唇动了动，那个"爸"字还是没有喊出口。

江心远怒气未消，胸口急剧起伏几下，低声骂他："这个暑假你怎么就不能好好在家待着！先是出去待了半个月，心野了是不是！每天玩那些我也就不管你了，几盒破颜料用什么牌子不行，非得一趟趟地出去买那些才能用？把你的那些破颜料都扔了，以后也不许碰！"

黎江站在那儿，沉着脸不说话。

江心远怒火中烧，又呵斥道："黎江，跟你说话听到没有！"

黎江哑声道："是我的错，以后不会了。"

江心远站在那儿教训了他一顿，怎么瞧这个儿子都觉得是脑后生反骨一般，让他半点都不省心。他骂得再多，黎江也不在意，只是抬头看向急诊室的方向，他哥还在里面抢救。

十来岁的少年舔了舔嘴角内侧的伤痕，那一巴掌就当是给他提个醒吧。

他今天有多屈辱，有多无能，这些加起来也抵不过心中对哥哥愧疚的万分之一。他保护不了哥哥，反而让哥哥因为自己伤得这么重，这一切都是因为他太弱小了。

黎江的睫毛遮住半边眼睛，也遮住眼里翻滚的情绪："最后一次。"

江心远教训得口干舌燥，忽然听到他站在那儿没头没脑地说了这么一句，皱眉道："什么？"

"这是最后一次，以后绝对不会再出现这样的事。"

江心远嘲讽道："你知道就好，这段时间被你外公宠得怕是不知道天高地厚怎么写了！"他喘了一口气，又烦躁地道，"那些颜料你自己拿去全部扔掉，这是对你的惩罚！"

黎江抬头看他，道："不，那是我送给妈妈的礼物。"

江心远道："她那里什么东西没有，用得着你去这样准备？要不是你擅自去找这些，你大哥今天也不会出事！"

黎江不答反问：“我要在生日那天送给她，你也去吗？”

江心远跟儿子不亲近，尤其是黎江被岳父黎老抱去抚养之后，儿子这副无法跟自己交流的模样让他恨不得再给这小子一巴掌。他那张脸像极了妻子，也像极了黎家人。即便是年纪小，这样抬起头直直地看过来的神情也像是在施压一般，让他内心烦躁。

“我不去，你也不许出门，罚你暑假剩下的时间在家闭门思过，哪里也不许去！”

黎江冷冷地道：“我今天要留在医院。”

江心远道：“你是要留下，一会儿让人带你再去做个详细检查。”

黎江没有理他，抬脚回了自己刚才坐着的位子，一言不发地继续坐在那儿等着。

江心远也懒得再管这个儿子，自己又去找医生询问大儿子的病情。有外人在的时候，他面上永远是谦和的。

黎江坐在急诊室外，对那个不停忙碌的父亲连看一眼的欲望都没有。

他等的人还在里面。

他要等大哥出来。

黎舟醒过来已经是第二天了，他被转移到病房里休息，右侧的胳膊被固定住无法移动，略微一用力就觉得疼。疼痛让他清醒了一些，眼珠子转了一下，他看到床边还趴着一个穿着病号服的小少年。

他舔舔嘴唇，光看着那个趴着的小脑袋就喊出了他的名字：“黎江？”

趴在那儿的人的睫毛颤了一下，紧跟着就醒了过来，不过眨眼的工夫就坐起身来：“哥，你醒了？要不要喝水？有没有哪里不舒服？你等我一下，我喊医生来看你。”

他按了铃，略微调高了床铺，又给黎舟垫了个柔软的枕头，再拿了一杯温水来喂他喝下。

黎舟看了一眼他身上穿着的病号服，哑声道：“你哪里伤到了？”

“没有，哥你护着我，一点都没伤到。”黎江用指腹轻轻擦去他嘴角的一点水痕，眼底有一片淡淡的青黑色，瞧着是守了一夜，“我就是想留在这儿，所以才说有点头疼，留在医院多做一天检查。”

黎舟又去看他的额头，并微微抬起手来。黎江立刻自己弯腰将脸贴在他的掌心：“就一点小擦伤，没事。”

黎舟的手很软，轻轻贴在弟弟的脸颊上，眉头却皱了起来：“你的脸怎么了？被谁打的？”

黎江脸上被打的痕迹还在，刚开始他还在敷衍，只说是不小心弄的。

黎舟挑眉：“这也能不小心？”

黎江撇嘴：“爸打的。”

黎舟闭着眼睛忍了忍，道：“下次躲着点，别站在那儿让他打。”

黎江点头：“知道了。”

黎舟不放心，又叮嘱他：“谁打都不行，知道吗？”

黎江看着哥哥笑了笑，拿脑袋蹭他的掌心：“哎，知道。”

没一会儿医生就过来了，黎江让开一些站在一旁认真地看，说的什么注意事项也都记在心里。等着他们要走的时候，黎舟叫住护士，问她要了一个冰袋，让弟弟敷脸。

那一巴掌打得有些狠，黎舟皱着的眉头一直没松开。反倒是黎江瞧着并不在意，拿到冰袋捂在脸上还在那儿同他说话，想法子逗他开心。

黎舟有一搭没一搭地听着，偶尔瞧着弟弟愣神。

他记得以前的黎江非常敏感，自尊心强得不允许有一丝的难堪落在别人眼中。现在却毫无顾忌地把伤露给他看，这说明，他现在已经进入“小少爷”画的那道线之内了？

黎家的吴阿姨煲了汤送来，她眼圈还红着，显然被吓得不轻，还哭过一场。尽管医院有专人照顾，但她还是不放心两个孩子，坚持要自己留下来照顾。

“我就算在家里也是提着一颗心，觉都睡不好。”吴阿姨给他们削水果，忙得闲不下来。

黎江拿了一块苹果去喂哥哥吃，黎舟的手臂上打了三根钢钉固定，这会儿隐隐作痛，他只咬了一口就摇头说不吃了。黎江也不嫌弃，自己拿了剩下的半块放在嘴里吃了。

黎舟看他一眼，忽然问道：“你暑假作业写完了吗？”

黎江：“没。”

黎舟的手臂疼，就开始使唤弟弟：“下午让人给你送来，在医院写完，不然过几天一过生日又玩忘记了。”

吴阿姨切着水果都乐了，点头道：“对对，我下午要回去拿鸡汤，正好给小江把暑假作业捎过来。有哥哥管着，一准能写得又快又好。”

黎江的成绩一直拔尖，但十来岁的男孩玩心也重，每回都是突击赶作业。黎舟对小时候的印象大部分都停留在押着弟弟写作业上，虽然不太情愿，但有他看着，基本上弟弟还是听话的，作业都能写完。

以前是听话，现在这架势都有些唯命是从了。

黎舟在心里猜了一会儿，也不去想了，总之虽然现在弟弟黏人了一点，但比兄弟不和要强多了。

黎舟看着一旁的小少年认真地告诉吴阿姨都要带哪些书来，一时有些晃神。有个听话的弟弟，这种感觉好像也不坏。他的视线顺着往下，落在黎江的腿上，眉宇间彻底放松开来。这次，到底是和以前不一样了。

下午，病房里又来了一些人，都是黎老派过来的。为首的是一位四十余岁的中年男人，身形消瘦，微微有些驼背，脸上戴着一副老式的圆镜片眼镜，看起来很精明。他身后跟着四五个人，都是清一色的黑西装。

黎江看到他，起身喊道："刁叔。"

那个男人先看了黎江一眼，看他没有什么事就摆摆手让他坐着，很快又把视线落在病床上的黎舟身上，关切地问道："小舟怎么样？手臂还疼不疼？老爷子昨天听到消息，太晚了来不及订机票，让我连夜开车过来瞧瞧你们……别动、别动，躺着就好。"

黎舟跟着弟弟一起称呼，也喊了他一声刁叔。

黎舟记得这个人，这人叫刁明山，是外公黎老身边的心腹，之前黎江被接去就是跟在他身边学习。不出意外，之后几年也都是他在扶持黎江，手把手地扶着他在商界站稳脚跟。刁明山如今的样子比黎舟记忆里的要年轻许多，但那双小眼睛和嘴唇上的山羊胡子还跟以前没什么不同，只看外貌刁明山瞧着并不像是好人，他心思活泛，眼珠子一转就有十几个鬼主意，咧嘴笑时也跟随时要算计人似的。若是站在对立面，总要气得令对手骂一句"老奸巨猾"；但如果是帮手的话，他确实值得尊称一声"先生"。

黎舟以前没少和他较量——老狐狸只听黎江一个人的话，黎舟在他手上吃过许多亏。

那个时候的刁明山已经六十余岁了，但身体依旧硬朗，和现在比起来，除了头发花白了一点，没什么太大的区别。他年轻的时候显老，真到了年岁，反倒瞧不出来了。

黎舟看着眼前对自己嘘寒问暖的刁明山，心想：这个老先生活得可比他通透多了。

刁明山问了黎舟胳膊上的伤，又安抚了他几句："放宽心先养伤，一切有家里的长辈在。原本老爷子想接你去那边治疗，但这边的外科更好一些，并且带着伤挪动也不好，就先住在医院观察一下，想要什么尽管跟我说。学校那边也已经请好假了，不用急着过去，身体要紧，先养上两三个月看看，到时候再找家庭教师辅导，不会落下功课的。"

黎舟点点头，比他们想象中情绪要稳定得多。他已经做好了最坏的打算，原本最差的结果无非是把上一次黎江的伤换到自己身上，也算是偿还了黎家的恩情。但是现在局面变了，不但他自己只伤了胳膊，养一段时间就能好，这次都没有出人命。

黎舟问道："一起被送来的那个老人家怎么样了？"

刁明山道："哦，我刚去看过了，已经脱离了危险期，但人还在加护病房，需要多看护一下。"

黎舟道："这次他也是无辜的受害者，这起事故的判决结果一时半会儿也下不来，如果需要医药费的话能不能麻烦咱们这边先给他垫？"这辈子没出人命就已经很好了。

刁明山笑道："小舟说得是，我来的时候老爷子也是这么跟我说的。刚才我已经去交足了医药费，就当做善事了。您不用管这些，安心养病就好。"

黎舟放心了许多，又道："还有那个卡车司机，也查了吗？"

刁明山一双小眼睛微微眯起来："你觉得是……"

黎舟摇摇头道："我只是觉得太巧了，路上就那么几家店开着，怎么会直接撞过来？"

刁明山想了一下，道："我会去再查查看。"

黎舟见他答应了，最后一丝顾虑也就放下了。之前黎江坐在轮椅上都能被刁明山护住，这次改变了很多，刁明山也提前来到黎江身边，他肩上的担子可以彻底放下来了。

护士送了药过来，黎舟刚动完手术身子疲惫，吃了药又睡下了。

刁明山带着黎江出去，黎江脸上也没了刚才在病房里的笑容，目光深沉地道：“刁叔，那个肇事司机怎么样了？”

刁明山低声跟他说了两句：“昨天事后抽血查了，是酒驾，现在还在调查。你这段时间安心休养，老爷子让我过来就是专门为这件事善后，只管放宽心，凡事有我。”

黎江又道：“我不想回家，我想在医院陪着我哥。”

刁明山对外人苛刻，但对着黎江极好说话，点头笑道：“好好，那你就留在医院。这次你们没有性命危险就是祖宗保佑，昨天老爷子知道你们出事了被吓得不轻。唉！人平安就是最大的好消息。”他转头跟黎江说话，眼睛一直落在黎江的脸上，视线在一侧的脸颊上停留了片刻，但没说什么。

刁明山没有多停留，在医院留下两个人陪同他们后，又亲自带人去事发地点看了一遍。

他还叫了昨天在事故现场的那个黎家司机一起陪同，一边问话，一边在那个拉了警戒线的事故地点慢慢走了一圈看看。

黎家的司机站在旁边道：“小江没被撞着，小舟扑在他身上护着了。他们就躲在这个土沟里，只差那么一点就被石料给砸中了！您不知道，他们被救出来的时候我就在旁边，看得很清楚。小舟也吓得够呛，手脚都在颤抖，但开口问的第一句就是小江有没有事，问了两三遍知道没事了才肯松手……”

刁明山在那儿看着，周围还未完全清理干净，地上有散落的石料和拦腰撞断的几棵大树。别说石料了，光断裂的树枝就锋利而狰狞，扎在身上可都不是闹着玩的。地上的血迹经过一夜已经变得乌黑，看着就十分惨烈。周围有工作人员拉了警戒线在调查，刁明山眯起眼睛，一边听司机说，一边看着，神情中看不出在想什么。

江心远得到消息也很快过来了，他知道黎老重用刁明山，见了之后也很客气：“刁先生怎么亲自过来了？这里……”

刁明山摆摆手，笑道：“不敢当、不敢当，老爷子不放心孩子们，让我过来瞧瞧罢了。”

他说完又去跟司机问话，并没有再接着江心远的话说下去。

江心远几次想插话，听着他询问案情，就在一旁接话道：“我已经开始办了。”

但刁明山并没有听他的，只低声自顾自地在那儿问。

江心远站在旁边一直等他问完，皱眉道："这件事我会处理好。"

刁明山推了推鼻梁上的眼镜，忽然开口问他："您今天去医院看过两个孩子了吗？"

江心远有些不自在地道："还没去，公司有些事要忙，他们那边有医护人员照应着，应该不会有事。"

刁明山点点头道："小江脸上带着伤。"他看着江心远，又说，"这脸上的伤可不像是被车撞出来的。"

江心远看了他一会儿，憋着怒气问道："怎么？他做错了事我就看着，管一管都不行了？"

刁明山慢悠悠地道："也不是不行，只是动手有伤和气。姑爷也知道，现在老爷子年纪大了，对晚辈喜欢得紧，你这一巴掌让我回去也不好交代。你说我来这儿看了一趟，回头等老爷子问了，我该怎么说？说孩子们大难不死，当爹的就先给了一巴掌？"

江心远道："那是因为……"

"因为什么都不太合适。"刁明山扶了一下鼻梁上的眼镜，小眼睛里闪过一道精光，"不知道的，还以为姑爷苛待亲生骨肉呢。"

江心远没说话了，半晌才扑哧一声："我现在真是连教育孩子的权利都没有了。"

刁明山面上带笑，看着还是和和气气的："姑爷说的哪儿的话，怎么会没有呢？但是没有你这样教育孩子的。小江哪里做得不好您只管说，动手就免了吧。姑爷以前在家中受的教育不知道是怎样的，但我们黎家从来不这样教育孩子。"

他的话说得不软不硬，听着轻松，但态度摆在那儿，显然已经是代替黎家长辈出面警告了。

江心远并不服气，但这么多年面上功夫做习惯了，虽然脸色难看，却也忍住了。

刁明山又去见了那个肇事司机，卡车已经撞得近乎报废，车厢都被石料砸得歪歪扭扭的。司机被警方带走关了一夜，这会儿脸色苍白，下巴上都是青色的胡楂，酒早就醒了。

卡车司机是外地人，近一年来才开始跑这条线，给工程队运输建筑材料什么的。修路之后他偷着跑了两次学院路附近，之前都没有出过什么事。这次他喝了酒，又是疲劳驾驶，所以才出了事。他戴着一副手铐坐在那儿，目光有些呆滞，但是非常配合，警方问什么他就说什么。他的家庭情况也十分简单，家里就一个常年重病的老娘，还有一双年幼的儿女。钱肯定是没有的，全部家当加起来也不够赔偿的。真要追究起来，他也只能去坐牢了。

刁明山从拘留所出来后，低声对身边的人道："你留在这儿，再查查看。"

身边穿黑西装的男人点点头，应了一声。

刁明山身边跟着的都是黎老那边用惯了的人，这次就算黎舟不提，他也一定要让人再好好查一查。

第二章
甜　味

黎舟的手术很顺利，在医院住了一个星期之后，他就出院了。黎舟的胳膊上打了三根钢钉。所幸只是看着严重，休养一段时间就好了。等一年后拆除钢钉，正常的活动基本没有大碍。

兄弟俩同一天出院，黎舟的精神看着倒是还好，反而是弟弟黎江瘦了一圈。像是一夜长大一样，除了在哥哥面前还那样，他对着旁人的时候也没那么爱笑爱闹了。

出院的时候，刁明山亲自来接的他们，也跟着一起进屋留下吃了晚饭。

在B市的这套房子日常有人负责打理，晚餐也准备得十分丰盛。

黎舟伤了右手，单手吃东西不是很方便，黎江就在一旁给他夹菜。黎舟抬头看了哪道菜，那道菜一准会被送到他面前。

黎舟低声道：“你也吃。”

黎江笑了一声：“那我替你尝尝新菜，每回你都只吃那几样。”

黎舟对吃东西不挑，一般习惯性吃着可以，就一直只吃那几样，并不会觉得腻，弟弟觉得不错的菜夹过来他也会尝尝。

兄弟俩经历了一场车祸，感情越发好了。刁明山坐在他们的对面看着，眼中带着笑意。

可这样温馨的时刻并没过多久就被打破了。

餐桌上，黎江又提起去别院的事：“明天我过生日，我们一起过去看看妈吧？东西我都准备好了，爸，你那份我也……”

江心远打断他道：“先吃饭，吃完再说。”

黎江道：“到时候咱们去了，一起拍张全家福，也给外公瞧瞧。上回他还说好久没见我们照相了，很想我们。”

江心远举筷的手顿了一下，黎江这话或许是无意的，但他刚被刁明山明里暗里拿黎老压制了一番，这会儿再听见心里就跟被刺扎了一下，浑身不舒服。他看了一旁坐着等自己回应的儿子，忍不住讥讽道：“你什么时候能想想别人？”

黎江：“什么？”

江心远道：“什么事都只顾你自己，这也是你外公教你的吗？你看看你大哥，他今天刚出院，你明天就让他带着伤跟你到处跑？亏他这还是替你受的伤！你怎么一点都不懂事。这个暑假你到处跑得还少吗？一放假就疯跑出去半个多月，就算是你外公家那也……”

黎舟心里有些不舒服，忽然开口道：“我也出去了。”

江心远愣了一下。

黎舟淡声道：“放假之后我也去了临海一趟，还是爸你让许秘书和司机陪着一起去的。”

江心远有些愠怒：“那能一样吗？你那是正事！”

黎舟点点头，放下筷子，认真地道：“是，所以我一直很感激。尤其是我在您书房看到那封信的时候，说真的，刚开始我真的不敢信，不过它就在桌上摊开放着，领养记录的名字写得很清楚，肯定错不了。”他抬头看着江心远，“爸，其实有件事我一直没想明白，您那天为什么要看孤儿院的收养记录？”

“因为每年都要捐款，从之前就一直是……”江心远明显有些慌了，但很快又恼怒起来，“你这是什么意思？你是在责怪我吗？”

黎舟一脸奇怪地道：“怪您？为什么啊？您不是随意放在那儿的吗？”

江心远一脸通红，握紧筷子一句话也说不出来。

黎江在侧头看他，黎舟瞧见了，给他夹了鳕鱼排，低声道：“吃饭。”

黎江看了他好一会儿才咧嘴笑了。

黎舟慢吞吞地把餐盘里的蔬菜吃完，江心远习惯做戏，他也陪着演一场。

只是这次剧本变了，他不会再忍气吞声，更不会再花费数年才认清这个人的真面目。

等吃得差不多了，黎舟放下筷子道：“我吃好了，先上去了。爸、刁叔，你们慢用。”

他起身离开，黎江也放下筷子跟着他上楼：“哥，等等我！”

兄弟俩一离开，餐桌上只有餐具轻微的响动声，更显安静了。

一旁坐着的刁明山还在吃，脸上瞧着跟方才没什么不同，一副老神在在的精明狐狸模样。

江心远沉默了一阵，还是忍不住想跟他再解释两句：“小孩子不懂事，乱说的。家里人都知道我办公室的门敞开着，平时大大咧咧惯了，别说是什么私人信件了，就是公司里的图纸文件也都摆在那儿。”

刁明山用餐巾擦了擦嘴角，笑眯眯地道：“我吃饱了，姑爷慢用。”

江心远道：“刁先生等一下，我还有些事想跟你商量。关于秦岭的那块地，我想咨询一下先生的意见。”

刁明山：“哪块地？”

“是是，就是年初的时候我去找岳父，想跟他老人家商量的新项目。但他老人家那次忙没能见着，我不是把文件都留给刁先生您了吗？您答应说帮我交上去的，还记得吧？”

刁明山恍然道：“哦哦，那块地的事呀，秦岭的别墅项目已经倒了一批，老爷子觉得不适合再做这些。”

他说得轻松，江心远却犹如打落了牙齿和血吞。他筹备了大半年，只一句话就被否了。

刁明山走了两步，又转过头来喊了他一声。老头儿拍着脑袋一脸歉意地道：“姑爷你看，我这瞧见两个孩子平安出院，一高兴，就把正事都给忘了！这次过来，老爷子也特别挂念你，担心这边公司的事情忙，姑爷一个人劳心劳力太过辛苦。这不，让我从总公司带了一位财务过来，明天上午就能过去帮忙。”

江心远脸色一变，转身道：“财务？”

刁明山笑呵呵地道：“是啊，分公司这边工程多，审核也多，老爷子说你太辛苦，这不让我送一个人过来给你用着，以后有什么要审核的只管交给他去办。这可是老爷子身边的得力干将，姑爷只管放一万个心，有他在，保管什么纰漏都出不了。”

江心远站起身，忙道："这怎么行！"

刁明山一脸惊讶："怎么不行了？"

江心远结结巴巴道："这里……这里的事务一向都是由分公司自己处理，团队习惯了，刁先生突然这么说……是觉得我哪里做得不够好？"

刁明山笑道："姑爷想多了，我只是个带话的，要不你亲自去问问老爷子？"

江心远看着他，眼神有一瞬间动摇。

刁明山却神态自若，让身边的人拨了手机号码给黎老打过去。他一边等着，一边笑道："正好把这两天的事情都说一下，小江那个脸上呀，我看着都觉得怪可怜的。那孩子跟在老爷子身边久了，还真没被人动过一根手指头。"

江心远脸上红一阵白一阵的，没等他的电话响几声，又咬牙道："算了，岳父身体不好需要休养，不好打扰他老人家。既然人都来了，就进公司吧。"他有些嘲讽地道，"是我自己做得不够好，还需要岳父亲自派人来教。"

刁明山摆摆手让身边的人退下，竟当真跟着他一起点头："是，姑爷还是要尽好自己的本分才是。别人不知道，你自己心里是知道的吧。当初你跟老爷子可是有过一纸协议，既然答应了，那就得做到呀！不说别的，对大小姐好，对孩子们好，这总不难吧？"他瞧着江心远还想辩驳，又不轻不重地提点道，"也对，姑爷之前一直在学校里醉心学术，也没想过这些，只是如今身份不同了，还是谨慎行事的好。"

刁明山说完也不听他再说什么，摆摆手就走了。

蛇打七寸，大家都不是傻子，江心远表现得太过急功近利，是时候拿大棍敲打一下了。

江心远一个人坐在餐桌边脸色铁青，这一棍也确实打到了他的痛处。刁明山不过安插了一个人进来，却让他如芒在背，只怕以后都睡不好一个安稳觉。

楼上，黎舟临睡前遇到了一点小麻烦。

他单手洗漱并不方便，黎江便自告奋勇，亲自帮他拿毛巾浸了热水拧干给他擦脸。虽然"小少爷"没伺候过人，但做得还算精细，温度恰到好处，擦得也轻柔。

黎舟闭着眼睛，觉得被人伺候的滋味还不差，只是弟弟擦得时间有些久。

“小少爷”还想给他擦身体，黎舟摇头道：“不用了。”

黎江又挤了牙膏端了水杯过来，在一旁看他刷牙。

等一切都弄完了，他才道：“哥，你休息吧，我也去睡了。”

黎舟叫他：“明天我和你一起过去。”

黎江看了他的手臂一眼，有些犹豫。黎舟道：“只是伤了手，不碍事的。”

黎江冲他笑了一下，点头道：“好，那明天咱们一起过去。”

第二天一早，兄弟俩先去了别院那边。

黎曼住在西郊一带，距离城区三十公里左右，开车过去并不算远。那边环境不错，有山有水，现在这两年还没有完全开发出来，等再过两年附近就会批建一处国家级湿地公园，周边也会多一些高端休闲俱乐部，算得上是寸土寸金的地方。

黎舟看着车窗外面，1995年这儿已经开始有些都市化的趋势了，不过真要发展起来还要等3年以后。现在的人们可能还不敢想，几年后的房价节节攀升，令人瞠目结舌。

黎舟将手指放在车窗那儿轻轻随着车子行驶画了一条线，汽车行驶得快，而他手指的动作很慢。

黎江瞧见了，奇怪地道：“哥，你在看什么？”

黎舟心想：在看你将来的地盘。

江心远不是能开拓版图的人，守城都略嫌能力不足。等到黎江成年后，开发B市这一片地黎老都交给了黎江，再加上有刁明山这号人物在，很是出了一阵风头，压住了那些人质疑的口舌。

黎江略微靠近一点，也顺着哥哥的视线看过去。车窗外是一处国营老厂，占地面积极广：“这厂子怎么了？我瞧着也没什么好看的。”

黎舟回头看他一眼，笑了一声。

他的心思立刻转回黎舟身上，也咧嘴跟着笑了。一路上他都注意着黎舟的胳膊没敢靠得太近，现在大哥一看自己，他立刻就高兴起来：“哥，你要不要喝水？我帮你打开好不好？”水瓶盖子不但打开了，他还想亲自去喂。黎舟拦住他道：“我就伤了一只手，我自己来。”

黎江坐在一旁和他小声说话：“哥，等会儿到了我们先把东西放下，要是妈妈还没睡醒，我们就去附近转转。之前我还想全家一起在南岸露营来着，地方都找好了，一直都没时间去。听说那边晚上躺着还能看星星，可漂亮了。”

他说得自然，黎舟喝水的动作却顿了一下，黎舟微微皱眉：“是没空去，还是他不肯去？”

露营并不难，难的是一起出行。养母黎曼身体不好是一方面，但选一个天气暖和的日子也不是不可以，最困难的恐怕就是江心远那边的问题。

黎江把手枕在脑后，不在意地道：“你说爸？他的工作是挺难做的，至少要提前大半年沟通。”

黎舟道：“他有时候生气，其实不是因为你。”

黎江道：“迁怒对吧？因为他现在对妈没感情了。”

黎舟皱眉：“我的意思是……”

“我知道啊，我有个同学他们家就是这样。”黎江的眼神放空了一下，又笑了一声，“其实我就是想不明白，他要是过得不如意，那就离婚啊，走就是了，可他又不走。”他说完这句又闭紧了嘴巴，大概不想让哥哥看到自己的这一面，没再说下去。

黎舟想了一会儿，认真问道：“你想他们离婚吗？”

黎江抬头看他，惊讶道：“哥？”

他以为大哥是最想维护这个家的。

“你和妈妈过得好，对我来说是最重要的。”黎舟斟酌着，尽可能委婉地道，“有些家庭不一定非要和其他大部分人的家庭一样，有些时候不完整也没什么。自己过得好，觉得舒服最重要。”他说的不只是江心远，还有他自己。

黎江坐在哥哥身边，明显没有觉察到他另外的一层深意，只看了他一会儿，忽然握着他完好的那只手放在脸上蹭了蹭，跟他小声地撒娇：“哥。”

黎舟被“雷”得猝不及防，不过小狗模样的弟弟还是挺招人心疼的。他原本想抽出来的手抬起来，最后还是落在黎江的脑袋上揉了揉：“要见妈妈了，高兴一点。”

“嗯。”

另一边，江心远也准备出门了。他跟平时一样照常在早上九点的时候出门办公，只是刚踏出别墅的大门就遇到了点状况。

江心远坐着的奥迪车猛地一踩刹车，他人没坐稳跟着晃了一下，随即呵斥道：“怎么回事！”

司机结巴道：“江……江总，您自己看看吧……”

拦在他车前面的是四个穿着黑西装的保镖，光看身形和架势就知道是职业的，高壮的身躯像是铁塔一般，显然没有让他过去的打算。

江心远认得他们，昨天刁明山带来不少人，这几个人就在其中。

司机一直跟着江心远在分公司，还没见过这样的架势，一时有些慌：“江总，可这怎么办呀？”

江心远道：“我下去看看。”

他推开车门走下去，那四个黑西装保镖倒是不拦着他，还侧身闪开给他让了一条小路。离着十来米处的路旁，一辆黑色轿车停靠在那儿按了两下喇叭。车窗降下来，露出刁明山那张笑面迎人的脸。

刁明山没有下车的意思，江心远只能负气自己走过去，压低了声音问道：“刁先生，您这是什么意思？”

刁明山笑道：“姑爷这可是冤枉我了，不过是有点事，想请你过去一趟。”

江心远压着怒火道：“您就是这么‘请’的？”

刁明山抚了抚鼻梁上的圆镜片，一脸纯良：“啊，对呀，多叫几个人过去以示郑重嘛！”他说话的时候，那四个保镖已经走了过来，二话不说就架起江心远的胳膊把他带上了车！

江心远又慌又怒：“干什么？你们这是干什么！放开我！”

刁明山坐在前面老神在在地道：“姑爷别急，一会儿咱们就到啦。”

江心远还要发火，但后面又紧跟着坐上来两个人高马大的保镖，沉着一张脸把他挤在中间。江心远心里有再大的火气也不敢随意发作，只是一双眼睛瞪着前面咬牙道：“到底要去哪里？”

刁明山笑道：“今天小江过生日，孩子一年才过一次生日，就应该全家人凑在一起才热闹，你说是吧？”

江心远听见他这样说，反而嗤笑了一声："他要过生日，在家里我会帮他好好筹办，去了别院能有什么热闹？"

刁明山不管这些，吩咐司机开车，把江心远"请"了过去。

江心远原本就是被强迫过来，他近年来已经很少被人这样折辱，等到了别院顶着大太阳站了好一阵，又一次被拦在了门口。

照顾黎曼的一位陪护人员把他们拦在门口，只传了一句话——黎曼不见他。

江心远脸上难堪，嘴角勾起一抹嘲讽的笑："刁先生瞧见了？是她不肯见我。现如今她的脾气越来越古怪了，我都不知道哪里又让她不如意了。"

"不管如意不如意，既然是黎家的姑爷，还是常来看看的好。"刁明山面上笑着，话却不软不硬，"不然让人传出去也不好听，是不是？"

江心远半路被挟持过来，又在楼下晒着大太阳站着等了好一阵，最后还吃了闭门羹，只得甩袖走人。

这里庭院宽敞，往日来的人也少，江心远闷头走出去，丝毫没有察觉到别院二楼阳台落地窗前的一道身影。

黎江站在窗前安静地看着，外面的阳光很好，落在他身上有淡淡的光晕。那张少年人的脸看起来越发俊美，只是眼底黑沉沉的，没有一丝温度。他一直看着江心远的身影离开别院，走远不见了，最后离开了小院。

身后有脚步声，没一会儿刁明山就走了过来。

刁明山站在窗边也看了一眼："可惜了，大小姐不想见他。"

黎江道："我妈今年夏天又病了一场，身体还没有完全康复，见了他未必是好事，走了也好。"

刁明山点点头，摸着下巴上的胡子叹息道："人心易变呀，当年姑爷人也是不错的。咱们家要不是看他心诚，哪舍得把大小姐嫁给这么一个穷小子呢！这真是，才多少年的工夫，连来看看都不愿意了。"

黎江站在那儿笑了一声："没事，早晚有一天他会自己'愿意'过来的。"他这一声说得很轻，说完又恢复了之前的神态，转身道，"刁叔，我去换身衣服，我哥差不多也要换好了，一会儿我们去见妈妈，先走一步了。"

刁明山答应了一声，等他走了，才慢悠悠地跟在后面。

他来别院是专门替黎老送礼物的。老人疼爱女儿，也疼爱外孙，给他们准备了不少东西。就算没有车祸的事，按照往年的惯例，他也是要亲自替老爷子跑这一趟的。

刁明山一路上走着，发现黎江对这里的环境和人都非常熟悉，甚至连陪护人员的名字都叫得出。他藏在镜片后的小眼睛微微眯了一下，刚才来传话说不让江心远进去的，好像就是这个陪护人员。

至于方才的事，到底是大小姐无心，还是黎江无意，刁明山略想一下就懒得去管了。

母子连心，他家孩子做事怎么会错呢？

刁明山还琢磨了一番刚才黎江的表现，他觉得黎江记仇也不错，算是个优点！人嘛，记仇好呀，能激发上进心。前两年不是还流行这样一句话——甭管黑猫白猫，能抓到耗子就是好猫。这也一样，有因才有果，甭管用什么手段，现在黎江能出气，还能被刺激得进步那就好了！

刁先生喜滋滋地想着，这么多年下来都偏心习惯了。

另一边，黎舟正在房间里试着把衬衫穿好。裤子还好办，单手穿也不难，但穿衬衫实在是不方便。他还在奋战，就听见房门被敲了两下："哥，你好了吗？"

黎舟道："还没有，你进来吧。"

黎江已经换了一身新衣服，合体的西裤、白色的衬衫，像是随时可以去台上进行钢琴表演。他瞧见大哥披着衬衫扣子未系的狼狈样子，忍不住弯起眼睛笑了："哥，你不用非穿这身啊，我不是让人又送了一件 T 恤过来？你穿那个吧，那个宽松，不会碰到胳膊。"

他说着，又去拿了 T 恤过来，帮着黎舟穿好。

黎舟略微有些犹豫："这样会不会不太好？"养母一直都是温柔娴静的，无论何时头发都不见有一丝凌乱，他们穿正装也习惯了。尤其是今天还要拍照，正式一些才好。

"有什么不好的，特殊情况嘛。"黎江给他穿好，忽然又凑近了闻了一下，"哥，你洗澡了？"

黎舟道："嗯，路上出了汗，简单地冲了一下。"

黎江笑道："沐浴露的气味挺好闻的。"

两个人换好衣服，又去小厅等了一会儿，这边照顾黎曼起居的人给他们端了水果和点心来，带着笑意道："太太还有点事没弄好，你们先吃点东西，稍等一下。中午有想吃的菜没有？厨房已经准备了安神补血的汤，还有什么想吃的就告诉我，咱们单做就是了。"

黎舟不挑，黎江倒是开口问了一下："做的什么汤？"

那个人道："有新买来的鸽子，手术后吃这个正好。"

黎江在这里很放松，听了之后道："别了吧，我妈在前面院子里还养着一群鸽子呢，天天画它们，肯定都画出感情了。中午这汤一端上来，她嘴上不说，肯定也吃不了几口。再说我哥也养鸟呢，不要鸽子，换别的。"

那个人答应了一声："那我让厨房去换了重做。"

黎江等人走了，又凑过来一点，小声道："哥，我们去瞧瞧你养的那只鹦鹉吧？"

黎舟愣了一下，想了一会儿才记起来自己以前还养过一只小宠物。他养的时间实在是太短了，之前虽说是他养的鸟，但都寄养在黎曼这里，他每次过来住上几天的时候偶尔逗弄一下。当初养那只小东西，一来是他自己当时喜欢，二来就是瞧着养母喜爱这些小生灵，他爱屋及乌罢了。

再后来黎江的腿伤了，养母也跟着大病一场，那几年家里一直都乱糟糟的，他也没来得及管那只鹦鹉，好像听说有一天没关好笼子自己飞走了。只是现在黎江的腿没事，他那只小宠物还挂在前面的廊厅，所有人都知道那是黎舟的心头好，小宝贝。

黎舟自己都没想那么多，反倒是弟弟黎江心思细腻，连一碗汤都替他考虑周到。

闲坐着没事，兄弟俩一人端着一个小碟子，拿了些水果之类的准备过去喂鸟。黎舟有些不记得路，不过还好有黎江走在前面，他略微放慢一点脚步跟着就好。

别院这边是中式建筑，最高不过两层，前院还修了回廊和小厅。大概是因为周边有山有水，因此即便是夏日也不怎么热，走在木板、石砖小路上十分惬意。黎老是真心疼爱这个女儿，修这处院子的时候方方面面都考虑到了，连黎曼的画室都特意挑高了只为采光充足。又担心她身体不好，不怎么爱出门，院子也造得宽敞，只在自己家走走也足够了。

黎家大小姐从一出生就家境殷实，单从物质上讲，她并没有受过半点委屈。

黎舟那只虎皮鹦鹉品种常见，瞧着也呆呆傻傻的，胖成一小团看起来倒是挺精神。它瞧见人就兴奋地蹦来蹦去，停在横杆上歪头看他们。

黎舟给它喂了一小块果丁，瞧着旁边的小杯里空了大半，又给它添了把小米。

“哥，我听说附近还要建一个马术俱乐部，可以寄养自己的马，还有专门的人帮着训练，到时候我们也养两匹吧？”黎江把大哥那碟水果也端在自己手里，站在那儿跟他说话。

黎舟的视线落在他的腿上：“你喜欢就养，不过一匹就够了。”

黎江乐了：“你跟我骑一匹马呀？”

黎舟淡声道：“我就不用了吧，我不喜欢骑马。”

黎江略顿了一下，又笑道：“那我也不养了，回头我们养别的。我还听同学说有一家店里专门卖手养鸟，也有鹦鹉，叫什么玄凤，脸上两团腮红一样，特别亲人，到时候多养两只，也跟你这只鹦鹉做个伴儿……”

黎舟看他一眼，他话很多，一般话多的时候就表示心情紧张。虽然小少年面上没有表现出来，但一路不住地小声念叨就已经说明了一切。黎舟看得出，弟弟在焦虑。他那点公开的小秘密像是含在舌尖，一直想问，却又不敢提半个字，用的还是老招数，想尽了一切办法来利诱，加大了筹码只求多那么一点牵绊。

黎舟一直没说话，黎江自己说了一阵，也安静下来。

黎舟看着小鹦鹉吃东西，开口问他：“你什么时候知道的？”

黎江沉默了一下，道：“在外公那边的时候。”

黎舟点点头，难怪那个时候就一直打电话，一直想他回去。不管怎么样，也比从前在酒会上闹那么一场要好多了。那时黎江尚坐在轮椅上，而黎舟跟在江心远身边，兄弟之间闹得很僵。

大哥不提，做弟弟的也不肯多说半个字，像是怕说了就会灵验一般，跟自己在那儿较劲。

黎江心不在焉地给那只虎皮鹦鹉抓了一把水果丁，眉头都皱了起来。黎舟瞧见了，拦住他道：“别给太多，它吃多了水果不好，一点就够了。”

那只小鹦鹉还在等着投喂，忽然被黎舟把到嘴的美食给抢走了，急得飞过去抓着笼子叫了两声。黎舟伸手摸摸它的小脑袋，小家伙还不服气，张嘴咬他的手指。

毕竟是养惯了的鸟，咬人跟撒娇一样，不疼。黎舟用指腹在它的小脑袋上轻轻推了一下，笑了一声：“淘气。”

喂完鹦鹉，黎舟瞧着时间也差不多了，就打算回去。这次黎江就安静多了，话都没有一句，只皱着眉头跟在他身边。等两个人快进小厅的时候，黎江才伸手拽住他的衣袖，有些紧张道：“哥，你不会走的，对吧？”

黎舟揉了一把他的脑袋，没回答。

小厅里已经摆好了饭，菜色瞧着很朴素，至少比江心远那边吃的要“养生”得多。黎曼已经坐在那儿等着他们，黎舟进来的时候，她正侧身微笑着同身边的人说什么。听见他们的脚步声，她转头看过来。她无疑是一个美人，但她的美并没有攻击性，犹如荷叶间滚动的第一颗晨露，干净剔透，眼神纯净如稚子。

黎曼今天穿了一身长及脚踝的白色长裙，没戴什么首饰，长发编成麻花辫拢在一侧肩头，只在束起来的发尾上簪了一朵小花。花很新鲜，应当是她在这处小院里摘的。她招手让孩子们过来，虽然已经是三十多岁的人了，但岁月待她很好，并没有在她脸上留下什么痕迹，看起来倒是像一位大姐姐一般：“刚才还在说你们呢，快来，让我瞧瞧长高了没有！”

黎江走过去亲昵地抱着她的胳膊，玩着她发辫上的那朵小花，笑道：“妈妈，这个挺好看，是不是我送来的那包种子开的花？”

黎曼笑道：“是呀，今年新开的，一会儿你和哥哥去看看，摘了放在房间里很香呢。”她说着又抬起头来看大儿子，略微有些迟疑，但还是问道：“小舟的胳膊怎么伤得这么重？不是说打球摔了一下吗？”

养母身体不好，车祸的事也是黎舟和刁明山那边一同商量好了瞒着没有告诉她，黎舟站在那儿道：“嗯，碰到篮球架了，只是看着严重，其实没什么事，养两天就好了。”

黎曼信以为真，点头道："要爱惜身体。"

黎舟轻轻笑了一声，点头应了。

中午餐桌上多了一道大枣参杞膏，放凉了做成酸甜可口的甜品，安神又补血。黎舟能感觉到养母一直在瞧自己，为了让她安心，特意多吃了两小碗。里面放了冰糖乌梅，元参的味道压下去一些，吃着倒也爽口。

等着他们吃完，黎曼又送了自己准备的礼物。她给黎江准备的是一幅画，大概是哪次黎江过来的时候睡在外面的回廊那儿，黎曼瞧见了，就凭着记忆画了下来。阳光、树荫，摊开在一旁的画本和一碟葡萄，黎江手边还有一片没吃完的西瓜，啃了最上面的一点红瓤，男孩在夏日里睡得正香。

黎曼画得很好，隔着画都能触摸到夏日午后的阳光，很暖。

黎江很喜欢这件礼物，围在那儿一直看着。旁边的人笑道："小江不知道，太太为了准备这幅画，画了很久呢。就连今天上午的时候还添了两笔，都不肯出来先见你们。"

黎江故意道："我就知道，妈妈只要一画起画来，就什么都忘记了，连儿子都不要了。"

黎曼没理他，又招手让大儿子过来，拿了一张照片大小的画给他。这张不是油画，而是彩铅绘制的，画了一只虎皮鹦鹉，正单脚立在笼中，另一只脚抓了几颗石榴籽。画上的鹦鹉一笔笔画得精细，羽毛根根分明，小家伙强盗似的，眼神里满是得意，十分传神。

黎舟笑道："啊，我们刚才还去喂过它，黎江要给它水果我拦着没让，它还记仇呢。"

黎曼也笑了："咱们这个院子里，就属它最记仇了。"

黎江听见了，好奇地道："什么最记仇？我瞧瞧？"

黎曼笑着指了指那张画："喏，在说小皮。"

黎舟揉了鼻尖一下，他当初养鸟图省事，得知这个品种叫虎皮鹦鹉，就随口给它取了个"小皮"的名字，没想到这小东西的性子也非常皮。

原本是打算晚上再一起吹蜡烛许愿的，但黎曼脸上有些倦色，黎江就让人把生日蛋糕拿来，在妈妈身边认真地许了愿望，一口气吹灭了蛋糕上的蜡烛。

黎曼逗他："都许了什么愿望呢？"

黎江道："也没什么，就是许愿快点长大。"

黎曼听见后笑了，连站在一旁的黎舟也微微勾起嘴角。小孩子都是这样许愿的，带着天真和可爱，年纪大了反而想让时间走得慢一些，再多一点时间去完成自己想做的事。

黎曼有午睡的习惯，陪了他们一会儿就去休息了。

黎舟的胳膊刚动过手术，也需要多休息，吃过药便在房间里睡了。也不知道是来了别院见了养母精神放松，还是中午的安神汤起了作用，黎舟这一觉睡得很好，他已经很久没有这么彻底放松下来睡一觉了。模糊间听见轻微的响声，有人进来放了什么东西，很快又轻手轻脚地出去了。

黎舟一觉睡到下午四点多，醒来的时候精神饱满，鼻尖闻到一点甜香，扭头就看到床边的小柜上放了一小瓶刚采来不久的铃兰。几枝绿色的花杆上挂着小巧洁白的花朵，圆鼓鼓的，像是一串白色的小铃铛。房间里开了半扇窗，夏日的风吹过，它们就跟着轻轻摆动。

晚上，黎江拿了小提琴过来，给黎曼拉了一首曲子。

是一首很简单的入门曲，曲调欢快，黎江不过跟着老师学了一个多月，就已经很有几分样子了。他天生对数字和艺术敏感，不但继承了外公黎老经商的天分，对音乐和绘画也很有天赋。

黎曼坐在窗边的宽大摇椅上微笑着听，偶尔还会指点一下他偷懒跳过去的地方。她幼年的时候也学过几样乐器，后来兴趣都放在了绘画上，已经很少碰这些了。

黎舟坐在对面的小沙发上听，视线顺着那把小提琴，很快又转到了人身上。

他们三个人在一起的时候，养母会更偏向弟弟一些——也不能说是偏向，她和黎江能说的话题更多，而那些他们口中随意说出的东西，他要努力很久才能取得一点进步。他们做着轻松的事，于他来说，其实算是一种负担。

以前的他，在别人口中是人人称赞的黎家大少，是看起来十项全能的天才。可只有他自己知道，这个"天才"跟弟弟黎江比起来，根本不算什么。他只是在背后付出了常人所不能及的努力，才堪堪站到台前，不至于和黎江比起来显得太过平庸。

“小舟？”

黎舟回神，抬头就看到对面的母子二人都在好奇地瞧着他。黎曼女士还眨眨眼，笑道：“怎么了呀？今天中午我就想问了，你看起来好些有点……不高兴？”

黎舟愣了一下，刚想说话，就听见黎江趴在摇椅那儿，也笑着说：“妈妈你不知道，哥哥这段时间都好凶啊，尤其是刚从临海回来的时候，见了我都不笑一下。”他吐了吐舌头，虽然在跟妈妈打小报告，但他看向大哥的眼睛里依旧带着笑意。

黎舟听着他说，这才恍然大悟。他以为并没有区别，但是他刚醒来的那段时间还是戾气太重，弟弟在他旁边明明感受得到，却没说什么，只小心翼翼地自己先蹭过来，对着他笑。

“不过我哥不笑也很帅啊，对我也最好。要不是为了我，他这次‘打球’都不会受伤。”

黎曼叮嘱他道：“以后也要保护哥哥呀。”

黎江继续趴在那儿笑：“嗯，我会的！”

黎舟张了张嘴，把到嘴边的话咽了下去，也跟着他们一起笑了。

他忽然也有点喜欢这样夏日的夜晚了，带着淡淡暖意的风，刮过树梢微微抖动发出声响，外面的庭院里有虫鸣声，他们在这里说笑，有风吹过衣摆，缠绕来的都是夏天的味道。

黎曼的身体不好，她喜欢天气热的时候，尤其喜欢夏天。因为一年四季，这个季节是她精神最好的时候。也只有在这段时间里，她能多抽一些时间来陪孩子们。

她冲大儿子招招手，黎舟就走了过来，在她脚边的地毯上蹲下，把脸颊贴在她的膝盖上。黎曼笑了，伸出手去捏了捏他的脸颊。趴在摇椅背上的小儿子瞧见了，立刻装出一副吃醋的模样道：“啊，大哥耍赖，怎么可以跟妈妈撒娇！”

黎曼笑得不行，回头又捏了一下小儿子的鼻尖：“你哥哥撒娇哪里有你多，不许说他。再淘气你今天就去和小皮一起睡，让它给你背一晚上诗。”

黎江抗议了几声，趴过来抱着她自己先乐了：“那让大哥和我一起去，他养的鸟，他管！”

“不可以，你大哥又没犯错。”

黎江瞪大了眼睛：“啊？我就吃个醋，我有什么错？哥，我吃醋有错吗……”

黎舟没理他，嘴角勾了起来。

他对少年时期的记忆并没有存留太多，太多的工作等着他去做，累了太久，对以前的事也只剩下模糊的一点印象。好像人都会这样，会把过去最美好的事情放大了存放在记忆深处，小时候吃了一块糖，也会把那种甜味记一辈子。

但糖总是甜的。

养母和弟弟对他好，这点总是没错的。

才在别院待了两天，江心远就打了电话过来。

他被黎老那边提点了一下，这几日也收敛了许多，终于想起要尽一个父亲应有的责任，便亲自打了两通电话来要接他们回去，态度十分诚恳，显然已经是受过教训了。

刁明山乐见其成，问两个孩子的时候却得到了不一样的回答。

黎舟摇头拒绝：“我的胳膊还没好，回去也没什么意思。留在那边，还不如在这里多住几天陪着妈妈。”

一旁的黎江听到，也想开口说话，但看到刁明山的眼神后，皱着眉头勉强道：“行吧，我回去，等过两天周末我再来。”

刁明山笑道：“对对，到时候我陪着小江一起过来。咱们买多多的礼物，你不是想要四季桂吗？我已经让人找去了，挑品相最好的买来种上，买那种带花苞的，一开花，香着呢！”

他这也不容易，连哄带骗地把黎江给带到车上，亲自跟着去了江心远那边。

黎舟站在别院门口送他们，瞧着离开的车子，知道这次刁明山估计不会那么容易回去了。只要有这个人在黎江身边，黎江就不会再出意外。刁明山心思缜密，如一只老狐狸，更难得的是他对黎老祖孙忠心耿耿。以前也不是没人花重金挖过他，但任凭谁来都挖不走，他是最能让人放心的一位。

黎江身边有人守着，他也可以放心离开了。

黎舟又在别院住了几天，在画室陪着黎曼的时候居多。

黎曼自己有一间宽敞明亮的画室，天气好的时候她会把窗帘全部打开，坐在那边全神贯注地画画，一画就是几个小时。她极有耐心，安静下来沉浸在自己的世界里也只能感觉到手中的画笔，是一个活得非常单纯的人。

黎舟站在画室门口，轻轻敲了一下门。

黎曼抬头看见他，笑道："没关门呀，小舟进来吧。"

黎舟走过去看了一眼她的画，是一幅还未完成的碗莲。黎曼笑道："也是你弟弟找来的。他呀，也不知道从哪儿找来这么多小玩意儿，还挺有意思的，我就摆出来画了。"

黎舟抬头看了对面，轻声道："挺好看的。"静物台上放着的那盏碗莲碧绿又可爱，开了两朵，剩下的还是花骨朵，花苞尖尖有一点粉嫩。旁边还挂着一个鸟笼，一只胖乎乎的虎皮鹦鹉正在里面蹦来蹦去。见他看过来，它张开翅膀扑扇了两下，还"啾啾"地叫。

黎舟笑了一声："小皮也在这儿呢？"

"是呀，它在那边老是偷吃鸽子的食物，"黎曼放下画笔，含笑道，"得多看着点才行，可不能再胖啦。"

黎舟走过去逗了小家伙两下，小鹦鹉是个人来疯，隔着笼子就迫不及待地和黎舟互动，亲人极了。

黎曼吩咐道："把它放在一旁的箱子上吧，一会儿太阳晒过来，它怕热。"

黎舟应了一声，找了一下，不太确定地道："放在这个箱子上？"这边堆放着好些东西，他看不出是特意摆的还是随手放置的。在他眼里，养母就算随手放两个木箱都挺有意境的。

黎曼道："嗯，就是那个。这边有点乱，之前忙着画给黎江的生日礼物，还没来得及收拾。"

黎舟道："不乱。"他这么说着，却还是在转身的时候碰到了一个盒子，差点摔了东西，连忙扶住了重新放好。那是几个叠起来放着的木盒子，放的时间有些长了，盒子上有薄薄的尘土，一直没有拆开过。但隔着塑料封也能看到礼盒上印着文玩特写图片，还挂着价格标签，每一样都不便宜。

黎曼顺着他的视线看过去，有些紧张地搓了一下手道："那是……你爸爸送来的。但是我不喜欢，不想画。"她看起来有些为难，却又不擅长去跟孩子们说这些，额头上都冒出了细密的汗。

黎舟走过来握着她的手，安抚道："没事，那就不画。碗莲就挺好看的，下回我找其他颜色的碗莲给您送来。"

黎曼看了他一会儿，神情慢慢稳定下来，露出笑容点头说"好"。

黎舟不放心，握着她的手好一会儿才松开。

养母常年在这里养病，身体是一方面，另一方面她的精神状况并不稳定。他没有见过黎曼在人前失态，她一直都是这样美好的样子。依照江心远的话说，她一生都活在黎老为她打造的温室内，受不得一点风雨。但她为什么要去受风雨呢？黎舟想不通，他不明白这么美好的一个女人，为什么江心远不能去宠爱她。

他甚至还去查过江心远的家底，他相信黎老那边也调查过不止一次。但江心远并没有私生子，他在外面的关系干干净净的，这让他更无法理解。他记得小时候有一次黎老还提过让他改姓江，他那时虽然年岁小，却也记得养父当时扭曲的脸，当场就拒绝了。

黎舟心想，就算他改姓江也没什么好下场。

黎曼和江心远的婚姻名存实亡，苗头早在这个时候就有了。

江心远一直以黎曼有"病"为由，觉得黎家亏欠他，数年来养尊处优的生活已经让他忘了这是他自己当初的选择。等几年后，黎江成年，黎曼就会同他离婚，还他自由。那个时候的江心远最后疯狂了一把，挪用了公司的巨额款项，甚至还想让黎舟来顶罪。如果不是黎舟一直警惕提防，或许那一次黎舟就要替江心远去坐牢了。

不过这次黎舟早离开了几年，而刁明山也提前到了黎江身边，江心远想要动什么手脚就难了。

黎曼心思单纯，黎舟安抚了她两句，她就又高兴起来，跟黎舟说起小鹦鹉的趣事："小皮会开锁了，自己咬开好几个呢，还会开饮料瓶，特别厉害。"

黎曼兴致勃勃地讲着，黎舟就坐在她脚边的地毯上，顺着她的视线一起看过去，陪她聊天。

"他们说虎皮鹦鹉不怎么聪明，我看小皮就很机灵呀。等以后再养一只和小皮做伴，那天你弟弟还说再养一只鹦鹉你肯定也随便给它取个名字叫'小虎'……"

"妈，"黎舟坐在她身边，脑袋抵着她的膝盖道，"我明天就走了。"

他也不知道怎么突然用了这样一句话，明明他可以说得更好，却用最直接的方式说了出来。

“我看到了一封信，是仁爱福利院邮寄给父亲的。”黎舟的声音发涩，笑了一下，“全国有那么多家仁爱福利院，只有那家登记了我的名字。妈，我是您和父亲领养的对吗？”

“你已经知道了？”黎曼有点惊讶，却并没有瞒着他，“对，不过最开始带你回来的是你外公。本来你是要养在外公身边的呢。”她伸手摸了摸大儿子的脑袋，像小时候一样轻声询问他，“你想听吗？”

黎舟的眼睛发涩：“想。”

故事很简单，一位老先生在出行的火车上无意中撞破了一起拐卖案，人贩子被抓，但在逃窜的途中，一时情急把那个装着小孩的麻袋推下了站台。孩子被狠狠地摔在了地上，磕得头破血流，被送去医院抢救了一夜才救回一条小命。老先生心善，登报寻找孩子的父母，但中国那么大，一直等到小孩出院了也没有找到。

最开始老先生想把小孩送去福利院，但孩子受伤需要疗养，光是后续的医药费都是一笔天文数字。福利院那边十分犹豫，并且他们的医疗条件并不好。老先生带了小孩一段时间，也有了感情，舍不得丢下他，就干脆带回家中亲自抚养。

那个孩子不到两岁，磕了脑袋又受了惊吓，那段时间只认老先生一个人，夜里哭的时候都是老先生握着他的手他才肯含着眼泪睡着。小孩非常聪明，教什么会什么，又懂事听话，老先生非常喜欢他。但是他太小了，记不得过去的家，只会说“舟”这个字，所以老先生就留着他的名字，让他跟自己姓。

再后来老先生的女儿接连失去两个孩子，已经没有信心再做母亲，医生也说她难以受孕，所以老先生又把那个小孩送到女儿身边。或许这个孩子大难不死必有后福，当真是个小福星，他来了之后没多久，老先生的女儿也有了宝宝。

黎曼摸了摸他的后脑勺，轻声道：“再后来，他们俩就一起长大，小舟这里的伤疤也看不出来了。我和你外公以前老是担心这里会秃一块呢。”

“对不起，妈妈对不起……”黎舟趴在她的膝盖上，肩膀都在微微颤抖。他想说很多，但那都是还未发生的事，是他哽在喉间无法说出口的秘密。

黎曼心思通透，刚才听见他开口说了那句要走的话，就已经猜得差不多了，轻声问他："已经查到了对吗？你要去那边吗？"

黎舟点点头，半晌又哑声说了一句"对不起"。

除了这句话，他不知道该说什么。他做错过一次，这次他想改正。

他想改正的事情很多很多。

黎曼的掌心柔软，带着暖意，一如她一贯那样包容道："没有什么对不起的，孩子长大了都是要离开父母的，小舟只是长大了。"她伸手摸了摸大儿子的脸颊，悄悄把他脸上的泪水擦干，"所以没关系，你不用道歉的。"

过了一会儿，她又试探着问道："可以给我打电话吗？"

"嗯。"

"一个月一次，可以吗？"

黎舟笑道："当然，我到了之后会给您打电话，每个月还会给您写信，拍好多漂亮的照片夹在信里一起邮寄过来。那边是一座小岛，周围走上一阵总能看到海，沙滩也很软，还有很多贝壳。妈妈你喜欢贝壳吗？我挑最好的贝壳和小海星给你攒着，一起放在玻璃瓶里，到时候送来给你……"

黎曼笑道："你高兴就好。"

黎舟的眼圈泛红："妈……"

黎曼弯腰，抵着他的额头亲了一下："宝宝，你觉得高兴就好。"

黎舟同她告别后，就背起包走了。

黎曼在画室里画画。她画院子里的那一片风铃草，有细薄的白纱随风吹起飘动，她只专心地看着，画着。

"太太，不好了，小舟留了一封信走了！"有人急匆匆地跑过来，手里拿着一封信，神色惶恐，"太太呀，小舟他走啦！"

黎曼看着前面，轻轻应了一声："嗯，我知道了。"

那个人急道："可是太太，小舟一个人就这么走了，只带了几件衣服……"

黎曼打断她道："那幅碗莲收起来吧。"

"啊？啊，好。太太怎么不画了？"

“今年的已经画完了，要等明年，再多一种颜色的碗莲再画。”她看着院子里，认真地道。

而在同一时刻，黎舟正压低了帽檐遮盖住大半张脸，枕着背包打瞌睡。他耳边有轮船的汽笛声，身体也在随着船身摇摇晃晃。他一早出来，从津市坐船顺流而下，等到十个小时之后，就可以到达目的地。

第三章
海 岛

船靠岸的时候已经是傍晚，不过是直达岛上，倒也不用花费时间再转一班轮渡。黎舟穿着一身简单的衣服，斜挎着一个书包，跟着人群一路向前。

岛上出租车很少，大多是一些招揽生意的三轮车。黎舟搭了一辆，告诉司机师傅地址。对方听完说了一声“好嘞”，就开始朝那儿骑过去。半个小时左右的路程，他跟黎舟要了两元钱，拿了钱又有点不好意思，找了他五角：“平时我都是拉货的，你就这么一个小包，用不了这么多，一块五就够啦！”

那司机师傅说完又折返继续拉生意，黎舟有些意外，不过想想岛上的人居住环境简单，民风淳朴也在情理之中。

他在附近找了一家小旅馆先住下，并没有急着找过去。虽然江心远让许秘书给了他地址，但黎舟能确定的只是地名没有太大的出入。许秘书查的这个地址，他并不是完全相信。毕竟许秘书是江心远的人，她说的话最多只能信五分。

黎舟住的这家旅馆在一条小街上，店面不大。一楼是他们自己住，二楼分隔成两三个房间提供给客人居住。这里生意很冷清，平时瞧着也没什么人，前院坐着一个老婆婆，正在那儿择青菜。她年纪大了耳朵不太好使，瞧见他进来问了一会儿才知道他是要住店的，忙招呼小孙子打开房间让黎舟挑选。

房间收拾得干净又清爽，黎舟挑了楼上最大的一间住下，付了十天的房钱。

那男孩看着十二三岁的模样，黑矮，脖子上还系着红领巾，他收了钱咧开嘴笑道："大哥哥你放心住，有什么事往楼下喊一声就行了，我叫付海宁！"

黎舟点点头："好，谢谢了。"

船上颠簸也没吃什么东西，黎舟的胃口一般，但还是习惯性地弄了一点吃的，买了一盒桶装泡面在楼下接了热水泡着吃。他一条胳膊还吊着不怎么方便，那个老婆婆瞧见了就亲自帮他倒水，还叮嘱他上楼小心些。

黎舟想多给一点钱，那老婆婆立刻摇头道："水不要钱的，不要钱！"

黎舟只好把那点零钱收起来，端了面上去。

他站在窗边一边吃面一边往下看，这是他第一次踏上这座岛，就这么四处看了之后也没觉出和别的地方有太大的不同。岛屿够大，在这里生活的人也多，这个时候街上来来往往的人很多，有提着鸡鸭笼子的、背着青菜的，还有领着家里小孩背着书包放学回来的。空气中飘着饭菜的香气，不知道谁家煎了鱼，锅铲的轻微声响和香气弥漫半条街。

黎舟正在看着，忽然听见门口传来"咚咚"两下敲门声。他走过去打开门，就看到刚才带他上楼来的那个男孩。小孩手里端着一碗煎鱼，放下之后烫得急忙捏耳垂，然后咧开嘴笑道："大哥哥，我婆婆做了煎鱼，她瞧着你刚才打水泡面来着，就让我给你送一碗菜过来。你尝尝吧，我婆婆的手艺可好啦！"

他说话跟连珠炮似的特别快，小声又欢快，说完就跑下楼去，听声音也是急着要去吃饭："婆婆我送好了，我要吃鱼尾巴！最焦的那块留给我呀。"

黎舟猝不及防收下了一碗煎鱼，白瓷碗里大块的鱼肉用油煎炸得金黄焦脆，还加了些豆豉提味，和他刚才闻到弥漫半条街的香味一样。

鱼有点咸，但很香，放了豆豉又很下饭。

黎舟吃了一些鱼，喝了两瓶水。

他的胃不好，以前在黎家的时候不敢吃太多、太快，怕江心远会突然问起什么他接不上。时间长了，每一顿饭他都吃得无法放松，有些时候江心远吃完了，他也得跟着起身。再以后忙起来，他渐渐变得饮食不规律，肩上的担子太重，逼得他不停地向前赶，也没有心思考虑饮食习惯了。

现在突然放松下来，他觉得挺好。

以前江心远一直用恩情来要挟他，不允许他联系家人。这一次他帮弟弟黎江挡了一灾，虽然胳膊伤得重，但他心里是轻松的，觉得自己偿还了一部分，可以和家人联系了。

他在这座小岛上穿最简单的衣服，过最朴素的日子，这让他的身心放松了很多。

第二天一早，黎舟就出去转了一下。

在许秘书转达的信息里，那家人姓李。但是他曾经查到的那家，却姓陆。

以防万一，黎舟决定两家都去看看，先悄悄观察一下。

他先打听着找到了李家，江心远给的地址很明确，并不难找。他远远地瞧了一眼。

李姓一家人看起来要斯文些，男主人穿着方格衬衫，鼻梁上架着眼镜，在当地小学教书。从附近打听到的消息也和江心远说的差不多，姓李的这家男主人当年离婚，孩子在两岁左右的时候送去了妻子那边带着，没带在自己身边。据说都在南方某座小城——这和当初接收黎舟的那家孤儿院的地址正好吻合。

李家男主人已经再婚了，并且有了一对双胞胎女儿，小孩正是读小学的年纪。

黎舟多看了两眼那两个小女孩，但是很奇怪，他的内心并没有什么波动。

从李家回来以后，黎舟又试着找了一下姓陆的那家人。这和李家不同，他并没有确定的地址，只有一点点几年后模糊的信息，在岛上查找起来并不那么容易。

不过他时间充足，倒是可以慢慢找。

黎舟在街上闲逛的时间长，周围的人似乎好久没瞧见陌生面孔，有些人会好奇地看着他，有些半大的小姑娘看他一会儿后还会脸红。

有一天，黎舟在街上借着买东西开口询问的时候，旁边的一个老头儿忽然冲他摆摆手道：“哎、哎，小兄弟你来！”

黎舟有些奇怪，但还是走过去道：“怎么了？”

那个老头儿一脸神秘地冲他招手，黎舟蹲下，就听见老头儿压低了声音道：“我这两天都在这儿摆摊，全听见啦，你怎么能在这儿问呢！”

黎舟没听明白：“不能问什么？”

“陆老大呀！”那个老头儿压低声音道，“你不知道吗？陆老大家的小孩当年遇到拐子，唉，也是可怜，找了这么些年都没个信儿！那是不能揭的伤疤，你瞧瞧这几天你问的人有几个敢跟你搭话的？你是没见过陆老大，拳上能站人，臂上能跑马，打你这样的只要一根手指头就够了！你再问小心他那帮徒弟瞧见了，拿个麻袋套了你在巷子里打一顿。陆老大手下可是有好几十号人，你吃了亏也只能自己咽下去！”

黎舟：“你说的这个陆老大是干什么的？”

老头儿想了想，道：“什么都干一点吧，挺有钱的。”

黎舟结合这边的流行词，试探着问他：“万元户？”

老头儿瞪大眼睛道：“万元户？那可不止，陆老大家里几十万都有了，啧啧！但是有钱也不成，陆老大一年到头没几天在家，现在还到处找孩子呢！”

黎舟心一动，问：“那您知道这个陆老大的事吗？能不能跟我说说？”

老头儿摸了下巴半晌，沉吟道：“也不是不行，小兄弟你看我这两天了都没开张，要不你先瞧瞧我卖的这些宝贝？”

黎舟低头去看，老头儿那个摊位特别简陋，就铺了两张报纸，但上面摆着的却都是“价值连城”的宝贝，西周的青铜酒樽、宋代的一把铜钱、明朝的一套青花瓷套娃……应有尽有，最旁边还倚着砖墙搁着十来个呼啦圈，卖的东西也是齐全，大钱小钱都赚两个。

老头儿搓着手道：“怎么样，有瞧上眼的吗？这些可都是老物件，好着呢！我也不多要，你看这青花瓷娃娃多好，卖你两百一件……哎哎，小兄弟别走，你诚心要一百块钱三件也行啊！”

黎舟不买他的东西，在那儿跟他搭话：“您的这些东西都是古董？”

老头儿道：“可不是！你瞧瞧，这些可都是祖宗传下来的好东西。要不是急着等钱用，我都不舍得从家里拿出来卖呢。”

黎舟没上手，只看了一眼就摇头道：“这些好像有点问题。”

老头儿吹胡子瞪眼睛：“瞎说，不说别的，你看我这明青花……这瓷娃娃，做工多好！我瞧着小兄弟你也是同道中人，怎么看东西也这么粗心呢。你瞧瞧这砂眼，这可都是货真价实的老物件，现在上哪儿去找这些呀！还有这釉，釉色青白，厚而肥润。啧啧，好东西啊！”

黎舟笑道：“听您这说的，不像是明青花，倒像是元青花了。”

老头儿眼珠子一转，顺势做出一副忍痛割爱的表情道：“是吗？啊，原来是元青花，你瞧瞧，我自己都说错了。不过开弓没有回头箭，既然说了，那我也按明青花的价格卖给你。钱不钱的无所谓，主要是觉得小兄弟你人不错，想跟你交个朋友。一百块钱三件，两百块钱七件全套你都拿走，老头子没二话！”

“可是大爷，您这套烧的是俄罗斯套娃。”

老头儿：“……”

他们正说着，旁边就过来两个人也跟着瞧，大概是看到黎舟在那儿看，也跟过来半凑热闹似的问了两句。

老头儿连忙去招呼生意，舌灿莲花，人家拿起一件器物来他都能吹上一段故事，不比刚才跟黎舟说的那些差。

“瞧瞧！行家啊，您这一出手拿起来我就知道，今天这个物件肯定是遇到有缘人了！

“嗬，宝贝！可不是大宝贝嘛！您别以为手里这个是普通的铜钱啊，这可跟咱们乡下做毽子坠儿的那些不一样。来来，你举起来冲着太阳仔细瞧瞧，看到上面那个‘宋元通宝’没有？你看那个‘宝’字，它的写法可有讲究了。一般的‘宝’字都从尔从缶，这个不一样，这钱它从珍，宝盖头下面是个珍字呀！

“您再看您手里拿着的这枚钱，它和其他的铜钱又不一样。它包浆好，上头没有浮锈，而且咱们细看的时候也只有它的里头都是黑乎乎的，瞧见没有……对了，就是那儿！这是因为刷了一层核桃油，老祖宗刷这个油也是便于它脱模。说到这儿，您一定听懂了，这枚铜钱它不一样啊，这是当时铸造钱的时候的母钱！

“这一批‘宋元通宝’换了别的地方能再找到，但这做模子的母钱难得，打着灯笼都没地方找！

“不信您就去省图书馆查查，那都是有历史的。有历史的叫什么？那叫文物呀！”

…………

那几个人听得津津有味，最后买了俩呼啦圈。

这两年全国人民都特别喜爱呼啦圈，之前北京亚运会的时候就热了一阵。尤其是去年还有个小姑娘一口气同时转九十八圈上了春晚，这下更不得了，基本上每家每户都搁着一个呼啦圈赶时髦，颜色鲜亮点的卖得特别好。

老头儿收了钱，给他们拿了呼啦圈，回头一屁股坐下继续守摊。

黎舟问他："您这边卖着古董，还兼职卖呼啦圈呢？"

老头儿摆摆手，一脸和善地道："没什么，我就是给别人看着，乐于助人嘛！"

黎舟："……"

他都瞧见这个大爷往自己兜里揣钱了，动作贼溜。

老头儿搓着手问他："刚才那枚母钱，小兄弟瞧着怎么样？刚才那几个人和这钱没有缘分，我瞧着你和那钱还是很有缘分的。怎么样，要一枚吧？"

黎舟拿在手里掂了掂，笑道："这是铁的吧？"

老头儿道："对对，铁母钱嘛！"

黎舟把玩了一下，笑道："我听说过雕母钱、祖钱，这铁母钱确实少见，不过我瞧着翻砂好像……"

老头儿冲着他"嘿嘿"一乐，竖起大拇指道："小兄弟门儿清。行啦，我也不多说了，瞧着你家里也是做这门生意的？"

黎舟含糊道："家里老爷子喜欢这些。"

黎老当初喜欢这些，每年都会拍一些回来，有时候还会带他和黎江一起去拍卖会。大的小的都去过，有些直接在园子里拍，他见过的实物不少。不说这些铜钱，单老头儿刚才吹的元青花黎老手中就有两件，搁在架子上，他和黎江从小就见。有些东西他还需要多观察一下，黎江却是睁眼一扫就能辨出真假。

他想着黎江，心里微酸了。他还是第一次离开黎江这么久，而且归期未定。他心里有点内疚，瞧着老头儿摊子上有一只青花瓷的小狗，趴在那儿卧姿灵动，憨态可掬。他想着弟弟属狗，就把这个小物件买了下来，想着回头见面的时候可以哄一哄小孩儿。

老头儿眨巴着眼睛又想编故事，黎舟吓唬他道："说实价，不然不买了。”

老头儿闭眼道：“忍痛割爱，五块钱，一分钱也不能少！”

黎舟学着周围的人那样砍价：“两块钱。”

老头儿上下打量他：“瞧你这一身穿戴，也像是个有钱人家的孩子。这运动鞋就好几百呢，怎么还这么抠？几块钱也砍价……行行行，别走呀，两块就两块吧！”老头儿把那个小玩意儿给他，自己都乐了。

老头儿觉得黎舟运气不错，也乐意跟他说话。有黎舟这个小帅哥在这儿，临近中午的时候还把那套“元青花俄罗斯套娃”给卖了出去，以七块五的高价，让一个来逛街的小姑娘买走了，她临走还红着脸多看了黎舟好几眼。黎舟感受到视线，抬起头的时候，那个姑娘就捂着嘴笑着跑走了。

黎舟觉得有些莫名其妙，那个老头儿却咂巴着嘴忆往昔：“唉，我年轻那会儿也有好多大姑娘和小媳妇喜欢呢，那时候我有个外号叫‘赛许仙’。许仙你知道吗？就是娶了白娘子的那个后生，俊着呢！”

黎舟笑出声，问他：“那个陆老大年轻的时候什么样？”

老头儿看了他一眼：“他年轻的时候啊，你知道‘倒拔垂杨柳’的那个鲁智深吗？”

“知道。”

“《水浒》里喝上三碗酒就能徒手打死老虎的武松，知道吧？”

“知道。”

“还有黑旋风李逵，身高九尺、一身力气的蒋门神！”老头儿见他点头，比画了一下道，“对喽，把这几个人合起来，就是陆老大了。”

黎舟还真想象不出来那是怎样一个形象。

老头儿又叮嘱他：“这岛上的人都挺好的，但是有一点啊，陆家不一样，你可千万不能在那家人面前提小孩。他家孩子丢了，这么多年陆老大两口子都快找疯了。就去年那会儿，还贴了重金寻人的告示。但就一张十几年前的小孩照片，哪儿认得清呀。还有人拿着一把小孩骨头上门冒领赏金的，你是不知道，让陆老大给揍得啊，肋骨都断了好几根！要我说那个人也是缺德，真是活该！”

黎舟沉吟了一下：“陆家那个孩子丢的时候多大？在哪里丢的？”

老头儿刚要开口说，就听见街口那边人声喧哗。他耳朵尖，抬头瞧见是陆老大家的那些徒弟，一个个穿着白色文化衫、黑裤子，正往这边走。那群人大老远看着他们这边，用手指着喊了两声什么，就朝着这边跑过来。

老头儿脸色一变，立刻灵活地卷了包袱撒腿就跑，跑得那叫一个利索。

"快走！陆老大手下的人来了！"

老头儿这边一跑，黎舟下意识也跟着起身跑了两步。但他又觉得自己没犯什么事，就停下来回头看了一眼。陆老大那些徒弟似乎是在驱赶像老头儿这样的商贩，只是街上其他商贩对他们特别热情，还有人非拽着要往他们怀里塞瓜果蔬菜。为首带队的那个徒弟就因为被小商贩塞了一个大南瓜，抱着跑不动，这才没来得及追过来。

黎舟正看着，忽然被人拽了一把。那个老头儿还挺讲义气，低声说道："还不快跑，你在这儿到处打听陆老大家的事，小心一会儿真的揍你啊！"

黎舟跟着他跑了两步，问道："他们刚才在干什么？"

"他们……他们……就是不让岛外的人来做生意。"老头儿体力不行，爆发了一阵之后累得如风箱一样"呼哧呼哧"地喘气。

黎舟又问："我刚刚看到有人给他们送菜？"

"啊，孝敬的吧。我倒是也想给，只是陆老大都不肯见我的面，唉！"

老头儿绕了两圈，觉得安全了才放慢脚步。黎舟体力好，只是吊着的手臂略微有些疼，其余的没有什么大碍。

老头儿几乎没损失什么东西，那些宝贝都卷在小包袱里背在身上了。只是这会儿他饿得前胸贴后背，才跟着黎舟走了两步，肚子就叫了起来。黎舟看了他一眼，这老头子头发花白，额头上全是汗水，混着泥土一脸狼狈，这会儿还背着那个小包袱四处瞧着想赚点钱的样子，忽然有点心软，问道："您中午还没吃吧？要是不介意，跟我一起简单地吃点。"

老头儿有点不好意思："那一会儿我再送你一对元青花小狗。"

黎舟笑着点头："好，一个就够了，不用一对。"

黎舟住的那个小旅馆里的婆婆做饭特别香，他这两天都是交了钱的，中饭和晚饭就跟着那祖孙俩一起吃。

婆婆收了黎舟的钱，这两天做饭也特别用心。瞧见黎舟的胳膊还伤着，她会特意做些方便他吃的东西，光是烤饼就变着花样做了四五种，拿他当自家孩子一样照顾。

今天中午婆婆做的是猪油面，另外炒了三道菜，还有一碟专门给黎舟烙的葱油饼，两面金黄，咸香酥口，巴掌大的一个个小圆饼，单手拿着吃正好。

他们回来的时候婆婆正在煮面，黎舟去说了一声，婆婆立刻又多煮了些面。她这都是手工做的鲜面条，也不计较这些，有人来她还挺高兴的。往常小孙子中午都在学校吃，她就一个人吃，现在人多了热闹些。

老头儿跟着吃了一碗猪油面，觉得香得不行。

“唉，今天要不是陆老大赶人……”

婆婆听见道：“瞎说，陆老大这么多年一直照顾我们街坊，他哪里坏啦！就算赶，也赶的是不正经做生意的。”

黎舟笑着看了老头儿一眼，老头儿支吾着低头吃面，连声喊着要再来一碗。

婆婆信以为真，又去给他盛了一碗面。

黎舟凑过去低声问他：“您不是这个岛上的吧？”

“这两天刚来，做点小生意。唉，小兄弟你是不知道，日子不好过啊，我们厂原先是做方便面的，这两年效益太差，都快要倒闭啦！”老头儿说话的时候吃面的手都停下了，一脸唏嘘。不过他很快又吃完了这碗面，舰着脸接过婆婆递来的一碗：“您做的这个面条可真香，我从早上五点坐轮渡过来，到现在还一口饭都没吃呢！”

婆婆：“那不是我做得好吃，是你自己饿了。”

这边附近都是住了多年的老住户，像这家小旅馆和隔壁卖五金的店都是一开始就在这条小街上。斜对面走不了几步就有一家小商店，卖些烟酒糖茶和日用百货，还摆了一台电话。街上的人一般都会去那里花点钱打电话，有来电，老板也会喊一嗓子叫人来听。

那老头儿是个岛外来兜售家中破铜烂铁的假把式，关于陆老大的信息，他知道的也就这些，其中还夹杂了他听来的一些，一股脑地全吹给黎舟听。

婆婆坐在一旁都听不下去了，哼了一声，维护道：“陆老大才不是你说的那样，他年轻时候也是个俊俏后生，现在脸黑那是在船上晒的呀！哎哟你没出过海不知道吧，海上日头大着呢，晒成黑脸也没什么稀奇！”

“那他一个打十个总没说错！”

婆婆哼道：“瞎说，我们陆老大从来不欺负弱小。”

“那去年他们在东湖湾那边不是还和人起了争执？总归是动手了吧？”

婆婆纠正他：“那不一样，那是惩恶扬善。”

黎舟听得津津有味，对刚才在街上看到的略微有些改观，或许这个陆老大和他想象中的不太一样，听起来是个讲理重义气的人。

关于陆老大的事，婆婆知道得更多。黎舟问她，她就慢慢讲给他听：“是呀，这么多年都在找呢，陆家那孩子丢的时候也可怜，那会儿陆老大还在造船厂工作，刚评上先进，带着一帮小伙子没白天没黑夜地干活。家里小孩病了，他媳妇一个人背着孩子去医院瞧病，在病房里陪了一天一夜都没敢合眼。瞧着孩子退烧了，她就守着孩子趴在小床上眯了一会儿。谁想到醒来孩子就不见了……唉，可怜哪，当娘的都急疯啦。听说那天岛上来过外地人，两口子辞了船厂的工作，凑钱买了船，从北到南到处找。

“陆老大对路边的乞儿特别大方，看到人就给钱，尤其是和儿子年岁差不多的小孩子，瞧见了都会给点。他说做善事不求别的，万一他儿子也在路边要饭吃，盼着有发善心的人给孩子一点吃的，或是给一点零钱。

“没少做善事呢，也是他积了福报，这些年生意做得顺。

“搬家？你这是在哪儿听到的话？陆老大现在还住着以前的老房子，不肯走。

“早些年在城里买了房，但是他要找孩子，又要做生意，一般都还回岛上住。

“有钱了他也不搬走呀。

“他说怕孩子找回来……

“找不到自己的家。”

…………

黎舟放下手中的筷子，慢慢把最后一口饭咽下去，剩下的却食之无味，一口也吃不下去了。

他们这边吃着饭，就听见对面小商店的老板站在路边喊：“哎，付婆婆，喊你家房客来接电话啦！外面打来的——”

黎舟站起身道：“婆婆你们吃，我吃饱了，过去一下。”

付婆婆答应了一声，那老头儿瞧着黎舟去了对面的小商店，放下碗一抹嘴抓紧时间跟付婆婆询问黎舟的来历：“老大姐，这个小哥是哪里人？他是不是跟家里人一起过来旅游的呀？”他在这边旁敲侧击打听黎舟家是不是有钱人，付婆婆被问得警惕起来，看着他道：“你是干吗的？”

老头儿笑呵呵地道：“我呀，我是邱城的，咱们离着近，坐个轮渡就过去啦！但凡从临海过来，肯定都要经过我们那儿。前两年卖的‘木兰’牌方便面还记得不？我们厂做的！外面人提起来都说好，那面饼大着呢，又筋道！”

婆婆打断他，依旧十分警觉：“那你来岛上干什么？”

“喀喀——走亲访友，顺便卖两件家里的老物件。您这么看我干什么呀，我可是绝对的良民！岛上那谁谁家还是我亲戚呢，您住这么久肯定认识她家吧？”

这边付婆婆在排查敌特似的询问，那边小商店里，黎舟接起了电话。

电话是黎江打来的。

黎舟到了以后，给养母黎曼打过一个电话报平安。他倒是也想给黎老那边去个电话，但接通后对面只说老人在忙，老人并没有亲自接他的电话。这让黎舟心里略有些遗憾，不过也算是汇报了一声。只是给黎江的这通电话，他隔了两三天才打过去。他不知道该怎么面对弟弟，不过还好，弟弟虽然有点不高兴，但还是愿意跟他说话的。

而且他每天中午都会打电话过来，跟黎舟聊上两句。

这街上就这么一台座机，黎舟怕耽误了老板做生意，每次都只跟弟弟简单地说上几句。他说得不多，显然不能满足弟弟的需求。那边连声追问：“哥，你的胳膊今天好点没有？都吃什么了？医生说一定要注意饮食。对了，你记得过几天要去医院拆线，千万别忘了！要不还是我提醒你吧，你的手机放在妈妈那边没带过来，我让人给你送过去？”

“不用了。”

“哥，你还有好多东西没带，住着也不方便。这样，我跟刁叔说一下，让他帮忙给你带……”

“不用了，黎江。”

黎江在那边沉默了片刻。

黎舟安抚他道："我在这里过得挺好的。"

那边过了一会儿又问："你见到他们了吗？"

黎舟跟他兄弟俩心意相通，黎江说什么他都领会得到，轻声道："还没有，不过听说那家人还不错。"

黎江干巴巴地道："哦。"

紧接着，两个人又是一阵沉默。

黎舟试探着问道："没什么事的话，我挂了？"

那边急着喊了一声："哥、哥你能不能……回来啊？"最后这一句带了点鼻音，又像是忍住了，不肯再多说。

黎舟向他承诺："你好好学习，考好了我去看你。"听着那边应了一声，心软了又哄他道，"我今天逛街，瞧见一个青花瓷小狗特别可爱。"

黎江的语气缓和了很多："给我买的吗？"

黎舟倚着墙壁，低声笑道："你听话吗？"

"嗯。"

虽然黎江不太情愿，但好歹被哥哥哄住了。

黎舟挂断电话，又在小商店卖了一小把泡泡糖带回来。他这几天接电话太频繁，总有些不好意思麻烦老板，就买点小零食当补偿。老板乐呵呵的，不管生意大小，卖出去什么都挺高兴的。

那一边，黎江在房间里握着手机好半天都没放下，垂着眼帘看不清神情。

手机又响了两声，黎江看着人名恍惚了一下，接起来道："刁叔？"

刁明山的声音传过来："小江，你今天还不去学校吗？哎呀，我也不是逼着你去，我跟你是一伙的，真的，我知道你心情不好，咱们再玩半个月也没事，反正功课都追得上。"

黎江道："刁叔你想说什么就直说吧。"

刁明山笑了一声，道："我哪有什么话，是你爸让我跟你说一声。"

黎江闭了闭眼睛，嗤笑一声，说："他？他把我哥逼走，还想跟我说什么？有本事让他登报再和我断绝父子关系啊！"

刁明山护短，立刻道："呸呸呸——要走也是他从咱们黎家走，登报只写他一个人的名字，丢他的人！"

黎江："他这次又说什么了？"

刁明山道："没说啥，就是把他那个侄子江彭亮转到你们学校来了，刚好跟你在一个班，说那孩子对学校不熟，有点怕生，让你多照应着点。"他说完也没见黎江有什么回应，又小声问了一遍，"小江，你听见了吗？"

黎江单手插兜，懒懒地道："听见了，照顾他是吧，行啊！"

刁明山就放心地挂断电话。

跟在他旁边的助理也是做了多年的，知道黎家这两个孩子的秉性。黎舟瞧着面冷但心却是软的，软磨硬泡地说上几句总能被说动。黎江则不然，最受不得激将法。

助理小声问道："刁爷，您刚才是故意这么跟小江说的？"

刁明山摸了一把胡子，美滋滋地道："什么故意不故意的，我可没有。我就是替姑爷转达几句话而已。唉，小江就是太实心眼了，一门心思追着小舟跑。这个年纪的孩子不读书怎么行呢！瞧瞧，现在有个同龄人对比着，竞争心就起来了吧？还是得多跟同龄人玩才好。"

助理心想：这位同龄人怕是玩不过他们家小江。

黎舟隔天又在街上转着去听消息，这次他听了老头儿的意见，多听少问，倒是也从周边小贩嘴里听到关于陆老大的一两句话，跟付婆婆说得差不多，几乎没有听到一句说陆老大坏话的。

黎舟转了一阵，又去了昨天老头儿卖古董的地方。那块巴掌大的地方今天没人摆摊，黎舟在那儿等了一阵，正打算走的时候，就瞧见两个穿白色文化衫和黑裤子的人走过来。那是陆老大手下的徒弟，他们的目标也明确，直冲黎舟而来。

黎舟站在那儿没动，那两个人走近，也盯着黎舟的脸看："岛外的？"

黎舟点点头："是。"

其中一个就冲他伸出手，道："五十块钱。"

黎舟挑眉："干什么？"

那个人瞧着比他还奇怪："办证啊，你昨天和一个老头儿在这儿摆摊卖东西了吧，摆摊做生意要跟工商局申请办证你不知道吗？《城乡个体工商户管理暂行条例》看过没有？"

黎舟自己不做生意，但是对他们有些好奇，问他们："五十块钱就行了？也不用提供别的证件？我怎么知道自己的证办好了呢？"

那个人大大咧咧地道："这有什么好担心的，整条街都是我师父的啊！"

另外一个人瞧着稳重些，跟他解释了一下："这条街我师父一起交了钱，大家平时做生意出个手续费就行了。年底要统一维修市场，规划了固定摊位，所以要出钱办证。你要是不办，就不能在这儿摆摊。"他说话的时候眼睛盯着黎舟看了好一会儿，才迟疑地道，"你还继续摆摊吗？瞧着像是学生吧。"

黎舟正要回答，就听到附近忽然有些嘈杂。紧跟着又有几个穿着白色文化衫和黑裤子的人从街口跑来，甚至还有两个人从后面包抄，围追堵截地把一个背着包袱的老头儿拦住："别跑！今天你别想溜……"

那老头儿虽然逃窜得灵活，但到底跑不过年轻力壮的小伙子们，没一会儿就被逮住了。

"别别别，有话好好说。我也办证了，办的是二十块钱的……真的，不信你回去问问你们那个方脸高个儿的兄弟，我钱都给他啦！"老头儿还在编瞎话，就被对方几个小伙子黑着脸架了起来。

老头儿"嗷嗷"地喊："你们收了钱还赶人，到底讲不讲道理啊！"

"我们就没有二十块钱的证。"

"……"

"去年还二十呢，我都打听过了，怎么今年又涨价啦！"

"少废话，你那是办证的事吗？"

那边推推搡搡的，黎舟瞧见后从兜里拿了五十块钱给他们，指了指那个老头儿道："我替他交了，你们把人放了吧。"

对面的小伙子收了钱，却也紧盯着黎舟看，拿着钱有些犹豫："三哥，这钱收吗？"

同伴略微想了一下，对黎舟道："那个老头儿的情况有点特殊，得带回去问话，你这……是岛外的，情况也有点特殊，跟着一起走一趟吧。"他招呼那边的同伴把老头儿带过来，瞧着两个人架着他，就说，"先松开吧，带他回去让师父看看。"

架着老头儿的小伙子不肯："三哥你是不知道，这个人属泥鳅的，撒手就没。今天在巷子里追了他一个上午才逮着。"

黎舟听见也看了那个老头儿一眼，心想，难怪他今天没在街上摆摊，原来是跑去打游击战了。

那老头儿原以为他们会把自己赶出岛去，听着是要带他去见陆老大，整个人都精神了，满脸红光道：“你们早说呀，要是去见陆老大，我一早就不跑了。来来，这位兄弟先放我下来。你瞧我这衣服上都沾了灰，让我拍两下等会儿见着陆老大也体面一点不是……真的，我真不跑了！”

那个被他们喊三哥的人点头道：“松开他吧，刚才有人替他交了五十块钱。”

老头儿扭头瞧见黎舟，这一圈人里他就认识黎舟一个。瞧见黎舟跟他略微点了点头，他心下明白，有些感激地道：“谢谢你啊小兄弟！你看我这身上也没什么物件了，回头我一定补给你两件最好的东西。”

旁边一个陆家人哼了一声，背着老头儿的那个小包袱，走路的时候，包袱里的东西碰得“哗哗”响，他们看老头儿的神情跟看骗子没什么两样。

黎舟看过去，那俩小伙子的视线跟他撞上后迅速扭头，只敢用眼角的余光偷偷看他。

黎舟有些好奇，但这些人没有和他交谈的意思，瞧着平时纪律还挺严。他胳膊上有伤，慢悠悠地跟在后面。那些陆家人起初还在看他，但瞧着黎舟不像要跑更像是在自家院子里散步的样子，也就没怎么特意去盯着了。

一路上，老头儿不停地想攀关系，甚至还递了两支烟。被那个三哥严词拒绝后也不气馁，虽然是被三四个小伙子夹在中间，但他红光满面，好像是被请来的客人。

黎舟跟着他们走，瞧见他们回去的时候还在路上买了菜，倒也有些新奇。

他心里想着，如果没有当年那个拐子，他可能就过着这样的生活吧？这就是应该属于他的人生……

三哥走了两步，忽然道：“你们先回去，师父让我给小宝买点火腿肠，我差点忘了。”

那几个人答应了一声，接过三哥手里的菜道：“多买点吧，师娘都不让他吃零食，怪可怜的。”

三哥点点头走了。

黎舟听着他们说，脚步顿了一下，觉得手脚都有些僵硬了。他沉默了一会儿，问道："陆老大他……"

那小伙子等了半天，没见他问完，奇怪地道："什么？"

黎舟摇摇头，道："不，没什么。"

他这些天只问了陆老大和那个走失的孩子的事，并没有问过陆家是否还有第二个小孩。这么多年过去了，他们身边再有一个孩子也是应该的。

陆老大住的地方院子宽敞，但房子瞧着只是几年前翻新过，并没有想象中的豪华。院子里有一棵大树，男人坐在一把小木椅上，面前蹲着一只小狗，手里拿着一把明晃晃的刀。他的额角有一道疤，面相看着有些凶，抽了刀出来用刀尖挑开手里的火腿肠，剥开了喂小狗。

就算是切火腿肠，老头儿的腿肚子都有些颤抖。

原因无他，陆老大身高足有一米九几，像铁塔一样，攥起来的拳头瞧着真能一拳打死人。

就是他跟前那只小狗闻着香味了，激动得蹦来蹦去，尾巴甩得飞快，让场面看着有点好笑。不过陆老大不太在乎，喂完小狗瞧着它乐得叫了两声，伸手揉了小狗的脑袋一把："小宝吃慢点，一会儿还有。"

黎舟走近听见了，看了看那只小狗，又看了看陆老大，心情复杂。

这会儿陆老大喂完了小狗，也有空抬起头瞧他们。原本懒洋洋的神情在瞧见黎舟后一下就变了，腾地站起身来，先是盯着，很快又皱起眉头来。

那个收钱的徒弟走过来说："师父，这是从岛外来的，他们俩昨儿就没证摆摊，今天这个小兄弟补了钱。"他把那五十块钱交给陆老大，陆老大却憋红了一张脸，好半天才抬起手来，也没去接钱，反手扇了徒弟的脑袋一巴掌："要个头！我要一个小孩的钱干吗？还给他！"

徒弟丈二和尚摸不着头脑，疑惑地道："啊？这老头儿也不收钱了？"

陆老大这才瞧见旁边还站着一个老头儿，正在那儿一脸谄媚地笑着搓手。他皱眉道："这老头儿干什么的？"

徒弟道："他卖假古董，是个老骗子。"

老头儿立刻道："哎哎，这位兄弟不要含血喷人啊，我那些可都是真物件，反正至少十年吧！而且我从不强买强卖，大家伙都是凭勤劳的双手做生意，你怎么可以说我是个骗子呢？”

陆老大问：“怎么回事？”他这么说话的时候，眼睛却紧盯着黎舟不放。

黎舟也在瞧他，陆老大就站在他对面，哪怕没有离得很近，也感觉自己被一片阴影笼罩，仰头看着对方的时候，实在有些压力。可也正因为离得近了，看得也更清楚些，黎舟刚升起来的那点认亲的想法，就被浇灭了。

他好像不是陆老大的孩子。

他们长得一点都不像。

两个人都在屏息凝神地打量对方，黎舟仔细瞧了陆老大的长相，粗犷的脸，飞扬的眉毛，还有那双即便是抿成一道线也瞧着略有些丰润的唇，和自己几乎没有一处相似。

陆老大却紧张起来，满手心都是汗，不自觉地在裤子上擦了一把，一颗心狂跳起来。像，实在是太像了，眼前这个男孩不像他，却像足了自己的妻子叶红玉。耳边是徒弟和那个老头儿的对话声，陆老大有一句没一句地听着，心都不知道飞到哪里去了。

“谁冤枉他了，师父您是不知道，前两天他卖给人家东西，人都找来了，说这老头儿坑钱……”

陆老大听见转过头去，虎着脸道：“什么老头儿不老头儿的，文明一点！”

“说这大爷坑钱。”

陆老大摸了摸下巴，又转头去看那老头儿，问道：“有这么回事吗？”

老头儿道：“冤枉，我这两天总共就卖出去一两样物件，就这还是内部自销。不信你问我这个小兄弟，我就卖他俩青花瓷小狗。”

旁边那个小伙子不服，他们虽然人多，却也讲究人证物证，没一会儿就把人带来了。来的是一个二十岁出头的年轻人，一过来就特别气愤，从怀里拿出一个透明的小袋子出来：“陆叔您瞧瞧，这人走街串巷挨家推销，卖给我爸的这几枚邮票根本不值钱！他那天吹得天花乱坠，说市里卖得比这还贵，我爸也不懂，就当真了，买回来后打电话去市里一个亲戚那儿问过才知道。现如今邮票都降价了，有好些白送都没人要呢！我爸在家后悔得不行，大半个月的工资就换了这个，着急上火的，差点生病吃药。”

那一小袋邮票摊在那个人的掌心，陆老大隔着透明袋子瞧得也清楚，大红的底色上坐卧着一只金丝猴。邮票没盖章没用过，簇新的几枚单张，每一张上金丝猴的毛发根根分明，在阳光下还微微闪着光。

黎舟原本没在意，但瞧清楚了就忍不住多看了两眼。

这竟然是庚申年猴票。

黎舟有点惊讶，转头看向那位大爷，他没想到这个人手里还真有好东西。

卖古董的老头儿现在已经自顾不暇了，他曾经的顾客正在横眉怒视。老头儿磕磕巴巴地跟他解释："这可是好东西啊，前两年都涨到一枚要八十多块钱呢，我卖给你的价也不算高。"

陆老大拿到手里看了一眼，他个子高手也大，那么点邮票捏起来只觉得更袖珍了。

黎舟的视线忍不住跟着那邮票转，陆老大也察觉了，他站直身体咳了一声，一脸严肃地看着老头儿开始询问："我先问你，你这些卖了多少钱？"

那个年轻人抢着说道："五枚邮票，他跟我爸要了两百块钱！"

陆老大捏了一下那个小袋子，挑眉道："就这点小破邮票卖了两百块钱？"

老头儿苦着一张脸道："虽说瞧着有点贵，但它值这个价钱啊！真的，你别在市里问，去省里，我在省城邮局工作的一个亲戚跟我说了，也就这两年不太稳，以后……以后肯定会涨，涨个几十块钱没啥问题！"

年轻人愤恨地道："你怎么不去省城？来回的路费都只要二十块呢！"

"我这不就是想省个路费吗？我就卖这么四五枚小邮票，不值得专门跑一趟省城。"

"这么好的东西你自己留着吧！"

"咯咯——这个我卖东西吧，其实钱不钱的是一回事，还讲究那么一点缘分……"

对面那个小年轻显然跟他没什么缘分，死活不肯要，闹着要退邮票。

陆老大听他们说完，拍桌子断案道："行了，你把那两百块钱退给他，邮票自己留着。就这么定了。"

老头儿苦着脸把钱退回去，掏钱的时候格外不舍，简直跟割肉一样，还在那儿规劝：“小伙子，你这是不识货呀。我这是自己手里缺钱，急等着钱用呢。我真的劝你再留两年看看。”

年轻人怒道：“你才不识货呢！”他说完，转头又去感谢陆老大。

陆老大点点头，摆摆手让他走了，却还是看着黎舟。

黎舟琢磨着自己现在在陆老大眼里算是老头儿的同伙，沉吟一下道：“其实我和大爷也不是很熟，就昨天刚认识的。”他说得很慢，想了一会儿又道，“不过我说句公道话，刚才那猴票两百块钱卖得不贵，但集邮这些也是讲究缘分的，不能强求。或许还是缘分不够吧。”

庚申年猴票，算得上是传奇邮票了，二十年后单枚价格过万。正版的更稀有，一版百万起价，薄薄一小张足够换一套房子。在九十年代，虽然集邮市场低迷了几年时间，单枚邮票的价格依旧在七十元左右。老头儿一枚邮票卖四十元，算是在以白菜价贱卖了。不过这也是因为地方偏远，换大城市价格再高一点也能卖出去。略等几年行情起来，猴票涨到一两千块钱都不成问题。

黎舟对这种猴票有些印象，倒不是因为他有集邮一类的爱好，而是他房间的柜子里收着十几张整版簇新的猴票，都是弟弟黎江小时候送他的。那会儿他过生日，黎江年纪小还热衷于送些小礼物，便想着法子凑了一些猴票给他。就因为这是他的属相，又是他出生那年发行的，黎江觉得特别有意义，一气攒了十几张一起送了过来。

他这次出来没来得及回黎家别墅，那些猴票应该还在他房间的柜子里收着。家里有吴阿姨在，当初放了十几年一直到价值千万都没事，估计现在也好端端地收在那个小木盒里，和黎江往年送的其他礼物放在一起。

因为心里对它有几分特殊的感情在，也就比别的东西更看重一些，所以忍不住替它多说了几句话。

黎舟说好，陆老大就觉得手心的那几枚邮票又变成了宝贝，乐呵呵地道：“这么好啊，老三去屋里给我拿两百块钱，我收了！”

徒弟愤恨地道：“师父，这大爷明摆着骗人呢！”

陆老大道：“瞎说，你刚才没听……你叫什么？”

“黎舟。”

“对，你没听黎舟分析吗？我觉得还挺有道理的。废什么话，进去拿钱，赶紧的！”他吼完徒弟，又转身变了一张脸看着黎舟，热情地道，“黎舟啊，你今年几岁了？哪所学校的？平时没在岛上见过你，是放了暑假来这里玩的吗？”

黎舟简短地回答：“外地的，过来找人。”

陆老大不知怎么的忽然有些紧张，也不知道做什么好，走了两步赶忙把手里的刀放下，这才伸手过去跟黎舟握了握，笑呵呵地道：“欢迎欢迎，我们这岛上没别的，但待客还是很热情的。你要是没地方住，这几天就住我这儿吧。”他这么说着，反手看了看黎舟的手腕，这动作有点明显，黎舟也没躲，就任由他看。

黎舟的手腕处干干净净的，没什么痕迹。陆老大不死心握着他的手又看了一遍，黎舟也在观察他，瞧见他的反应把手抽回来道：“不用了，您太客气了，我自己找了地方住。”

陆老大拧了一下眉头道：“哦，也没什么，这边街上我都熟，回头有什么事尽管来找我。”他又对身边的徒弟吩咐道：“松开那个老……那位老大爷，让他走。”

老头儿倒是不急着走了，他虽然赔了钱略有些丧气，但看到陆老大的时候一双小眼睛又亮了起来：“陆老大，我一早就听人说起过你，果然是人中龙凤，一表人才啊！那个什么，你可能不认识我，不过邱城你听过吧？邱城食品厂。哎哟，我们那个食品厂可是国营单位，早两年畅销着呢。‘木兰’牌的方便面大家伙都吃过吧？那就是我们厂做的！”

陆老大在看黎舟，对他十分敷衍：“你是食品厂的工人？那你不好好上班，来这儿摆摊干啥？”

老头儿诉苦道：“如今世道难啊，我们厂困难着呢，百十号工人发不出工资，大家伙都愁得不行。你也知道，我们一个食品厂，又不算什么重点扶持单位，市里就算招商引资弄来几个港商砸钱振兴企业，这种好事儿也轮不到我们，我们厂它……”

陆老大打断他，摆摆手道：“这跟我没关系，用不着跟我说这些。”

“有！怎么会没关系？陆老大您看啊，您家大业大的，要不要投资一下？”老头儿特别兴奋，自己那个小包袱也不急着讨要了，“我们食品厂还是很有发展前途的！”

陆老大转过头来似笑非笑地看着他，只一眼就让老头儿收了声，不敢造次。

陆老大面上没有刚才那么紧张了，但仍盯着黎舟不放，抬起下巴问他：“你怎么说？”

黎舟愣了一下：“什么？”

陆老大道：“你明天还跟着他去摆摊玩？”

黎舟想了想，点头道：“对。”

老头儿想跟他搭话，连忙顺着话道：“对对，这个小兄弟是跟家里人出来旅游的，觉得这小岛挺有意思，就过来住两天。我们俩聊得特别投缘，您看要不我们坐下一起聊聊？”

陆老大看了他一眼，不耐烦地道：“没问你，不许说话。”

黎舟是特意来寻亲的，和家人外出旅游不过是对外的借口，但这会儿他也没说破，他还在观察眼前这个男人。虽然他与自己不太像，但见到他的第一眼黎舟就对他怀有好感，就像是面相比较凶的好人，而且是不太擅长言辞的那种。

陆老大看了他一会儿，半天都没说放人。

他身边的徒弟咳嗽了一声，说：“师父，师娘临走的时候说了……”

陆老大挠了一下头，这才吩咐道：“把他们放了。老三，你把人请来的，一会儿亲自送他们回去。”

身边的那个徒弟答应了一声，就带着黎舟他们出去了，连那个小包袱也还给了老头儿。

他们得了命令不跟黎舟一个学生收费，但老头儿那五十块钱的流动摊位费还是要收的。老头儿在口袋里掏了半天，只凑了二十几块钱的零碎毛票，一脸愁苦的模样。黎舟瞧见了，给了他五十块钱，算是先替他垫付。

老头儿感激得不行，从上衣口袋里掏出一个小袋子封好的邮票递给黎舟：“小兄弟你讲义气，我也不能白拿你的，这个给你做抵押，要是我接下来几天卖不到五十块钱还不上，就拿这邮票抵！”

黎舟翻手一看，得，又是三张猴票。

旁边送他们出来的三哥忍了忍，还是没忍住，道：“黎舟是吧，我劝你还是别收，这人兜里还有刚从我师父那儿收的二百块钱呢，他就是故意的！还有这破邮票，要是以后能多卖一百块钱我就跟他姓！”

黎舟：“……”

小伙子愤愤不平地离开了。

老头儿瞧着也有些发愁，大概是觉得黎舟人不错，有些不好意思拿邮票抵钱。他挠了挠脸，说："那什么，小兄弟我也不是强卖给你，只是这二百块钱我真的有急用，今天一定要带回厂里去，我……唉，算了，要不这邮票……"

黎舟把那张邮票放回他手里。

老头儿神色黯淡了一下，苦笑道："你放心，老哥哥说话算话，明儿一早就拿五十块钱来给你。我这段时间穷得叮当响，要不是实在没钱，也拉不下脸做这些事。"

黎舟道："不碍事，我身上还有些钱，你先拿着用吧。"他想了想又道，"如果还有猴票的话，我建议不要再撕开了，整版的比单枚的贵得多，这里不好卖。你拿去省城，价格还能再高一些。"

老头儿看着手里的邮票，又抬头看看黎舟，神色有些动容。

徒弟从外面回来的时候，陆老大正在摆弄手上的那个透明小袋子，里面放着几张猴票。他看了一会儿，也不知道想什么去了，眼神飘得有些远，好一会儿听见身边有人喊才缓过神来，问道："走了？"

"嗯，按您的吩咐已经让人跟过去了，住的是付婆婆的小旅馆。"

陆老大捏着那几张邮票，眉头皱起来又松开，好一会儿才道："老三，你说他是不是？"

徒弟站在那儿好一会儿才小声道："我今天白天瞧见他的时候也吓了一跳，我还以为瞧见了师娘，长得实在是太像了。"

陆老大笑了一声，眼神坚定了一些："我觉得他就是。"

徒弟有些迟疑，说："可是师父，前些年也有找来的，送来的那个小孩和您还长得特别像，但也不是啊！这件事要不等我们再去打听清楚，您别再空高兴一场。"一次次地，他们在一旁瞧着都觉得难受，简直像是钝刀子割肉，往人心里用刑。

陆老大摇了摇头，脸上的笑意更浓："你不知道，这孩子我一瞧见就觉得喜欢，跟以往哪一次都不一样，就跟有感应似的。你瞧见没有？他刚才也盯着我看，还当我没察觉。啧，怪机灵的！"

徒弟又道："可他手上好像没有痣？"

陆老大道："这种东西，长大了或许就淡了，没了，又不是什么疤和胎记，做不得准。"他心里认定了，从小木椅上站起来忽然笑了两声，声音里带着畅快，“你找两个腿脚利索的跟着他，明天上午咱们看他摆摊去！”

徒弟应了，找人去盯着，晚上回来的时候又带来一个好消息。

黎舟在街上打听过陆老大和当年走失了的孩子的事，在街上摆摊的大多是老街坊，而黎舟又是生面孔，胳膊受了伤等一些特别明显的特征，一问就知道了。

陆老大为此很兴奋，连夜给妻子打了一通电话催她赶紧回家。不过比起他的这股兴奋劲儿，妻子叶红玉显得冷静得多，在电话里对他说：“你这急躁的毛病什么时候能改改？哪次都说像，哪次都没看准过。总之这次先别给钱，也别弄一帮人上去把人家孩子给吓着。你别的不用管，就把人看住了，等我回去再说。”

陆老大满口答应，躺在房间里兴奋得一夜都没怎么睡好，一心盼着天亮。

第四章
认 亲

第二天，陆老大起了个大早，先去街上找了一圈，由于他出去得太早，别说黎舟了，就连那些摆摊的小商贩都只有两三个人在出摊。

徒弟劝道：“师父，黎舟不是说要跟那个大爷一起吗？那怎么也得等轮渡来了再摆摊，最早一班要等到七点多，您这早了一个多小时呢！要不这样，先回去歇歇吃点东西，我们都盯着付婆婆家的旅馆，人一出来保管立刻告诉您。”

陆老大想了想，点头答应了。

他心里有事吃东西心不在焉，胃口也不怎么好，只吃了一碟煎馒头、三个包子，再喝了两碗粥就饱了。

一直等到将近九点的时候，才有人跑回来告诉他黎舟到街上去了。

陆老大的眼睛都亮了，起身走了两步立刻又停下看了看自己身上的衣服，折返换了一身新衣，这才带了两个徒弟过去。

找到街上的时候，黎舟正和昨天那个老头儿在一起。

老头儿认真地给黎舟写了一张借条，上面写清楚了那五十块钱是他本人借的，落款不但写了名字，连详细的工作单位地址也一起写在上头了：邱城食品厂第三车间，许广财。

黎舟看了一眼那张借条，又抬头看了看他。

老头儿笑呵呵地道：“你去了直接到车间找我，车间主任就是我。要是那边没人，就去跟门卫说一下让他帮着喊一声，直接报我的名字，都是一起共事十多年的老同事，大家伙都认得。我瞧着你年纪小，叫我一声财叔就成了。”

黎舟有些惊讶，说：“你是车间主任？那你怎么来这里摆摊卖……这些？”

“假古董”三个字含混了过去，但许广财自己心里也清楚得很，他感慨了一声，道：“是啊，这不没法子吗？早些年食品厂的效益还挺好的，开设了好多新车间，专门进口了生产线。生产的方便面别的不说，光咱们华北地区卖得那是真好，火了好一阵子！现在一年不如一年，没人来进货，东西卖不出去，工人都半年没发工资了，还说要分批下岗。”

许广财的眼神有些茫然，更有些难以接受的情绪，说：“都是工作了十几年的一帮人，往年没少评先进，突然下岗又能上哪儿去呢？现如今也只能咬牙挨一天算一天了。实话跟你说了吧，我也不怕你笑话，我这个车间主任也算是名存实亡啦。我们车间现在也就剩下十来个人，一半还闲着，大家伙一个月就等着月底那百十来块钱。日子苦啊，我也是没办法，倒腾一些东西来卖，想办法回去先发点工资，有五十算五十，有一百算一百。”

黎舟问他：“你们厂长呢？他怎么说？”

“别提啦，新来的厂长大刀阔斧地准备改革，之前是裁员，现在听说是要把整个食品厂都卖了。”他面上带着不解，露出些许难过道，“早些年我们三班倒地忙，做的面饼多好啊，现如今卖不出去，连厂子都保不住了……”

正说着，又有人过来瞧他摊位上的小物件。他立刻抹了一把脸，笑脸相迎，认真做生意。

黎舟看着他心情有些沉重，之前他虽然没有经历过这些，却也从报纸和电视上看到过大下岗的场景。大概一两年之后，就会迎来一波下岗潮。电视里放着刘欢的一首歌叫《从头再来》，但是人到中年，失去熟悉的工作岗位，且别无所长，又有几个人可以做到从头再来呢？

旁边的许广财已经编好了一个故事，正在力捧顾客手里拿着的那个铜质小乌龟：“这东西好啊，你别瞧它雕刻粗糙，这可是西周的青铜器呢。你反过来瞧一瞧它肚子上的那个印，这可是老物件了，光这印都有讲究！”

顾客挺感兴趣的，拿着那个铜质小乌龟问他："这个多少钱？"

眼瞅着生意要成，许广财也高兴，正吹着，抬头就瞧见陆老大带人走了过来。

许广财不敢要高了价，闷声道："三块。"

顾客觉得这古董的价格太实惠了，并不适合自己，转头又去问别的："这呼啦圈怎么卖？"

"这是上周刚进的货，五块钱不讲价。"

"上周比西周的还贵呢？"

"是。"

陆老大也走了过来，他身边带了俩徒弟，一左一右地跟着，附近都没人敢凑近了跟他同路。跟他那几个徒弟出来收钱的时候不一样，尽管这个人样子瞧着特别豪爽，但周身散发着生人勿近的气息，给人一种他并不好相处的感觉。陆老大那张脸在瞧见黎舟的时候就露出了笑容，但他面相凶狠，加上额角的那一道疤，即便是露出笑容也介于匪气和正气之间，整个人瞧着一身江湖气。

顾客瞧见陆老大来，起身就要让位。

陆老大摆摆手道："不急，你先买，我排队。"

那个人赶紧买了个呼啦圈，付了钱走了。

陆老大到那个小摊位前蹲下，随手扒拉了两下，对着那个老头儿道："这里不让卖假古董。"

许广财连忙笑道："知道知道，我主要卖俩呼啦圈，这点东西都是家里收拾出来不要的，半卖半送，刚才那只小乌龟就只要三块钱呢！就是随个眼缘，绝对不乱出价。"

陆老大点点头，又在那儿跟黎舟搭话："这里头有你的东西没有？"

黎舟愣了一下才反应过来，陆老大怕是以为他和许广财是合伙的，自己也放了小东西在里面卖，忙摇头道："没有，我就是看着好玩。"

陆老大也不找了，点头道："是挺有意思的，我一会儿分个摊位给你。"

黎舟摇头道："不用，我就在这儿待两天。"

陆老大眉头皱起来，皱成一个疙瘩，好半天才松开道："也是啊，你家里……家里知道你来这儿吧？他们就让你一个人来？"他说着，视线又落在黎舟的胳膊上，脸上有些不痛快，"你这胳膊我昨天就瞧见了，谁伤的？”

“一点小意外。”

“什么意外？说说。”

陆老大问起来没完，他不肯走，两个徒弟自然也站在一旁守着。许广财这么一个两张报纸大的摊位被围得严严实实，他缩在那儿也是一脸茫然。倒也不怪老头儿迷茫，黎舟和陆老大就算站在一处，也让人觉得是八竿子打不着的两个人。一高一矮，一个孔武有力，一个白净俊俏，就像是落草的好汉和富贵人家出来踏青的公子哥儿，周身气度完全不同。

非要说一个共同点的话，那就是面冷心软。

昨儿陆老大虽然口头教训了许广财一顿，但还是拿了两百块钱收了他的邮票。而黎舟这小兄弟邮票都不拿，只凭几面之缘就借了他五十块钱。

许广财说不感激是假的，觉得他们俩都是好人。

陆老大带人在这边不走，周围的人也纷纷好奇地看他们，买东西的明显少，瞧热闹的才多。

陆老大疾恶如仇，尤其最讨厌坑蒙拐骗的人。不过瞧着摊位上一老一少也不像是那种人。但，怎么今天带人围着这个小摊子不走了呢？

摊位上，陆老大问得太多太细，黎舟也闭嘴不答了，只安静地看着他。

陆老大挠挠头，换了别人他早瞪大眼睛了。但看着黎舟那张脸，看到他沉默不语地看过来，陆老大下意识就开始反省——没办法，平时老婆叶红玉管得太严，每日三省吾身，弄得只要这么一抬头瞧过来，不用多说一个字他就下意识地觉得自己哪儿出错了，心里没底。

陆老大站起身来，咳了一声道：“那什么，还有那个青花瓷小狗没有？也给我拿两个。”

老头儿赶紧给他拿了两个用报纸包好，笑呵呵地道：“有有，这个给您，拿着别跟我客气，不要钱！”

陆老大身上不缺钱，给了他十块钱也不用他找了：“下午我再来。”

说完陆老大转身就走了。

老头儿喜滋滋地揣了钱，黎舟却看着陆老大那帮人离开的身影，好一阵子才收回视线。等着人走远了，他也站起身道：“财叔，我先回去了。”

许广财忙道：“今天回去这么早？”

黎舟道：“嗯，今天早上问过付婆婆了，这边姓陆的人家还有几户，我打算再去别的地方找找。”

许广财也听说他找人的事了，点头道：“你放心，我这边也替你留意着，一有消息就告诉你。”

黎舟道：“那多谢了。”

许广财往他兜里塞了两个梨，笑呵呵地道：“拿去吃吧，也不值什么钱，自己家里树上结的果子。”

黎舟笑了一声，收下这份礼物。

许广财继续摆摊，他如今也没有别的念想，只能在这儿耗时间。他连去吃一碗几角钱的素面都舍不得，从包里拿了一块干饼，啃一口梨再吃口饼，胡乱凑合。他正吃着，忽然听见旁边有些嘈杂，抬头去瞧，是陆老大那几个徒弟又回来了，站在那儿跟黎舟低声说了几句什么。黎舟在那儿摇头，但对方还是“热情”地把他抬走了——是真抬，脚不落地的那种。

许广财连忙抹了一下嘴，急匆匆地跑过去。走在最后面的那个徒弟拦住他道：“你做什么？”

许广财心里有些怕，但面上还挂着笑，道：“这位兄弟，你们要把黎舟带去哪儿啊？这青天白日的，也不好直接抢人呀……”

对方道：“瞎说什么呢，我师父那是想跟他交个朋友，请他过去吃饭，就在前面酒楼。”

许广财笑道：“朋友啊，我也是！自己人，自己人，咱们一起过去。”

对面的小伙子拦住他，没一点松手让他溜过去的意思。

酒楼里，黎舟被请到雅间坐下。

陆老大摆了一桌好酒好菜，穿着那身新衣裳，脸上的胡子被刮得干干净净，头发也特意打理过了。他粗壮的手腕上佩戴了腕表，努力做出一副文化人的样子。他见了黎舟就咧嘴笑道：“又见面了，他们粗手粗脚的没吓到你吧？”

既来之则安之，黎舟坐在那儿道：“还好。”

旁边有人来给他们倒了茶，黎舟瞧了一眼，是茉莉花茶。对面坐着的陆老大却没心思喝什么茶，他忍了忍，还是直奔主题，一双眼睛紧盯着他道：“我有事跟你说。”

黎舟喝了一口茶，说：“您说。”

“我想了很久。”

黎舟心想，这也没多久，满打满算也就刚从摊位离开不到半小时。

“我可能是你爹。”

黎舟“噗”的一声把一口茶给喷了出来，还呛咳了几声。陆老大吓了一跳，赶忙拿了手帕给他：“怎么了，没事吧？”

黎舟还在咳，抬手阻止他道：“我觉得，这中间可能有点误会。”

陆老大肯定地道：“错不了！咱们父子俩长得像！”

黎舟：“……”

别的不说，光这一点他就不信。

陆老大从兜里掏出一张照片，递到黎舟面前，兴奋地道：“你瞧瞧，这是我和你妈年轻时候的结婚照，你和她更像！”

黎舟看了一眼，那是一张很小的黑白照片，上面的人像和衣服被精心染了色。早年间没有彩色照片的时候，有些时髦的做法就是将照片进行染色。但是这张照片不知道是平时一直带在身上，还是存放的时间有些长了，颜色已经晕开泛黄，只能瞧出上面一对年轻男女模糊的轮廓，看不清他们的长相。

黎舟能看出男的是陆老大，方脸剑眉，比较好辨认，但照片上的女人却只能看出清秀的轮廓。

陆老大急道：“真的，你和你妈简直是一个模子刻出来的，我身上也没带其他的照片，平时都拿船当家，也没带出来。不然这样，你今天晚上别回小旅馆住了，跟我去船上瞧瞧？”

黎舟警惕起来。

他抬头瞧了陆老大和他身边站着的两个徒弟一眼，留了几分心眼。

陆老大丝毫没有察觉，还在眼巴巴地看着黎舟跟他商量：“要不……要不你就多等一天，明儿一早你妈就回来了。你等她的船回岛，你瞧一眼就认出来了！”

黎舟沉吟了一下，点点头。

陆老大立刻高兴起来，招呼黎舟吃菜，还让人上了好几样果汁饮料。他好像不知道怎么对黎舟好一样，恨不得把好东西都拿出来。

黎舟吃了一口饭，他就眼巴巴地问：“好吃吗？还合胃口吧？平时都喜欢吃什么啊？”

黎舟顿了一下道：“就，家常菜。”

他听说过一些人找不到小孩后会变得偏激，有些时候认错了也不肯轻易撒手，他不敢刺激陆老大，只能委婉地提示道：“您平时也是这么找……人的吗？”

陆老大道：“啊？”

黎舟缓声道：“看一眼瞧着像就认下来？这个世界上长得像的人不少，总不能只凭面相吧。市里的医院可以接受血液和毛发检测，不瞒您说，其实我也是来寻亲的，但我觉得还是需要做一些系统的检测……”

陆老大笑道：“亲子鉴定是吧？我知道那个，前两年做过一回，有个人带了个男孩过来，别说，长得还真有点像我，不过最后测出来不是。我当初瞧着那孩子的时候心里也没什么反应，就是一瞧见你，我一下就坐不住了。等你妈回来以后，你要是愿意，我们也去做一个！”

黎舟道：“也有可能测出来不是。”

陆老大给他夹菜，大大咧咧道：“怎么会不是呢？就算不是，我也认你当干儿子！我就是瞧着你亲，一看见就高兴，光这长相站在一起谁都知道咱们是一家人。”他扭头去喊徒弟，“老三，你说，他是不是跟你师娘长一个样？”

旁边的徒弟中气十足道：“是！”

陆老大摆摆手，咧嘴笑道：“瞧见没有，大伙都说像呢！”

黎舟瞧着他们，怎么瞧都像是团伙诈骗。

这一顿饭，黎舟吃得小心翼翼。

陆老大却特别高兴，吃饭的时候一直看着黎舟。

没别的原因——

实在是和他妻子太像了。

黎舟被他慈爱的目光弄得坐立不安，吃过饭，就找了个理由先走了。

陆老大坐在那儿没动，倒了杯酒慢慢喝着。没一会儿就喝红了眼眶，他使劲揉了一把脸，招呼徒弟过来道：“去，跟在黎舟身后，问他还要什么。”

徒弟应了一声，有些茫然：“哦，那问到之后呢？”

陆老大都被他气乐了，说：“还能怎么着？要什么给什么啊！

把小旅馆的钱结清，吃的、用的都送一些，他要看上什么就给他买。”他想了一会儿，又叹了口气道，“听说他是跟父母来旅游的？问问看是什么情况，别吓着他，找人打听一下就行了。”

徒弟答应着就去了。

下午，黎舟没有再出门。他住在小旅馆的二楼，房间的玻璃窗正对着街上，另外还有一扇小窗可以瞧见后面的小巷子。外面街上能看到几个年轻力壮的小伙子来回转悠，即便是换了衣服，也能认出是陆老大的人。他们都是练家子，又是常年在船上讨生活的，底盘很稳，走路的时候看着每一步都很扎实。

而后巷那边也多了两三个人，时不时地“偶然”路过。

等到傍晚时分，陆老大本人都冒了两次头，过来在斜对面的小商店里买了点东西，第一次买的是一兜苹果，第二次来买了一个痒痒挠。不过陆老大那身高和气势，手里抓着一个痒痒挠都跟握着根钢管一样，好像随时掏家伙准备干架。

黎舟正靠墙站着观察他们，就听见房门被人敲响了几声，传来付婆婆的声音：“小黎啊，有你的电话，是B市打来的。”

“知道了，我这就去。”黎舟答应了一声，起身出去。

他去对面小商店接了电话，是弟弟打来的，声音里带着点委屈：“哥，你中午去哪儿了？我打了两次你都不在。”

黎舟道：“去吃饭了。”

小少爷在那边“哦”了一声，拖长了音调问他：“跟谁啊？在那边交到朋友了吗？你还请他吃饭……”

黎舟笑道：“不是，是对方请我。”他眼角的余光瞧见陆老大的人跟着进了小商店，正在一边做出一副认真挑选水果的样子，看样子一时半会儿不会走。

“哥？”

黎舟“嗯”了一声，道：“就简单吃了点，还行。嗯，你在家也要好好吃饭，不许挑食，小心长不高。”

黎江在那边笑道：“我长高了啊，今天量着高了点。记在咱们平时测身高的地方了，我画了一道线，等你回来之后咱们再一起量，肯定是我长得快。”

黎舟笑了一声。

电话那头的黎江也跟着笑了，闲聊了几句，临挂断的时候又叮嘱他：“哥，你记得明天去医院拆线，找大医院，别随便凑合，身体要紧。”

黎舟点头道：“知道。”

他挂断电话，又习惯性地跟小商店的老板买了几颗泡泡糖，这才出去。

黎舟前脚刚走，一旁在挑水果的小伙子也不摆弄那几个苹果了，立刻过来问道：“老板，他刚才买什么了？”

老板指了指透明塑料罐：“就这个，比巴卜泡泡糖。”

小伙子道：“这一整罐我都要了，给我包起来。”

他带着一罐泡泡糖去了隔壁店铺，那家是卖糖粥的，陆老大一个人坐在四人桌那儿，面前摆着一碗桂花糖粥。瞧见人进来，他问道：“都买什么了？”

徒弟道：“泡泡糖，师父我按您说的，都买回来了。”

陆老大点头道：“好，明天想个法子给他送去，到底还是孩子，喜欢吃这些小零嘴。”他看了一眼泡泡糖，又看向门口的方向，叹了一口气，“你说他现在该吃饭了吧？”

徒弟犹豫了一下：“师娘走的时候说过……”

陆老大摆摆手道：“我知道，我这不就是怕吓着他，都没敢靠太近嘛。”

徒弟挠挠头，想劝又不敢劝。

陆老大坐在铺子里连喝了七八碗糖粥，眼见着天色黑了，对面小旅馆二楼的灯亮了又灭了，这才回家去。

等到第二天，陆老大正在家里洗脸刷牙，就听见徒弟急急忙忙跑来告诉他道：“师父、师父不好了！那个黎舟他……他坐轮渡要走了！”

陆老大差点咬断牙刷：“你说啥？”

“今儿早上三哥在那儿盯着，说是瞧见他背着包出门了，绕了两圈路甩掉咱们的人坐三轮车直接去了轮渡口那儿，瞧着是要坐早班的船出岛……”

陆老大拽过毛巾擦了一把嘴上的牙膏沫子，瞪大了眼睛道：“还愣着干什么！去追啊！”

黎舟背着包慢慢地排队买票，搭早班轮渡的人不少，有好些人在对面城里上班，也有人是去送小孩上学的，挨挨挤挤地缓步向前。他尽量侧身避开一些，不让胳膊被碰到。身后的小孩撞了他的腿一下，他低头去看，是一个背着书包的小姑娘，扎着羊角辫泪汪汪的，抓着小孩手的女人正焦急地看着售票窗口那儿。她只一心看着前面，都没注意到小孩，显然是怕上班上学迟到了。

黎舟侧身让了一个位子："你们先吧。"

女人有点惊讶，但很快就道："谢谢、谢谢，两班差着半小时，今天学校要升国旗，真是太感谢你了同学！"她又低头对小女孩道，"你也快谢谢哥哥！"

"谢谢大哥哥！"

黎舟笑了一声："没事。"

果然轮到黎舟的时候，就被工作人员拦住了："早班票没了，等五分钟再来买下一班的！"

后面的人习以为常，但依旧有人失望地嘀咕了两句。黎舟瞧着那对母女买了最后两张票上船，他也不急，在附近找了个位子坐下来等。

五分钟很快就到了，黎舟正准备起身去买票的时候，就看见外面入口那儿有人跑过来。对方显然也在找人，瞧见他的时候脚步更快了："他在那儿！"

黎舟背起包，快步走到售票口。对方人多，硬是挤到前面把他手里的票拿了，人也被抬到了一旁。

陆老大气喘吁吁地跑来，瞧见黎舟背着包还没走成，心里的大石落地，拽着他的胳膊道："你先别走，跟我去小码头那儿。船……船到了，你跟我上船瞧一眼！"

黎舟不肯，警惕地道："去什么船上？您要是有什么怀疑的，不如我们现在一起坐轮渡去市里吧。我来的时候问过了，市第三医院就可以做亲子鉴定，只要一点头发，或是几滴血就够了。"

陆老大不肯，坚持要带他先去小码头，拽着他的胳膊一边走一边道："你见一个人，你就见她一面，看一眼就知道了。"

黎舟抬头看他，铁塔似的汉子语气虽然急切粗暴了一些，但眼眶却是红的。

不知怎么的，黎舟心软了，他的脚步有些迟疑，就被陆老大硬拽着到了车上，一路带去了小码头。

一路上陆老大一言不发，只沉默地看着前方。道路有些颠簸，和载客的渡口不同，他们去的是货船停靠的码头。虽说叫小码头，但占地面积极大，不少船只排队等着过闸口停靠，最前面已经有五六艘船靠岸了。

陆老大拽着他的胳膊闷头向前，黎舟跟着他，不知道怎么的，心跳忽然加快。

码头上，最前方的一艘货船正在卸货，有不少穿着白色文化衫和黑裤子的人在那儿帮忙。最前面站着的女人正提着一个编织袋一起搬运东西，她侧身站在那儿指挥着，声音清脆沉稳。

黎舟忽然知道陆老大为什么第一眼就认定是他了。

他目不转睛地看着不远处的那个女人，她已经不年轻了，眼角微微有些细纹，但依旧看得出是个美人。那是一种冷艳的美，唇峰精致，有唇珠，笑起来的时候眼角眉梢都带着艳丽，站在那里说话的时候又带着让人信服的魅力，稳妥又可靠。

黎舟想，如果他的五官柔和一些，再生动一些，可能就是那个样子。

叶红玉侧身对着他们，正在跟身边的一个女人辩驳着。

那个女人拖着一个硕大的编织袋，带了些酸意道："明明是他自己要低价卖，就你人好，一分便宜不肯赚。我是思想觉悟不够，只知道这趟生意白做了！"她用力拽了一下袋子，"你赚这么多钱都拿出去做好事，是想修个菩萨金身回来呀？我是比不得你，你叶红玉怕是要当活菩萨，还要修来世福呢。"

叶红玉目光凌厉，挑高了眉寸步不让地顶了回去："原先定好了价，白纸黑字，上面怎么写就怎么算，这么多年的老规矩了你连这点都不懂？贪便宜也要分时候，如果你不想做这单生意，自然还有别人来，要走我不拦着！再说我修我的，与你有什么相干！"

徒弟在一旁劝了两句："师娘别生气，理她干什么？"

"老娘才不修那些，老娘这一辈子没做过一件坏事，我发善心做好事，我修的是那些吗？我修的是……"她的话还没说完，就看到丈夫领着一个十五六岁的男孩走过来。走得越近，她的声音就越小，嘴唇嗫嚅几下，最后那几个字噙在嘴里，没有说完眼泪就大颗大颗地滚落下来。

我这一辈子，修桥造路，施粥送药。

我修的是，我儿一世平安。

我求的是，母子今生相见。

陆老大带着黎舟急匆匆地过去，瞧见老婆哭了，一时情急，揪着自己的衣袖就去擦：“别哭、别哭啊！”

叶红玉躲了一下，自己擦干了眼泪，看着黎舟努力露出笑容道：“你就是黎舟吧？我听你……陆叔叔说了。你不要怕，他这人性子有些急，你等我一会儿，我上岸再跟你说。”

黎舟看着她，点点头，嘴角动了一下，轻声喊了她一句。他难得有些紧张，心跳得非常快：“您……您等我一下。”

黎舟说完，转身跑了。

陆老大急了，抬脚就要去追。叶红玉叫了一声：“回来！”瞧着没喊住，她又加重了语气道，“陆虎臣，我说话不好使了是不是！”

陆老大停下脚步，急红了眼，看看黎舟的方向又看看老婆，最终还是掉头回去了：“我去找找他啊！”

叶红玉摇头，眼角还湿润着：“能活着，还能见着，我就满足了……他还活着，你瞧见没有，他长大了。什么都好，刚刚他还喊我一声‘阿姨’。”

陆老大哽咽道：“声音那么小你也听得见？”

叶红玉含泪笑道：“怎么听不见？他面嫩，但是被教得很好，很好……”她这么说着，忍不住又落下泪来。陆老大本来心里就酸涩，瞧见老婆在那儿哭，搀着她的胳膊也红了眼眶。

黎舟很快又回来了，一路小跑，额头上都冒出了汗。

他完好的那只手里提了很多水果，满满一网兜，勒得他的手指上都有了勒痕。但是他一点都没有留意到这些，只顾着跑到陆老大和叶红玉面前，有些手足无措。

一家三口站在那儿你看看我，我看看你，忽然不知道谁“扑哧”一声先笑了，大家就都站在那儿傻笑起来。

叶红玉向前走了两步，黎舟下意识地举起水果：“这个，给您买的，我不知道哪样好，就都买了一些。”

叶红玉才不管那些，她把黎舟搂在怀里，肩膀耸动两下，忍不住鼻尖发酸。

旁边的陆老大也走过去，把他们娘儿俩都搂在怀里，搂得紧紧的，偷偷抹眼泪。

黎舟被他们抱住，片刻的茫然过后，试探着抱了回去。

叶红玉生怕伤着他的胳膊，擦了眼泪问他："没事了，好孩子，是我不好，这么好的日子不该哭的。"她又看向陆老大，轻声道，"他的手受伤了，你快把东西接过去，别累着他。"

陆老大"哎"了一声，接过那兜水果也不难受了，一个劲儿地傻乐。

他还以为儿子跑了呢，结果也是个傻小子，竟然跑去买了兜水果！

叶红玉没有贸然相认，但心里有着特殊的感情，她瞧着黎舟心里猜着眼前的这个孩子十有八九就是他们找了十多年的人。她握着黎舟的手不舍得松开，也不管那船货了，跟他一路上了小码头慢慢走着。黎舟也在看她，如果说他当初瞧见陆老大的时候，只觉得对方是个好人，现在瞧见叶红玉整颗心都挂在了她身上，下意识地想要和她亲近。那是一种很微妙的感情，与生俱来的天性。

叶红玉轻声问道："孩子，你这手怎么了？"

"之前出了点小意外伤了胳膊，做了个小手术，不碍事，今天去医院拆线就好了……"

陆老大惊讶道："那今天早上你不是要走啊？"

黎舟愣了一下，道："不是，我是去医院拆线，家里人帮我约了医生。"

叶红玉了解丈夫，看一眼就知道发生了什么事。她似笑非笑道："我走的时候怎么跟你说的？"

陆老大憋红了脸，挠了挠头，有些不好意思道："我也是想了一会儿才去找的他，真的，我就是有点急，我以为他要跑了呢！"

黎舟道："不走。"他想了一下，又轻声补充道，"这次要留下来，找到以后再走。"

叶红玉道："你有什么打算？"

黎舟道："我来的时候跟妈妈……"他顿了一下，看叶红玉神情依旧，这才放缓了声音道，"跟妈妈说过了，她也支持我来找人。家里的情况有些复杂，我原本打算用一到两个月慢慢核查一遍，岛上三个镇、两个开发区，还有几个靠近海岸边的小村子，这些时间足够了。"

叶红玉看着他，神情有些动容。

黎舟移开视线，拿手指挠了两下鼻梁，说："顺利的话，找到之后要回家一趟，学籍和户籍什么的还要处理一下，我想搬过来读书。"

叶红玉眼里带着笑意，牵着黎舟的手走了两步。身边的陆老大眼馋，但黎舟的另一条胳膊打着石膏，他也只好紧跟在一旁，眼巴巴地问他："他们对你好吗？"

黎舟点头："对我很好，我还有个弟弟，他也对我很好。这几天他一直打电话提醒我去拆线，医生也是他帮我预约的。"

陆老大可能是想起了自己做的那些莽撞事，摸了摸脑袋，有些不好意思地"嘿嘿"笑了两声。

叶红玉看了他的胳膊一眼，道："这样，坐轮渡太慢了，我找船先带你去对岸，我们先去医院拆线。你已经知道了吧？我们十几年前丢了一个孩子，算起来和你现在的年纪一般大。我们一瞧见你，心里就热乎乎的。不瞒你说，找了十几年我自己都不信自己这双眼睛了，如果你方便的话，我们再顺便去做个亲子鉴定，很快的。"

"市第三医院可以。"

"对。"

两个人互相看了一眼，都笑了。

他们都是冷静理智的人，谈话几乎是一个说了上半句，另一个就能接下下半句，聊天非常顺畅。

陆老大站在旁边几次想插话都插不进去，干脆伸手把黎舟背着的那个背包拿过来自己拎着。多少出了点力气，他心里也美滋滋的。

陆老大别的本事没有，水路上的本事却有几分，他很快就找来了一艘快艇，紧赶着把人送到了对岸。

他们夫妻俩先陪着黎舟去拆线，复诊之后确认胳膊上的伤恢复良好，这才放了心。叶红玉听着医生询问黎舟，才知道他这伤是车祸弄的。黎舟说得平淡，她还是心疼得红了眼眶。陆老大借口出去说抽了支烟，回来的时候身上半点烟味都没有，眼睛却是红的。

等黎舟拆好线，又拿了些药，他们又一起去做了亲子鉴定。

市第三医院这两年新开的项目，可以测毛发和血液，也有测指纹的，陆老大每样都做了。原本七个工作日可以拿到结果，他等不及，做了加急的，只需要等六个小时就能出结果。

黎舟出来之后对他道："我去楼下打个电话。"

陆老大连忙把自己带的大哥大递给他："用这个，不用下楼，去外面找多麻烦啊！"

黎舟接过来去了楼梯间打电话。中午了，一般这个时候黎江都会给他打一通电话询问一下。如果不回复，黎江那边又该着急了，拖到晚上搞不好就要闹着让刁明山找过来，还是及时安抚一下为好。

陆老大的眼睛跟着他转，下意识想跟着黎舟一起过去。

叶红玉哭笑不得，坐在那儿喊他："回来。"

陆老大就一步三回头地走了过去。

叶红玉耐心地问道："他多大了？"

陆老大重重地吸了一下鼻子，说："十五岁七个月又二十二天。"

叶红玉那句"你多大了"就咽了回去，耐心地劝道："他都这么大了，我们又是十几年没见过面，他不是一个小孩子，你得让他先信你。"

陆老大一脸茫然："怎么信？我该做啥？"

叶红玉道："什么都不用做，你给他一点时间，慢慢来，别急。"

陆老大答应了一声，扭头不停地去看楼梯口那儿，也不知道听进去没有。

叶红玉又道："老三办事稳妥，一会儿让他辛苦一趟，在这儿守着等医院的检测单出来。你呢，就去订一家酒楼弄点好饭菜。忙了一天了，小舟肯定也饿了，再加上你大早上的带人跑去轮渡口抓人，把人都吓着了，就算是赔罪了。"

陆老大这句听进去了，说："哎，好，我这就去办。"

黎舟打完电话，陆老大也安排妥当了，就带着他去了酒楼吃饭。

中午的饭菜他特别注意，按照医生的嘱托点了些骨头汤一类的。大概也没照顾过小孩，不知道黎舟这个年纪吃什么好，从小孩喜欢吃的八宝饭到松仁玉米，还有山鸡蘑菇、炸蛎黄、葱爆海参，拣着招牌的都点了一遍，摆了满满一桌子。

徒弟们在隔壁小厅坐着，这边只坐了他们一家三口。

一家人刚开始都有些拘谨，黎舟还不动声色地学陆老大的坐姿，也学着他的模样把双脚略微分开一些，手握拳抵在膝盖上。

陆老大原本就有些紧张，这会儿干咳了一声，把脚并拢，手也搭在桌上尽量做出一副文化人的样子。

黎舟迟疑了一下，跟着学了。

叶红玉都瞧在眼里，眼底的笑意更浓。

她给黎舟盛了一碗汤，又夹了菜，轻声问他合不合口味。

陆老大瞧着他们娘儿俩，心里又酸又甜，只觉得一颗心都被填满了，咧嘴笑道："你爹我就是个跑船的，没什么文化，不会说啥客气话，你尝尝看这家做的菜怎么样。也不知道你喜欢吃什么，回头想吃什么只管说，咱家不说别的，绝对养得起你！"

叶红玉和黎舟动作一顿，齐齐地抬头看过去，两张侧脸瞧着像是一个模子刻出来的。只是一个眼里带着无奈，一个眼里带着好奇，但都能瞧出暖意。

陆老大还想说话，叶红玉淡淡地道："吃你的，别说话。"

"哎！"

陆老大心情好，胃口也好，老婆孩子都在身边，吃得格外香。

黎舟起初还陪着，后来就放下筷子，再后来目光就有些担心起来。

叶红玉要了两杯山楂消食茶让黎舟喝："别管他，吃得下。"

黎舟还在看。

叶红玉道："他以前当过两年兵，第一顿饭就出名了，你猜他吃了多少？"

黎舟拿不准："多少？"

叶红玉轻笑了一声，比了手指道："二十个馒头，一般人抢不过他，他拿了两副筷子，一根筷子上串了五个馒头，他一气儿全吃了。"

黎舟目瞪口呆，抬头去看看陆老大，又看看他手里吃了一半的馒头。

陆老大的脸颊有些泛红："说……说这些干什么，那都是年轻的时候不懂事，后来不是不抢了吗？"他只说不抢，没说少吃。

黎舟看了看叶红玉，叶红玉冲他眨眨眼，两个人又笑了。

他们吃过饭又叫了些干果和茶水，坐在雅间继续等。

陆老大那个徒弟一直在医院守着，时不时去问一声，还真提前一阵拿到了结果，紧赶慢赶就给他们送了过来。送单子来的人一脸喜气，显然是已经从医生那儿知道了结果，喊了一声"师父师娘"把东西递过去，高兴得手都在颤抖。

陆老大捏着那薄薄的一份单子，重重地吸了吸鼻子，红着眼圈道："走，回岛上去！今晚摆酒席，我要好好宴请宾客！开最好的酒！"

叶红玉扶着黎舟站起身，牵着他的手眼里含笑，抬手给他理了理头发：“走，咱们回家。”

只这一句，黎舟平素毫无波澜的内心震了震，心底涌起一股热气，直达眼底。

他使劲眨了眨眼睛：“好。”

陆老大宴请宾客，摆了三天流水席。

他朋友多，来的人也多，人人都带着贺礼前来，瞧见黎舟的时候眼睛里也都带着善意的笑。有文化一些的会站在那儿夸奖他两句，而那些和陆老大一样莽汉出身的叔叔伯伯们就咧开嘴笑着，伸出大手拍拍黎舟的肩膀，说上几声“好小伙子”“可真精神”。陆老大这个时候往往会不动声色地替黎舟挡下来，生怕他们拍坏了儿子。

陆老大很高兴，喝了许多酒。

他酒量极好，但架不住酒白水似的灌，杯子用得不过瘾，干脆换了海碗，满满一碗白酒仰头一口喝下，碗还未拍在桌上，爽朗的笑声就先传出来。

他是真的高兴啊！

当天晚上一直喝到半夜，宾客尽兴而散。

等人走了以后，陆老大还是不肯松开酒壶，喝醉了酒的他情绪变得十分敏感，他抱着那个空酒壶忽然吸了吸鼻子，哭道：“老子吹牛了。”

这么没头没尾的一句，让一旁照顾他的黎舟愣怔了一下。

旁边几个徒弟跟了师父多年，知道他大醉之后的样子，立刻互相打眼色，一个扭头跑去找师娘叶红玉，另外几个连碗筷都来不及收拾就溜了。

小厅里就黎舟和陆老大在那儿坐着，黎舟不太会跟人这般相处，他以往在江心远那边被教导得过于规矩，应酬或许还可以，但人情方面略显不足。尤其是像陆老大这样一颗真心明晃晃地摆在那儿，让黎舟有些手足无措，沉吟一下后，他问：“吹什么了？”

陆老大人很好，如果说出来的事他能办到，黎舟不介意替他实现心愿。带着记忆而来的他别的本事没有，弄些钱物一类的总是可以办到的。

黎舟做好了准备，但陆老大显然不按套路出牌。他喝醉了酒哭得一把眼泪一把鼻涕，黎舟递给他纸巾，他就擦了，瓮声瓮气地控诉道："石长风在我跟前显摆，有俩臭钱不知道怎么花了，给他儿子买啥小霸王学习机，老子不服，老子也去买，买俩！可我回来难受啊，老子的儿子呢？老子的儿子没了……这学习机老子给谁用？"他用手背抹了一把眼泪，"气得我都砸了。"

叶红玉进来听见最后几句，笑道："你别理他，他平时和你石叔叔关系最好，那天俩人都喝多了跑到商场里发酒疯，买了好几台小霸王学习机。那天算是白砸了，现在好了，一会儿醒来又要跑城里去买。"虽然这么说着，叶红玉倒是挺高兴的。她转头问黎舟，"你想要什么样的？要不还是买台电脑吧，我看现在的学生们都喜欢那个。"

黎舟道："不，我不用。"

叶红玉轻轻拍了一下丈夫的脑袋当安抚，笑道："你让他买吧，他憋了十几年，呵呵。"

陆老大就听见个明天，跟着点头道："等我明天，我……我接着去找，早晚有一天我能找到。"

叶红玉给他倒了杯蜂蜜水，哄他道："真是喝多了，都醉成这个样子。还找什么呀，已经找着了。"

陆老大这才醉眼惺忪地看了一会儿，像是认真地确认一遍，终于想明白了。他眼圈泛红，咧嘴想笑，但嘴角抽动两下又哭了："老子找着了，老子终于找着了，我儿子找着了……红玉啊，红玉你看！你看咱们儿子都长这么大了！"他拽着媳妇的手，指着对面的黎舟哑着嗓子说了许多话。

陆老大喝醉了力气大，简直人如其名，像是一头老虎。叶红玉把人安抚住后，又喊了两个徒弟进来把陆老大送回房间。

她给黎舟收拾了一间房，坐在那儿多陪了黎舟一会儿，怕刚才陆老大那一通胡闹吓着孩子。

母子俩即便是坐着不说话，也是温馨的。

叶红玉端了一杯温水，拿了几颗助消化的药过来给他。黎舟接到的时候受宠若惊："我没事，不用的。"

"怎么不用？"叶红玉笑道，"我都瞧见了，你晚上吃饭的时候停了几次筷子，你爸给你夹了几次菜你都接着吃了。下次不用这样，他高兴起来做的疯事多着呢，不用管他，以后吃不下就别吃，自己的身体要紧。”

叶红玉给他轻轻地揉了一会儿肚子，起初黎舟身体僵硬，后来慢慢放松了一点，一直抬头看着叶红玉。

叶红玉笑道：“你看我干什么？”

黎舟就笑了一下，有点不好意思，过了好一会儿才道：“我……”

没等他说完，叶红玉就过去轻轻抱了他一下：“傻孩子。”她拍拍黎舟的脑袋，动作轻柔得像是刚才在安抚陆老大时做的一样，“吃了药睡一会儿，起来就不难受了。明天早上我不喊你，你睡个懒觉，好不好？”

“嗯。”

叶红玉坐在他的床边多陪了他一会儿，瞧着床上的人呼吸变得平稳后又看了他一眼，才轻手轻脚地起身出去，把房门给他关上。

黎舟躺在床上又睁开了眼睛。

他等了一会儿，听到外面安静了以后，这才起身去了房间里的小卫生间吐了。

胃里清空后，反而舒服了不少。吐完后，他打扫干净卫生间，没有留下一丝痕迹，黎舟又重新洗漱躺回了床上。他的脸色有些苍白，但精神却是放松的。他的胃一直不好，这是老毛病了，他不能一下吃这么多东西。这具少年时的身体负担还小，主要是心理上习惯性地发出了警报。

黎舟躺在这张小床上想了很多。

在不知道自己是被拐卖的以前的十多年里，他一直以为自己是被抛弃的，他甚至都详细考虑过亲生父母抛弃自己的理由。

他不知道他们找了自己这么多年。

不知道他们一直这样找着自己。

他以为，只有他一个人想过回来。

其实他这次回来，已经做好了最坏的打算。从前他用事业来填满自己的人生，但现在的他没有争斗之心，淡了也倦了，他容许自己的身心在这茫茫世间有个安顿的归宿，不用多好，有一处立足就好。江心远养育了他十几年，在养父伪善的外表被撕开之后，江心远要他为黎家、为江心远继续卖命。黎舟不知道十数年未见的亲生父母要的是什么……他想过很多，比如是钱或者是别的什么，他都可以给他们，总归不会比江心远心黑。

但是他从来没想过，他们什么都不要，只是想要儿子回来。

他的小心翼翼在陆老大和叶红玉面前变得一点都不重要了，他们欢天喜地，用尽一切热情，连带着让黎舟的心也一点点滚烫起来。像是潮湿的篝火堆重新点燃了一颗火星，紧接着慢慢重燃。这需要时间，但在黑夜里已经有了温度。

黎舟躺在床上翻了个身，然后脑袋就磕在了墙壁上——这里太小了，磕到脑袋的时候还发出了“咚”的一声。墙壁边沿带着海边特有的微微潮湿的海风气味，黎舟的额头抵着墙壁忽然轻笑了几声，他也没有挪开，就在这样的气息里安心地睡着了。

他做了一个梦，那是从前少年黎舟经历的事情。

梦里有一个平凡普通的小家，一家人柴米油盐十分融洽。而他坐在客厅的沙发上，像是一个来做客的人，带着几分拘谨。有小孩子跑过去，好奇地看他，一对中年夫妻客气地问他待几天。

他沉吟了一下，说略休息一下就走。

他在梦境里像是一个过客，看着那个少年黎舟一步步成长，看到他被江心远带走，后来工作的压力折磨得他无法去想其他的事情，就像是一台机器一样，只知道工作，维持江心远所谓的体面。

直到后来他的心都硬了，冷了。

再查到这座岛，他竟没有勇气再踏上这块土地。

他怕和之前一样，失望太大。

他也怕他们太好，他不能回家。

梦里的回忆久远而模糊，但他依旧记得江心远扭曲愤怒的脸。江心远指着他的鼻子嘲讽说：“你不过是黎家养的一条狗。

“养你这么多年，你做得不错。

“当初不愧是你外公从孤儿院挑的最好的带回来。”

…………

后面的声音模糊不清，像是被海浪吹散了，只剩下大海浪涌发出的哗哗声响。

这让他很安心，像是趴伏在养母黎曼的膝盖上，又像是叶红玉掌心贴在肚子上，暖意从皮肤透进来，散到四肢百骸。

虽然换了环境，但生物钟依旧非常准时，黎舟一早就起来了。

昨天后半夜睡得不错，他精神挺好，起来洗漱之后略想了一下，就打算出去看看自己能帮什么忙。他不知道正常的父子之间该怎么相处，但他可以努力学着去做。他以前没做过的事，这次都想弥补上。

外面的小厅已经都收拾干净了，只是院子里的桌椅还留着。陆老大说了酒席要摆三天，那是一天都不能少的。

庭院已经打扫干净，房间里也都干净整洁，黎舟转了一圈，听到厨房有响动，就走了过去。

陆老大两口子已经起来了，叶红玉在切菜，陆老大正在那儿卖力地揉面，打算大展厨艺。

“红玉，我跟你说，我让人去打听市里最好的高中了，就在那附近买套房子，让小舟去住，别耽误了他学习。”陆老大一边揉面一边道，“等以后我们老了也去市里，咱们一家三口有滋有味地过日子。”

叶红玉轻声笑道：“我今天早上起来还想呢，这日子美得不真实。”

“啥不真实的，老子儿子回来了，哈哈哈！”

陆老大扭头看到黎舟，笑到一半呛了一下：“喀喀——那啥……你……你起了啊？”

叶红玉也抬头看过去：“起这么早？要不要再去睡一会儿，等做好了早饭喊你。”

黎舟卷起袖子，走过去道：“不用，我来帮忙吧。”

陆老大连声说不用，被叶红玉踩了一脚之后又沉吟道：“也行。”

黎舟有心帮忙，但是他做过很多工作，唯独对厨房有些陌生，以前只简单地做过果腹的东西，面对复杂的就手忙脚乱，差点打翻笼屉上已经包好了的一笼小包子。

黎舟有些窘迫，额头上微微冒出了汗。

叶红玉笑个不停，对他道：“你出去玩一会儿吧，我和你爸弄这个很快的，等上十来分钟就能吃了。”

陆老大也安慰了他几句，送黎舟出小厨房门口的时候压低了声音道：“没事，回头你想学，爸偷着教你，我刚开始还把你姥姥家和面的盆给掰碎了，多练几遍就成啦。”

黎舟看了一眼厨房里那个两指厚的瓦盆，又看看陆老大，顿时对他肃然起敬。

以前他还会觉得陆老大身上有些匪气，但现在瞧在眼里全变成了力大无穷又平易近人的样子，他坐在那儿等的时候，泡了一壶茶，以前跟在外公黎老身边的时候学过这些，还算拿得出手。

他们早餐吃的是灌汤小笼包，陆老大夫妻俩不知道孩子喜欢吃什么口味，就每种都做了一些，有猪肉丸的、牛肉丸的、香菇菜丁的，还有两笼虾仁的。这里靠海，虾肉饱满晶莹，不用蘸任何佐料，单靠鲜味就能打动味蕾，嚼起来虾肉弹牙，吃着特别香。

叶红玉瞧着他喜欢，又挪了一笼虾仁小笼包过来："这虾是早上刚捞上来的活虾，你爸一早让人送来的。他做的时候还怕你刚起来受不了腥味呢，我就说你肯定喜欢这个。多吃点，里面还有好些呢。"

黎舟点点头，又对陆老大道："谢谢爸。"

陆老大一整个小包子嚼都没嚼一口就给咽下去了，烫得脸通红。

叶红玉连忙给他倒了一杯水："哎哟，这是怎么了？快喝点水，刚出锅的包子那么烫，你怎么敢一口就吞下去。"

陆老大喝了水，也不知道是烫的还是怎么的，眼睛泛着泪光。他磕磕巴巴道："喜欢就多吃，我……我让他们再送两筐虾来。"

黎舟到了嘴边的推辞又咽了回去，想了一会儿，点头道："一筐就够了。"

叶红玉欢喜得不行，给他夹了一个小包子，笑道："不碍事，多送点来，反正酒席也要用的。"

黎舟学着她的样子，也夹了一个她喜欢吃的素馅小包子："妈，你也吃。"

叶红玉连声答应了："哎、哎，好！"她那么沉稳的一个人，也有手忙脚乱的时候，面前的调料碟碰了一下，发出清脆的声响。

饭后叶红玉自己去收拾，把他们爷俩儿都赶去庭院里，让他们去喝茶。

黎舟信以为真，搬了小板凳过去，坐在庭院的那棵老树下认真地给陆老大又泡了一壶茶。他动作娴熟，姿势也好看，陆老大看了一阵，忍不住嫌弃起家中的茶碗不够小巧，一会儿又觉得茶壶也配不上儿子这手艺，好像这桌子也该换了，儿子坐着的小板凳也太寒酸……

"爸，喝茶。"

陆老大回神，连忙接过来，喝了一口就忍不住夸道："好茶！"

黎舟：“这是你房间里的茉莉花茶。”

陆老大挠挠头，他对这些东西一窍不通，却也知道茉莉花茶和铁观音、大红袍一类的差距挺大：“回头我再去买点，你也跟我一块去，喜欢什么咱们就买什么。”

黎舟笑道：“茉莉花茶就很好。”

陆老大也笑了：“你妈最喜欢茉莉花茶，船上还养着两盆呢。咱们这院子后头种了两棵，开花的时候特别香！你等我下午就挪一棵到你的窗户下面，早上一开窗就能闻见。”

黎舟道：“不用了。”

陆老大立刻噤声，小心翼翼地看着他。黎舟道：“挪了容易伤根，等上花市遇到再买一些新的吧。”

陆老大放了心，咧嘴笑道：“对对，买新的！”

他瞧着黎舟，黎舟也在看他。

江心远对他的要求极为严格，类似高压政策，但眼前的这位父亲显然并不是这样的人。

高大结实的一个汉子，坐在树下甩着蒲扇咧嘴笑个不停，看起来就像是一个傻爸爸。要不是见过他走在街上的样子，黎舟都要以为他是唬人的纸老虎——还是那种他可以随便拔虎须的那种。

父子俩坐着乘凉聊天，陆老大问了黎舟在养父母家的情况，黎舟拣能说的说了。他不想让陆老大和叶红玉知道太多担心自己，没有告诉他们江心远给错了另一家的地址，只简单地说黎家待自己很好，还提到了弟弟黎江。

“还有一个弟弟？”

“是，黎江很聪明，他一岁十一个月就会两位数加减法，外公特别高兴，因为他以前学的就是数学。外公特别喜欢数学分析和微分几何，妈妈的名字也是他取的，来源于一位德国著名的数学家。黎江跟他们很像，从小数学成绩就特别好。他七岁的时候在书店里坐着看书，还推导出一个公式……”黎舟慢慢跟他说着，自己都有点惊讶，过去那么久的事原来他都记得十分清楚。

陆老大听得叹为观止：“可真厉害，小天才呀！”

黎舟做事稳妥，但是对黎江的智商还是非常认可的，点头道：“嗯，他是天才。”

陆老大顺着他夸奖了黎江一会儿，又忍不住期待地问道：“那你呢？你在那边平时都住在家里还是住在学校？喜欢什么科目？”

黎舟笑道：“我都还可以，没有什么特别讨厌的，成绩的话不如弟弟，排在前三吧。”稳定全校前三，在B市名校里也算是拔尖的，不过比起黎江轻轻松松玩着拿第一还是要差一点。

陆老大喜滋滋地道：“很好啊，那肯定每年都有三好学生奖状！”

黎舟点头，不止奖状，奖学金也有不少，再加上各类比赛获奖，黎老还会特意奖励他和黎江红包，每一份都不比江心远偷着给江家人做小买卖赚的钱少，他的小金库还是非常充实的。

问完了黎舟的情况，陆老大也主动说了一下自己的情况，也没什么特别的，就是吃得多力气大。他原先是在造船厂工作，马上要提干部了，家中出了变故，就做起了跑船运输的买卖。这么多年下来，凭着义气结交了不少朋友，手下带着不少徒弟。他只含糊地说了个百十号人，但人数显然比这要多得多。

不过陆老大从不做违法的事儿，他疾恶如仇，尤其恨拐卖儿童的人贩子。

“那天你瞧着老三他们收钱了吧？不是电影里的那种收保护费，你爹我那是买了整条街，收的租赁费啥的。你放心，咱们家从来不做违法的事！”陆老大对他道，“这不年底要划分市场摊位了，我都嘱咐好了，作个表率，带头积极向工商部门申请办证，认真纳税，得尽公民义务不是！”

黎舟心想，难怪那天陆老大随口就说划分个摊位送他玩。

陆老大道：“你要是想玩，我弄两家铺子给你？”

黎舟摇头：“不用，我那天就是凑热闹来着。”

陆老大想了一下，挠着下巴道：“我也不是故意赶那个老头儿，岛上不让卖假古董，这么多年大家伙都习惯了。”

黎舟的重点抓错了，认真地夸道：“您挺厉害的。”

陆老大：“啊？”

黎舟以为要说得详细些，就试探着道：“维护社会治安，您出力了。”

陆老大面上努力绷着，心里美得直冒泡，咳了一声道：“那是，以后咱还得加把劲，继续努力！”

“嗯。”

陆老大又拿了那罐泡泡糖过来，推到黎舟跟前献宝："你不是喜欢吃这个吗？拿去吃吧。"他瞧着黎舟脸上惊讶的表情，也跟着迟疑了一下，问道，"怎么，你不喜欢吃这个？"

黎舟笑了一下道："不，很喜欢。"

叶红玉收拾完了，走过来正好看到这一幕，拦住道："你别给小舟乱吃东西，他昨天晚上胃就不舒服，正常吃饭就行了。"

陆老大紧张起来："怎么了？"

黎舟不想他担心，只推说是学业压力大："没什么，以前就这样，养几天就好了。"

陆老大心疼得不行，立刻道："随便读读就行了，爸爸跑船养你！"

叶红玉被他气笑了："胡说八道，今儿早上还说去市里买房，让小舟读书方便些呢。"她坐下对黎舟道，"你别管他，说风就是雨的，先休息两天回头我带你去见个老医生，专门调理胃病的。你年纪小，咱们多注意些，养养肯定能好。"

黎舟点头应下了。

叶红玉又问他们都聊了些什么，听见是父子俩坐在这儿互相吹捧了一早上，又笑了一阵。

她对黎舟道："今天你有什么安排没有？"

黎舟摇摇头，看着他们。

叶红玉就道："那跟你爸去船上看看，小码头那边的货我和老三过去盯着就行了，你们去咱们家的小船上玩，中午带你去钓鱼，咱们在船上吃饭。"

陆老大挺高兴的，去房间里收拾东西去了。他平时一个人空手就能吃饱，但这次是带着儿子，总要多带些东西做准备。

叶红玉和黎舟坐在树荫下，家里的小狗摇着尾巴跑过来，蹭到叶红玉脚边，又试探着闻了闻黎舟，尾巴摇得更欢了。

叶红玉摸了它的脑袋一下，笑道："小宝也认出来了是不是？"

黎舟伸出手去，那只小狗就轻轻舔了舔他的指尖，很是亲昵。

叶红玉道："以前……那时候，我和你爸找疯了。那会儿小宝也不大，才半岁多点吧，我们拿了你的小衣服让它闻了到处找，当成最后一点念想，心里盼着能找到。那时候也多亏了有它在，我们才能撑得下去。有时候它半夜叫一声，你爸都能立刻翻身起来跑出去看。"

黎舟这才发现那只小狗看着体形较小，胡须底下的毛已经白了。他瞧见之后又有些心酸：“其实不必……您这是何苦呢？”

叶红玉笑了一声，道：“跟你爸关系最好的那个兄弟也这么说过，你猜你爸当时怎么说的？他说‘老子自己愿意，你管不着’。”

她模仿得很像，黎舟仿佛都能瞧见陆老大气急败坏的样子，心里的那点难过冲散了一些，他也跟着笑了。

叶红玉又挠了挠小狗的肚子，让它去院子里玩。

陆老大收拾好一个大帆布包，背在肩膀上兴冲冲地走过来：“儿子，走，爸带你去船上瞧瞧。”

黎舟看了叶红玉一眼，叶红玉就对着他笑道：“去吧，我去小码头看看那船货，等下午就去找你们。”

黎舟就跟着陆老大一同出去了。他们走近路，抄小道过去的。因为挨着内陆河周围蒲草很高，树木高耸，遮住了夏日大半的阳光，蝉鸣阵阵。

陆老大瞧见河边有嫩树枝，指着前面的木栈桥道：“船就在那边，你先上去等我，我马上过来。”

黎舟应了一声，走过去看到栈桥边上小渡口停了几艘船，有些是两三层的，上面还有人在。他找了一下，只在靠近栈桥的地方瞧见一条半新的铁皮小船，拴在那儿泊靠着。

黎舟走过去，小心翼翼地上了铁皮船，船身狭窄，也没见多少东西，大概是很少有人来，上面的铁钉都带了锈痕。黎舟抱着膝盖坐在那儿，瞧见旁边的一盏汽灯歪了，还给它挂回了原位。

陆老大回来的时候就瞧见自己儿子老老实实坐在那条废弃的小铁皮船上，双手抱着腿，要多乖有多乖。瞧见他来，儿子还挪了点位置尽可能地多留一点空间给他。

他眨巴眨巴眼，看看儿子，又看看旁边那两层船上趴着瞧热闹的徒弟，脸红脖子粗地骂道：“都在那儿看看看，看什么看啊！你们小师弟过来了，一个指路的都没有，看着好玩啊？！”

那边挨着的两条大船上的小伙子们都哄笑起来，还有好事的认真回话：“回师父的话，好——玩——”

陆老大掰了根树枝就冲过去，那几个皮小子一哄而散，有几个干脆笑着一个猛子扎到了水里去，游远了。还有游到黎舟待的小船这边的，探出个湿漉漉的脑袋，抹一把脸上的水冲他乐道："小师弟，不是这条船，这是咱们早些年就闲着不用了的小玩意儿。走吧，我带你去旁边的船上玩，随便挑，这边几条都是咱们的！"

第五章
“小少爷”

黎舟从小船上下来，跟着那个师哥去了旁边的船上。他们给黎舟搭了一架小木梯，没让他的鞋沾湿一点。上了船之后才发现这边的物事一应俱全，船一共有三层了舱间还有两个卧房，临近船尾还有一个小厨房，堆放了不少东西，收拾得干净整齐。旁边一个杂物间放着钓竿、饵料箱一类的东西，窗边最好的向阳位置摆了一小盆茉莉花，叶子翠绿鲜嫩，花朵洁白无瑕，舒展开散发出淡淡的香气。只它独自占领了一片空间，窗台擦拭得非常干净，瞧得出平日里有被精心打理。

这船比黎舟想象中的要好许多，还真有点像是一个临时的家。

陆老大把帆布包随意地放下，拿着树枝走了过来。

他手里有两根树枝，粗的那根教训徒弟，细的那根上截了最嫩的一小段，给儿子做了个口哨。

徒弟皮糙肉厚，又一个个跟大鱼似的滑溜，一个都没逮着。陆老大干脆丢了手里虚张声势的粗树枝，招手让黎舟过来，拿了小刀认真地做了两个树皮口哨给他玩。

“刚才瞧见路边有杨树，做两个口哨给你玩。”陆老大做好了一个，用刀打磨了两下才交给黎舟，“你吹一下试试，不行爸再给你做一个。”

黎舟吹了一下，树皮口哨发出一声脆响。

带着黎舟上船的那个小伙子也过来了，他换了一身干净衣服，只是头发还是湿漉漉的，甩了甩头上的水笑道：“师父您给小师弟做杨树哨了？就是现在柳树老了，等明年开春，找最嫩的柳树枝做柳哨，那个吹得才响呢。”

陆老大道：“嗯，明年开春就给他做。”

黎舟拿在手里又吹了一声，陆老大给自己做了一个也拿在手里，教他怎么吹。

这个树皮口哨只能发出一些简单的音节，陆老大也有些笨拙，吹得并不好。但是他力气足够大，像是在吹喇叭，吹得特别响亮。

黎舟试了两次，倒是找到了一点规律，上面有个小气孔，手指堵着一些的时候可以改变音调，还挺有趣。

又有一个徒弟手脚利落地爬上船，换了干净的半袖T恤走过来，感慨道：“还是师娘遗传得好。”

陆老大挺胸得意地说：“我教得也好。”

黎舟放下手里的哨子，听见了跟着认真地夸道：“嗯，寓教于乐，挺好的。”

陆老大没听懂，追问道：“教什么？”

徒弟乐了：“没什么，小师弟夸您教得好呢，玩着学都能学会！”

陆老大就高兴起来，又喊徒弟开船，自己带着黎舟去前面看。他们今天主要是玩，说是钓鱼也没打算真让黎舟下力气。这么多人随便哪个徒弟都是在水里泡大的，别说想吃条鱼了，就是指明了花色和斤两，他们也能分毫不差地把鱼抓上来。

大岛周围还有几座小岛，最小的一个上面只有两三户人家，周边养了扇贝。黎舟瞧着很新鲜，多看了几眼。

“跟陆上种田差不多，一样都是放了苗下去养着。就是得看天吃饭，有时候风浪大了就直接卷走了，没陆上稳。”陆老大一边指给他看，一边耐心地解释，“你要是想吃，回头带你去你姥姥家那边，咱们自己家养了不少海蛎子，今年又弄了些海参，做葱烧海参给你吃，那个可香了。”

黎舟问了几句，得知在叶家除了有一个姨妈和一个舅舅，还有一个老太太在，平日里关系倒也和睦。他又问了陆老大那边还有哪些亲人，陆老大性格豪爽，直接道：“你爷爷奶奶去得早，咱们这边就我还有你一个姑姑在。她早些年嫁到市里去了，我和你妈平时忙，也就逢年过节两家能聚聚。她和你妈关系好，回头你转学去市里我带你去见见她。”

黎舟记在心里，陆、叶两家的亲戚听起来都还不错，想必之后相处起来也容易。

陆老大瞧他一眼，拿手给他挡阳光，说：“你先进去，到了地方告诉你。外面太阳大，一会儿晒黑了。”

黎舟道：“没事。”

陆老大就让徒弟找了一顶草帽给黎舟扣在头上，遮住了大半的太阳。就算这样他也时不时地扭头看看黎舟，怕他晒坏了。

他们这次也没出海太远，只是带黎舟在周边瞧了瞧。附近有个鸟岛，没被开发过的地方颇有几分野趣。陆老大的徒弟都是年轻小伙子，对周边能玩的地方特别熟，他们原本打算带黎舟到鸟岛上去玩一下，可还没等靠岸，陆老大的手机就响了。

陆老大接起来听了一阵，又匆匆忙忙过来找黎舟：“是找你的，说是 B 市打来的电话。”

黎舟看了一眼腕上的手表，瞧着时间就能猜出是谁。他走过去，陆老大原本举着手机，见他伸手来拿半路又收回来拿袖子擦了擦，这才递给黎舟。他面上有点不好意思：“这个不是家里平时用的那个，就一直搁在船上，时间有点长了，弄得有点脏。”

黎舟笑了笑，摇头道：“没事。”

他接了电话，果然听到了黎江的声音。

“哥，你在哪儿？”

“船上。”

“哪里的船？”

黎舟也不知道哪里，抬头看了看四周，忽然觉得有点不对劲，问他：“你上岛来了？”

电话那头的黎江应了一声：“嗯，我想你了。”

黎舟道：“你怎么过来的？就你一个人来的吗？”

“没，刁叔带我来的，我就是想来看看你。”

“你在哪儿？”

黎江干巴巴地道：“你家。”那两个字说得十分不容易，又酸又涩，还带着委屈。

黎舟道：“那你等我一会儿，我过去找你，你旁边还有谁？”

“不认识，好几个人，穿的衣服都差不多，白文化衫和黑裤子。”

黎舟笑了一声：“那我知道了，你把手机给他们听。我现在回去，也让他们带你过来，一会儿就能碰上面。”他一边说着一边过去找陆老大，把情况跟陆老大说了一下。陆老大当即吩咐徒弟带那位大城市来的“小少爷”过来，他们也开始往回走。

这次回去比来的时候快得多，船开足了马力，又没有什么重的货，没一会儿就到了之前停泊的地方。

这边正在搭小木梯，黎舟站在船上远远就瞧见了弟弟黎江的身影。

“小少爷”抱着自己的背包，正弯腰坐在那艘铁皮小船上，双腿并拢，规规矩矩。岸边站着俩穿着白文化衫、黑裤子的人，正在朝他们招手。

黎舟先下了船，过去招呼黎江出来。“小少爷”这时才反应过来自己坐错了船，顿时耳朵却红了，抓着大哥的手迈步下来：“他们说小船，我以为……是这个。”

陆老大也下来了，瞧见之后也乐了，说：“黎江是吧？你们兄弟俩怎么都喜欢那艘小破船，回头我给你们修修，留着给你们玩！”他自己笑完瞧见站在岸边的徒弟也跟着傻笑，立刻就道，“好歹是客人，怎么也不拦着点！”

一个徒弟道：“拦了啊，他说他自己能行，就上去坐着了。”

另一个徒弟竖着大拇指还在那儿夸：“师父你别说，他的动作还真利落，底盘特别稳！”

“我打你个底盘稳！”陆老大笑骂了几句，把那几个瞧热闹不嫌事大的皮小子轰散了，“去，找人告诉你师娘一声，让她来吃中午饭。另外再弄点虾和扇贝，弄好的！”

“哎！”

黎江从小船上下来，跟着他们上了旁边那艘船。

陆老大为人热情豪爽，因为黎舟之前说和这个弟弟感情好，他也拿大城市来的“小少爷”当自家小孩一样疼爱，热情地问他喜欢吃什么，有什么忌口的没有。相比黎江就要拘谨一些，只点头说都好。

他话里带着客气，像是一位来长辈家做客的小孩。

他在这里没有认识的人，只挨着黎舟近，黎舟跟他说话，他就凑近了认真去听。

陆老大一心想要大展厨艺，让他们两个人在船舱里玩，自己挽了袖子去小厨房了。

黎舟看了弟弟脚上的鞋一眼，低声问了他一句。虽然黎江在摇头，但他还是带人去房间里拿了一双自己替换的鞋过来给他穿。

黎江坐在船舱小房间的床沿，攥紧了被单道："没湿多少。"

黎舟蹲下身给他换鞋，黎江说要自己来，黎舟也没让，说："我帮你弄，你不是晕船？"

"哥，一会儿下船还要沾水，会把你的鞋弄湿的。"

"不碍事，我还有。"

陆老大和叶红玉给他买了很多衣服和鞋子，他们不敢一下子全给他拿过来，每天一点点地偷偷往他房间里塞。今天说是带他来船上玩，陆老大帆布包里背着的大多是给他准备的东西，穿的用的，吃的玩的，恨不得一口气把十几年没能给的全补足了。

黎舟单手也不慢，动作娴熟。他以前照顾弟弟的时间多，而以后的日子大多数时间也在自己照顾自己，早就习惯了做这些。

黎江坐在那儿看大哥给他穿好鞋，眼睛都没离开大哥，等穿好了又小声喊了一声"哥"。

黎舟笑了一声，起身挨着他一起坐下，陪他说话："怎么突然过来了？"

黎江动了动脚，鞋子略微大了点，可以看出脚趾在前面顶出一个小包。他过了好一会儿才道："我想你了。"

"嗯。"

黎江看着鞋面，干巴巴地道："我们开学早，但高中部也没差几天，学校马上要开学了，我来接你回家。"

黎舟道："我之前不是说了，我不回去读书了。"

黎江手攥着床单，皱眉道："你没跟我说过。"

黎舟道："我给你写了信……"

黎江扭过头去，生硬地打断他道："我没看到。"

其实他看到了，还看了很多遍，信纸都已经被他揉得皱巴巴的了。

他刚得到消息的那天，都快急疯了，跑到别院来问妈妈，又想立刻追过去。要不是刁明山拦着，他可能当天就追到岛上来了。

“哥，除了咱们家的几个人，其他人都不知道福利院这件事。刁叔他们口风也紧，不会说出去的……你能不能回来啊？”黎江的眼圈发红，他的手指用力，骨节都攥得发白，“咱们这么多年好好的，就因为爸让许秘书拿了一个地址、几张照片，怎么突然就……就不是我哥了呢？”

那场车祸改变了他的人生轨迹，连带着未来也一起改变了。十三岁的弟弟没有因为那场车祸伤到腿，他自己跑来了，而且比之前任何时候都要黏着自己，这显然是黎舟预料之外的事。

黎舟道：“爸不给我地址，我也要自己找来。”

“那我呢？”黎江问道，“我和妈妈呢？还有外公，你不要我们了吗？”

黎舟摇头道：“怎么会呢？我会回去看你们的。”

黎江看起来闷闷不乐。

黎舟又问他：“许秘书拿什么照片给你看了？”

黎江道：“她没给我看，放书房来着。我偷溜进去看了一眼，就几张生活照，一家四口，男的是小学老师，有一张照片上是他推着自行车带着两个小女孩。”他皱眉，带着不解。

黎舟明白过来，那是姓李的那户人家的照片。两三年后这家人会搬离岛上，调到别处，男主人依旧当小学老师。江心远曾经“好心”地带他去拜访过那家人，那段经历也成了他多年来反反复复在梦境中出现的场景。直到他自己调查，发现自己和那家人没有任何血缘关系之后，情况才得到缓解。

黎江问道：“但是我刚才过来，看到和照片上的人好像不一样啊。”

“嗯，”黎舟轻声道，“他给错了地址，我自己找到了。”

黎江皱眉，他少年早慧，略微一想就察觉出了不对。他留神观察大哥的表情，见他面上还是淡淡的，眼神略微变了一下，又放低了声音小声道：“他说，你以后都不回来了，也不要我了。”

黎舟问：“谁说的？”

黎江撇嘴：“爸说的。”

黎舟皱眉，叹了口气，转头对弟弟认真地道：“黎江，我们约定一件事，你以后想问什么、听什么，直接来找我，我不会对你撒谎。”

“嗯。”

“除了妈妈和外公，其他人说的话，你都要多想想再信。”

“嗯。”黎江犹豫了一下，“刁先生说的也不能信吗？”

黎舟笑道：“刁先生说的话你可以信一半，他有时候布置功课会设‘陷阱’，不过他对你严格是想帮你，你要听话。”

黎江也笑了，点头答应下来。过了一会儿，他又有点不好意思地小声问他：“哥，你想我了吗？”

“刚开始想，后来每天都打电话，就不怎么想了。”

黎江愣了一下，抬头看他有点急地想说话，但外面陆老大的嗓门更大，喊了一声“可以开饭了”，生生把黎江要说的话给压了下去。

兄弟俩起身一起去外面，陆老大已经张罗好了席面。他亲自下厨，鱼虾扇贝又都是刚捞上来新鲜的，一桌子饭菜鲜香扑鼻。他做的也没有多花哨，只几道当地家常菜，因为黎舟爱吃虾，白灼虾特意多做了一些，另外还有几道粉丝扇贝、清蒸鲳鱼、蛤蜊鸡蛋煎饼、肉末海参，主食是鲅鱼水饺。叶红玉也到了，她想得比陆老大周到，怕小客人吃不惯海味儿，特意带了几道山珍过来，还给黎舟带了一份骨头汤，另外主食也带了些开花馒头。

叶红玉带来的馒头颜色有些暗，起初黎舟以为是杂粮做的，但嚼起来劲道，略带点甜味，很好吃。他和黎江都吃了一整个，黎江还问：“这是红糖馒头吗？”

叶红玉笑道：“不是，是地瓜面做的，都是岛上产的东西，吃个新鲜，喜欢就再吃一个吧？”

黎江有点不好意思地点点头：“嗯。”他又拿了一个，掰开和哥哥分着吃了。

他自从来到这里后只让哥哥给他换了一双鞋子，就再也没有麻烦过黎舟，反过来处处照顾大哥。他有些晕船，但一直表现得很好，陆老大和叶红玉都没发现他身体不适。

黎江和大哥一起长大，兄弟俩吃住都在一处，对彼此非常了解。他坐在黎舟身边给他夹菜盛汤，黎舟的眼睛刚落在白灼虾上，黎江下一秒就心有灵犀地夹了两只给他，再利落地剥好虾壳放在哥哥面前的小碟子里：“哥，你吃这个。”

“嗯，你也吃。”

“哎。”

黎江的脚在下面动了动，咧嘴笑出一口白牙。被大哥亲手换了一双鞋就把多日未见的那点小委屈全部抵消掉了，做什么事都心甘情愿，动力十足。

这份动力一直保持到晚上。

黎舟顾及弟弟的身体，没在船上待太长时间，陪着他下来在岸边走了走。等到傍晚回来的时候，略微出了一点小状况。

刁明山带着黎江过来，自然是住酒店。刁明山为了避嫌，自己都没有多出面，只在他们下船后跟陆老大客气地打了声招呼，礼节性地说了几句话。这会儿天快要黑了，住在哪里又成了一个问题。

黎江自然是不肯和大哥分开的，他千里迢迢跑来找人，哪里肯和大哥分开。

但陆老大这会儿瞪大了眼睛盯着儿子，他好不容易才找回宝贝儿子，怕是一分一秒都不会让自己的儿子离开视线范围之外。

一直拖到吃完晚饭，黎舟去找叶红玉，向她询问自己能不能先去一下黎家人住的酒店那边。

岛上是有酒店的，但不在这个小镇上，离着还有一段距离。但这些都不是问题，刁明山派来的车就停在陆家门口。陆老大张嘴想说什么，叶红玉不动声色地拿胳膊肘轻轻撞了他一下，语气柔和地对黎舟道："可以，去吧。"

陆老大瞧着儿子上了黎家的车，眼睛都红了，站在门口暴躁地走来走去。车子刚一开走，他就忍不住道："红玉，你怎么能让他走啊？"

叶红玉道："他那么大一个人了，做事有分寸，你别拿他当小孩似的看着不放。"

陆老大闷声道："我是怕他再丢了。"

叶红玉嗔怒道："丢不了！这次谁再敢动我儿子，我跟他拼命。"

大概是觉得拼命还拼得过，陆老大放心许多，拿了把小椅子坐在那儿等。

叶红玉倒是没抱太大的希望，她放黎舟走的时候，就已经做了黎舟要和弟弟留在酒店的准备。出乎意料的是，没过半个小时，黎家的车又开来了。这次黎舟下车的时候还拎了一个包，跟在他身边的黎江也背着一个包，瞧着装得鼓鼓囊囊的，他站在那儿先喊了一声"姨"，然后小声问："我能在这儿住两天吗？"

叶红玉很欣喜，连声道："当然、当然可以！"她招呼人给他们收拾房间，让黎江住下。不过黎江没要，他客气地道："不用，我睡我哥的房间就行了，他胳膊伤了不方便，我照顾他。"

只要儿子能回来，陆老大这会儿要什么给什么，二话不说就让人抬了张床放在黎舟睡的那个房间里，两张床并排挨着。他还拿了最新最软的被褥来，铺在上面像是睡在一团棉花上。又怕他们热，他还加了台小风扇。

忙活了一阵，总算是安顿下了。

黎江怕碰到哥哥的手，主动睡在里面。等黎舟洗漱完过来躺下，他又习惯性地靠近了一点。

黎舟以为他要说悄悄话。

结果黎江只是挨着他，握着他的手就睡了。

黎江睡得很香，下眼睑上有一层淡淡的青色，瞧着也是很久没睡一个好觉了。

黎老身边的人单挑出来任何一个都很有本事，尤其是刁明山手段最高。他对黎老很忠心，自然是全心全力想让黎江成长，这段时间黎江显然也在他的手下吃了不少苦头。

黎舟抽出来手，拇指轻轻碰了一下他的眼下。

他一路找来这里，也是辛苦了。

第二天一早醒来的时候，黎舟看到床边的身影恍惚了一下，然后才反应过来："黎江？"

黎江扭头道："哥，你醒了？"

他一直看着桌子那边，等黎舟起来，照顾他换了衣服就迫不及待道："我看到桌上放着一只小狗。"

黎舟早上起来略微有点低血压，缓了一会儿才道："哦，那个是青花瓷小狗。"

"对，是给我的吗？"

黎江挺期待的，黎舟看着他笑了一下，点了点头："嗯，给你的。"

桌上放着一对，黎江只拿了一个，美滋滋地放在掌心玩："哥，咱们一人一个，下回我要是碰到有卖小瓷猴的也买一对，咱们还是一人一个。”

黎舟对这些没有特殊的收藏爱好，不过弟弟喜欢，他也配合，点头应了。

黎江平时很少跟他一起同住，他们都有各自的房间，但空间小了他和哥哥更亲密，黎江觉得前段时间的不安被一点点抚平。他把那个青花瓷小狗放在一旁，照顾大哥起来洗漱。

黎舟笑道：“不用，我只是伤了一只手。”

黎江坚持：“我长大了，我能照顾你。”

黎舟笑道：“那我比你还大两岁呢。”

黎江咧着嘴，露出一口小白牙，笑道：“照顾了啊，昨天你还帮我换了鞋，所以今天轮到我来做了。”他拿了鞋过来，当真蹲下身去帮大哥换上。他做得很认真，也像哥哥昨天做的一样，给鞋带打了一个结实又美观的结。那双平日里抓画笔和弹琴的手做起这些动作来也很有美感，黎江年纪小，但正在长身体，手和脚先大了一些，手指细长，指节分明，本身就像是一件艺术品。

黎舟正看着，弟弟就站起来了，跟他比画了一下，笑道：“哥，你看，刚才坐着看不出来，站起来就瞧见了吧？”

黎舟没懂：“什么？”

黎江得意地道：“我长高了一点，你比比看。”

结果比了之后还是和以前一样，他忘了，他在发育，他哥也在发育，这个年纪的男孩个头蹿得快，他还是比大哥矮一截。

黎舟摸了他的脑袋一下，看他吃瘪，忍不住笑了，叮嘱他道：“一会儿多吃点饭，不挑食才长得快。”

“我现在不怎么挑了。”黎江嘴硬，完全忘了昨天还偷偷把莴笋放到大哥碗里的事。

“那今天的莴笋自己吃。”

“啊？那个不是大哥最喜欢吃的吗？”

“瞎说，明明是你自己挑食。”

兄弟俩说说笑笑走出来，碰到叶红玉的时候，黎江正在扮鬼脸，被她瞧见还有点不好意思，立刻收敛了，做出一副听话的样子。

叶红玉笑道：“饿了没有？今天早上吃火烧，让人送了好几种馅的来呢。你们起来得正好，赶紧趁热吃。”

黎舟还未说话，黎江就积极道：“我来帮忙吧！”

黎舟瞧着弟弟走过去，认真地帮着端碗碟，觉得黎江这段时间长大了也懂事了很多，身上那点骄纵之气也磨没了，瞧着稳重了一点。不过黎舟眼睛看着，心里依旧拿弟弟当小孩。早上吃饭的时候，餐桌上有一碟醋泡莴笋丝，他端到自己面前，把自己面前的花生米放在黎江面前。

陆老大一颗心都放在儿子身上，别的全都没在乎。他只看到黎舟动了那碟莴笋，还以为儿子喜欢吃这个，在心里认真地记下了。

早饭吃的火烧，也是当地的特色小吃，面饼里夹了馅料，吊炉烤熟，外皮金黄酥脆，掰开之后里面的脂烙酥软，泡得最里面的一层面皮软塌塌的，带着馅料的咸香味。陆老大食量大，因此叫的数量也多，除了平常吃的肉火烧，还叫了几种素的，五香芝麻的和糖火烧也有，另外还准备了白米粥。

黎舟早上喜欢吃得清淡一些，拿了一个带芝麻的，面饼烤得两面金黄，掰开之后皮略厚显得白嫩，一股热气带着面香扑鼻而来，嚼着也劲道，吃着很香。黎舟一边吃芝麻火烧，一边喝粥。桌上的小菜也很合他的胃口，一顿早餐下来，吃了一个火烧、两碗粥，跟着陆老大一起吃饭，胃口也能好上许多。

黎江并不是那种养尊处优的富家公子，外公黎老当年白手起家，他们打小跟在老人身边，也知道柴米金贵，不会浪费。

黎江饭后还挽起袖子要去帮叶红玉刷碗，结果刚进厨房门就砸了两个瓷碗，转身连忙去捡的时候又碰掉了旁边放着的水盆，手忙脚乱的。叶红玉连忙过去，道：“不用、不用，你先出来，小心伤着手。”

陆老大瞧了一阵，忽然哈哈大笑，拍了拍黎江的肩膀让他去庭院里玩，自己进去收拾。

叶红玉带着两个孩子在庭院里坐着吃干果喝茶，顺便跟他们闲聊几句。

黎江刚才没弄好，还在看厨房的方向。

叶红玉看着他，忽然就想起黎舟在厨房帮忙的样子了，忍不住笑了一声：“昨天你哥也跟你一个样。”

黎江面色涨红，向她道歉：“我不是故意的，要不我赔……”他想说要赔偿，话还未说出口，就被黎舟碰了一下膝盖。黎舟接话道：“我们下午去买新的回来，以后多练习，就不会再犯错了。”

黎江听见第一句就跟着点头，可听见第二句的时候就忍不住看向大哥，欲言又止，咬住嘴唇没吭声。

一想到他那个做什么都特别好的大哥以后每天都要自己洗盘子，他心里就难受。

黎江的心情有些低落，瞧着跟庭院树下那只耷拉着耳朵的小狗一样。

叶红玉也不拘着他们，给了黎舟一些零钱，让他带弟弟去街上逛着玩：“瞧见喜欢的就买，别玩得太晚，中午记得回来吃饭。”

黎舟道：“我有钱。”

叶红玉往他手里塞了塞，笑道：“这是妈给你的零花钱，不花完不许回来。”

黎舟笑了一声，点头应了。

路上黎江一直没吭声，闷头跟着他走。黎舟瞧了他一眼，小声问道：“在想什么？”

黎江愣怔了一下：“啊？哦，也没想什么，就……想起江彭亮了。”

黎舟问：“怎么突然想起他了？”

“上次大伯来求了一阵，爸还是给他们办了转学手续，现在他跟我在一个班。”黎江不太乐意地道，“哥，你都不知道他有多笨，全班倒数第一，我瞧见他都嫌丢人。”

黎舟看了他一眼，道：“你们班是实验班，全校也就两个。”一九九五年的时候能给班上每个人配一台电脑试着全自动化讲课的凤毛麟角的班级，这还只是电脑机房。另外一些课程也都是请最好的老师来教，只有拔尖的学生才可以被选进去。江心远为了让侄子进实验班念书，看来很是费了一番工夫。

江彭亮这个人小聪明有余，大智慧没有，做事不够大气，对名利也太过贪婪。这是一个缺点很多的人，但在江心远眼中却是最好的侄子。江心远对这个侄子和对他们的方式很不一样，对着两个儿子总能挑出刺来，但看到侄子却是一脸慈爱。大概也是知道江彭亮这个人能力有限，因此也不对他过多要求，凡事都会贴补江彭亮一些。

江心远打过黎江，却从未动过侄子一根手指头。有一次喝醉了酒还念叨着说等百年之后只盼着侄子给自己烧些纸钱——因为他姓江，而非姓黎。

黎舟以前察觉江心远对公司动手脚的时候，也曾阻止过。江心远要面子，但江彭亮却是一个泼皮混账，黎舟的手腕曾被他划伤过，深得几乎能见到筋骨。

那是他第一次受伤，现在想起来，手腕还隐隐发寒。如果那把刀划得再深一些，手筋都要被切断了。

黎舟下意识地摸了一下手腕，黎江瞧见了，视线立刻跟着落在那里，担心地道："哥，你的手受伤了吗？哪里疼？"

黎舟摇头，黎江不信，亲自过来看了，又心疼地隔着绷带摸了一下他受伤的手臂："还疼吧，医生说要养好长时间，半年之后才能取钢钉。"

黎舟笑道："没事，已经不疼了。"

黎江不信，但他也没有什么止痛的办法，就尽可能地找话题转移大哥的注意力："哥，你一定没瞧见过江彭亮的试卷，错得五花八门。我们班就是被他一个人拉低了平均分，幸好马超他们几个超常发挥，要不然就丢掉年级第一了。"

"嗯，你呢？"

"我就还那样呗。"全校第一走在路上瞧着也没多开心，一边小心地扶着他哥，一边小声告状，"哥，爸一直帮江彭亮说话，还让我给他辅导，我才不乐意呢。但是江彭亮现在不是跟我在一个班吗？我有点怕……"

黎舟看着他，面色有些古怪，认真打量了弟弟半天。

黎江会怕江彭亮？这话他才不信。过去他的手曾经被江彭亮划伤，他还未做出反击，就听说黎江把人抓去亲手折断了他的一双手。也不知道江彭亮是怎么惹到黎江的，黎江放话出来，说他这双手如果再不老实就要切断了泡起来做成标本。

现在看起来黎江还很乖，但骨子里的本性应该是不会变的，食肉动物幼年期即便看上去毛茸茸、人畜无害，成年之后也会露出锋利的爪牙。

黎舟好笑地道："你怕他？"

黎江还没明白哪里出错了，眨眼道："啊？"

黎舟道："你怎么会怕他？你可比他凶多了。"

黎江又高兴起来，问道："哥，你是不是觉得我比他厉害？"

旁边有卖新鲜菱角的，黎舟弯腰挑了几颗，听见他的话没有否认，点头道："当然，外公这么培养你，你要是输给了他，我都会替你感到丢脸。"

黎江的嘴角动了一下，又有点紧张。他瞧着想替外公解释几句，但支支吾吾也没说出什么来。

黎舟倒是心里释然，也不用他解释什么，把手里的袋子递给他时顺带转移了话题："要不要吃菱角？我多买一些，等过两天我们带去别院给妈妈尝一下。这个蒸出来是粉粉的，会有点甜。"

"我们一起吗？"黎江很惊讶，他还在想办法让大哥跟自己一起回去，结果大哥自己先提了。

"一起。"黎舟惊讶地看着他，以为他说的是菱角，"你不吃吗？"

"吃吃，我跟你一起吃！"

黎江很高兴，在旁边认真地撑着袋子开始挑菱角。

这个时候的黎江还是很好哄的，面对一个没有进入叛逆期的弟弟，黎舟对他十分满意。

旁边有人进货拿了泡沫纸箱走过去，有水洒下来。黎舟下意识地想要把弟弟拽过来一点，但黎江的反应更快，站起来一些侧身挡在哥哥身前。等人过去之后，他才退开一点，低头继续挑菱角，耳朵微微有点红，问他："哥，这个好不好？紫的会不会甜一点？"

黎舟也不太懂，问了老板才知道哪些是嫩的，和弟弟一起挑了两袋。

黎舟付了钱后想要提着，可都被弟弟抢了过去，黎江单手拎着袋子。

"哥，我长大了。"

黎舟看了他一眼，点点头说："嗯，高了一点。"

黎江走在路上，踢了一下脚边的小石子儿，声音很轻但特别认真地道："以后我护着你。"

"好。"

黎江偷偷看了大哥一眼，见他的神情还是一贯的平淡认真，也不知道听到心里去没有。

黎舟又买了两个瓷碗和小玩意儿，把叶红玉给的零用钱都用光了，才带着弟弟一起回了陆家。

这次在路边小巷不远处瞧见了两辆黑色轿车，车里的人老远看到他们就下车等着了，笑脸相迎："小舟、小江，一起出去买东西啦？

我瞧瞧，都买什么好东西了……哟，菱角啊，可真新鲜！”

刁明山摸着嘴上的山羊胡，笑眯眯地抓了两个。黎江对他倒是挺大方的，分了一小袋给他：“刁叔，这些给你吃，我哥说这个也可以生吃。我刚尝了，脆甜的。”

刁明山受宠若惊，连忙接过来：“好好，一会儿我好好尝尝。”

黎舟看出刁明山有事要说，想了个理由把弟弟支走，对他道：“你把这些菱角拿去厨房，一会儿蒸了咱们中午吃。”他们买了两大袋，一袋打算带回B市，另一袋是特意买来大家一起尝鲜的。

黎江答应了一声，拎着两袋菱角进去了。

黎舟站在门外，刁明山果然也停住了脚步，隔着陆家几步远的距离同他在那儿小声说话。

黎江一进去，刁明山脸上的笑容就收了，露出一副愁眉苦脸的样子来：“小舟，你看，这出来的时候说得好好的，但现在小江都不提回去的事，马上就要到去学校的日子了……”

黎舟道：“明天一早就走，我跟你们一起回去。”

刁明山喜出望外，连声说“好”。

黎舟也没急着进去，站在那儿同他聊了两句，问他们是怎么出来的。他并不信江心远，不认为一个控制欲这么强的人会这么容易放黎江过来。刁明山笑道：“姑爷还有很多事要学习，他毕竟是半路进的公司，老爷子正派人专程教他呢。”

这回黎舟算是听懂了，江心远是被限制在了公司，恐怕相当于禁足。也难怪他这段时间在岛上找得这么顺利，没有什么人来打扰。

他和黎江遇到车祸，差点出事，黎老是真的动怒了，至今还未原谅江心远这个做父亲的失职。

刁明山又问：“小舟接下来有什么安排？”

黎舟道：“我想转学到这边来念书。”

刁明山有点惊讶，但他毕竟不是黎家人，只能谨慎地道：“别院那边怎么说？”

“妈妈说她支持我的决定，之前我想亲自跟外公聊一下这件事，打了几次电话过去，但外公都在疗养。我想来想去，也没有别的人可以嘱托，还麻烦您回去的时候帮我跟外公说一声。我现在虽然找到了家人，但如果外公需要我的话，我一定会去他老人家身边的。”黎舟说得平淡，但每一句都是他内心想要说的话。即便黎老不见他，他心里还是敬爱他老人家的。

听见他称呼未变，刁明山的脸色也放松了许多，应声道："我会的，就是小江这边怕是不好办……"

黎舟笑道："他早晚有一天会长大的。"

他说完，就迈步走进陆家大门。

刁明山站在门口愣怔了一下，有一瞬间他恍惚以为站在对面的是一个更加高大的成年男人，在用平等对立的语气跟他说这些话。

小巷子里有人在用老旧的收音机放单田芳的评书，讲的是《隋唐演义》里的一段，声音沙哑，带着金戈铁马之气："如今弟兄相见，一个父亲两位娘，骨血的外亲，他能一枪扎死罗成吗？枪尖往下一立，将军心中难过呀，至亲骨肉不能相聚，故此放声痛哭……"

刁明山猛地回神，琢磨了半天，又摇摇头，在心里叹了一声。

他只知道黎江聪慧，但是现在看来，想得更长远的却是黎舟。

刁明山神情复杂，感到有些可惜。但是站在黎江的角度，他又有些庆幸。有些时候长大并不一定都是好事，有一个不管因为什么原因愿意提前退出，刁明山身上的压力都会减轻许多。

刁明山理顺了心情，又恢复了一张笑脸，抬手敲了敲陆家的大门，让人带着礼物一起跟着走了进去。昨天来得匆忙，今日可算是正式拜访了。

黎舟跟刁明山说了不想回黎家的话并不是假话，饭后他支开黎江，让陆老大夫妻和刁明山一同坐着，几个人商谈了一阵。

刁明山代表的是外公黎老一方，在黎家，黎舟更为尊重外公的意见。至于江心远，他并没有想听这个人指手画脚的意思，也没有什么话要留给这个养父，该说的他都已经说过了。江心远拿他当一颗棋子，用来试探黎家人的反应，只是现在他这颗棋子有了自己的想法，不打算继续蹚这浑水。既然被抛了出去，那就干脆直接不回去了。

他们谈的主要是户籍和学籍的事，这些刁明山都可以全权代办，只是还需要黎舟亲自回去一趟拿些文件资料。

这跟黎舟想的差不多，黎舟便立马跟他敲定了时间。反倒是陆老大夫妻坐在那儿，有些不敢相信。

黎舟从小厅出来的时候，弟弟黎江在房间里坐着，正拿着那只青花瓷小狗把玩。

黎江瞧着没什么事，该照顾大哥的时候也认真仔细地照顾着，只是晚饭吃得不多。

等到晚上睡觉的时候，他也是握着黎舟的手睡的。不知道是不是长身体的原因，半夜黎江的小腿有些抽筋，小声哼了两声。黎舟听见便起来给他揉了几下，他的眉头才渐渐舒展，沉沉地睡了。

无论白天多么努力表现，说到底他也只是一个小孩子。

隔天起来，黎舟跟着刁明山他们一起回B市。

陆老大这次没有拦着，他们昨天说得很清楚，这一回他和叶红玉一起站在门口送了他们启程。

相比来的时候，黎江要安静许多。他一路都握着大哥的手，脑袋靠向车窗的那一边闭着眼睛装睡，睫毛还在颤动，显得有些不安。

到了之后原本打算先送黎江去学校的，但瞧着都到下午了，黎江的心情也不怎么好，刁明山的话到嘴边转了一圈还是咽了回去，笑道："不如这样，小江先带着菱角去别院那边，等我和小舟去办点事，办完了很快就过去找你，好不好？这菱角呀，得泡在水里。咱们这一路过来，再晚怕是会不新鲜了。"

黎江点头答应，去坐了后面的车走了。

黎舟则跟着刁明山去了公司。家里有些东西都是江心远在保管，迁户籍还是要跟他说一声，才好委托刁明山办理后续事宜。

刁明山一进公司就被琐事绊住了手脚，只好道："你先自己过去，我处理完这些就马上到。"

黎舟对这里并不陌生，他曾经在这里为江心远卖力地工作数年，虽然装修和以前略有不同，但格局总归是一样的。他沿着熟悉的路走过去，坐了电梯一直到顶楼。

出乎意料，黎舟在江心远的办公室门外被拦住了。许秘书抱歉地道："小舟要等一会儿了，江总这边还有些事要处理，您在这边坐着等一下，我给您冲一杯咖啡。"

黎舟跟着她过去，坐在那儿等了一会儿。

许秘书的咖啡上得也很慢，黎舟看了一眼腕表，十五分钟，没有一个人过来跟他说话，就只是这么晾着他。

这么多年过去，江心远的手段还是这样小儿科，下马威也不过如此。

黎舟在来的路上没吃什么东西，连着六个多小时的车程也有些累了。他记得背包里有叶红玉给他带的一点小零食，就想拿出一包饼干来吃两块。结果饼干纸盒打开后，里面结结实实掉出一捆钱来。

黎舟："……"

端咖啡姗姗来迟的许秘书："……"

黎舟又拆了另外几盒饼干，果然毫无例外装的都是成捆的钱。他抬头看了看站在一旁的许秘书，想了片刻，从那几捆钱里挑了一张面额最小的纸币，放在她手里的托盘上，客气地道："辛苦了。"

许秘书勉强笑道："不不，我的分内事，应该的。"

那杯咖啡，黎舟只略沾了沾唇，江心远就有空了。

他让许秘书通知黎舟进去。

黎舟走进办公室的时候，江心远桌上还放着一摞文件。他把钢笔合上，摘掉眼镜捏了捏眉心："回来了？怎么样，这一路还顺利吧。我最近太忙，也没顾得上你。"

"挺好的。"黎舟在他对面的沙发上坐下，姿势也随意放松。

江心远看了他一眼，又说："我刚才听许秘书说了，她以为其他人会去给你上茶，但没想到大家都没看到。说到底还是怪我，带你来公司的时间太少，这里的人都不认识你。等过两天我安排一下，你现在长大了，也开始要学着替家里分担一些事了。"

黎舟坐在对面没有说话。

江心远的目光落在他穿的一身衣服上，虽然是新衣，但跟在黎家的时候穿的那些完全没法比，只是国内很普通的牌子罢了。他舒舒服服地往椅背上靠了一下，叹了口气道："小孩子一天一个样，衣服却能第一眼瞧见。你今天穿成这样也不怪他们怠慢你，等你以后出了校园，慢慢进入社会就会明白。外面的世界复杂得很，做什么事除了自己努力，还得看人情。"他一字一句说得很慢，像是一个忙碌了一天的父亲在感慨着教导儿子一样，只是话语里是压抑不住的上位者的优越感。他以为黎舟是坚持不住了，回来求饶的，难免多说了几句。

"你离开这个家，没有这个身份，就什么都不是，谁都可以怠慢你。尤其是你现在年纪小，也不懂得考虑未来，我是看着你长大的，你的能力我也瞧得见，要不是暑假出了这么多意外，这个假期本应该带你一同来公司多见见世面。你弟弟还小，你是做哥哥的，总要作个表率。”

黎舟许久没见过他这般卖力地表演，认真做个捧场的观众。

江心远在外面一贯是老好人的样子，过去头几年也曾对他嘘寒问暖，他以前以为养父对他是重视的，担心弟弟以后腿伤了没办法进公司，所以才培养他。但是这次弟弟黎江一点事都没有，江心远还是这样做。这个人根本就不是为了黎家着想，自始至终只是为了自己。等到后期黎舟真正伤害到了他的利益，他才会跳起来恶狠狠地撕破脸皮。

而且现在他用的伎俩也不怎么高明，江心远自己在乎权力和金钱，便拿这些来利诱，从物质和感情上一起开空头支票。

相比起来，还是弟弟黎江做起“威逼利诱”的事更可爱一些。

至少黎江心思单纯，想要什么，他睁眼一看就能瞧得一清二楚，且每回黎江着急到鼻尖微微冒汗的样子也很有趣。

黎舟一边听一边想着其他事，并没有很在意。大概是他脸上的表情一直平淡，江心远反而说得越发卖力动情起来：“黎舟啊，爸爸这么多年对你和你弟弟都是一样的，从来没有偏袒半点。我拿你当我亲生的孩子，这次你回来之后就跟着我……”

黎舟打断他的话道：“不用了，我这次回来是想跟您说一下迁户籍的事。”

江心远愣了一下，问：“什么户籍？”

黎舟比他还惊讶：“当初不是您给了我地址，让我回去找自己的亲生父母吗？我现在找到了，觉得您之前说的话挺有道理的，既然找到了，那我就回去他们身边读书好了。”

“只是读书，也不用一定要迁户籍……”江心远的心猛地跳了一下，一种莫名的烦躁感慢慢爬上来。他在宽大的老板椅上坐得也不是那么舒服了，动了动身体道：“怎么会突然想回去呢？唉，我也不是拦着你，你长大了，我尊重你的意见，但这件事你一定要想清楚。”

“我已经想得很清楚了。”

“你还小，见了他们肯定很高兴。但是你想想你的父母，他们当初会因为家里经济困难抛弃你第一次，又会不会抛弃你第二次呢？”

黎舟懒得跟他演下去，打断道：“许秘书给我的信息是错的。”

许秘书是江心远的人，信息给错了，能说明的事很多。江心远面上露出一丝错愕，紧接着就难看了几分。他显然没想到黎舟会直接这样说，坐在那儿略微动了一下袖口道："这个许秘书，做事也太糊涂了，等下我要叫她进来问罪！真是，公司的事情再忙，也不能在这样的大事上出错啊！"

黎舟淡声道："是糊涂了。"

江心远的眉头皱了一下，又苦口婆心劝道："只是岛上人也不少，你是个生面孔又是黎家的人，我们还是谨慎一些的好。你怎么就能确定自己找到的一定是对的呢？"

黎舟："机缘巧合，做了亲子鉴定。"

江心远干巴巴地道："是吗？你们现在的孩子就是主意大，我还只当你是去玩一段时间，这才几天时间，怎么就自己弄这么多事出来呢？"

黎舟道："也还没有完全定下来，今天是来跟您说一下，剩下的手续还要麻烦刁叔帮忙办理。我年纪小，总是要仰仗长辈的。"

他虽然说得客气，但搬出了刁明山来，显然就是用黎老来压阵，基本上已经不可能回转了。江心远这段时间也被刁明山收拾得够呛，听见他这么说，眉头皱了一下后还是松开了，自嘲地开口："行吧，既然你外公答应了，我也管不了了。"

他们正说着，办公室的门就被敲响了。这次也不用许秘书通报，刁明山自己就推门走了进来。他面上谦和，见了江心远就笑道："姑爷好，我是来接小舟的。想着你们父子见面总要有些知心话要说，怎么样，现在谈得可还好？"

黎舟起身略让了一个位子，道："还好。"

刁明山就放下心来，老神在在地坐在那儿。

江心远的脸色不好，但还是拿了纸笔写下委托函，户籍一类的资料都在家中，他又和刁明山约好了时间去取。都安排妥当之后，他扔下手中的钢笔哼笑了一声，也不知道是自言自语还是故意说给对面的人听："现在的这些孩子们，主意可真是太大了，去年的时候霍家那几个孩子不是还跑去香港玩吗？总归是长大了，翅膀硬了，我也劝不了。"

黎舟道："霍桐是霍桐，我是我，我并没有做过这些事。不过霍桐的舅舅从香港回来，他喜欢马，您不是还让许秘书特意找了纯血统的马打算送去？"他顿了一下，又道，"我也不是故意看到的，那天您让我去书房拿资料，挨着福利院寄来的那封信旁边就放着这个，我也是不小心多瞧了一眼。”

江心远的视线没跟他对上，而是偏过头去。

刁明山倒是多看了黎舟一眼，眼里含笑。

江心远端着老好人的架子放不下来，总不好跟一个正处在叛逆期的儿子翻脸吵架。或许私下可以，但在公司他是绝不会做出这样的事的，只能憋着一口气送刁明山和黎舟出去。走到门口的时候，他低声告诉黎舟：“你要是在外面受了什么委屈，随时可以回来。这里永远是你的家，你也是这个家的一分子。”

黎舟应了一声，这是外公的公司，是弟弟黎江以后要接手的事业，只要他们需要，他自然义不容辞地回来帮忙，只是留的时间长短罢了。

江心远看他走了两步，又叫住他：“黎舟。”

黎舟侧身回头看他：“您还有事？”

江心远皱眉道：“你生来就站在顶端，没吃过什么苦，如果离开这里，要做好心理准备。”

黎舟点头说好，脚步没有停留，径直走了出去。

江心远一直看着他们身影走远不见，外面也没了声音才转身回到办公室。他脸色煞白，坐在那儿勉强写了几个字，恼怒地挥手将面前的文件和杂物都扫落在地。

许秘书听见声音急匆匆地进来，刚喊了一声“江总”，就被江心远呵斥道：“没用的东西，滚出去！”

她站在那儿一张小脸煞白，答应了一声后关门出去。她是仅有的几个跟在江心远身边的心腹，知道他的脾气秉性，也默默承受了许多，只听着办公室里传来的一阵砸东西的声响都吓得身体颤抖了一下。

江心远在公司如何，并不是黎舟关心的。他这次来B市的事已经办妥，浑身轻松地去了别院。

别院里数年如一日，安静得跟平时没什么两样。偶尔传来庭院里鸽子震动翅膀和鸟雀的叫声，显得更加清幽，人一踏步走进这里，整颗心都沉静下来。

刁明山还有事，就先走了。黎舟自己慢慢走去小厅，黎江正拿着一碟菱角米逗弄虎皮鹦鹉，瞧见黎舟过来立刻放下碟子道：“哥，你可回来了，饿了没有？我刚才就饿得肚子咕咕叫，就等你回来开饭！”

黎舟惊讶地道：“你们都还没吃吗？不用等我，先吃就好。”

黎江笑道："那怎么行？你不在，我吃饭都不香。"

黎舟轻轻敲了他的额头一下，笑道："瞎说，那是饿得轻。"

兄弟俩一路奔波，都饿了，黎江在这里多少还能吃一点干果零食，黎舟包里背着几盒"饼干"却没有一块是能吃的。饥饿是最好的厨师，往日别院里清淡的菜这会儿都特别香甜。只是一盘清炒莴笋丝还是被黎江跳过去了，黎舟自然多吃了一些那道菜。

黎曼瞧见道："又挑食。"

黎江抗议："妈你自己也不吃这个。"

黎曼的脸红了一下，说："所以，所以你不能学我，要多吃。"

黎江笑着给大哥夹了一些，道："我是不行了，还是我哥来吧。"

一家人吃了饭，又聊了一小会儿，黎曼就回去午睡了。兄弟俩没回房间，今天天气好，暖意融融又带了点凉爽的小风，他们就去小厅外面的厢房里睡。那边也是中式装修，做了木雕圆窗，靠窗还摆了一张小榻，纱帐放了一半半遮半掩。对面立着一根挂宫灯的铜制镏金杆，上面的灯笼拿下来，改挂了鸟笼。

黎家兄弟俩躺在小榻上安睡，隔着纱帐，虎皮小鹦鹉蹦了两下，又停下来安静地歪头看他们。

虎皮鹦鹉又胖了一点，身上圆滚滚的，眼睛也滴溜溜地转。它的爪子里还抓着一颗菱角米，是黎江剥了送给它的。这一颗菱角米小鹦鹉得来十分不易，被黎江逗弄了大半天，最后急得扇翅膀了才得了这么一小颗。它看看帐子那边，又看看外面小几上放着的小碟子。

那上面放了白生生、脆嫩嫩、清甜可口的满满一碟菱角米。

虎皮鹦鹉的爪子动了动，张嘴发出一点轻微的声音。它最近话特别多，尤其是在有人的时候。但它现在也明白了一件事，那就是小主人睡着的时候它要保持安静，因为对方只有从那个躺着的地方起来，才会给它拿吃的和玩的。

小鹦鹉耐心地等待，太阳晒久了，就低下头微微抬起翅膀整理一下羽毛。

黎舟正面躺着，一条手臂放在胸口，另一条垂在一旁被弟弟握住。他身边还有一本翻开几页的书，有一个侧身躺在那儿陪他一起午睡的弟弟。下午的阳光很暖，兄弟俩一觉睡得香甜，临近傍晚才醒过来。

小鹦鹉通人性，人睡着了它就不叫。等小榻上的人一翻身，它立刻机灵地开始叫两声，蹦来蹦去，急着要跟他们玩。

黎江知道它这个特性，就不让哥哥起来，压低了声音道：“嘘，哥你别动，你一动它就叫个不停。”

“那怎么办？”

“装睡骗它。”

黎江眨眼，冲他笑，眼睛弯起来，睫毛浓密，带着狡黠。

黎舟也笑了。

但他们的身体一动，小皮立刻就发现了，在笼子里急得不行，俨然有撞笼的架势。

黎舟看了它一眼，旁边的黎江也打了个哈欠，顶着一头微微翘起的头发穿了拖鞋过去。他先弹了一下鸟笼，取笑道：“就你最厉害，怎么还学会撒泼打滚了？”

小鹦鹉隔着笼子用脑袋顶了顶他的手指，见他毫无给菱角米的样子，恼怒地轻轻咬了他的指尖一下，扇着翅膀又叫了一声。

黎江立刻举着手指回头告状：“哥，它咬我！”

“你也咬它。”黎舟拿了小碟子过来，他刚一靠近，小鹦鹉就兴奋了。黎舟给了它几颗菱角米让它玩，这边有专人照顾，晚上会帮它清理鸟笼，也不怕它多吃。

黎江凑近一起逗弄了两下，眯着眼睛笑道：“我才不咬它，又不是小狗。”

黎舟故意惊讶地道：“那不是正好？你不就是属小狗的吗？”

黎江隔着衣服咬了他的后背一下，自己乐了半天。

晚上，黎舟去给养母黎曼送了一个小玻璃瓶，里面装着一些细沙，还有一些指甲大的小海螺和贝壳，花纹很漂亮，边缘打磨得也很光滑，看得出是精挑细选过的。

黎曼惊喜地道：“这是你在海边捡的吗？真漂亮。”

黎舟点点头说：“嗯，时间短，只找到这些还不错，下次带小海星回来给你。”

黎曼伸手过去，笑着把他拽到自己身边，语气柔和地询问他在岛上的生活。黎舟都跟她说了，那个世界和黎曼认知的不同，她听到陆老大去码头堵他抓人的时候眼睛都睁大了一些，十分惊奇，听得全神贯注。

黎舟一直跟她讲到今天去公司见了养父："刁先生去处理这些事情了，过几天我就转学过去。"

黎曼心思单纯，听完以后并没有黎舟要离开自己的想法。她心里拿黎舟当自己的宝宝，所以无论他在哪里，都是她的孩子。只是她略有些困惑地问道："那，要改名吗？"

黎舟偎依在她身边，握着她的手掌放在自己的脸颊上："妈妈想我改吗？"

黎曼认真地想了一会儿，道："都可以吧，不改的话，你去学校会不方便。"

"怎么会呢？"

"开家长会的时候，老师点名就会问呀。"

黎舟笑了一声，脸颊在她柔软的掌心蹭了一下："那我就改了？"

黎曼点点头，又有点不好意思道："不过我可以和你岛上的妈妈商量一下，我喊惯了小舟，问她能不能把这个小名留下……"

黎舟一颗心都在她的轻声细语里变得柔软起来，点头道："好。"

在别院住了一夜，第二天一早黎舟就走了。

黎江起来之后照常陪着黎曼吃早餐，又跟着刁明山派来的车回去，准备了上学的书包，一切如常。

刁明山打从黎江回来就一副如临大敌的样子，时刻留神观察他，生怕黎江搞事情。结果他盯了一个上午，送去学校后，也没有什么事情发生。

回来的路上，刁明山坐在车里，眉头紧锁，嘀咕道："真是不对劲。"

助理倒是挺乐呵的，道："先生您多虑了，小江听话多了，这是长大了。"

刁明山捏着下巴上的山羊胡须，皱眉道："就是因为他现在太听话了才不对劲。"

他瞧着车窗外飞驰而过的楼宇，心里想的全是黎江早上安静的样子，好像从别院出来就没听见黎江开口说话。这真的太不正常了，"小少爷"发脾气摔东西，闹一场，哪怕掉两滴眼泪都是正常的，怎么现在这么平静？刁明山心里不踏实，对助理吩咐道："你这两天多盯着他点儿。"

助理答应了，又好奇地道："您是怕咱们小江出事吗？"自从两个孩子遭遇车祸之后，他们的安保工作做得非常到位，恨不得围成铁桶一般。就连黎舟去外地的时候，也特意派了一个人在小岛附近，不远不近地跟着。

刁明山拢了拢手，轻哼一声："不是，我是怕别人出事。"

黎舟在B市的事情办妥后，便回了临海。

刁明山派人一路送他回来，顺便和陆家做些交接。路上挺顺利的，比预想的提前了一小时。

但陆老大和叶红玉夫妇来得更早，黎舟刚给他们打了一个电话，那边就开车过来了，早早地坐船到市里等着他。陆老大开着一辆桑塔纳，刚停稳就迫不及待地走下来找儿子，视线落在黎舟身上就再也挪不开。

黎舟走过去喊了他们一声。

那两个人一个平日里果断爽利，另一个身边簇拥着几十个徒弟威风八面，被这么平常亲人见面的场面弄得两个人眼里都含了泪。陆老大只顾着看他，叶红玉的神情恢复得快一些，摸了摸黎舟的胳膊，笑道："回来就好。"

黎舟笑道："嗯，我回来了。"

叶红玉带着他上了旁边那辆桑塔纳轿车，先带黎舟去吃饭。

黎舟坐在车上道："过两天刁叔会让人过来，专门办理户籍和学籍的事。"

"哎，好、好！"

"我要改名吗？"黎舟的神色很平静。

陆老大完全没想到他会提这个，车子都差点拐错了路口，陆老大连忙稳住了方向盘小心翼翼地从后视镜看了他一眼，道："这个，都行……不是，我的意思是，儿子，你跟那边关系也挺好的，要不问问那边的意思。其实我们不在乎这个，你去B市这两天，你妈还跟我说来着，其实你要留在B市读书也行，那边的教学质量更好。我们知道你在哪儿，能常去看看你，就已经挺知足了。"

他念叨了半天，磕磕巴巴道："反正都随你，我们怎么都行。"

黎舟听出他有些紧张，对他道："是妈妈先提的，她觉得我能找到你们是福气，十分替我高兴，改姓也是她建议的。"

陆老大看了叶红玉一眼，喉结滚动了两下，道：“那……改改也行？”

叶红玉又问他：“你黎妈妈真的答应了吗？”

“嗯，她答应了的，您不用担心，她很好。”黎舟笑了一下，“跟您一样好。”

叶红玉就笑起来。她一笑，陆老大的神情也跟着放松了许多，眉头舒展开来，笑道：“你爸是个粗人，没啥文化，你刚出生那会儿我和你妈怕给你取不好名字，特意去找了你一个远房老叔取的名。他以前是校长，当年美院毕业的大才子，毛笔字、国画都特别好，也是多亏了人家给查了一下族谱，才知道你是‘亦’字辈的。你说巧不巧，他当初给你取了好几个名字，亦航、亦舟……还真有一个和这个名字一样的，你要是愿意，咱们就用这个。”他没说当初他们给取的名字，只是尽量往黎舟现在的名字上靠，就算这样也眉飞色舞的，“你小时候学说话，你妈抱着你去看咱们家的船，你那会儿小，咬不清字，也认不得那么难的字，你妈就说，秀才识字认半边，咱们先认半个，教着你说‘舟’……”

他的声音哽了一下：“你小时候特别聪明，一教就会，说得可好了。”

叶红玉握着他的手，试着喊他的名字。

黎舟冲她笑道：“妈，我在。”

陆老大抹了一把脸，又高兴起来。他一想到儿子回家心里就高兴，话也多了起来：“这样，你也不急着去学校，你这胳膊还得再养个把月我才放心。反正开学已经耽误了，就先在家休息几天。儿子你别怕，爸给你请家教，保管不会耽误你的学习。”

黎舟也不急着去学校，事情总要一件件处理完才放心。他想了一下道：“不用家教，给我买套书吧，我自己看就行。”

陆老大现在握着大把的钱花不出去，就盼着儿子开口跟他要点什么，听到他这么说，连声答应下来。

黎舟又从背包里拿出那几沓钱：“这个我没用到，妈，你们给我太多了。”

这么说着，从那沓钱里又掉下一张纸来，轻飘飘地落在黎舟腿上。他拿起来一看，上面是带着养母黎曼签名的一张支票，面额是三万元。

黎舟：“……”

他就知道不能随便给黎曼妈妈讲故事，她都开始效仿了。

叶红玉也瞧见了，拿起来一同放回黎舟的背包里，笑道：“哟，你这位住在山里的妈妈倒是和我想到一处去了。你拿着吧，我们也不知道给你买什么好，瞧见喜欢的自己随便买点，别省着，赚了钱就是花的，要不然你爸赚钱都没劲了。他呀，可是攒了十几年，就想给你买东西哄你高兴呢！”

陆老大赶忙道：“对对！”

黎舟没办法，只能把钱都收进背包里。

陆老大从后视镜里看到他把那几沓钱都收好了，这才咧嘴笑了笑。

临海这边的事情都进展得十分顺利，B 市里却和平时不太相同。

黎江这两天依然是专车接送，但是话越来越少，人瞧着也更沉默了，更多时候只是盯着车窗外看，也不知道他在想什么。

刁明山亲自接送了他两天，瞧着他每天都这么听话，心里直打鼓，笑着问道：“今天学校怎么样？”

“还行。”

刁明山想了想，又问：“小江有什么想要的东西没？今天放学早，咱们去买东西，你想要什么刁叔就给你买什么，好不好？”

黎江倒是也跟他说话：“我想买点无线电零件，然后去同学家玩。”

刁明山知道他喜欢鼓捣一些小东西，立刻吩咐司机开到常去的那几家店里买了最好的配件，又送他去同学家，再耐心地叮嘱他可以多玩一会儿，晚上来接他回家休息。

瞧着黎江背着书包去了同学家，刁明山略微松了口气。只要黎江还有想要的就成，他不怕花钱，就怕黎江什么都不要。

黎江班上的同学绝大部分是本市的，家境普遍都不错。他这次来找的同学叫于岩，于岩有一个哥哥在读大学，父母都是企业高管，家里住着别墅，对孩子颇为溺爱，特意腾了一个车库出来让他们随便玩。

黎江进去的时候，车库里已经有两三个男孩在那儿忙活了。电子元件摆了一地，旁边还有乱七八糟的工具箱团着两捆金属线，两个黑匣子似的东西放在那儿，发出电波的声响。

他们瞧见黎江都挺高兴的，几个人算是发小，平时打球总在一起，玩这些也没落下：“老大，你可算来了。你来瞧瞧，我就说于岩这电路图不标准吧，他还不信！”

旁边那个男孩脸都涨红了，跟他争辩道：“瞎说，我物理满分，画得最标准好吗！”

“拉倒吧，不信我们去问老大。”

俩人拌嘴，找黎江来评理。黎江在他们这帮少年里长得最高，说话也最有威信，过去看了一眼后给他改了两个地方，再把电路图还给他们，自己蹲下身来继续在那个黑匣子一样的笨重家伙上拆卸组装零件。

于岩挠了挠头，看了一会儿道：“好像这样也行。”

旁边的人翻了个白眼：“老大出手，肯定比你行！你这套装置挺好的，就是调整电感线圈改变工作频率容易遇到麻烦。”

另一个点头道：“对，最好用电容三点式振荡电路，容易起震。于岩这电路也行吧，就是容易跑频。”

几个人又嘀咕了一阵频段、谐波一类的，他们几个都对无线电感兴趣，尤其是于岩，他哥就是国内最早一批 HAM（指业余无线电爱好者），擅长自己搭建互相沟通的无线电，也是最早混 BBS 的人。于岩在他哥的影响下也喜欢玩这些，原本他还有些傲气，但有一次带了班上几个同学来小车库炫耀，就被黎江震了一把。黎江仅凭着他哥留下的半张图纸，就组装了一台六管收音机。

于岩自己也喜欢动手做东西，算是个标准的技术爱好者。他这样家境优渥又聪明自傲的少年，除了比自己牛的人，一般谁也不服，从黎江组装完了那台机子之后他就开始跟着其他人一起喊黎江为“老大”。迄今为止，能把他从小车库里一个电话就叫出去打球的人，也只有黎江。

于岩瞧着黎江在那儿忙着组装，就跑过去帮忙，顺便多学点。他们这帮人里就黎江脑子最好使，简直像是电脑一样，看一遍什么都记得住。

黎江手上的动作没停，问他：“有效距离多少？”

“我哥测试那会儿好像说是五十公里范围以内吧，毕竟在市里搭电线也不能再高了。”于岩带了点遗憾道，“要是能再远点就好了。”

黎江道：“够用了。”

于岩瞧着他从背包里陆续拿出的东西，翻了一下，奇怪地道：“老大，你买微麦干什么？”

“做个收录功能。”

“啊？加个小磁带，像答录机那样吗？”于岩挠挠头，不太理解，瞧着改装了像拼了一台微型录音机一样。

黎江在那儿忙活，另外几个就跟着帮忙。于岩干活的时候话不多，旁边一个叫卞恺的比较活跃气氛，蹲在那儿帮黎江拖线圈，一点都不在意自己新买的耐克球鞋弄脏了。他说了两个笑话，见黎江没什么反应，又小心地看他的脸色，问："老大，舟哥他是不是转学去别的地方了？"

黎江手上的动作停了一下，问道："你听谁说的？"

"高年级的，我哥他们还打听来着。舟哥一直没消息，他们也挺急的，尤其是那个年级老大，到处问。"

黎江想了一下，问他："霍桐？"

"对对，就是他。"

黎江摆弄了一下手里的东西，动作继续："哦，他跟我哥是挺好的。"

那几个人对高年级的不怎么熟，就又说回到江彭亮身上。几个人说了没两句，都气愤起来："那个江彭亮也太嚣张了，考那么差还非要挑座位。他算什么啊，真是，也就仗着家里……"旁边一个人碰了他的胳膊一下，卞恺到了嘴边的话咽下去，换了一句道，"什么玩意儿，有什么好横的，早晚要他倒霉。"

黎江把最后一个部件组装好，淡声道："快了。"

第六章

冲 突

刁明山连着给黎江买了两天东西，瞧着黎江的心情逐渐好起来，自己也跟着高兴。他觉得黎舟离家这件事算是告一段落，可以暂时放下心了。

这天刁明山送了黎江去学校，接了黎老那边的一通电话，紧赶着就去做事了，临走吩咐司机一定早晚来接送好。他在这儿盯了好几天，公司积压下不少事情。

学校里——

黎江刚进教室，就听到几个人围在那儿争吵，走过去就瞧见最中间的于岩和江彭亮，于岩戴着一副眼镜，气得够呛："你才是找事！你说谁呢？我作业放这里你就能拿了？"

对面站着一个略高些的男孩，五官长得还可以，只是眉毛稀疏一些，眼角斜飞着长，抬高下巴的样子就像是一个小混混："你哪只眼睛看到我动了？"

于岩气愤地道："我两只眼睛都看到了！"他又喊了周围几个同学的名字，"他们也看到了。江彭亮，我看你是抄习惯了吧！"

江彭亮还在那儿硬"杠"："你别血口喷人啊，我就是不小心碰了一下，至于这么大惊小怪吗？！"

他们俩在那儿吵，很快预备铃响了，班主任老师走了进来。她也是第一次瞧见班里这么乱，还有不少同学都站在那儿没有坐下，立刻皱眉道："怎么回事，班长呢？"

黎江站起来道："报告，我也是刚来，没管好班级秩序。"他这边一开口，班上同学都安静了，立刻各回各的位子上坐下。就连于岩虽然还是有些义愤填膺，却也拽着自己的作业本坐了回去，扭头懒得搭理江彭亮。

全班只剩下江彭亮一个人站在过道上。

班主任看了他一眼，问道："江彭亮同学，怎么回事？"

江彭亮在之前的学校跟老师"关系"好，这会儿换了新学校，老师对所有同学一视同仁，只看成绩，江彭亮也不敢跟在以前那所学校一样放肆，眼珠子转了一下，他装出一副委屈的样子道："老师，我不是故意的，我就是看于岩同学是物理课代表，您知道，我的成绩不好，一直想抓紧时间跟上大家，就想看看他的笔记。也怪我，没跟于岩同学沟通好，是我的错。"

于岩怒道："你……"

上课铃声又响了一遍，老师看了一下时间，打断他们道："行了，既然江同学都道歉了，于岩也大度一点，这件事就过去了。江同学刚转学过来，可能还不适应，功课跟不上，大家多帮帮新同学。就先这样了，准备一下上课。"

江彭亮对着老师还是很听话的，答应了一声就回位子上去了，表面功夫做得很好。

于岩一边翻书，一边在生闷气。

江彭亮个子高，坐在靠后的位子上，一边听课一边斜眼看黎江。

他刚转学过来的时候，心里只有兴奋，觉得爸妈有本事，小叔疼自己，就算闯了祸也能转到更好的学校，毕竟黎江就读的这所学校可以说是全市顶尖的学校了。

但来了之后，他就心里不是滋味起来。

班上的人只有跟黎江平时玩得好的那几个人知道他们是堂兄弟，而且他和黎江的关系不好，那些人也看不上他，其他同学有些甚至都不知道他们俩是亲戚。

黎江是班长，年级第一名，还参加了校篮球队，各类科技比赛拿奖拿到手软，是全班同学的焦点。而他在黎江面前，哪哪儿都比不上。

他也急过，但这个年纪的少年基本不怎么看家世一类的，瞧的无非是学习好不好、打球厉不厉害，抑或是有没有特长。这些江彭亮都不行、都没有，他想跟之前一样用钱买些零食哄着班上的同学跟自己玩，但这个班里的同学家境都还不错，也不缺他那点东西，想花钱哄人捧着是不可能了。

更何况他的成绩实在是糟糕，刚转学过来就碰上摸底考试。考了个全班倒数第一不说，他还比人家倒数第二低了五十多分，丢人可算是丢大发了。

今天早上他确实犯了老毛病，想抄作业，但闹了这么一出心思也歇了，这个班上没人让着他，他不敢乱来。

下课的时候，江彭亮起身想出去，刚走了两步就被人伸腿绊了一下。他恼怒地抬头去看，话还没说出口，就被那个人抢先道："你是不是找事？"

江彭亮都被问蒙了，继而涨红着脸道："胡说八道，明明是你伸的脚！"

卞恺放下书，冷笑道："我脚好好地放在地上，你踩它干什么！"

这话是江彭亮早上拿来说于岩的，他动了于岩的作业本，反过来恶人先告状说于岩找事，一帮小兄弟心里都憋着火。

江彭亮愤恨地转身回来，刚坐下就有一块橡皮弹到他的肩膀那儿，紧跟着掉在地上。

身后一排坐着的一个男学生懒洋洋地学着他早上的语气道："干什么，你是不是找事？"

江彭亮气得够呛，拍着桌子站起来道："你们故意合伙欺负我是不是！"

后面那个人没吭声，又弹了他一块橡皮，不轻不重地弹在他的脸上。

江彭亮刚想发作，就听见黎江的声音："别惹事。"

他心里的小火苗蹿得更高了，转头愤怒地看着黎江："你这是当班长的样子吗？就这么看着全班同学欺负新同学吗，黎江？！"

后排那个男生站起来捡起橡皮："瞎叫唤什么呢，我们老大那是跟你说话吗？他那是在叫我。"他把橡皮放在桌上，大声应了黎江的话，"知道了，班长！"

江彭亮哪会信他们的鬼话，瞪着斜前方，眼里带着怒火。

黎江坐在靠窗的位置，根本就没看他。

江彭亮早上的一句话，惹得班上大半的男生一天内都来问候了他一遍“是不是找事”，方式也是五花八门。

他到最后是敢怒不敢言。

放学以后，刁明山派的司机来接黎江回家。晚上回家吃了晚饭，临上楼的时候，他就碰到了江心远带着侄子走进来。江心远虽然也在皱眉批评侄子，但明显听得出语气偏袒：“下次多用些心思，成绩考成这个样子，以前学校的老师到底是怎么教的……”他抬头看到黎江，又叫住他道，“黎江，你等一下，先过来，有点事跟你说。”

黎江走过去，就看到江彭亮大大咧咧地坐在家中沙发的主座上，正在挑挑拣拣地拿苹果吃。

黎江的脸色没什么变化，只是找了较远一些的位子坐下。

吴阿姨看到也不好说什么，但到底心疼自家小江，跑去切了一小碟草莓过来放在黎江手边，道：“小江吃这个吧。”

江彭亮啃着苹果，看到了，立马说道：“我也要吃，也给我切一碟。”

吴阿姨就站在那儿道：“真是不巧，家里就这一碟了。”

江彭亮不满地道：“怎么不多买点？”

吴阿姨客气地道：“那下次小亮来做客的时候，提前打个电话，我也好给客人准备好。”

她说完就去厨房继续忙了，毕竟是在黎家做事多年的老人，连江心远对她都客客气气的，江彭亮也只是嘀咕了两句就没再多说什么。

江心远去换了衣服，走过来随意地道：“你这段时间除了上学就是去同学家里玩，也该做些正事了。我看彭亮成绩不如你好，请了几个家教老师效果也一般，你们都是同龄人，凑在一起玩着学也不错，不如你带带他？”

黎江道：“太差，带不动。”

江心远脸色不好看，道：“黎江，怎么说话呢？！”

黎江坐在那儿认真地问道：“难道我说得不对吗？他的成绩说是我们班倒数第一都是客气的，我们班倒数第二都甩他五十几分啊！”

江心远的脸红一阵白一阵的，瞪了侄子一眼，江彭亮坐在那儿也不敢太放肆，手里的苹果也放下不敢再吃了。

江心远想了一阵，又放缓了语气道：“所以才希望你多帮帮他，你成绩好，也没让我操过什么心，彭亮不一样，他以前的学校没你的好。”

黎江笑了一声，江彭亮坐在那儿脸都红了。

江心远可以这么说，但他自己心里清楚，他以前读的学校也不错，是他自己真的没有读书的天分，静不下心来。

江心远原以为自己还要再劝，但黎江比他预想的要好说话得多，他点头答应下来："可以，我教他。"

江心远挺高兴的，他想让儿子和侄子多在一起，除了读书这方面，还想让他们多多相处，增进一下感情。

黎江起身去了楼上，江彭亮也赶忙跟了上去。他之前来的时候对黎家孩子们的二楼很感兴趣，但吴阿姨一直拦着，还真没上去仔细瞧过。这次黎江带着他走进去，他忍不住先看了一圈，和自己的做了对比。

房间要大上许多，贴着的球星海报倒是很普通，房间里也没瞧出多少值钱的东西，倒是两个大书柜满满当当的。那书柜有些奇怪，两个一模一样，另一个看着略微要旧一点，像是刚从别处挪了硬塞到这个房间里来的一样，隔着玻璃还能看到书柜上放着的是高年级的课本。

江彭亮对这些没兴趣，转头看到架子上放着一个篮球，刚想伸手去碰，黎江就呵斥道："别乱动我的东西。"

江彭亮不敢得罪他，收回手，撇嘴道："我家里也有，比你这个还新呢。"

黎江没理他，坐在桌子前拿出书。

江彭亮嘴闲不住，站在那儿带着酸意地问："哎，黎江，你怎么每天都让人接送啊？老是坐豪车也太不像学生的样子了。"见黎江没搭理自己，他又自己找补道，"哦，我想起来了，你之前差点出车祸来着。难怪要家里接送，那回是和你哥一起来着吧？"

黎江道："要学就过来，不学就滚出去。"

江彭亮家父母说的粗话比这多多了，他压根儿就没放在心上，一边走过来，一边不经意地道："说起来也是命大，我听说那回你哥差点死了……"

他还没说完，就看到黎江抬手扔了一个东西过来，黑乎乎的，猛地砸过来，他下意识侧头闪过，才看到是一本厚厚的成语字典，已经砸到墙上散了架。江彭亮先是吓出一身冷汗，紧跟着恼怒道："你干什么！你刚才差点砸死我你知不知道！"

黎江盯着他，面色阴沉地道：“管好你的嘴，让我再听见一次就真砸到你头上信不信？”

江彭亮下意识想顶两句嘴，但看到他的脸色，不知怎么的心里有些发毛，勉强梗着脖子点点头，干巴巴地道：“知道了。”

他心里也不爽，明明是他和黎江的血缘关系更近一些，一个领养来的大哥算什么东西？

大概是碍于江心远发了话，连着几天江彭亮都去了二楼跟着黎江一起念书。

黎江话很少，江彭亮又是个坐不住的人，没一会儿就忍不住东摸摸西看看的。两个人在一起，大多数时间都是江彭亮一个人在说话。

江彭亮好了伤疤忘了疼，眼馋地看着黎江的房间。他第一天来的时候还不太识货，回家以后跟人提起，才知道黎江这房间里阳光照过来闪着丝丝金线一般光芒的大书柜是金丝楠木的。他家也有一副金丝楠木做的镇尺，不过巴掌宽两尺长，他爸当宝贝一样放在书房里炫耀。

他家中最宝贝的东西，不过是黎家孩子们随手用着的日常物品罢了。

江彭亮收回视线，又落在黎江的书桌上。书桌很大，收拾得很干净，他也分到一小半。上面放着一个黑色扁平方盒，不过扑克牌大小，只有两个按钮，怪模怪样还连着铜圈电线，瞧着像是之前科技建模比赛手工做的机器。

他伸手碰了一下，就听见黎江道：“别动那个，弄坏了你赔不起。”

江彭亮道：“这是什么？”

黎江好笑地看了他一眼，随口道：“通信机，没见过？”

江彭亮不懂这些，融不进黎江他们那个圈子里去，但面上不肯露怯分毫，强撑着面子道：“哦，这东西啊，我也有一个。小叔那天送了我一个，在百货商场买的，就一千多，也不贵。”

一千多，在当时人均工资一个月三四百的年代，算是奢侈品了。

江彭亮又道：“这玩意儿都过时了，你不打电脑游戏吗？”

黎江懒得理他：“看你的书，不看下周就还考倒数第一。”

江彭亮的心思动了一下，略微凑近了一点问他：“下周的考试，你有把握没有？”

黎江停下笔，看了他一眼道：“怎么？”

江彭亮在家中也懒得伪装，对他道：“你卷子给我抄抄怎么样？

我都打听过了，下周换座位，刚好你就在我的前一排，只要稍微侧一点身我就能看见。我也不白抄你的，我肯定在小叔面前说你好。再说了，你辅导我一点成绩都没提升，肯定也要挨训对不对？”

黎江道：“如果我不给呢？”

江彭亮道：“你知道小叔有多关心我吧？其实你在小叔那儿都比不上我一句话。上回你打篮球回来挨训了对不？那回就是我瞧见了给小叔打的电话，说你没在学校，跑出去玩了。你信不信要是你不帮我，我就还去说，让你以后的日子都不好过。”他得意扬扬道，“就算没瞧见，我瞎编几条小叔也能信我。”

黎江手上的笔转了一圈，点了点桌面：“你想怎么做？”

江彭亮见他松口，眼睛立刻亮了，别的事他不在行，但考试作弊是老手，立刻道：“这样，我抄你一个人的肯定会被老师看出来，到时候你去找你的那几个好兄弟，让他们也帮帮忙。”

“怎么帮？”

“那还不简单，老师监考肯定要来回转，抓住机会把答案写在字条上、橡皮上，扔给我就行了。别的也不多要，选择、填空那些容易写的就行！于岩物理好，做得肯定也快，先写了第一页的答案给我。还有卞恺，他的英语好，选择题分两次给我。另外还有……”

江彭亮说得兴奋，没有注意到黎江放在桌面上的手，以及不远处亮起蓝色灯光的黑色扁平方盒。

江彭亮越说越觉得可行，他在之前的学校也曾这么做过，一口气说了许多，还问黎江：“你有什么建议没有？”

黎江背靠在椅背上，道：“我建议你从这里滚出去。”

江彭亮恼怒道：“你什么意思！”

黎江冷声道：“字面上的意思。”

江彭亮还是不甘心，又威胁了他一遍：“你就不担心我去找小叔告状？”他被黎江面无表情地盯着看了一会儿，自己先退缩了，嘴硬道，“我知道你看不起我，我也不想来你们学校，要不是……”

黎江的嘴角勾起嘲讽的笑意：“要不是之前在学校偷试卷被抓，我也不会被开除，费尽心思转学过来？”

“我那也不是偷试卷，那能算偷试卷吗……就是，就是老师提前给我辅导了一下，题目相似的比较多而已，充其量也就是开了个小灶！”江彭亮不服，硬撑着吹牛道，“再说了，我爸妈乐意花钱给我换学校，只要有钱，哪儿的学校上不了啊？”

黎江点头道：“那好，那你就看看这次你考得不好，还能不能待在这个班里。”

江彭亮气恼道：“你这是在为难我！”

黎江都懒得跟他说下去：“我为难你，还是你为难我？你跟不上，融入不进来，就别在这个班待着，这也不是你能来的地方。这里可跟你之前的学校不一样，班主任最在乎教学成果，你下次如果考不好，到时候谁也保不住你，一准把你调出去。”

江彭亮在他面前本就自卑，这会儿只听到了前半句，心里泛着酸意，也找了黎江最在意的刺激他：“这不是我能待的地方，我融入不进来，那你那个领养的大哥就行了？他凭什么能在这里待着啊！他跟你都不是……”最后一句“亲兄弟”还未说出口，就看到对面坐着的黎江黑着脸站起来要揍他。江彭亮打不过黎江，瞧见黎江真动怒了，拔腿就跑，桌上放着的那些课本和作业都没来得及拿。

黎江走到门口的时候，江彭亮已经头也不回地跑下楼了，冲进了江心远的书房——那也是他来黎家别墅这边最常去的地方，其余房间吴阿姨看得紧，并不让他一个外姓客人乱闯。

黎江把房门关上，回到书桌前拿起江彭亮的那些东西卷了卷，冷着脸打开窗户扔了下去。

他又去房间里的小浴室打湿了一块毛巾，拧得半干，拿过来一遍遍擦了书桌。这是他和大哥平时学习的地方，要不是还有别的原因，他不会让外人碰一下。

门口很快传来敲门声，还有江心远的声音，黎江充耳不闻。

他认真地擦着桌子，一丝缝隙都没落下。

外面的敲门声大起来，江心远在喊他。没一会儿吴阿姨的声音也传了进来，她说“小江犯错要先给刁先生打电话”，连说了两遍，江心远的声音就消了下去，他又下楼去了。

黎江不在意这些，只是擦完后看了一眼时间，等着七点钟一到，就回卧室拿起手机拨打那个烂熟于心的号码。“嘟嘟”几声之后，电话被人接起。刚听见对方“喂”了一声，黎江的心就放松下来，嘴角也自然勾起，叫了一声：“哥。”

“嗯。”

“你在干什么？”

“七点，看《新闻联播》。”

黎江笑了一声：“好像每天都在看这个，好看吗？”

电话那边道：“还行，学习时政。”

黎江躺在床上道：“那我也去看看。”

“你先写完作业，今天在学校怎么样？”那边的声音听起来安静了许多，像是走回了房间里，“吴阿姨今天做的捞面吧，你不要挑食，莴笋丝不吃的话，青菜也要多吃一点。”

黎江问他：“你怎么知道今天吃捞面？”

那边笑着说：“今天星期四，家里都吃面啊！”

黎江眨了眨眼睛，看着天花板，忽然眼睛有点发酸。他闭上眼睛过了好一会儿才把心里想说的那些话压回喉咙里，换了一句，小声道：“哥，我想你了。”

“期末考好一点，我去看你。”

“嗯。”

那边又问了一些他的近况，黎江听见大哥的声音就已经缓过来不少，心情也好了许多。不过问起社团活动的时候，他看了外面的小客厅一眼，视线被墙壁挡住的书桌上放着一个小黑匣子。黎江笑道：“没什么特别的，就做了一个小手工。嗯，哥你放心吧，不会耽误学习的，我就课余时间玩玩。”

黎江挂断电话，觉得自己又可以再忍上几天，把手臂枕在脑后，把刚才的对话在脑中又过了两三遍，才缓缓睡了。

周一的早上永远是最忙的时候，市里的学校都要升国旗，学生们统一穿着校服，全校聚集在一处，等待升旗。

初中部全校师生都站在操场上，黑压压的一片。

黎江也站在人群里，他是班长，站在班级队伍的最前面，负责维持秩序。他抬起头看了一眼主席台的方向，很快又收回视线，脸上表情如常。

广播站的喇叭响了两声，跟以往不同的是，这次带着轻微的电流声。

大家都不以为意，紧跟着播出的声音，却不是熟悉的国歌，而是一个男生的声音，清晰地通过校园里的喇叭传遍每一个角落。尤其是在操场上，听得最清楚——

“下周的考试，你有把握没有……

“你卷子给我抄抄，怎么样？……你信不信要是你不帮我，我就让你以后的日子不好过……

“这样，我抄你一个人的肯定会被老师看出来，到时候你去找你的那几个好兄弟，让他们也帮帮忙……老师监考肯定要来回转，抓住机会把答案写字条上、橡皮上，扔给我就行了。别的也不多要，选择、填空那些容易写的就行……

“我以前的学校……那也不是偷试卷……就是老师提前给我辅导了一下，题目相似的比较多而已，充其量也就是开了个小灶！再说了，我江彭亮爸妈乐意花钱给我换学校，只要有钱，哪儿的学校上不了啊？”

…………

全校师生哗然！

校护旗队的几名男生走到半路，都有些蒙了，他们停在那儿看看老师，也不知道该不该继续向前。

校长脸色铁青，快步走上主席台询问，想把广播停了。但广播站的人一时手忙脚乱并没有切断信号，一直到循环播放了两遍后，才发现并不是接线的问题，而是调动的电波频道在播放，接收来源不详。

这个时候也晚了，大家都听得不能更清楚了。

早上的升旗仪式匆匆解散，全校师生都记住了广播里那个张扬猖狂的男学生叫“江彭亮”。

回到班上，班主任老师关上门，脸色难看地道：“江彭亮，你站起来，广播里说的到底是怎么回事？！”那声音别的人听不出，但她毕竟是班主任，对转学生更是悉心照顾，这个声音她绝对不会听错！

江彭亮一脸通红，站起来磕磕巴巴道：“老师，那个是假的！是、是有人要害我！”广播里放出那些话的时候江彭亮自己也慌了，但毕竟是他自己说过的话，他记得十分清楚，他从来没说过自己的名字。广播里的名字是经过电子音处理过的，显然不是他说的。但是音色处理得极为相似，在那么多话里飞快地穿插了一句，根本听不出真假。

江彭亮的脑门冒汗，恼怒得不行，指着黎江道：“老师，是他陷害我！”

黎江抬头看了他一眼，还未说话，周围几个男生都愤怒地拍着桌子站起来：“你胡说八道什么呢！我警告你，讲话注意一点啊！”

江彭亮又指了他们几个，口不择言道：“就是他们，老师，他们几个也一起陷害我，肯定是一伙的！就因为我那天早上动了于岩的作业本，他们一直记恨我，就在班里排挤我，现在还想害我……”

这次老师都不信了，看着他，又看看那边几个自己最得意的学生，反问道：“他们为什么要害你？”

“因为……因为……那个考试，我……”

“考试？于岩他们因为下周的考试陷害你？！”老师都被他气笑了，“于岩，你们上月的考试成绩是多少分，报给他听！”

于岩站起来，扶了扶鼻梁上的眼镜，冷静地道：“班级排名第四，校排名第四，物理单科满分。”

他身旁的卞恺紧跟其后：“班级排名第三，校排名第三，英语单科满分。”

另外一个男生道：“班级排名第五，校排名第五，化学单科满分。”

一连几个学生都站起来报了自己的成绩，他们毫无例外都是坐在黎江身边，也是班上成绩优异的那一批人。

黎江没有站起来说自己的成绩，他根本不用说。

一个从入学起就稳坐全校第一的人，实力可以说明一切。

江彭亮在之前的学校里当惯了小霸王，从来没遇到过这样的事，以前的老师也都是对他睁一只眼闭一只眼。他来的时候家里还特意叮嘱要他在新学校里注意，不能像以前那样。他自认已经非常注意了，但万万没想到黎江会玩这么一出。他心里恼怒，却又不能拿出来说，支支吾吾说不出话来。

老师的声音已经冷下来，看着他道：“你不说，那我替你说，你说他们陷害你就只有一个理由，那就是他们不肯配合你作弊。那么先不说是谁放出的广播，这一切的前提是，那些话的的确确都是从你嘴里说出来的，是不是？！”

江彭亮的脑门上全是冷汗，视线开始闪躲。

班主任把他们都叫去了办公室，逐一问过之后，因为毫无证据，江彭亮又因为遮掩，话说得颠三倒四，反倒像是故意要拉几个好学生下马。最后弄得班主任火气都上来了，班主任狠狠地训斥了他一顿，把那几个好学生都放回去继续上课，只留了江彭亮一个人在办公室继续问话。

上午两节课，江彭亮都没有回教室上课。

随后校长又亲自到他们班来了一趟，铁青着脸说要严查，给同学们一个公正的交代。

周一的事闹得很大，不等当天傍晚放学，周围的其他几所学校就都知道这件事了，尤其是“江彭亮”的名字被提起的次数特别多。不过被打听得最多的，还是那位隐身高手。那会儿懂这些东西的人本就是小圈子范围内的，能掌握这种技术的人不多，横空出现这么一个人物，自然引起了许多同好的注意。

黎江放学回到家中，刚踏进客厅就听到江心远在书房教训人，江心远压低了声音吼了几句，紧跟着就听到江彭亮委屈地说了几句。不过这次大概是关系到江心远的面子，狠狠地刺到了他的痛脚，他没有再听侄子解释，反手就给了他一巴掌。

“小叔，您……您听我解释啊……”

“不嫌丢人的东西，你给我闭嘴！”

黎江站在客厅里，拿了一个苹果啃了一口。

书房里的教训声持续了好一阵，他一个苹果也吃得差不多了，才看到江彭亮捂着脸从书房走出来。看到他的时候，江彭亮目光阴郁，狠狠地剜了他一眼。

黎江毫不在意，这里是他的家，在自己家中他没有怕一个外人的道理。

吴阿姨一直留意着外面，小江吃苹果的时候她没出来，这会儿江彭亮从书房出来了，她也立刻系着围裙急匆匆地走出来。她身上带着烤奶油曲奇的香味，站到自家小江身前，客气地道：“小亮要走了吗？今天不留下吃饭啦？”

江彭亮抿着嘴没说话，背着包扭头就出门了。

吴阿姨小步子跟着他去了大门口，确定他真的走了才回来，像是一只张开翅膀护着小鸡仔的老母鸡。

江心远站在书房门口，沉声道：“黎江，你也跟我进来！”

黎江背着书包走进去，书房门照例没有关，只是里面被翻得乱七八糟的。尤其是固定电话和电线一类的地方，都被翻过了。

江心远沉着脸问他："学校里的事是不是你做的？"

黎江没说话。

江心远烦躁地走来走去，厉声道："你是不是在家里放了录音的东西？整天搞那些乌七八糟的窃听设备都是从哪儿学来的？全都交出来！"他翻遍了家里，也没有找到任何可疑的东西，越是这样，心里就越是觉得不对劲。

黎江道："没有。"

江心远拍了一下桌面，呵斥道："你还撒谎！"

黎江道："我为什么要在自己家安装那些东西？"

他从来没有在自己家的电话线上装那些东西，也不屑于去做窃听的事。他自始至终用的都是放在手边的一个小黑匣子，坦坦荡荡，全程没有故意扭曲对方一句话。今天早上广播里放的，可全都是江彭亮自己说的。

既然在暗处可以说，还可以做，为什么不能放出来？

江心远拔高音量道："彭亮刚才都说了，这是你们在房间里的时候，你故意引诱他说的一些话，而且大部分根本不是他说的。是，他平时是有些随便，你要是不高兴就说，不辅导他的功课就是了！你们小孩子之间闹矛盾，随便你们在家里怎么闹，怎么能捅到外面去呢？闹这么大，不嫌丢人啊？！"

黎江看着他，一言不发。

江心远最烦他这样的神情，好像自己的心思被一个十来岁的孩子看穿了一样，无所遁形，勉强撑起来的体面都一无是处。他烦躁地道："你这么看着我干什么！"

黎江问他："您就只相信江彭亮一个人的话吗？我的呢？他说什么就是什么，我说不是您就不信了？他之前有前科，您怎么就不去问问他跟谁还这么吹过牛呢？"

江心远的眉毛皱起，显然对儿子这样的态度极为不满："现在在说你的事！"

"我有什么事？"黎江勾起嘴角，冷笑道，"退一万步讲，这些话都是从江彭亮自己嘴里说出来的吧？偏心也不能偏心成这样！

他闯了祸，你不去找他，反倒来怪我……”

江心远恼羞成怒，桌上也没有什么趁手的东西，顺手就抓起桌上的一个烟盒扔了过去！

黎江偏头躲过，刁明山正好从外面进来，差点被硬壳烟盒砸到鼻梁。刁明山变了脸色，手上的拐杖使劲在地上点了两下：“姑爷，你这是想干什么？之前我就跟你说过绝对不允许对孩子动手，这可不是第一次了！”

江心远也没想到会被这么直直地撞上，一时语塞，结结巴巴道：“不是，我……就是一时情急……哎呀，刁先生不知道今天早上发生了什么事吧？”他指着黎江，“这小子简直要翻了天了，不过就是小孩子几句玩笑话，他就录下来在学校广播里放，全校师生都听见了。老师的电话打来我这里，我是没这个脸去学校说这些的！”

刁明山听了他说的，都气笑了，道：“是吗？怎么我听说的不是这样？老师叫的是江彭亮的家长，和我们小江又有什么关系？”

“彭亮刚才都说了，是他们两个……”

“姑爷！”刁明山冷声道，“您平日就是这么教导孩子的吗？作为一个父亲，连自己孩子的话也不听一听，只听信一面之词就妄下结论，甚至还体罚！”

江心远这段时间被刁明山在公司整治得够呛，见了刁明山就有些怕，沉默片刻后坐在书桌后的椅子上嘲讽道：“是，是我没教育好，我也不敢教育了，您带走吧。我这个父亲可真是失败，在这个家能做得了什么主？黎舟要走，背上包就走了，养了十几年简直是养了一条白眼狼，现在黎江的脾气也大……”

黎江看他的视线变得冰冷起来。

江心远在心里打了个寒战：“你这么看我干什么？我是你爸，我还不能教训你了？！”

黎江看了他一会儿，忽然勾了一下嘴角，笑道：“您还记得啊！”

江心远怒道：“你这是什么话！”

“我倒是宁愿没您这个爸爸。”

“黎江——”

黎江扯了一下肩上的背包带子，扭头就走了。

江心远被他气得够呛，起身要追，却被站在门口的刁明山给拦住了。

刁明山的脸色比他的还难看："姑爷不急着走，刚才您既然都这么说了，我也有些话要说。"

江心远道："刁先生在公司里指导我就够了，这些家务事跟您没有太大关系吧？"

刁明山点点头道："对，姑爷等我打个电话，您亲自跟老爷子说说吧。"

江心远顿在原地，一脸惊讶。他狐疑地看着刁明山拨了号码，犹豫再三，他没有离开，而是选择在原地等待。

电话声"嘟嘟"地响起，江心远的心跳也跟着一点点加快。

但他紧盯着电话，他在赌，赌那依旧是一通不会接通的电话。

几声之后，电话被接通了，刁明山简单地说了几句，就把电话递过来。江心远接了电话放到耳边，语气客气且恭敬地喊了一声。

"心远，我对你很失望。"

老人的声音传来，过了一会儿，又叹了口气道："我给过你机会，可是看来你并不适合再待在这个职位上。公司会进行一些人事调动，西北分公司刚成立，需要人去做事。你就先从基层开始慢慢学起吧，具体情况刁明山会负责跟你说。"

"可是父亲，我只是……"

"就这样吧，你也不用再说什么了。你记住，做好自己分内的事。"老人只对他说了这么几句，就轻轻咳嗽了一声，结束了通话。

江心远额头上的冷汗一颗颗冒了出来。

他已经一年多没有见过黎老，也没有听到过黎老的声音。原本被养肥的胆子，被这么几句话就吓得颤抖起来。这是多年来形成的习惯，深入骨髓，无法更改。

也正是因为如此，他深觉自己被操控了一生，才会这样带着懊恼和恨意。

他愤恨地看着那台电话，也恨坐在高位上的那个老人，只凭几句轻飘飘的话就剥夺了他数年积累的一切。西北和B市简直天差地别，这和把他发配去边远地区孤立起来有什么区别？！

刁明山从他的手里拿过电话，客客气气道："姑爷，那这样我也先走一步了。另外小江我也带走了，你刚才说教导不了，那么我带回去按老爷子说的继续教导，之后也不麻烦您费心了。”

江心远恼怒道：“我是他的父亲！”

刁明山冷下声音道：“那也请你记住，他的母亲和亲外公都还在。”

说完这句话，刁明山转身走出书房。

刁明山在来的路上就知道了在学校发生的事情，路上也猜过黎江搞了点小动作，但一进书房就差点被那个烟盒砸了，顿时就火大起来。他愤怒地认为是江心远叔侄两个人欺负了黎江——黎江有什么错？一个人在这大宅子里，势单力薄，孤身迎战，再不用点手腕儿可怎么撑下去啊！

刁明山痛心疾首，从书房出来，二话不说就带黎江换了一个住处。暂时也不敢告诉别院那边，只找了最好的酒店开了三个月的套房让黎江先住着，自己又急匆匆带人去处理江心远的事去了。

黎老发话了，那么调动的事，就由他全权处理。

公司现在扩展没有什么好地方可供选择的，倒是有几处老城改造，在西北地区，正缺人去“开荒”。

黎江在酒店里住的第一晚，睡得还不错，只是第二天一早去吃早餐的时候有些不太习惯。这里早餐可以选择的种类有很多，但没有吴阿姨做的贴心，也不如在家里吃得习惯。他拿早餐的时候拿了两份，学着家里常吃的那种搭配，一份给自己，一份拿了哥哥黎舟喜欢吃的东西摆在对面。他瞧着忍不住乐了，对着空座位和对面装满了的餐盘开始吃。

假装两个人吃饭，好像吃得要香一点。

刁明山早上特意过来陪黎江一起吃早餐，走近后瞧见了，好奇地道：“这里还有人？”

黎江忙咽下嘴里的面包，说：“没有。”

刁明山坐下，只字不提昨天的事，还在那儿夸奖道：“小江胃口这么好，拿了两份呀！”

黎江笑道：“没，给您拿的，您吃吧。”

刁明山特别高兴，挽了袖子开始吃：“小江有心了。哟，这个炒面还真不错，挺好吃的。”

就是一旁放着的橙汁是冰的，刁明山这个年纪不敢再这么肆意地喝冰，于是黎江拿过来自己喝了。

吃过早餐，刁明山又亲自送黎江去学校。瞧着他进去之后，才吩咐司机回公司。

黎江到了学校后，于岩见到他就走过来几步，瞧着是有话跟他说的样子。黎江把书包塞到他怀里，吩咐道：“早自习帮我盯一下，我有点事出去一趟。”

于岩愣了一下，道：“老大，你去哪儿？”

黎江看了一眼后排空出的那个座位，那是江彭亮的，已经被勒令回家了，暂时不许返校：“去老师办公室。”

于岩“哦”了一声，没有多想就答应下来。

黎江并没有去老师办公室，而是转身上了三楼，到了校长办公室。

他在门外喊了一声“报告”，听着校长应了一声，才推门进去。校长办公室里没有其他人，只有校长一个人坐在办公桌前。他面前摆着几份文件，正忙得焦头烂额。显然昨天的事对他的影响也很大，甚至有人已经提出针对校园个别社团权限太高而表示不满。

黎江把兜里装着的一封信放到校长的办公桌上，站在一旁道：“报告，昨天早上广播的事是我做的，我愿意为自己做的事承担责任。这是我的检讨书，与校科技社和社团里的其他人无关，是我的个人行为。”他说完又交出一盘迷你磁带，“至于广播里的话，我可以保证，每一句都是江彭亮自己说的。除了我，他还威胁了我们班其他学生。”

校长愣了一下，上下打量他道：“你这是行侠仗义？”

“不是。”

黎江说得淡定：“我只是看不惯他。”

他这语气，听起来更像是看不起对方。

“我知道你们是有些能力的，”校长有些头疼，揉了一下眉心，手指点了点那封检讨道，“这样，你先回去，你的情况我需要再想一想。”

黎江应了一声，就先出去了。

他走了没多久，初二实验班的班主任就走进了校长办公室。

她是来替班上的学生求情的。

她带了这三十几个学生，对他们每一个都了如指掌，包括他们的兴趣小组，虽然不知道是班上的谁，但她猜十有八九是自己班上的学生。

校长惊愕地道：“怎么，黎江也跟你说了？”

班主任比他还惊讶：“黎江？怎么会是他？”

班主任老师瞥了一眼桌上那封带着熟悉字迹的检讨书和上面的名字，神情十分复杂。她之前在心里大致想过几个学生，还以为是于岩或者卞恺。于岩的动手能力强，擅长这些，而卞恺脾气比较傲，这两个人做出这样的事来都有可能。但她从来没想过会是黎江。

她对黎江的印象一直非常好，这个学生在班里不只学习好，在同学之中也起着领头作用。有黎江这个班长在，大家总是团结和积极向上的。

班主任还是想保自己的学生，犹豫一下后道："校长您看，这孩子平时真的特别优秀，也替学校拿过很多奖，去年还是市三好学生，从来没出过这样的事情，他这么做也是情非得已。您也听见广播里的话了吧？我觉得黎江可能是受到了威胁。当然，他毕竟年纪小，才十三岁，做事欠缺考虑。现在他自己交了检讨，那肯定也是认识到了自己的错误。当然了，这也是我教育不到位。要不这样，您扣我一个月……不，扣我两个月工资吧，我在校例会上也作检讨。能不能别给这个孩子记过呀？"

校长乐了，抬头看着她道："卢老师你也是咱们学校多年任教的老教师了，护得可真够结实的。别人都问能不能不开除，可到你这儿什么都自己扛了，连记个过都不行？"

班主任听出校长的口风松动，神情也略微放松一点，叹气道："我是真的觉得可惜，您不知道，就他做的这套电波传导装置，放大学组参赛都成了。他脑子灵活，动手能力也强，什么都是最优秀的，就是年纪小，还是个小孩儿呢。他什么都不懂，需要人引导。"

校长皱眉道："你说的这些情况，我会考虑的。"

班主任又趁热打铁，小声追着道："那您扣我两个月工资，黎江的事就这么过去了吧？"

"就你护着他！行了，你先回去，让我想想怎么处理。"

"哎。"

江彭亮一连几天都没有来上课，校园里闹得沸沸扬扬的事情也慢慢平息了。

江彭亮的父亲跑了几趟学校，找关系想让儿子回来，但校方态度坚决，只说还在商讨处理结果，对他丝毫没有客气。江连忠也知道，儿子能来这所学校读书是江心远托了几层关系送进来的，别说他了，就算是江心远亲自跑来也未必再能送进来。这和花钱就能进的私立学校不同，公立学校会特招有天赋的少年，但成绩不好想塞进来就不是钱能办成的了——更何况江心远最在乎面子，江彭亮做的这件事让他彻底丢了脸，绝不可能再出面帮忙。

江连忠在家里听儿子说起过这件事和黎江有关系，甚至还想去找黎江说说。但刁明山的人把黎江护得严实，并不能让他接近黎江。他试了几次，都只能折返在家中长吁短叹。老婆和儿子埋怨他，他也怨自己没本事，一家人过得愁云惨雾的。

江连忠苦着脸道："彭亮，我看这次就算了，咱们不回去了，换一所学校读书。"

江彭亮正啃着一个梨，听见这话立刻就不愿意了："我换？那黎江呢？他把我害成这样，他就一点事都没有吗？"

旁边的女人也护住江彭亮，皱眉道："是啊，彭亮只是说说，也没真抄，就因为他是黎家的就能这么做了？这也太过分了。"

江连忠瞪眼道："你们自己也知道，那就别去招惹他啊！可不就因为他是黎家的。我一早就说彭亮和人家不一样，你们娘儿俩非要拔这个尖，躲都躲不及的事，凑上去干什么呀。"

"那再去跟二弟说说……"

"心远那边也忙得焦头烂额，他毕竟是黎家的女婿，吃着黎家的饭，你们就别再给他添麻烦了。"江连忠这么说着，心里也发苦。他今天去过一次，老二还跟他发了好大的脾气，差点把他给撵出去，"说到底也是彭亮的错，你这两年念书也没少花钱，怎么就念成这个样子？咱们家祖上也出过翰林，往近了说还有你小叔，当年可都是自己考的大学，一直读到去国外留学……"

江彭亮不耐烦地打断他道："小叔是小叔，我是您儿子，当然跟您一样了。"

江连忠被噎得无话可说，他当年读书确实没老二好，初中都没读完就退下来干活供弟弟念了十多年的书，因此老二发达了也总是会拉他家一把。但现在瞧着，儿子也跟他一样，没什么读书的天分。

江连忠叹了口气，回了自己房间，撒手不管了。

江彭亮吃了一半梨也没什么心思继续吃下去，把没吃完的梨扔在桌上，伸手要钱：“妈，给我点钱，我有事出去一趟。”

女人掏了钱出来，本来还在犹豫给多少，江彭亮瞧见她包里还有就一把都抢过来道：“您都给我吧。”

女人拦不住，忙追到门口：“哎，彭亮啊，你拿这么多钱去干什么呀？”

江彭亮撇嘴冷笑道：“没什么，我心情不好，买点东西，散散心。”

他说完就转身出去了。十来岁的年纪，正值叛逆期，江彭亮他妈妈也不敢拦着，瞧着儿子这样，一半心疼，一半头疼。

江彭亮不能回学校，学校里的生活却跟往常一样进行着。

这天下午第一节是物理课，中午的时候，初二实验班的同学们就提前去了实验室领材料。他们学校占地面积大，初中部和实验楼隔着一条马路。两边的教学楼中间有一座天桥连着，他们需要跨到西校区去拿东西。

黎江班上去了七八个人，那边实验楼有一层在修理，实验室不够用，学生们就自己过去搬了一台小仪器和几组材料回来用。

五个男生、两个女生，女生拿轻的东西和记录册，男生则抱着仪器。

黎江一个人搬了五组材料，空着的一只手还顺便替旁边的女生拿了标尺。

两个女孩一个长发乖巧，一个短发利落，都长得白净耐看。尤其是长头发的那个女孩，笑起来的时候特别甜。

短发女孩瞧见黎江拿了标尺，故意逗他道：“哎，班长怎么就给甜甜拿东西啊？我这手里还有这么多记录册呢！”

黎江还未说话，旁边那个长发女孩就先蹦蹦跳跳地靠近，立刻挽上短发女孩的手臂，笑弯了眼睛道：“哎呀，副班长，这你就不懂啦，班长替我拿了标尺，我才能空出一只手来挽着你一起走嘛！”

卞恺搬东西走得气喘吁吁：“副班长，说真的，你要是帮我拿这仪器，我也乐意挽着我们老大的手走路，要不你试试？”

两个女孩才不搭理他们，笑嘻嘻地说了几句悄悄话，两个人都笑起来。

黎江也勾了一下嘴角。

他们正走着，就听到附近有人跑来的声音，没一会儿就被几个穿着奇装异服的人给围住，堵在了天桥底下。

黎江站在最前面，和卞恺等几个男生一起站成一排，把班上的两个女生护在身后。

围上来的人大概有七八个，瞧着年龄都比他们大，有几个明显看着是校外人士，穿戴和说话都跟学生不一样，胳膊上还有青色文身。江彭亮从七八个人之中走出来，他今天没穿校服，他们乍一眼都没认出他来。

卞恺道："江彭亮，你这是做什么？"

江彭亮这几天先是挨了小叔一巴掌，紧跟着又被关在家中几天闹到要转学，心里也憋屈得难受。这会儿瞧见黎江更是新仇旧恨一起上来，盯着黎江和他身边这些尖子生看了一遍，冷笑道："不干什么啊，在班上你们人多，我说不过你们，现在我的兄弟们也来了，咱们一起说说话。"

短发女孩的脸色有点白，但还是冷声道："我们跟你没什么好说的，你带校外人士来学校，小心被老师知道，再罚你几周不能返校！"

"我什么时候带人进学校了？这里是大马路，也算学校范围？"江彭亮盯着黎江，语气阴沉地道，"再说我被这么广播一回，哪还会有返校的机会。我算是看出来了，黎江，录音的事就是你和他们合伙弄的吧？"

黎江道："我自己做的，跟他们没关系。"

卞恺等几人愣了一下，纷纷看向黎江。不等他们开口问，就听到一旁的江彭亮"啧"了一声，不屑地道："你当我信你？你们尖子生喜欢抱团，我那天不过就想请你和你的小兄弟帮个'小忙'，你不帮，还害我这么没面子，我也只好让我的兄弟来跟你们'谈谈'了。"

黎江道："我跟你过去谈。"

卞恺立刻抓住他的胳膊："老大！"

黎江低声道："让女生先走。"

卞恺不肯松手："他们走，我跟你一起过去。"

江彭亮今天叫来了许多朋友，其中一个听了一会儿就有些不耐烦了。他眯着眼放狠话道："你们俩少在那儿拉拉扯扯的，我告诉你们，今天一个都走不了！尤其是你，叫黎江是吧？你就是看不得我兄弟好，冤枉他，不想他待在这所学校是不是！"

黎江冷笑道："我冤枉他？广播里哪句话不是他亲口说的？"

江彭亮嚷嚷道："名字！我的名字就不是……"

"哦？那不是你的名字，你不叫江彭亮？"黎江嗤笑一声。

周围的同学都鄙夷地看着他，如果说之前大家还有几分疑虑，现在已经完全可以确定广播里的话就是江彭亮说的了。

"既然是你自己说的，那私下和公开又有什么区别？"黎江冷冷地看着他道，"我最讨厌你们这种表里不一的人了，说一套，做一套，让人恶心。"

江彭亮的脸色变了，立刻就要动手。但黎江比他动作快，伸手就先把靠近他们身边的一个高个子男生给一脚踹翻。他踹的角度十分刁钻，奔着膝盖去的，一下就让那个人疼得额头冒汗，"嗷嗷"叫着起不来了。见对面的战斗力少了一个人，卞恺有样学样，也推开了一个。

黎江挡在前面，冲着身后的女生道："跑！"

江彭亮和剩下的人立刻反应过来，他们这次来就想出口气，说不过，自然是要动手才痛快，哪肯放跑他们。

江彭亮打不过黎江，但他心眼贼，站在那几个叫来的帮手身后时不时地伸黑脚。黎江护着身边的同学，背靠背暂时没落下风。

江彭亮躲在后面转着眼珠子，心想今天反正都已经闯祸了，干脆敞开了去戳黎江的痛处，把往日想说不敢说的都说了："你不就是觉得自己了不起吗？我看你现在也是两条胳膊、两条腿。你不是能打吗？你来呀！你说我恶心，我看你才是。还有你那个大哥，他平时不是护着你吗？你再喊他来呀！呸，我小叔白养了他十几年，说走就走了，还不如养条狗……"

黎江盯住他硬挨了两下，拳头落在肩上发出闷响。他咬牙扛住了没吭声，只拽住江彭亮的衣领，硬生生把他从后面拽出来，一拳接一拳地砸下去！

江彭亮身边的兄弟又给了黎江两下，但黎江没管他们，自己挨了几下，只管加倍打到江彭亮的身上！

江彭亮被揍得鼻青脸肿，"嗷嗷"地哭喊。周围的人越是想帮他，黎江下手就越狠，眼睛都红了。

"放手！放……放开！"

“我告诉过你，不许你再说他。”

“黎江你疯了！啊——”

场面混乱起来，后面两个女生想转身跑上天桥，但对方的人多，有一个流里流气的男生一早就盯着她们了，眼睛里带着邪笑。他们平时乱来惯了，见两个女孩模样精致漂亮，趁着场面乱没人注意，就去抓了女孩一把。他才刚伸手过去，就被那个短发女孩护着躲开了。旁边那个长头发的文静的小姑娘反手拿了一个小手电筒一样的东西狠狠地扎了他一下。一阵电流顺着传过来，那男生半边身子都痛麻了，“哎哟”一声后跌坐在地。

两个女孩互相护着对方，这次是长发女孩挡在了前面，含着眼泪瞪着他，毫不示弱地道：“‘欧姆定律’都没背熟吧你们！别……别碰我们副班长！”

短发女孩拿过她手里的东西，推了她一把道：“甜甜，上天桥，跑！跑去那边找警卫！”

“哎！”

罗甜甜二话不说扭头就跑了，干脆利落到让对面的人来不及反应。

地上躺着的那个人挣扎着爬起来要追，短发女孩举起手中的东西，威胁对方道：“别过来！我这可是带电的，出什么事也属于正当防卫！”

罗甜甜一路跑得飞快，她在班上是女子短跑第一名，这会儿跑得比任何时候都要快。实验楼这边没有警卫，平时来的人也少，她跑去教学楼那边先喊了警卫让他们过去，又在警卫室里连打了几通电话，吓得都快哭出来了。

黎江他们人少，但几个学生手里挥着标尺，那么沉的铁家伙让那些人一时半会儿不敢靠近。尤其是短发女孩手里还有个带电的东西，又扎了对方一下，被扎的人都跟被蜜蜂蜇了一样疼得躲开老远。

黎江那边一个人按住了江彭亮打，那几个校外人士平时也打架，但没见过打得这么狠的，瞧着他心里都发毛。江彭亮带来的那个头儿拽了几下没弄开，他毕竟收了钱，一咬牙就要下狠手。但他的拳头还没落在黎江身上，就听到几声急刹车的声音，从路边停下的那三辆黑色轿车上跑下来几个保镖。

刁明山留了一个心眼，他去公司的时候，会让保镖全天在这儿盯着黎江。原本是担心江连忠那个没规矩的跑来找黎江麻烦，万万没想到会碰到学生打架。

几个保镖训练有素，迅速就把那几个校外的小混混控制住了，就连江彭亮也被摁住了。

江彭亮被打红了眼，还要骂。黎江盯着他道："管好你的臭嘴，再让我听见你说我哥一个字，说一次揍你一次，信不信？"

"你就是个疯子！和你妈一样，是个神经病！只配在山上关一辈子……"

黎江走过去，抬手给了他一巴掌。

他的声音平淡，眼神发冷："说我妈也不行。"

校警卫气喘吁吁地赶了过来，江彭亮带来的那几个人见情况不妙想挣扎着逃走，被黎家的保镖逮住了。警卫接手之后，又去检查学生们的情况。

万幸被阻止得早，只是黎江脸上有轻伤，身上也沾了尘土。另外几个男生比起他来更狼狈，但瞧着没有明显的外伤。有一个男孩戴着的眼镜腿断了，勉强晃悠着架在鼻梁上，手里的标尺攥得紧紧的，身子还在微微发抖，也不知道是用力过猛还是被吓的，他好半天才放松下来。

罗甜甜很快带着老师也来了，她看到副班长的时候先跑过去抱了她一下，瞧着大家都没事，含了一路的眼泪终于憋不住了，"哇"的一声大哭起来："吓死我了……那个人他……他还想摸我，老师我害怕！"

短发女孩比她镇定一些，过去配合着剩下的男生一起把事情的经过讲给赶来的班主任听，班主任老师听得脸色变了几次。

警卫把人摁在那儿，那些人大多是十几岁的半大小子，力气大得很，要不是有黎家的保镖在，他们几个警卫肯定抓不到所有人。忽然，有警笛的声响传来，由远及近，很快就冲着这边来了。

警车停下的时候，那些校外来帮兄弟"出气"的人吓坏了，这才后怕起来，其中一个拼命挣脱开警卫的束缚，扭头要逃。但他哪儿跑得过警察，迅速被抓住："不许动！"

为首的一个穿警服的年轻男人走过来，罗甜甜立刻就扑了过去，抹了把眼泪哭道："哥，就是他们！"

罗警官本就负责这个片区，接到电话后迅速来了。听小姑娘说还有两个人跑了，他立刻吩咐人去追查，先把这些人抓起来带上了车。把其中一个穿花衬衫的人控制住的时候，那个人不停地抽搐。

罗甜甜把“凶器”交过去，含着眼泪小声道：“哥，我用这个小电击枪扎他来着，是课上做的小玩意儿。要不我跟你一起回去吧……我本来不敢的，是他先对我们耍流氓，我一害怕就扎了他……”

罗警官的脸都黑了：“不用，你在学校等着，审完了再来找你们就行。”他回头就抓住了那个人的胳膊，骂道，“十三岁的小姑娘你也下得去手！”

这几个学生身上多少都有点伤，但并不严重，都被带去了校医务室上药。

江彭亮身上挂了彩，也被拽上了警车。他这会儿才有些怕了，嚷嚷着要找家里人。但警察没管他那么多，摁着一起带走了。

第七章
小醋包

黎江在医务室里简单地处理了伤口，他只是脸上有些轻伤，坐在那里要不是一身灰，根本看不出他刚才打架那么猛。

旁边几个学生你一言我一语地在跟班主任反映情况，都特别气愤，数次提到江彭亮。

外面有人敲了敲医务室的门，黎家的保镖进来弯下腰对黎江道：“派出所那边需要问话，让我们过去一趟。已经跟刁先生说过了，他马上就到。”

班主任站起身道：“怎么回事？要不要我一起过去一趟？”

保镖道：“没事，里面有个小孩伤得比较重，过去配合警方做一下笔录而已。”

班主任还在担心，罗甜甜握着她的手道：“老师您别担心，我哥刚才说我们是以一对多，又是在校园里正当防卫，我们没做错事。”她又抬头看着黎江道，“班长，你别怕，你去了找我哥罗诚，他知道咱们的情况，肯定不会为难你的！”

罗警官确实没有为难他们，黎江这帮学生是受害者，另外一帮小混混也不是什么能经得住审问的，没一会儿就全招了。他们是收了江彭亮的钱，过来给兄弟“出头”的。

几个人因为打架斗殴，被定性为寻衅滋事，处以行政拘留。派出所按流程照相、签字并让他们逐一摁了手印。

江彭亮在外面嚣张，无非是仗着有父母和小叔庇护。因为江心远偏疼他，轻慢黎江，所以他并不是很怕黎江。但现在进了派出所没人给他好脸色看，都是秉公处理，一听要留案底，他的脸色苍白，痛哭求饶起来。

但已经晚了，刁明山来派出所先处理了这边的情况，又让人带黎江去医院做了一个全方位的检查，确定黎江只是受了些轻伤。但他瞧着黎江腰背上那几个瘀青的印子还是心疼得要命，安顿好黎江之后，他又去了一趟学校。

校长赶到会议室的时候，老远就听到里面传来的争吵声。几个学生家长一瞧就是刚从工作单位赶过来的，正围着江连忠在那里说着，俨然已经把他儿子当成害群之马了。

“学校里从来没出过这样的事，怎么你儿子刚转来几天就不停地出事？”

“带校外人士来学校堵学生，亏你儿子干得出来！”

“他没教育好？一句没教育好就可以解释一切了吗？子不教父之过，江先生听过这句话没有？”

“我还听说，他之所以转到这所学校来，是因为在之前的学校作弊被抓，是不是？”

“校长你来得正好，那个叫江彭亮的学生之前的成绩就是假的，你们现在收了这个学生，是不是就代表贵校支持学生舞弊？！”

“我们要求学校清查！必须彻底清理害群之马！”

…………

江连忠在不停地跟他们道歉，额头上都冒了汗，但是毫无用处。这次江心远没有来，他的面子大过天，侄子已经不足以让他出面承受这份屈辱。

初二实验班的班主任坐在家长中间，她教学这么多年，这是她带过的最好的一届学生。但是她最宝贝的学生们差点在她的眼皮子底下出事，她皱紧了眉头道：“校长，江彭亮这个学生我怕是带不了了，我也要为班上的其他学生考虑。上个月的月考成绩您也看过了，包括这次的事件，他确实不太适合留在这个班，也不适合我们学校。”

老师也和家长们站在了统一战线，一开口就是劝退江彭亮。

校长看着这么一群人，为首的那位刁先生坐在那儿并未开口说话，但身后站着的两个黑衣保镖气势不输半分，校长的头更疼了。

刁明山比平时要晚回来一个多小时，他现在和黎江一样住在酒店里。他处理完事情进了黎江的房间，就瞧见黎江那件脏了的校服外套随意地扔在沙发上。一旁的黎江已经换了一身宽松的衣服正半躺在另一侧沙发上，玩着游戏机，脸上的神情放松，嘴里还哼着歌。

刁明山站在那儿看他，过了好一会儿才问道："小江现在心满意足了？"

黎江道："还行。"

刁明山痛心疾首道："校长刚才单独留下我，给我看了那封检讨书，还有今天的事……你弄出这么大的动静，就是不想在这所学校读书了对不对？"

黎江点头道："对。"

他想了想，又补充道："今天的事不是我找的，是江彭亮自己带人过来想逞威风。"

刁明山坐在他身旁道："今天确实是他的错，他留了案底，也算是得了一个教训。我们先不说他，只说你。"

黎江放下手里的游戏机，认真地听着。

刁明山沉吟了一下，道："你不想在这里读书，那我们就转学，去人大附中或者师大附中，那里的实验班还不错，要不就去二中……"

黎江道："你把我转去江彭亮的新学校吧？不在一所学校也成，反正只要我留在B市一天，我就不会让他好过。"

刁明山语重心长道："小江啊，我们要讲道理。"

"是他们先不跟我讲道理的。"

"是是，我知道，你一直在心里怪你爸，你怪他偏疼江家人，怪他让小舟走……"

"大哥是被他赶走的！是他故意让大哥看到那封信，是他让人给了大哥地址，是他不让大哥回家！"黎江隐忍这么久，终于爆发出来，面色阴沉地道，"他不让大哥待在这里，那我也不要待在这里，江彭亮更别想待在这里。"

刁明山算是半个局外人，他看得清楚，叹了口气，耐心地对他道："其实姑爷不想小舟走，只是试探他。"

"他想。"

“小江，你听我说，也许你现在还不能理解，这件事说起来有些复杂，我慢慢说给你听。”

“没什么好说的，我最看不惯他这样表里不一的人，面上一套，心里一套。”黎江愤恨地道，“他要是和他说的一样，拿大哥当亲人，为什么要试探？他到底想试探什么？这哪里像是一家人的样子。刁叔，我妈病了他不管，大哥受伤他也不问……我哥走了，我哥走了啊！”

黎江攥紧了拳，眼眶发红。

刁明山看着他，想要跟他说的话到了嘴边也都咽了回去。他神色复杂地看着眼前的男孩，才十三岁，这是一个性格如火的少年，骄傲、锋利，他的小世界干净纯粹到没有成年人的功利和陷害。他头脑聪明，年纪和性情却像是十来岁的孩子，像是握着一把锋利匕首的孩童。如果按照他的心意肆意成长，恐怕早晚都会出事。

刁明山拧紧眉头，想起黎江他们班主任对他说的那句话。

他年纪还小，确实需要一个引导——

还得是一个让“小少爷”肯低头听话的人才行。

两个人彼此沉默了一阵，都在想心事。

过了一会儿，黎江先主动开口：“刁叔，我认真想过了，要不这样，你把我转学去我哥那边。我保证，一定好好读书，什么事也不出，在学校当三好学生，出了学校我也听您的话，你让我学什么我就学什么，让我干什么我就干什么。”

刁明山的脸都黑了，看着他道：“你就盘算着这个呢是吧？从一开始就盘算好了是不是？”

黎江露出了这些天以来的第一个笑容，小声道：“嗯，您看出来了？”

刁明山在心里翻了个白眼，他眉毛下头长的俩窟窿眼又不是出气的，早就看出来了！这不是还以为能有回旋的余地吗？谁知道他就在公司忙了两天，一个没看住，就搞出这么多事来！

黎江凑近了一点，又小声地喊了他一声叔。

刁明山叹了口气。

“刁叔，求你了。”

“行了行了，”刁明山摆摆手，带着疲惫，又带着点无奈道，“我跟老爷子请示一下，你总得给我点时间吧！”

黎江咧嘴笑了：“哎，好！”

刁明山冷着脸道：“但你也得有惩罚，罚你三天不许给小舟打电话！”

黎江垮下脸来，略微有些犹豫，但还是点头答应了：“行吧。”

刁明山抖抖衣领出去了，出了门也在揪自己下巴上的山羊胡，一脸纠结。他跟老爷子开口难，跟黎舟开口也难啊！前脚刚把人送走，好家伙，不到一个月他又带人追到岛上去了。刁明山觉得这带孩子真比开公司还累，他自从接手了“小少爷”，头发都掉了一大把。

黎老那边一时半会儿联系不上，刁明山想了一下，就先往岛上打了一通电话。谁知道这电话一直等到晚上九点多才接通，弄得他都以为黎舟是对他有意见故意不接电话。

电话接通之后，刁明山热情地道：“小舟最近可好？胳膊好点了没有？最近是不是挺忙的呀？刚才一直给你打电话也没接通，呵呵……”

那边的回话一如既往的平淡简洁：“嗯，忙。”

刁明山问道：“哦哦，都忙些什么呀？”

电话那边传来吆喝声，过了一会儿才听到少年清澈的声音：“叉鱼。”

“啊？”

“坐船下捞网，叉鱼。”

黎舟现在确实很忙，他这边乘坐的小船晃晃悠悠，一半是因为撑船的人力气大，一半是因为船上放了几条刚叉上来的大鱼。鱼一条有半米多长，七八斤重，放了两条摞在那儿还在甩尾巴，离了水力气依旧不小。

陆老大拿鱼叉当船桨，轻轻一拨小船就在水面上滑行了好一段距离。他在船头挂了一盏汽灯，猫着腰盯紧了水面，屏息数秒，腰部一扭，用力举起鱼叉刺下去，再抬起来就又是一条活蹦乱跳的大鱼！

黎舟看得专注，电话里刁明山说的话听了个大半，直到他说起黎江才反应过来，问道：“他怎么了？”

刁明山笑道：“也没什么，就学校里出了一点小麻烦，都能解决。小江就是想你了，唉，成天喊着要过去看看……小舟，如果你那边方便的话，过两天我带小江过去一趟？”

黎舟道：“好，我星期六回家，你们来的时候可以打这个电话。”

“哎哎，好！”

刁明山得了准信，很快就挂断电话。

黎舟收好大哥大，陆老大眼角的余光一直瞟着他。瞧见他一忙完，立刻就夸张地道：“快快，儿子，拿捞网！”

黎舟用的是小捞网，带木柄手杆的那种，顺利地协助陆老大把鱼装到了船舱内。

整条鱼被叉上来的时候只有尾巴动了一下，幅度很小。

“咱爷俩儿搭配干活就是不累，抓得真快啊。这条也得有个七八斤，再叉两条咱们就回家。”陆老大笑呵呵地道，“你要不要试试？”

黎舟点头应了，跟陆老大换了位置。他不常在水上生活，并不能一下就清楚地看清鱼在水里的位置。

好在陆老大特意挑了快下雨之前的晚上，空气闷得很，他们好几个人在这附近用大网圈了地方，几艘船围拢了不停地缩小范围。越到后面在船头汽灯下瞧见的鱼就越多，有不少大鱼吐的气泡很明显。黎舟盯住了，手上动作很稳，虽然观察的时间较长，但有陆老大在一旁亲手指导，他手起叉落，也干脆利落地抓了两条鱼上来。

有种捕猎的痛快。

黎舟吃过不少鱼，但这次是他第一回自己抓上来的，渐渐得了趣味。

他们父子俩合伙抓了一阵，后面大鱼就不多了，黎舟抓上来的都是小鱼，再后来他就用捞网捞了两下，还混着水草弄上来两尾小虾。陆老大哈哈大笑，黎舟也笑了。

陆老大把鱼虾归拢到一个竹篮里，差点要盖不上盖子，不用清点都知道他们今天晚上收获颇丰。

夜色正浓，岛上没有海对岸那么热闹，反而更加适合看夜空中的星星。

黎舟靠着船边坐着，他已经比来的时候放开了许多，这会儿半躺着双腿交叠，仰头看着外面。这边是个荒废的野塘，前两年有外地的老板来种了雪藕又走了，没收干净。现在还有零星的几株白净的莲花，在闷热的天气里收拢了花瓣半开着，空气里仿佛都有丝丝甜香。

夜幕中最后几颗微弱的星光也被遮住，只剩下周边船上的汽灯遥遥相望。有人互相喊着对方的名字，大雨要来了，大家已经准备要离开。

有人在喊陆老大，陆老大爽快地应了一声道：“知道，这就走——”

他回过头来正好看到黎舟侧头在看附近的一株莲花，见儿子一直看，干脆一个猛子扎下去：“儿子，等着啊！”

黎舟只来得及喊他一声，陆老大就已经潜下水去。他水性极好，跳进去的时候水花都没怎么溅起来。

陆老大潜水下去好一阵都没有动静。

黎舟等了一会儿，扶着船舷往下看，略有些心慌地喊道：“爸？”

没等他喊第二声，陆老大就从水里冒了出来。陆老大甩了甩头上的水珠，伸手抹了一把脸，另一只手扯了一根长长的雪藕扔给他：“太长了，原本想整段挖出来的，只能扯了最粗的一节。儿子，给，拿去吃吧！”

黎舟猝不及防抱住那节雪藕，瞧着陆老大一身水地爬上小船，脸上的笑容格外得意，仿佛猜中了孩子的心事并给了最好的礼物一样：“刚才就瞧你一直在看，肯定想吃这个吧。这是雪藕，能生吃的那种，炒菜吃也比普通藕要甜。船上有水，你先冲一下随便吃两口，等回家后让你妈做给你吃！”

黎舟怀里那大半根雪藕说是挖出来的都是谦虚，陆老大天生蛮力，这一截藕是被他硬生生拽出来的，连带着上面长长的一节藕茎还有完全泡在水里蔫了的莲花，只剩下雪藕白白胖胖惹人喜爱，花是彻底不能看了。

黎舟的嘴巴动了动，还是摇头笑着说：“好，回去咱们一起吃。”

陆老大高高地挽起裤脚，一边划船一边朗声道：“不用，我不爱吃这个，你和你妈多吃点！”他饭量大，这么一节水果一样的雪藕给他塞牙缝都不够。

正说着，就有另外一艘小船靠近，“咚”的一声轻撞了一下。对面船上的人笑道：“陆老大，快来瞧瞧，我今儿抓了条大鱼，送给你们家吃啊！”

陆老大不肯服输：“我家的才大，光八斤的就有好几条！”

“八斤算个啥，你快看这条，少说也有十来斤！”

那个人热情得很，一定要把鱼送给陆老大和黎舟。陆老大就撑着船并拢在一处，让黎舟去拿捞网接过来。不过他也只是嘴上这么说，黎舟一动他就跟了过去。那捞网是陆老大亲手用铁丝和渔线做成的，非常结实，这会儿黎舟举着捞网接了那条大鱼过来。鱼刚离水力气还大得很，黎舟那个捞网做得有点小，勉强能塞进去，鱼在里面撞网弄出一阵响动。陆老大生怕儿子照应不过来，抬手就拍了它的脑袋一下，那鱼就不动了。

船舱里有灯，黎舟这次看到了，疑惑地道："这鱼怎么不动了？"

送鱼的人道："你爸打的呀，它都晕了！"

黎舟把鱼接到船舱里，他们的竹筐已经满了，这条鱼只能搁在一个备用的铁桶中。鱼头整个露出来，睁大了眼睛一动不动。

黎舟神情复杂地看着竹筐里那些都不怎么动弹的鱼，这才知道陆老大为什么叉到鱼之后都先"摸"一下，难怪自己捞起来的那些大鱼都那么听话。

等他们回到家中，大雨刚好落了下来。陆老大一只手拎着竹筐，另一只手拎着黎舟紧赶慢赶地冲进了家门。把东西放下之后，黎舟只淋湿了肩膀上一点。

叶红玉已经做好了消夜，这会儿见他们爷俩儿满载而归，视线从那一筐鱼上转到他们身上，忍不住笑道："哟，这是去抓鱼了还是去挖藕啦？"

陆老大一身泥水，黎舟身上虽然干净点，但怀里抱着一大截雪藕刚被放下来，肩上和胸前都蹭了一些泥印子。

叶红玉把他拿着的藕接过来，笑道："弄这一身，快去洗洗吧，一会儿来吃饺子，做了鱼肉馅的呢。"

黎舟有点不好意思，答应了一声就去换衣服了。

陆老大走到一半忽然道："坏了，还有一条鱼忘车上了，老张家特意给送的大鱼！"他转身又跑进雨里，叶红玉喊着给他拿把伞都不听。不过车就停在院子里，就几步路的事，倒也不碍事。

黎舟去房间里擦洗了一下，又换了一身干净衣服，收拾妥当出来的时候，陆老大正被叶红玉按着坐在那儿喝姜汤。

那么大个人了，喝起姜汤来跟小孩吃药一样，特别抵触："红玉不用，真的，我身体特别好，根本不会感冒。再说刚才就淋了一下……"

叶红玉不听，看着他喝下，又给黎舟端过来一碗："小舟来，把这个喝了，驱寒的。"

陆老大小声地顶嘴："外面热得很，一点都不用驱寒。"

叶红玉看了他一眼，他就背过身去小口地喝剩下的半碗，半句话都不敢再说。

黎舟接过来喝干净，叶红玉特别满意，给他端了一碗鲅鱼饺子来吃。陆老大饿了想吃饭，叶红玉道："你什么时候把姜汤喝完，就用你手里那个空碗吃饭。别想再剩下，连口姜汤都不肯喝，也不怕儿子笑话你。"

陆老大愁眉苦脸地喝完了。

叶红玉的消夜准备得很丰富，除了鲅鱼饺子，还给他们炒了两个小菜，一个是辣炒花蛤，一个是用他们拿回来的雪藕做的醋熘藕片。藕还有多，她又炸了点藕夹给他们吃，里面夹了肉，在鸡蛋面粉糊里滚上一圈，在油里炸透了，两边金黄酥脆，里面馅料塞得足，外酥里嫩，好吃得让人停不下筷子。

黎舟放慢了速度，他吃得少，但是可以多陪陆老大吃一会儿。

陆老大没有察觉，一边吃饭一边跟叶红玉夸儿子有多厉害："之前他们就说塘里有鱼，我还不信。这次一去，啊真是，全都是大鱼！你瞧见刚才放厨房里的那个筐没有？没一条七八斤以下的。这么大的鱼在水里的时候特别沉，要是没小舟帮忙，就捞不上来了。"

黎舟看他一眼，陆老大还在那儿夸："老张家那条鱼也是，小舟这一网撑得恰到好处啊，一下就把鱼接过来了！"

黎舟自己都不信，他也就搭把手，还不至于厉害到这个份儿上。其他几条小船上的男孩才厉害，有好几个直接跳进水里去赶鱼了。还有一个小子潜水上来的时候徒手抓了一条鱼，那鱼被扔到船舱里的时候蹦起来有半尺高。

陆老大意犹未尽，兴冲冲地转头跟黎舟商量："儿子，明天肯定下雨，等雨停了又是抓鱼的好时候，爸带你去叉鱼！这次咱们去你德旺爷爷家养的鱼塘抓，昨儿那里抽了一天水，水浅了正好抓。他那边出草鱼，养得特别好。嗬，一条得有一米多长，几十斤重……"

"不了，我要收拾书包，明天去学校。"

"啥？明天就要去学校了？"陆老大愣在那儿，紧跟着脸都皱起来了，十分不情愿地道，"再玩……不是，再养两天，你这手都还没好呢。"

面前的少年抬头安静地看着他，陆老大伸手挠了挠脸，也觉得有些说不过去。

手臂没好，都能去叉鱼，肯定也能去握笔念书。

他勉强道：“那行吧，就去两天，星期五我和你妈就去接你回家。”

黎舟看着他，觉得好像不是自己被送去学校念书，活像是陆老大要被送进去改造，而且还是半只脚踏进校门就转身要当逃兵的那种。

叶红玉给他夹了菜，笑道：“别听你爸的，他这两天玩得比你还高兴呢，一点正事都不想做。等明天让他送你过去，这两天你也别太累了，就是熟悉一下学校和周围的环境。我们在学校附近买了一套房子，你高中就别住宿舍了，搬出来住，离学校近，走读也方便。”

叶红玉一向安排得细致又妥帖，黎舟听她这么说，就点头应下了。

吃过消夜，黎舟就去睡了。

他现在的房间里放置的东西比之前要多很多，都是陆老大和叶红玉给他置办的，两个人像是刚开始做父母那样，也不知道给他什么才好，恨不得瞧见什么都搬回家里来。这个小房间里堆满了东西，就连之前黎江睡的那张小床上也放了不少东西。陆老大甚至还带他去打一整天的气枪，就为了给他赢回来一个半人高的小熊。

最后小熊赢回来了，就摆在床尾。黎舟睡觉的时候，它就像是一个背宽体壮的守护神。

除此之外，一旁的桌子被收拾得干净整洁，上面放了一盏台灯、几本书和一个书包，书包里面放了明天要带的课本和一个铅笔盒。

书包最上面还放着一张校卡，上面写着“陆亦舟”三个字。

在和叶红玉商量过后，陆老大虽然给他改了名字，但平日里还是喊他黎舟。陆老大认为只要儿子在自己跟前，什么都能商量，喊什么他都无所谓。叶红玉心思细腻，她知道要将一个养了十几年的孩子还回来对方心里有多不舍，尤其是当年黎家还从人贩子手中救下她的儿子，这对他们家来说是一个天大的恩情，他们两口子一辈子也还不完。黎家肯让孩子改姓陆，对此叶红玉心里只有感激，不再奢求其他。

叶红玉当时对黎舟说：“你就当多了一个大名，平时咱们还喊你黎舟，和你山上的妈妈一样喊你。名字就是一个称呼而已，咱们家也不在乎那些虚的，怎么舒服怎么来。”

所以黎舟办了校卡后，岛上的人也都跟着陆老大一起喊他之前的名字。他们大概觉得这是一个昵称，叫着更亲切。

岛上民风淳朴，出门几步都是熟人，黎舟在这里融入得很快。

他对自己叫什么没什么异议，养母黎曼让他改姓，他答应了，陆老大两口子喊他“黎舟”，他也应着。

就像叶红玉说的那样，这只是一个称呼，他还是他，不会变。

不过能保留“黎”字，黎舟心里还是很高兴的。这是外公给他的姓，跟老人有着一份羁绊，被人喊了这么多年，他也不舍得被换掉。

夜里下了一场大雨，黄豆大的雨滴砸在玻璃上“啪啪”作响，混着外面落在树木上、泥土中的声音，让人睡得更香。这样的雨天，把连着几日的燥热都驱散了，带着丝丝凉意，最适合安睡。

黎舟睡了一个好觉，比平时早起了半个小时。

叶红玉比他起得还早些，正在小厨房里忙活，瞧见他笑道：“怎么起得这么早？我以为你们昨天去抓鱼累着了，今天怎么着也要晚一点呢。”

黎舟道：“我来帮忙吧。”

叶红玉道：“不用，都做好了，我就等鱼蒸好了再炒个鱼肉松就成了。”

“鱼肉松？”

“对呀，你们爷俩儿昨天抓了那么多鱼，我们在家可吃不了那么多，干脆炒一下给你带去学校，早上配着粥吃正好。”

黎舟吃过，但没见人做过，对这个挺好奇的，就过去看了一眼。

灶上熬着粥，是黄澄澄的小米粥，米质好，熬得火候也足，粥油都熬出来了，热气混着粥香扑面而来。另一边灶上架着蒸笼，能闻到鱼肉的香味。

蒸笼里的几条鱼个头大，去头去尾，只挑了中间最肥美、刺最少的一段蒸熟了。鱼肉提前用姜片和黄酒腌制过，光是这么蒸，就让人食指大动。

叶红玉拿着刀熟练地把鱼肉去骨再去皮，把鱼肉剔下来，用擀面杖碾过一遍，又细心地挑出鱼肉里的小刺。她做这些的时候神情愉悦，脸上都带着笑意。她还拣了一块鱼肚上的肉放到黎舟嘴里道：“尝尝，整条鱼就这里的肉最嫩，好吃吧？”

黎舟吃了一块，点头道：“好吃。”

“炒熟了才好吃呢，你等着啊，妈这就做好了。”

叶红玉干活利落，给儿子做点吃的对她而言是种享受，丝毫不觉得烦琐。鱼肉挑得细致，连半根小刺都没有，铁锅里的油也热好了，将鱼肉倒下去，小火慢炒，等鱼肉炒得金黄蓬松，香味就慢慢地从铁锅里飘出来，像是新出炉的鱼片和烤虾的味道。但比那个又多了一点焦香，带着蒸腾的热气，把人肚子里的馋虫都要勾出来了。

叶红玉放了一点盐和糖提味，翻炒几下后还不放心，用小勺弄了点出来，让黎舟尝尝味道："是不是有点淡了？"

刚炒出来的鱼肉松烫口，吃着倒是更香。黎舟吃完才道："咸淡正好，挺好吃的。"

叶红玉笑道："那就好。"

她找了两个玻璃瓶，将鱼肉松装进去，蒸了满满两笼的鱼肉，炒完后恰好装了两瓶。

"我炒得很干，放几天应该没问题，你带去学校吃。本来我也想去送你，但码头上还有些事，你爸脾气急，这种小事他可没耐心去处理，我不亲自去一趟不放心。"叶红玉装好鱼肉松后，留出一小碟给他今天早上吃，又笑道，"这两天让你爸陪着你，我处理完码头上的事就过去找你们。"

黎舟帮她端了早饭出去，一边走一边道："我可以自己过去的，要不让爸也留下陪您？"

叶红玉道："不用，一点小事，我应付得来。"

黎舟对他们的生意知道得不多，但平日里看陆老大那些徒弟对叶红玉也十分尊敬，知道她不是那种在家里守着宅院度日的女人，比起陆老大也不遑多让。她说得淡定，黎舟也就不再多说什么。

他从这几日的相处中观察到，叶红玉沉稳冷静，这个亲妈大部分时间比陆老大这个亲爹还要靠谱一些。

陆老大慢吞吞地起来吃了早餐，今天他起得比平时要晚，而且在临出门的时候还抱着最后一丝希望试探着问："真的要去学校啊？"

叶红玉道："对，我们都准备好了，就等你了。快吃饭。"

陆老大坐在那儿吃得特别不痛快。

叶红玉和黎舟换好了外出的衣服，一个拎着文件袋，一个抱着书包，坐在对面等他吃完。

陆老大终于把最后一口饭吃完了，皱眉道："我的胃有点不舒服，我好像病了。”

叶红玉冷冷地道：“没病，你今天早上吃了三张烤饼、两碗粥，比昨天还多喝了一碗粥。”

“那是你这碟鱼肉松做得好，特下饭。”

“小舟包里还有两瓶，你送他去学校，让他分你一半，快去。”

“……”

陆老大没办法，只得磨磨蹭蹭起来开车送黎舟去上学。

他们也坐轮渡，车放在下面一层的船舱里。陆老大带着他上去看了一会儿海鸥，大概是被海风吹了一下，又喂了海鸥，陆老大的心情好了一点。

陆老大送黎舟进学校以前，偷偷摸摸塞了一个东西在他书包里：“儿子，你拿着这个，有事就给爸打电话。”

黎舟低头看了一眼，是一部新买的大哥大，砖块似的把他的书包撑得鼓鼓囊囊的。

黎舟试了一下，无论放在哪里这东西都藏不住，实在是太大了。

他拿出来道：“学校不让带这个，我放学就回家了。”他想了一下，又问，“你来接我吗？”

陆老大立刻点头：“当然！我就在这儿守着，保管你一放学就能见到我。”

黎舟把手机还给他，笑道：“那就行了，我用不着这个，我就在学校里，哪儿都不去啊！”

陆老大依依不舍地把儿子送进学校，交接好了，亲眼见他进了教室后，又在后门窗户那边猫着腰看了一会儿。老师们站在后窗那边，正常抬头就能看到教室里的学生，但陆老大人高马大，站在后窗边还得弯腰，一张脸占了大半边玻璃。他眼睛一眨不眨地盯着黎舟的身影，神情十分紧张。

陪他一起过来的教导主任想劝又不敢劝，半晌才笑道：“这位家长，您放心，您家小孩的成绩优异，进的是我们学校的尖子班，带他的班主任也是从教二十多年的老老师，绝对没有问题的。”

虽然陆老大嘴上应了，但站在那儿就是不肯走。

教导主任笑道：“您这样瞧着，跟头回来送孩子念书一样。”

陆老大闷声道：“就是头一回。”

教导主任愣了一下，道："可是他都上高一了啊！"

陆老大没吭声，顺着那一面小小的玻璃窗看得认真。

黎舟刚进教室，就觉得有点不对劲。

班里四五十个黑炭一般的同学齐刷刷地看着他，皮肤越黑，眼白看起来就越是亮，落在他身上的目光也很统一。

黎舟："……"

坏了，他好像忘了高一开学要军训的事了。

他这个时候过来刚好是军训结束的时间，在一众黑煤球似的同学里他白得分外醒目。即便是在岛上肆意叉了几天鱼，他的皮肤也只是晒红了一些，被叶红玉抹了一些防晒清凉的润肤膏后，皮肤白皙如旧。

高一尖子班的同学盯着眼前的新同学——真白啊！脸白，露出的手臂也白，就连瞳孔的颜色都像浅一些的琥珀似的，新同学简直白得发光！

黎舟原本长得就不错，现在又是全班最白的男生，颜值硬生生被拔高了一个等级，在走进教室的那一瞬间他就被评为班草了。

班主任老师在介绍完他之后，把他安排在教室中后排的一个空位上坐着。同桌的那个短发女孩迅速收拾出位子，还贴心地帮他擦了擦椅子。

黎舟轻声道："谢谢。"

女孩的小脸都红了。

班主任老师瞧在眼里，生怕这个模样出众的转学生会引起什么骚乱，还特意多花了十分钟讲学校里的各项规定，重点讲了不许早恋这一条。

黎舟拿出书本和铅笔盒，一直抬头认真地看着讲台的方向，脸上没有任何表情。

课间的时候，班长去帮他领了书本来。他们对这个从 B 市转学来的新同学十分好奇，黎舟的座位边上围了不少男同学在跟他说话。黎舟心态成熟，只能将他们当成黎江一样的弟弟对待。男同学问完了，又换了几个大胆一些的女生来跟他说话。黎舟说话很慢，态度温和，很受大家欢迎，就这样一个上午很快就过去了。

等到中午的时候，黎舟跟同学们一起去食堂吃饭。学校里的走读生只晚上回家，中午大家一般都在学校食堂吃饭，午休时间很短，来回跑也特别折腾。

黎舟的兜里不缺钱，他来的时候陆老大给他塞了一捆钞票，都是崭新的大面额票子。但学校食堂不收钱，只收饭票，黎舟已经很久没有接触过校园生活，尤其是在需要用饭票打饭的年代。他一路问着去了隔壁的教职工小食堂买了一把饭票，这才匆匆回去排队买饭。

教职工小食堂里，校长正亲自陪同一位学生和他的家长一同用餐，脸上的笑容从一开始就没散过："来来，刁先生您尝尝看，这是我们学校职工食堂的菜，日常都是吃这些，也可以单独要小炒，多花一点饭票就行，味道还是不错的！等黎同学入学以后，可以直接来这边用餐……"

刁明山客气地道："不用、不用，和普通同学一样就可以了，他不是个娇气的孩子。"

"是是，看得出来，黎同学真的是特别优秀！"

刁明山面上含笑，心却在滴血。他能不知道他家小江优秀吗？要不是闹着非要来找黎舟，拿着这份成绩单可以在B市横着走，哪个学校不求着收啊？他来这儿的时候，黎江还认真地问他要不要捐个图书馆——理由是外公常这么做，而且他和黎舟还要在这里读好几年书。

刁明山从牙缝里省出点钱来，给捐了俩图书室，多一分钱也不肯捐了。

开玩笑！他家两个孩子这样的成绩，不让校长倒贴给他钱就不错了！

刁明山一想到这就心疼，应付着和校长说了几句场面话，又看到黎江转头看着斜对面半天没回神，小声问道："小江，怎么了？"

黎江收回视线，含糊地道："没什么，那个背影有点像他。"

刁明山知道他的心思，安抚道："要不一会儿带你去高中部瞧瞧？刚才校长还说，两边挨着，就隔着几栋教学楼呢。"

黎江犹豫了一下，还是摇头道："不了，先上课吧。"

大哥肯定在读书，他也不能落下。

另一边黎舟买了饭票回去，食堂窗口那儿已经没什么好饭菜了。中午学生们都饿得快，这会儿黎舟过去，食堂里只剩下一些汤汤水水了。他刚看了两个窗口，就听见有人喊他的名字，一抬头就看到陆老大的身影。

陆老大对他热情地招手，满脸喜色地道："儿子，来来！你饭缸还没买吧，我刚才突然想起来，赶紧过来给你送一套用！”

黎舟走过去，陆老大买了两套一样的餐具，是这边学生吃饭最常见的饭缸，上面一个浅口碟放菜，下面一个深口的盛饭。饭缸被陆老大装了满满当当的饭菜，三荤一素，有辣子鸡丁、扁豆腊肉、手撕扒鸡，唯一算得上素菜的是一浅碟海鲜酿豆腐，黎舟平时在家喜欢吃这个，陆老大记住了，瞧见了就打了。

黎舟走过去，惊讶地道：“爸，你中午也在这边吃？”

陆老大道：“对啊，不是说放学见吗？”

黎舟：“……”

他以为说的是晚上放学，完全没想到陆老大中午就过来了。他们俩这才分开没两节课的时间，黎舟都没来得及想家。

陆老大瞧见他就有食欲，招呼他来吃饭。黎舟刚想问怎么没打饭，就看到陆老大从一旁的座椅上提了十几个馒头过来。他忍了忍，还是没憋住，笑了。

陆老大有点不好意思，挠头道：“是不是爸给你丢人了？要不你吃，我先回去。”

黎舟笑着摇头：“没有，就是看你胃口好了，高兴。”

旁边有黎舟班上的同学，一直在瞧他们。黎舟就招呼他们一起过来吃，陆老大打的饭菜太多，他们父子俩也吃不完。

那个男同学本来还有点羞涩，被陆老大一声中气十足的“过来”吓得腿都抖了一下，端着自己的饭缸就过去了。

黎舟向他介绍道：“坐吧，不用客气，这是我爸。”

陆老大笑呵呵地给了他一个鸡腿：“来，小同学，给你吃！”

男同学受宠若惊道：“谢谢叔叔！”

陆老大吃了五个馒头后，那个男同学终于忍不住咽了口口水道：“叔叔饭量可真大。”

“还成，你们学校这馒头太软，捏一下就瘪了。”

“叔叔啊，我还有个问题想问您，为啥你打的菜比我们打的多这么多啊？”男同学吃了一个鸡腿，态度十分恭敬，“您打了几份呀？”

陆老大一脸茫然：“啥几份，我让他给我打满。”

男同学：“……”

另外一边不远处的几个同学也在看着黎舟这边，他们虽然不认识黎舟，但光看陆老大的身形也能瞧出他不是学校里的人。有人疑惑地道：“不是说学校食堂的饭菜不能卖给外来人员吗？”

另一个同学小声道：“我觉得食堂大妈可能不敢。”

“啊？”

“不敢不卖。”

同学认真看了陆老大和他手边那袋子里的十几个大馒头，觉得这话好有道理，他竟然无法反驳。

在食堂吃过一顿饭后，陆老大算是将这所学校全方位地了解过了，也没有什么留下的理由，送了儿子到教学楼下自己就走了。

之前黎舟在岛上的时候，就买了点书回来预习，顺便复习了以前的功课，倒是也不难。现在他坐在教室里听老师讲课，虽然条件没有B市学校的好，但校园里的氛围都是大同小异的。下午听课的时候，他还想起以前自己读书时的一些趣事。

黎舟转学来之前的成绩非常好，这边的老师也特别重视他，再加上陆老大在办理转学的时候还特意递了一张医院开的黎舟手臂受伤的单子，老师便免去了他一个月的出操——这里跟他之前读书的学校不太一样，这里的教育要严格一些，学生清晨五点半就要起来晨跑再上早自习。晚上虽然规定了晚自习是到八点，但一般学生们都要十点左右才能回家。

而且初中部和高中部一样，不管冬天还是夏天，都是这个点起来读书。

陆老大打听了一圈，要不是这所学校是全市排名最好的，他真舍不得送儿子来这里受苦。黎舟对这些倒是不太在意，他从前工作经常一晚只睡四个小时，平时锻炼的强度也不低。为了更好地工作，首先就得有一个能保持充沛精力的身体。不过陆老大疼他，他也默默领了这一个月的早假。

他现在还是一个少年的身体，精力足够，却也有些贪睡。

这是他以前没有做过的事，偶尔偷一次懒，也是不错的体验。

黎舟在学校上了一天课，傍晚放学的时候就听到同学喊他：“陆亦舟，有人找你！”

学校里的同学都喊他这个名字，黎舟也是熟悉了几天才听惯，就道：“稍等，马上就过去。”

他以为是陆老大来接他放学，把书包收拾好了出去一看，却是好久没见的黎江。

十来岁的男孩还是个半大的孩子，带着少年的稚气，但眉眼依旧能看得出锐利。他穿了和黎舟同一个款式的新校服，单肩背着一个书包站在那儿，胸前佩戴着崭新的校卡。

黎舟有点惊讶：“你怎么来了？”

黎江站在门口也在看他的校卡，看了一眼，扭头就走了。

黎舟背着包快步追上去，喊他：“黎江！”

黎江不听，走得更快了。但他也就快了那么几步，见黎舟没跟上，就又停在了原地。一直等大哥走到身边，他才闷声道：“你怎么不叫住我？”

黎舟走得慢，却也是顺着他一路追来的。慢步追上时看到男孩抿嘴赌气的样子，缓声道：“我以为你在生气，不想见我。”

黎江闷声道：“你明明知道我特别想你。”

黎舟笑了一声，哄他道：“嗯，我也想你，刚才为什么生气？”

黎江的脸色好了一点，但听到他问又皱起眉头，看了他的校卡一眼。

“名字。”

“啊？哦，你说校卡上的？”黎舟低头看了一眼，对他道，“在外面的一个称呼而已，家里说上学的时候不方便，就改了。”

黎江又问：“哪边家里？”

“两边家里人都这么说。”黎舟弹了他的脑门一下，笑道，“小醋包。”

黎江跟他并肩走着，过了一会儿又问：“妈妈也知道吗？”

“嗯，她先提的。”

“小少爷”没脾气了，但神色多少还有些不甘心。

黎舟问他：“你怎么转学到这里来了？”

换了之前可能就直说了，但黎江现在看到他胸前那张校卡就心一紧，抿唇道：“就……随便转过来玩玩。”

“这里可没什么好玩的，B市的教学条件更好，你应该留在B市。”

“大哥为什么不留下？”

“我要回家。”

“那里也是你的家啊！”

黎舟没说话。

黎江沉默着，踢了踢脚边的石子儿，心里莫名有些委屈。

黎舟瞧他一眼，问道：“你是不是觉得，我换了名字就不是你哥了？”

黎江没吭声，但挨着他并肩走，没分开一点。

黎舟耐心地道：“就只是一个称呼，平时都还按之前那样叫我。真的，我还跟原来一样，不会变。”

黎江小声地问道：“他们，陆叔他们也喊你‘黎舟’吗？”

“嗯。”

黎江从看到那张校卡的第一眼心里就翻腾得厉害，那个陌生的名字挂在大哥的胸前，他看一眼就又酸又涩的。过了好一会儿，他才闷声道：“可我还是觉得大哥被抢走了。”

黎舟笑道：“说什么傻话，我就是我，谁也抢不走。”

有那么一瞬间，黎江有种想把大哥直接抢回 B 市的冲动。把他藏起来，谁都不给看，也不许他有陌生的姓氏和名字。就得是原来的名字，这样，两个人的名字放在一起就知道他们是两兄弟。

兄弟俩到了校门口，放学的学生多，但等着的家长并不多，大部分走读生自己推着自行车三五成群地边走边笑。陆老大站在校门口旁边的大树下，身材高大，特别好认。他手里拿着两支开始融化的冰棒，殷切地盼望着儿子走出来。

黎舟带着弟弟过去，陆老大刚开始只瞧见了自己儿子，走近了才瞧见黎江，又惊又喜：“哟，怎么你也来这儿读书啦？正好，来来，叔叔买了两支雪糕，本来都想给你哥吃的，现在你们俩一人一支啊！”

他买的是红豆奶油冰棒，黎舟拿过来和弟弟分了。陆老大见他们吃东西就开心，又问他：“黎江啊，你一个人来的吗？你家大人呢？”

黎江道：“刁叔送我来的，他一会儿就到。”

正说着，刁明山就来了。他也是大老远就瞧见了陆老大，毕竟这人特别好认，一抬头就能看到，顺着找过来绝对能找到他们家小江。他从人群里挤过来，果然就看到站在陆老大身边吃冰棒的小少年。

陆老大正在问他：“哦哦，那你们这次过来住哪里啊？”

黎江啃了一口冰棒道：“住您家。”

刚挤过来的刁明山：“……”

刁明山心想要糟，这眼瞅着就不听话了，赶紧过去打了圆场，笑呵呵地道："对对，在路上的时候还说要去看看小舟，我也一直想去拜访一下。咱们两家亲，多走动走动。"

陆老大立刻笑着答应了，他是个豪爽的人，热情又好客，置办了好酒好菜盛情邀请他们来家里一道吃。

陆老大在学校附近买的房子是二手的，房子本身也就几年的房龄，还很新。他让徒弟过来简单地收拾了一下，虽然没有重新装修，但家具什么的都是崭新的，没有半点委屈孩子的意思。1995 年前后已经渐渐开始有了"就近入学"的概念，学区划分主要是根据公立学校来的，其中以初中为多。这边市里的高中为了提高升学率只按成绩分配，各县区的尖子生都可以来读。只是到了市里，原本的尖子生可能也就会变成一个成绩普通的学生。黎舟正相反，他的成绩稳定全校前三，又得过许多奖，来到这里依旧是拔尖的。

陆老大买这个房子也没有什么投资的打算，完全就是图个方便，想让儿子少吃点苦。

要不是叶红玉教训过他许多次，他恨不得把儿子放在家里养。十几年的时间，他这个做父亲的错过了孩子太多人生，因此，他恨不得掏心掏肺地对儿子好。

刁明山带了好酒，陆老大叫饭店里送了最好的海鲜，对着他笑道："尝尝，这家店是我一个徒弟开的，也算是自己人。没别的好东西招待，有道是靠山吃山，靠海吃海，来了咱们这儿就吃些海货吧！"

刁明山笑道："这边的海鲜最有名，那一定要尝尝了！"

陆老大开了酒，要给他倒上。刁明山连忙道："对不住、对不住，年纪大了身体不好，这两年只能喝茶啦。"

陆老大也不勉强，给自己满上，笑道："我瞧着老哥哥你比我也大不了几岁，精神着呢！"

这话谁都爱听，刁明山笑道："哪儿呀，我这都奔五啦，和你们年轻人可没法比。"

陆老大今年三十来岁不到四十，正值壮年，身上带着蓬勃打拼的精气神，和刁明山聊起天来也非常投机。刁明山早年也是靠自己一路打拼出来的，后来遇到了黎老的提携，才一路追随黎家。陆老大身上这股劲儿他熟悉得很，两个人聊得非常投机。

黎江吃得很慢，黎舟看了他一眼道："爸，我用一下厨房。"

陆老大道："想吃什么？我去给你做。"

黎舟摇头道："不用，您陪着刁叔吃吧，我很快就过来。"

外面大人吃饭，黎舟拿了一份米饭进去厨房，准备做一个蛋炒饭给弟弟吃。

黎江跟着他一起进去，瞧见他熟练地准备，趴在他的后背上看："哥，给我吃的吗？"

黎舟道："给小狗吃。"

黎江咧嘴笑了一下，他吃不惯面食，面条还可以，但馒头什么的他不爱吃，他最喜欢吃的就是蛋炒饭了。他看着大哥动作熟练，小声地道："哥，你什么时候会做饭了？"

黎舟手上的动作略微停顿了一下，淡淡地道："刚学的，可能做得不太好吃。"他以前自己住的时候偶尔会下厨，但都是自己一个人吃饭。算起来，这还是他第一次做饭给弟弟吃。

黎江闻了一下，香气扑鼻，满足地道："肯定很好吃。"

黎舟做炒饭的时候，陆老大和刁明山就在外面喝酒。刁明山抬头瞧见他们，感慨道："还是他们兄弟俩感情好。"

陆老大哈哈笑了，一巴掌拍在刁明山的肩膀上，差点把老头儿给打趴下："那是！我儿子，脾气好，随我！"

刁明山一把老骨头勉强撑住，见陆老大还要跟自己勾肩搭背称兄道弟，吓得不敢等他的手落下来，就立刻拿酒壶给他倒酒："来来，陆老弟好酒量，我给你满上啊！"

"老哥哥客气了，你也喝，喝茶！不是我跟你吹，我第一次见小舟泡茶的时候都愣住了，哎呀这姿势，跟专业的一样，怎么什么都会啊！还是你们教得好，真的，我和我媳妇都感激你们，感激啊！你们拿他当自己家的孩子，你放心，以后黎江在我家，就是这个！"陆老大竖起一根大拇指，冲他比画一下道，"他来这儿一天，我护他一天，你们把这儿当自己家就成，别客气！"

刁明山笑道："还真说不得要叨扰老弟一段时间，小舟这也不是我教的，他以前都是由老爷子带着，是老爷子带得好。"

陆老大给他敬酒，自己仰头喝下先干为敬："回头等老爷子有时间了，我们一定亲自去谢谢他老人家！”

刁明山笑着应了：“一定有机会见面的。”

外面小厅推杯换盏说得热闹，小厨房里，黎舟做个蛋炒饭十分不易。

黎江一直跟他闹，先是趴在他的背上，后来又伸手去摸他的校卡。黎舟的衣服还没换，被他在胸口胡乱摸了两下，拍他的手道：“别闹。”

黎江不听，单手把校卡摘下来拿在手里玩了一会儿，又摸了摸他的胳膊：“哥，你的手好点了吗？”

“嗯，已经好很多了。前几天去医院拍片检查了一下，骨头长好了就去了石膏，再养几个月就没事了。”他盛了一盘炒饭转身的时候，手臂碰了黎江的腰一下，黎江轻轻躲开了。

黎舟看他一眼，黎江顺手接过盘子，假装不经意道：“我来帮你端。”

这盘蛋炒饭黎江一个人包圆了，陆老大几次想伸勺子过来分一点尝尝味道，都没落勺子的地方。黎江吃得很快，三下五除二就吃了个干净，十分满足。

饭后，黎江坐在那儿也没有要走的意思，刁明山大概也瞧出来今天晚上是没法把黎江喊回去了，只能客气地道：“他们两兄弟也好长时间没见了，要不今天晚上先住这儿？”

陆老大道：“行啊，住下吧，反正都在一个学校念书，明天早上我一起送过去！”

他答应得豪爽，刁明山也放心了许多，临走又低声叮嘱了黎江几句，这才离开。

这边房子是三室一厅，但没准备客房，空出来的那个小房间里放了一套书柜和桌椅，布置成了书房。他们之前听黎舟说过家里有专门看书的地方，特意给儿子腾出来个小书房供他学习用。陆老大睡一间卧室，隔着走廊和小书房，黎家兄弟就睡在里面那个卧室里。

陆老大晚上喝了些酒，很快就睡着了。

黎舟让弟弟去洗澡，自己去外面找了一个小医药箱提进来。等黎江洗完出来瞧见医药箱，愣了一下道：“哥，你哪儿伤着了？”

黎舟拍了拍床边，对他道：“不是我，是你。晚上吃饭的时候我就看着有点不对劲，腰那儿是不是伤着了？我看看。”

黎江略微有些犹豫，但看到大哥一直看着自己，还是走过去掀开睡衣让他看了一下。之前他脸上的轻伤已经都好了，就是腰背上还有点瘀青，平时穿着衣服倒也瞧不出来。

他和大哥太熟悉彼此了，挨得又近，一点避开的小动作都会被察觉。

黎舟用手指轻轻按了一下，皱眉道："怎么弄的？"

"打球，不小心碰了一下。"

黎舟掀开他的衣摆，痕迹已经淡了很多，两片瘀青落在那儿也挺像平时打球时撞到的模样。黎舟抬头看弟弟，对方小脸上的委屈更多一些，下巴也比他来的时候要尖了一点，也不知道是这段时间没有好好吃饭还是在长身体，人都清瘦了几分。只是他的下颌棱角还未出来，看起来没有成年后的那份桀骜，还是个灵动的少年。

黎舟也没揭穿他，给他上了点药，再揉了两下："下次小心点，别伤着自己。"

"哦。"

黎江等他揉完了，又道："还疼。"

黎舟又给他揉了好一会儿，最后见他一直哼唧着喊疼，照着他的腰后轻拍了一下："行了，不疼了。"

黎江趴在床上不肯动，叹了一口气道："哥，你是不知道，我一个人在家过得好辛苦啊！"

黎舟正在收拾小药箱，听见黎江这么说，忍不住多看了黎江一眼，一个十三岁的小孩在那儿长吁短叹还是挺有趣的。他故意逗黎江道："以前那么要强，怎么现在突然学会撒娇了？"

在床上趴着的小孩翻了个身滚到里面一点的位置，留出床铺来给大哥，侧趴在那儿道："哥，你上来，上来我跟你说。"

黎舟把小药箱放在桌上，关了灯跟弟弟一起躺在那儿"说小话"。

这是他们兄弟俩以前的习惯，黎舟比弟弟大两岁，每次看了什么故事书都会有模有样地捧到弟弟的小床边再读一遍给他听。等弟弟再长大一点，他们就一起吃一起玩。不想听故事书的时候，兄弟俩就躺在一张床上小声说一会儿话。

黎江管这个叫"说小话"。

因为大哥不让他说得时间太长，也不可以大声说——这是他们背着大人的小秘密。

隔了两个多月，黎江再见着大哥要兴奋一些。他跟大哥说学校里兴趣小组的事，说他转学的时候收了许多礼物，还跟大哥说他刚加入的班级："我上午的时候没拿校服，中午刁叔带我去教职工餐厅吃饭，就是旁边那个小食堂，我就一直看着，瞧见一个来买饭票的人跟你特别像……哥？"

"嗯。"

黎江歪头和他枕在一个软软的枕头上，笑道："你想什么呢？"

黎舟皱眉，过了一会儿才问他："刁叔有没有继续让人查车祸的事？"

黎江道："查了吧，不是说酒后疲劳驾驶吗？虽然没有出人命，但听说那个人也要坐牢。那个文具店的老板伤得有点重。"他说完立刻又道，"那个司机家里也比较困难，一下子拿不出那么多钱来，刁叔已经让人给文具店老板送了医药费。"

黎舟的眉头没有松开。

刁明山做事还是信得过的，那就是查了，但没有什么证据，或者说只是一起单纯的交通事故。

黎江道："哥？"

黎舟应了一声，缓缓道："我在想，他为什么要这样做。"

黎江没听明白："什么？"

"先是我在书房看到了那封从孤儿院寄来的信，然后他又给了我许秘书的电话，让许秘书陪我来这里找家人。之后的车祸事件，还有你现在离开 B 市，"黎舟说得很慢，声音平淡，"这一些意外都太过巧合，不是吗？我想了很久，只能想到一个原因，就是他在一步步地试探。"

"你说爸？可是爸为什么要试探……"

黎舟转头看向弟弟，问他："外公是不是病了？"

黎江呆愣在那儿。

黎舟看他这样，就知道自己猜得没错，皱眉道："外公他病得很重，对不对？"

严重到江心远已经开始怀疑，甚至踩着边线小心地试探扩展自己的领地，试着逼老人家出面。如果黎老出来，那么江心远还会再压下野心老实数年。如果接连发生这么多事黎老还不出来，他就可以断定老人病重，是他可以放手一搏的时候了。

记忆里黎江腿伤转院，黎老十分痛心，让刁明山把黎江接去了自己那边照料。江心远亲自陪同过去留了两天，回来后老实了很久，但B市分公司的事一点都没有落下，他依然窥伺着黎家偌大的产业，并未死心。黎舟带着从前的记忆，先入为主地认为老人病重是在数年后，至少也要在1998年前后才会有一些苗头，等到黎江成年后才会住院治疗。是以他从来没想过，早在这个时候老人的身体就出了问题。

黎江沉默了一阵。

黎舟小心地道："能跟我说说吗？如果不方便的话也没事，我只是有点担心外公。"

黎江抿唇，眼眶发红："他一直都在国外治疗，这半年都没在国内。"

"那你暑假过去是？"

"嗯，外公也没在那边。刁叔让我过去其实也是做给别人看的。刁叔说，外公不在公司的事，不能让人知道。"

黎舟叹了口气，有些怅然："果然是这样。"

黎江翻了个身，蹭过来一点把脑袋抵在他的肩上。黎舟下意识地搂住他，怀里的小孩肩膀很单薄，之前的坚强乐观都是在硬撑而已。

"我也不知道外公得了什么病，刁叔说很严重，不能让其他人知道，连爸爸、妈妈和大哥都不能说……刁叔教了我很多东西，还有公司的一些事，我特别害怕。哥，我不想学那些，我怕外公回不来了。"

黎舟轻抚他的后背两下，安慰道："不会，外公他会没事的。"

"我害怕，特别……特别怕……"

"不怕了。"

"哥，你还赶我走吗？"

"不走了，就住这儿吧。"

黎舟在心里轻叹了一声，现在怎么可能再赶他走？黎江这样，简直像是无家可归的小狗。

怀里的小孩说了很多话，最后声音都轻了，慢慢睡了过去。

黎舟没松开手，他肩上的那块布料透着湿意，低头就能看到黎江侧脸安睡的样子。直到睡着了还抓着他睡衣的衣角，生怕他半夜离开似的。

他还是个小孩。

黎舟伸手给他擦了一下脸，拇指触过的地方很软，跟小时候哄弟弟入睡时摸到的一样。

当年黎江也是十来岁的年纪吧，遭遇了那么多磨难，先以为自己永远失去了双腿，紧跟着又是外公生病。也难怪那个时候他回来性情大变，怀疑身边的一切，甚至怀疑跟在江心远身后的自己。

第八章
外 公

第二天早上，黎江起来的时候眼睛还有点红。他挺不好意思的，自己偷着在洗手间用冷水冲了一会儿才出来。他哥起得更早，已经出去买早点了，在餐厅桌子上留了张字条。黎江看到后也没闲着，瞧见厨房里还有蜂蜜，就冲了两杯蜂蜜水放在那儿等着大哥回来。

另一间卧室的门响了两声，陆老大推开门走了出来，头发乱蓬蓬的，眼睛也肿着。陆老大平时喝啤酒比较多，昨儿刁明山送的是白酒，俩人又聊得投机，就忍不住多喝了两杯，现在眼睛肿得像核桃一样，比黎江那个要凄惨得多。

黎江也瞧出自己比他要体面一些，放松了许多，喊了一声："陆叔早。"

陆老大应了一声，坐下就看到手边有杯蜂蜜水，惊喜地道："一定是我儿子准备的！"

黎江："……"

陆老大美滋滋地把蜂蜜水喝了，又夸道："温度正好，喝了头就不疼了。哎，老话说得还真对，养儿防老啊！"

正说着，黎舟就拎着早餐进来了。瞧见他们都起来了，他道："我买了早饭回来，先随便吃一点，一会儿就去学校了。"

外面买的肯定没有家里吴阿姨精心准备的早餐好，别说早餐的水果了，就是平时喝的果汁也没有，但黎江还是吃得津津有味。他偷偷看了一眼对面坐着的大哥，没从他脸上看出什么其他的情绪来，也放心了下来。

他昨天偷着掉了两滴眼泪，一直有些难为情。

从他记事起，已经很久没有这样哭过了。

黎舟见他一直在看自己，还以为他想吃自己手边的东西，就从自己跟前的盘子里夹了一根油条给他，道："吃吧。"

黎江愣了一下，接过来咬着吃了，脸上带着藏不住的笑意："好吃。"

黎舟道："那明天还吃这个。"

陆老大忙表态："明天早上你们睡，我去买！"他说完立刻又反应过来，"不对啊，明天星期六，学校放假，咱们该回家了啊！"

黎舟轻声道："是。"

陆老大比他激动多了，高兴得连吃了三张大饼，简直像一个刑满释放等着奔向自由的人。他儿子要放假了，明天就不用去学校了，那今天晚上就能将儿子带回岛上去了，哈哈哈！

黎舟吃完早饭之后背上书包，也顺手给弟弟拿来书包，问他："你明天要去哪儿？"

黎江摇头："不知道，没什么安排。"

黎舟想了一下，道："那等今天见了刁叔，我去问问他请你们来岛上玩两天，我也有些事想跟刁叔商量一下。"

黎江立刻高兴起来，神情同一旁的陆老大一样，上学都带着盼头。

黎舟白天去上学，陆老大就去把那部大哥大换成一部直板爱立信手机。这手机比起大哥大来要小巧得多，可以让黎舟带去学校。陆老大特意挑了一款蓝灰色的，在一众黑色大块头手机里显得很别致。

当然价格也不低，两千九百多块钱，相当于普通人大半年的工资了。陆老大这钱掏得一点都不含糊，能给儿子花钱他心里高兴着呢。

买好了手机，他又一时兴起，在商场金店里给老婆买了一套金首饰。

售货员热情地道："先生您好，买三金是吧？我们这儿金戒指、金耳环样式齐全，您挑挑看？"

陆老大道："给我来对金镯子、一条金链子。"

售货员："好好，您稍等啊！"

这样买三金的大客户商场里一年也碰不到几个，售货员立刻从柜台拿了金首饰出来给他挑。陆老大买了一对贵妃金镯和一条金项链，准备付钱的时候，又看到旁边的小金锁，问道："这是什么？"

售货员道："这个呀，这是给孩子的福锁，有多福多运气、百年长福的寓意，送给家里的宝宝戴最合适不过了！"她取出来给陆老大看，又笑道，"您看正面是'福'字，背面是生肖，这又叫长命锁，保佑小孩岁岁平安，长命富贵呢！"

陆老大盯着那小金锁看了好一会儿，咧嘴笑道："有小猴子的吗？"

"有有，您稍等，我这就去给您拿！"

等了没多久陆老大就拿到了那小金锁，当即拍板，买了下来，和买的其他金首饰放在一起，得意扬扬地出了商场。

中午，他没有再去学校，黎舟和弟弟两个人一起吃饭，他也能放心，又转着去给儿子买其他的东西。

这时，有两个徒弟找过来，岛上的事还有得忙。只是陆老大的心思全在儿子身上，徒弟们把能做的都做了，要紧的还得等陆老大亲自点头才行，便跑来找他拿主意。

陆老大有子万事足，这会儿听见什么也不着急，还在乐呵呵地逛市场。

师父这样，那两个徒弟也不急着回去了，陪着一起逛了半个下午，手里拎满了东西。

岛上的条件没有市里好，陆老大一边逛着，一边琢磨要不要重新修一下房子。

他们现在住的还是以前的老房子，十几年来都只是加固一下当落脚的地方，全部心思都放在跑船和找孩子上。钱是赚了不少，但生活质量一直没抽出空来提高一下。现在儿子找到了，总要给他一个好的条件才行。陆老大想了一会儿，又扭头问徒弟："哎，你们说现在这些小孩是喜欢在市里住，还是喜欢住岛上？"

身边的一个徒弟想都没想，张嘴就道："岛上啊，咱们岛上最好了，市里算个啥。"

陆老大觉得不放心，又问："老三你说呢？"

老三是跟在陆老大身边时间最长的一个徒弟，做事也稳妥一些，想了一下道："岛上吧，宽敞，玩的也不比市里少，还有咱们的人可以照应着。”

最后一句话说到了陆老大的心坎上，他考虑了一下道：“那就修一修房子，重新盖个大点的。”

市里的房子地段好一些的地方要五六百元一平方米，年初的时候发了不少传单，房子卖不出去，还降了一些价。陆老大给黎舟买的那部大哥大就要小三万块钱，拿出去都能换套小房子了。他不缺钱，在镇上自己盖的话，也能盖栋占地面积不小的小楼。

中午的时候他们去酒楼吃饭，也是陆老大一个徒弟开的。那徒弟亲自下厨炒了几道拿手好菜端上来，陪着陆老大他们一起吃。听见他们说要盖房子的事，笑道：“巧了，那天我有个朋友还在这里和大学一个建筑学院的教授吃饭呢，也是有合作项目。师父，您要是想弄好点，要不我们也请人家大学教授给设计一下，无非就是花钱的事嘛！”

陆老大听见他这么说，又详细问了一下，有些心动。

这边陆老大在准备重修房子，另一边在学校里，黎舟遇到了一点小麻烦。

他没想到转学生会这么受人关注，还会有其他班的女生特意来教室门口看他。

对方打着的旗号自然不是来看转学生的，而是跟（1）班的同学借下节课用的书本或是一支笔、一块橡皮擦，站在门口踮起脚多看转学生两眼——没办法，太好认了，整个班就转学生最白，又靠窗坐着，只看一个侧脸都帅得让人脸红心跳。

一个个这么传下去，光下午来（1）班“借”东西的人就没断过。大部分是小女生，也有男生来，不过男生大多是抱着“情敌”的心态来试探敌情的。这个年纪的男孩、女孩多少有点朦胧的少年少女心事，踮脚看了黎舟一眼，又走了。

虽然来去匆匆，但架不住来的人多，甚至还有高年级的学姐来瞧他。

黎舟转学来两天，已经从班草变成校草了。

校草本人毫不知情，预习完课本后，在拿练习册的时候摸到一个软皮本，拿出来就瞧见上面飞扬的两个字：黎江。

黎舟翻开看了一下，是随堂笔记，大概是昨天弟弟放错了。他抬头看了一眼时间，大课间十五分钟，时间还充足，于是就拿起笔记本去了一趟初中部。

黎江转学去了初二（1）班，也是学校里排得上号的尖子班。黎舟一路问着到了教室门口，站在那儿刚想喊弟弟，就看到黎江的座位旁边围着五六个男孩。为首的一个特别高壮，一身腱子肉特别结实。这会儿正挡在黎江课桌前眉飞色舞地说着什么，聊了没几句就激动地拍了一下黎江的肩。

黎舟皱了一下眉头，刚想进去，就看到黎江坐在那儿笑着也给了对方一下，几个男孩都哄笑起来。

“我就说不知火舞必须用连招吧！你看B市里的都这么玩，我这技术在B市也能排上号了，哈哈！”

“臭美吧你！”

“哎黎江，回头咱们一起打一盘啊，我玩《拳皇》贼溜！”

…………

几个男孩聊得热闹，黎江笑着点点头，显然已经融入其中。

黎舟的脚步顿了一下，抬手敲了敲教室门，喊道：“黎江。”

小少年抬头看过来，原本含笑的眼睛在看到他的时候笑弯了，站起身小跑过来：“哥！你怎么来了？”

黎舟道：“给你送笔记，昨天你把它放到我的书包里了。”

黎江拿过来翻了翻，道：“哎，还真是。我今天还一直找它呢。谢谢大哥，要不然我一会儿就要在课桌上记了。”

黎舟揉了一下他的脑袋，笑道：“不许破坏公物，行了，进去上课吧。”

“哎！”

黎舟没多停留，留下笔记本就走了。

黎江坐回自己的座位上，那几个男孩也都在等他，瞧见了以后好奇地问：“黎江，那是谁呀？”

“我哥。”

“真好！”一个男孩羡慕地道，“我也想有个同校的哥哥罩着。”

黎江挠了一下鼻尖，道：“还行吧，就是回家得先写作业。我哥成绩特别好，还给我检查作业，写得不好就不陪我玩游戏了。”

另一个男孩道：“啥，你哥放学给你辅导功课，还陪你一起玩游戏？我哥就只会抢我的零花钱。”这话说得都冒着酸意了，恨不得换一换大哥。

“你哥长得可真帅，跟你一样，一瞧就是兄弟俩！”

这句话说到黎江的心坎上了，他的嘴角微微勾起，大方地道：“等过两天我家收拾好了，我有几盘新到的卡带游戏，回头来我家一起玩吧。”

几个男孩都兴奋起来，立刻道：“好啊！”

旁边的几个女孩也好奇地看着新转学来的同学。昨天自我介绍的时候就听说是从B市来的，虽然也穿着和他们一样的校服，但发型和精气神都不一样，特别明亮和自信，像是一个发光点，引着人不由自主地看过去。她们年纪还小，只能感觉到新同学长得好看，白衬衣干净，脚上的运动鞋和随手搁在一旁的书包、桌上的文具都看不出什么牌子，印着一些外文字母，特别耐看。

初中部要早半个小时放学，黎舟老早就看到等在门口的弟弟。下课铃一响，黎江就冲过来给他拎书包，开开心心道：“哥，晚上咱们吃什么呀？”

黎舟道：“回去看看，可能要去岛上吃。”

黎江咧嘴笑道：“那好，我想吃上次的开花馒头。”

兄弟俩一路说着往外走，刚到校门口就碰到了刁明山。

刁明山迎过来几步，笑呵呵地道：“小舟也在啊，正好，省得我再跑一趟。你们先跟我过来，要带你们去见一个人。”

黎江愣了一下，忽然若有所思，下一秒就笑起来：“刁叔，是不是……他老人家回来啦？”

刁明山笑道：“是，老爷子过来了，刚下飞机没一会儿呢，就在前面的茶室等着，说想见见你们。”他转头又对着黎舟道：“小舟还不知道吧，老爷子前段时间病得厉害，出去一趟治病来着，公司里的人都不知道。咱们也是没有办法，一直瞒着是防备有心人。唉，大家都不好做，这半年可是苦了小江喽，难为他能憋这么久。”

黎江开口想说话，被大哥捏了一下。

黎舟点头道：“回来就好。外公的身体没事了吧？”

刁明山叹了口气道：“这个……也不好说，等一会儿你们见了老爷子就知道了。”

学校前面街上有一间规模不小的茶室，二楼地方宽敞，分了隔断做成两个雅间。

整个二层都被黎老的人包了下来，外面一间坐着五六个保镖并两个随行医生助理，里面靠窗一间只坐了一个老人，面前整张原木雕成的桌子上放着一套工夫茶具。黎老两鬓斑白，鼻梁上挂着一副金丝边框眼镜，正在那儿慢悠悠地沏茶。

黎江跑得快，到了门口就把书包甩到地上，扑过去喊了一声："外公！"

黎舟要沉稳得多，站在那儿也喊了老人一声。

黎老笑呵呵地接住外孙，又抬头对黎舟笑道："放学了？来来，坐下，我让他们上了些点心，你们先吃一点垫垫肚子。"

这是黎老往日里都会做的，黎舟已经很多年没有听到了。弟弟笑着点头，他的鼻子却有些发酸。

记忆中他最后见到黎老的时候，并没有这样坐下长谈的机会，老人避而不见，再等到见面，就是老人与世长辞他去献花，他在心里对老人说了很多话，但是那个时候老人已经不能给他任何回应了。

黎老端了一碟蝴蝶酥放在黎舟跟前，笑道："小舟吃这个啊，趁热吃。"

黎舟拿起一块咬了一口，比小时候吃过的都要香甜，他吃得很慢，那一口蝴蝶酥咽下去的时候，他决定不管老人是因为什么原因疏远他，他都敞开心扉原谅他了。

这还是那个，一口热乎乎的蝴蝶酥都记得要留给他的外公。

黎老坐在那儿泡茶，笑呵呵地看着他们兄弟俩吃点心，问他们在学校的情况，就和以前一样没有丝毫改变。

兄弟俩都说了，也和以前一样，黎舟先回答，弟弟跟在后面有样学样。

黎老看着他们两个，笑得眼角的皱纹都多了一些。

黎舟很在意他的身体状况，吃完点心，又问："您的身体好点了吗？怎么会去国外治疗？很严重吗？"

黎老轻咳了一声，道："也不碍事，老了，身体总是会有这样那样的毛病，外公今年都七十一啦。老话不是说'人到七十古来稀'吗？我这也算高寿喽！"

黎江立刻道："您一点都不显老，瞧着像五十的！"

黎老笑了一声，逗他："你是吃了什么点心啊，嘴巴这么甜！"

黎江咧嘴笑道："蝴蝶酥呗，您也吃，可好吃啦。"

黎老吃了小半块，就放下了继续喝茶，同他们笑着聊了几句。

不过这么一会儿的工夫，楼下就来了人，闹哄哄的。

二楼黎家的保镖下去看了一眼，又匆匆上来道："老爷子，楼下来了一群人，说是要找小舟。"

黎老有些奇怪："什么人啊？"

"不知道，瞧着像是当地的，就是穿戴奇怪了点，统一上白下黑的衣服……"

黎舟这才想起来忘了跟陆老大说，他刚才听到外公来了，一时激动都把这茬给忘了，连忙道："外公，那是我爸。我来的时候忘了跟他说了，他肯定误会了，我去解释一下。"

他说完匆匆下楼，到了楼下，刁明山已经和陆老大在那里攀谈了。陆老大一边在跟他说笑，一边时不时抬头看着二楼楼梯那边的方向。瞧见黎舟走下来，他这才眼前一亮，喊道："小舟，这里！"

黎舟过去跟他说了一下："爸，没事，是外公过来了。"

刁明山也在一旁附和道："对对，我也在这儿跟陆老弟一直说呢。老爷子刚下飞机，就是想两个孩子了，想找他们说说话。"

陆老大咧嘴笑道："怪我，去学校一问听说跟人走了，给我吓了一跳，就找了两个人过来瞧一眼。"他瞧见黎舟之后就放心多了，挥挥手让身边的徒弟把人都带走。里里外外走了二三十人，等人走得差不多了他才对刁明山道："老哥哥别见怪，我是个粗人，也不懂什么门道，吓着你们了吧？一会儿我给你和老爷子赔礼道歉。"

刁明山哪里敢让他给自己赔礼道歉，连这份虚礼都不敢受。今天也就是他们，换了旁人把黎舟拐带走了，怕是陆老大要连人带茶楼一起拆了不可。

他之前在岛上接触陆家夫妇二人的时候，觉得叶红玉人瞧着冷冰冰的不好接触，对他虽然客气，但特别讲规矩。这会儿跟陆老大对比起来，他觉得叶红玉才是那个面冷心软的人，陆老大这人平日里不易动怒，跟谁都称兄道弟。但要是动了他最在乎的东西，他也是毫不客气的。

他记得刚送黎舟回岛上的时候，叶红玉当着他的面说过可以让黎舟回 B 市，她说得出做得到，陆老大可是一句都没接。叶红玉碰了他的胳膊一下，他也只撇嘴说了句“我可不舍得”。

那句“不舍得”一出口，刁明山当时还笑了一阵，觉得陆老大没有叶红玉爽快。到了今天，他才真正明白过来这位说的也是真心话。就是黎家人，这会儿也不好再轻易带黎舟走了。

刚客气了两句，楼上就下来一个人道：“老爷子请人上去喝茶。”

刁明山看了陆老大一眼，笑道：“那正好，陆老弟也一起上去吧。”

几个人一同上了二楼，陆老大跟在他们后面，黎舟小声对他道：“外公他对我很好，这次是专门过来看我和黎江的。他身体不好，不能多聊，咱们一会儿就回家。”

有这么一句，陆老大就像吃了一颗定心丸一样，彻底放心了。

几个人上去见了黎老，老人对陆老大很客气，招呼他坐下，笑容和蔼地请他喝茶。

陆老大喝了面前的茶，先给老人赔罪道：“我就是一个粗人，也不懂这些，刚才去学校门口瞧见小舟不见了，一晃神给弄出这么大阵仗，惊着您老人家了，我在这里给您赔个不是！”他咧嘴笑了笑，又道，“您这茶挺好，只是我也不懂这些，不如您跟我回岛上，一定好酒好菜招待您老人家！”

刁明山抢着道：“不用不用，老爷子年纪大了，喝不了酒……”

“那就吃菜，岛上空气好，水果、蔬菜都是自家产的。您放心，我一定挑最好的招待大家！”

刁明山的眼神一直在他身上来回转。

黎老点点头，笑道：“好啊，我也一直听他们说起。两个小家伙都已经去待了一阵子，我也托他们的福，上去看看才好。”

刁明山有些意外，他看着黎老刚想劝几句，老人就先摆摆手道：“不碍事，有准备轮椅，去了推着我走就是了。”

陆老大这才瞧见老人的膝盖上一直盖着薄毯，忙问道：“您的身体还好吧？”

黎老笑道：“没事，其实自己走也行，就是他们太担心，年纪大了，受不得累。”

黎老拍板决定，一行人也没有多耽搁时间，商量定了就动身。

黎老随行有三辆车，陆老大这边也开了一辆桑塔纳，一行人一起坐轮渡回了岛上。

在船上的时候，黎老就坐上了轮椅，黎舟亲自扶着他坐上去，瞧着老人的腿脚只是长途旅行有些疲惫并无大碍，才略微放心些。他和黎江陪着老人一起去甲板上看了一阵海鸥，黎江年纪小，瞧什么都新鲜，老人有些疲惫了，只看了一小会儿就有随行的医护人员来推着他进去休息。其间大家也没有多交谈，老人闭着眼睛，膝盖上搭着一条小毛毯，休息了一阵。

叶红玉一早就接到消息，在码头那边带人迎接，对老人礼数周全，对黎家人她是全心全意感激的。

黎老一行人到了以后，简单地和他们用了一餐，就有随行医生过来提醒他该吃药就寝了。

老人点点头道："年纪大了，多有不便，就不麻烦你们了。"

叶红玉道："不麻烦，我给您找了一套房子您先住两天，酒店离着远，来回跑也不方便，这样离得近小舟他们想去见您走几步就到了。"

老人笑道："那敢情好，多谢你了。"

叶红玉让人领着他们去了，黎江听见，立刻跑过去道："外公，我陪您一起去。"

黎老摸摸他的脑袋，道："不用，你去玩吧，难得放假呢。"

黎江犹豫了一下，还是点头答应了："那我晚上过去陪您一起住。"

"不用，留下和你哥哥多玩一会儿，就在这儿睡吧。"

"哎。"

老人坐着轮椅被推走了，黎舟一直看着他的背影，十分担忧。

黎江比他小两岁，长辈和大哥都在自己身边，比在B市的时候还要放松许多。晚上他还抱着枕头钻到黎舟的房间里去，在床上打滚不肯走。

黎舟捏他的脸，只觉得指尖碰到的小脸发烫，弟弟的眼睛也像小狗一样亮晶晶的，还在咧嘴傻乐。

黎舟道："是不是偷喝酒了？"

黎江抱着枕头滚了半圈，自己乐了一阵，才小声道："就尝了一点，陆叔偷偷给我倒了那么一点点，太辣了。"

他弯着眼睛笑道："哥，我今天真高兴。"

黎舟衣服没换，坐在床边拿了两样东西。黎江松开手里的枕头，又滚过来抱着大哥的腰道："哥，现在真好。"

"嗯？"

"外公回来了，你也在，现在可真好，要是妈妈也能来这里就好了。她最喜欢海边了，要那种沙子又白又软，能光着脚踩的海边……"

小醉鬼蹭了他两下，说话前言不搭后语。

黎舟掰开他的手，照着他的脑门弹了一下道："你躺着别动，老实睡一会儿，我出去一下。"

黎江躺在那儿眨眼道："大哥去哪儿？"

"你乖一点，"黎舟没有回答他，拿了一条薄毯给弟弟盖上，"等我回来，如果你没有踢被子的话，我就奖励你一杯蜂蜜水。"

"要是不乖呢？"

"不乖就不许睡这里，自己抱着枕头去隔壁睡。"

黎江立刻把手放好，表示自己是个乖孩子，就是在黎舟起身离开的时候偷偷睁了下眼睛，见大哥回身关房门的时候又吓得赶紧闭上了。

他喝了一点酒，今天又实在高兴，心跳得特别快，闭着眼睛装睡了没一会儿，渐渐就有了困意，呼吸变得均匀起来。

叶红玉给黎家人准备的那套房子是新盖的，三层高的小楼，庭院收拾得干净整洁，什么都没来得及放。家具都是她找人临时给抬进去了一套，其他东西也都是全新的，这儿比起酒店丝毫不差，更显得用心。

黎老腿脚不便，住在一楼，这会儿在医生的照顾下吃了几颗药，闭着眼睛半躺在床铺上休息。

刁明山坐在一旁的小沙发上跟老人说话。

他整理了很多笔记，把今天的日程又写了一遍放在老人手边，旁边已经有厚厚一沓这样的纸了。

刁明山故意不去看那些，只笑道："老爷子，我刚开始瞧见陆老大这人的时候，还当他是个莽夫。但是今天这么一接触下来，觉得这人瞧着五大三粗的，但也不傻啊！他今天一直邀请咱们来岛上，生怕咱们把小舟给带走了。"

老人闭着眼睛道："人家这是好不容易找到孩子了，肯定宝贝得紧，推己及人，一样的。”

“是是，陆家不错，可疼小舟呢！”

黎老吃了药缓了一会儿，又找出眼镜来戴上，在灯光下一遍遍翻看那些纸张，问道：“小舟跟他们相处得怎么样？在岛上还适应吧？”

刁明山道：“都挺好的，前阵子小江也来玩了两天，瞧着也想过来。”

黎老低头看纸，没有回他。

刁明山揣摩了一阵，刚想再说什么，就听见外面有人敲门，声音很轻地道：“外公，是我，您睡了吗？”

刁明山去开了门，等在外面的是黎舟。

黎老瞧见他挺高兴的，招手让他过来道：“你怎么来了？来，坐下陪外公说说话。”

黎舟坐过去，他也在打量老人，之前来的时候还有些担心老人的身体，现在看到他面色红润，也放心了很多。

“在这边一切都还好吧？”黎老放下手头的东西问道。

“都挺好的，刚开始的时候有点不适应这里的气候，不过时间久了也习惯了。”黎舟道，“您这次来待多久？”

“几天吧，公司事情忙，总还是需要我出面处理一下。”

“那黎江呢？您什么时候带他回去？”

面前的少年问得平静，黎老忍不住抬头看他一眼，饶有兴味地道：“带他走？带去哪里啊？”

黎舟道：“回B市，或者去您身边。他年纪小，但是人聪明，以后要在公司里做事，总要提前准备着。这里没有条件让黎江成长，他更需要您的指导。”他想了一下，又道，“外公，我这次来的时候父亲给了我地址，还让许秘书带我来找人，表面上看起来对我很好，但私下里他跟我说过一些话。”

黎老问：“他跟你说什么了？”

“说了一些公司的事，还有您的事。”

黎舟回忆了江心远曾经拿来利诱他的一些话，挑着和公司事务要紧的一些讲给黎老听。这些都是公司的数据，以他这个年纪并不能知道。有些是江心远在拿下B市分公司之后才做的部署决策，还有一些他身边常用的人，黎舟也拣着现在能说的都说了。

他不能代替黎老做决定，但是可以给老人和黎江提个醒。

黎老看着他，神情郑重起来。

“我对这些没什么兴趣，以前觉得能去别院看看妈妈，陪着弟弟长大，就很好了，现在机缘巧合下还找到了亲生父母，我已经很知足了。”黎舟冷静地道，“在我心里，您永远都是我的亲人，我不想看到您和黎江因为这些而受到伤害。”

想了一下，他又道：“而且……”

“什么？”

黎舟微微皱眉道：“而且刁叔暂时把黎江转学到这里来，应该也是您的决定。我猜B市那边出了事，分公司有刁叔都觉得棘手的问题，他不敢确保黎江在那边是否安全，所以宁可耽误他的学业一阵，也要先找个安全的地方让他待着，算是过渡一下。等着事情结束了，再接他回去。”

黎老笑了几声，在他的手背上拍了几下，神情没有丝毫提防，反而带着兴趣道：“我们小舟长大了啊，那你再猜猜，B市出什么事了。”

“总不会是妈妈那边，那么就是分公司的事情，抑或是因为外公您的身体。”

刁明山道：“老爷子身体倒是没什么事……”

黎老却摇了摇头，笑道：“他长大了，别再瞒着他啦。”

刁明山的神情有些动容：“老爷子？”

黎老摆摆手，笑道：“外公老了，这一把年纪也不知道还能陪你们几年，总要为你们的以后多做打算。我给你做过很多安排，不过你现在过得开心，我也替你高兴。外公留了一些钱给你，你弟弟有的，外公也不会亏待你。”

黎舟张口要说话，却被老人笑呵呵地拦住了：“不管你要不要，这是外公的一份心意，你们兄弟俩一人一份。”

黎舟鼻子发酸，这话他小时候听过很多遍。逢年过节，老人给他和黎江发零用钱，总是一人一个红包装着，笑呵呵地说“外公也给你准备了一份”，从无例外。

“至于你弟弟转学的事，你猜对了一大半。还有一件事也是刚查出来的，明山啊，你说给他听听。”

房间里就他们三个人，刁明山在斜对面坐下来，神色凝重了几分道："我按老爷子说的，把姑爷调去了西北那边。原本也没有什么盘根错节的事，可是之前追查的车祸事件又有了新消息。那个卡车司机，你还记得吧？"

黎舟点头，他的胳膊因此受伤，刚拆了石膏，自然记得。

"那个卡车司机家里贫困，我一直都盯着他的账户，生怕有什么可疑资金转入没发现。但是查了这么长时间，翻到半年前也没有找到和他相关的事，倒是他前妻那边查出了一笔十万元的汇款。"刁明山皱眉道，"这钱也只查到一点线索，就又断了。因为那个女人收到钱后就卷款跑了，一直没跟这边有任何联系。我原本想盯着她的两个孩子，但这都半年了，就一个年迈的婆婆照顾俩孩子，那个女人一直都没出现。不管怎么说，这件事太凑巧了。我觉得可疑，却又没有什么证据，不敢轻易出手，怕打草惊蛇。"

这是黎舟之前从不知道的事情，所以全神贯注地听着。他和刁明山一样，心里起疑，却又不敢完全肯定。

黎老道："多一分小心总是好的，要不是你来了这边，我也要让明山把你们兄弟俩都带去我那边才放心。这次你弟弟过来住个大半年，有这些时间，我也能把B市那些人和事都处理干净了。"他略微缓了一会儿，又对黎舟道，"你也别太担心，你长大了，你弟弟也得学着长大才行。"

黎舟听见老人这么说，就知道老人要亲自出马，来个彻底肃清。

"你弟弟年纪虽然小，但你平时也不要太宠他，他既然站在这个位置上，提前磨炼一下也是好的，得多摔打摔打才能成器。"黎老又问他，"小舟，你说呢？"

黎舟赞同老人的说法，点头道："我也觉得让黎江回B市比较好，外公您放心，这半年里我一定好好看着他，不会让他出一点事。"

黎老和他都是心思深沉且坚定的人，两个人说定了，就抬头看向刁明山。

刁明山坐在那儿还在感慨黎江这么小的年纪就要开始挑大梁，甚至还要经摔打——没摔他都心疼了，正想着，就看到对面祖孙俩一起投过来的视线。

"啊？"刁明山愣了一下。

他紧跟着站起来，指着自己道："不是，您让我去说啊？"

黎老笑着点点头：“我左右瞧着，就你最合适。明山啊，能者多劳，这件事还是你去说吧。”

刁明山顿时愁眉苦脸起来。

他这样一弄，黎老忍俊不禁，黎舟也笑了。

黎舟觉得比起以前，现在真的幸运太多。

从车祸逆转开始，弟弟没有伤到腿，老人的身体瞧着康健，甚至还能亲自去B市坐镇——黎舟记得老人身体一直不好，估计是因为弟弟的腿伤而悲痛过度。

老人同他们说笑一阵又咳嗽了几声，外面有医护人员敲门，端了药片和一杯温水来让他再吃第二次药。

黎老摇头笑道：“瞧瞧，人年纪大了，就是这点不好，一次吃太多药也撑不住。”

陪同的医护人员又小声催促了一次，不让老人长时间说话，告诫他们老人的身体需要静养。

黎舟起身要走，黎老也不好多留他，只无奈地笑道：“一把年纪了，也是没办法。你去吧，等明天和你弟弟一起过来，外公带了礼物给你们，今天匆匆忙忙，也没收拾行李。”

黎舟答应了一声，就自己回去了。

外面路黑，岛上没有那么多的路灯，黎舟打着的手电筒只能照到眼前的一小片土地。

他抬头看看天上，晚风习习吹来，很凉爽，夜幕上的星星明亮闪烁。这里很好，但这里不适合黎江。

回到住处，床上的男孩已经睡着了，小毛毯被踢开，单手抓得牢牢的。

黎舟看了觉得好笑，也不知道他这样算不算听话，还记得抓着毛毯不放，也算是进步了。

他给弟弟盖好毛毯，简单地冲洗了一下后也躺在床上。他单手枕在脑后想了很久，天色泛白的时候才慢慢睡着。

兄弟俩第二天都睡了个懒觉，黎舟起来的时候弟弟还在睡，不过脑袋蹭到了他的枕头上，霸道地占了大半张床。黎舟侧身而眠，他步步紧贴。

黎舟把他推开，自己起来洗漱完毕，去楼下吃饭，没一会儿就看到弟弟揉着眼睛从楼上走下来。有那么一瞬间，黎舟以为他们还是在 B 市住在一起的时候。

黎江头发翘起来一点，先喊了陆老大和叶红玉，瞧见大哥的时候就笑弯了眼睛，跑过去挨着他坐下："哥，今天早上吃什么？"

"油条和葱油饼，还有粥。"

黎江坐在一旁吃得香甜，像是普通人家长大的少年，一副有哥哥在身边，什么都不怕的样子。

最后一根油条兄弟俩对半分开，黎舟一看到他就想起那半年的期限，心一软，将自己的那一半也给了弟弟："你吃。"

黎江吃得腮帮子鼓起来，眯着眼睛笑道："嗯，好吃！"

陆老大疼儿子，瞧见之后立刻放下碗去外面买了半筐油条。他抱着竹筐进来的时候就看到兄弟俩已经吃好了，正换了衣服要出门。

陆老大："你们这就要出去啊？不吃了？"

黎舟点点头，瞧见他手里拿着的油条也有点惊讶，不过很快就坦然了："爸你多吃点，我们先出去了。"

等他们走了，陆老大走进饭厅还在嘀咕："刚才还不够吃，怎么一下就吃饱了呢？"

叶红玉坐在那儿听见他说，忍不住道："我替儿子带句话给你。"

陆老大喜滋滋地问道："什么话？"

叶红玉用筷子点了点旁边的饭桶，抬头看着他。

陆老大走过去，惊喜地道："哎呀，我儿子还给我留了一碗粥吗？真懂事啊！"

叶红玉放下筷子，已经懒得跟他说话了。

黎老在岛上待了一天，给黎舟兄弟俩每人送了一套派克钢笔就离开了。

他事务繁忙，来这里也是探望两个外孙，见黎舟一切都好就放心了。临走的时候他带着黎江一起提前回了市里。

黎江很懂事，陪在老人身边跟他说话："外公，要不我陪您一起下围棋？"

黎老笑道："不用了，外公年纪大，棋谱都记不住了，你坐着陪我说说话就好。"

黎江就坐着跟他说来这里的事。他没敢说自己在B市学校里搞电台的事，一边小心地避开，一边偷偷去看老人。黎老闭着眼睛躺在摇椅上也没问，更多的是关心他在这边过得好不好。

“都好，外公我喜欢这里，这里的同学们对我都很好，我们还约好了一起打游戏。我跟刁叔说了，等这周出了成绩，如果我考得好，他就奖励我，把家里那些游戏机和卡带都拿来。哦对了，还有我房里的书柜，大哥最喜欢看的书都在里面，也一起搬过来……”

黎老笑道：“你是要把家搬过来呀？”

黎江挺高兴的，趴在摇椅扶手那儿期待地问：“可以吗？”

黎老用手刮了一下他的鼻梁，笑着没说话。

黎江的眼珠子转了一下，退而求其次，又小声问道：“那要不就让我在这儿住得舒服点，外公我不想住学校，也不想住酒店，上回在B市的时候刁叔就带着我住了很长时间……”

老人闭着眼睛想了一会儿，喊了刁明山来，对他道：“在这里准备一套房子，略微收拾一下。”

刁明山应了，又问：“老爷子，要大的还是小的？”

黎老还没开口，黎江就抢着道：“小的！就……就住我哥旁边！”

刁明山见老人点头，也露出笑容道：“知道了，我这就去准备。”

黎老来临海的时间很短，匆匆见过他们一面，安顿好小外孙他就又走了。

刁明山坐在车上送了老人一段路，一直送到出了市区。

黎老有些疲惫，额上灰白的头发落下来一绺，比起在小外孙面前的样子显老了许多。

刁明山小声道：“其实我当时送小江来这儿，也不完全是为了躲开B市那些人。姑爷虽然有了外心，但是我也有防备，送小江来这儿也是因为他们老师无意中的一句话。小江年纪还小，我觉得他需要一个引导。”

他看着老人的神色，试探道：“咱们小江聪明，别说其他那几家的晚辈了，全加起来都没他一个聪明呢。但他还小，做事没有分寸，有些时候又太敏感，旁人的劝说都听不进去。原本别院那边还能说上两句，但是您也知道，小姐现在身体刚好一点，只顾得上自己。我也是没办法，就想着小舟懂事，他们兄弟俩在一起或许……”

黎老抬头看着车窗外面，树影斑驳，落在车窗上映出他脸上的一片阴影。过了好一会儿他才叹息道：“明山啊，你说我还能陪他们多久？”

刁明山收了声，不再说话。

黎老看着外面，徐徐道：“我真希望能再给孩子们多一点时间，可是时间不够了，不够啊！”

刁明山心里发酸，张嘴想说什么，又不好当着老人的面继续说些糊弄旁人的话。

“我再给他们撑两年吧。”

老人轻声叹息，苦笑道：“我倒是觉得小舟现在过得更好些，你瞧见陆家夫妻对他什么样没有？这才是平常人家的生活，爸爸疼着，妈妈护着，我的黎江一天都没有过过这样的好日子。既然他生在这个家里，肩上的担子就更重，要是我身体还好，也不怕他玩上两年，但是现在……罢了，迟早都是要他挑起来的。”

刁明山叹了一口气，也不再劝。

到了市郊，他下了车目送老爷子离开，又转身上了后面的车吩咐司机回程。这半年他也要留在这里，黎老把最重要的外孙交给了他，这就是他今后的责任。

刁明山没有带过孩子，他孤家寡人一个，没有这方面的经验，却也知道要想哄小孩是要准备玩具和礼物的。黎老送了文具，他就去买了个篮球，虽然还有半年才提离开的事，但他现在就已经在想怎么讨好小孩了。他记得黎江家里有一个篮球，特别宝贝，平时别人碰一下都不行，送这个准没错。

黎江正在酒店里写作业，这两天玩疯了，作业一笔都没动。

刁明山送了篮球过去，笑道：“小江你看，喜欢这个吗？”

黎江收到篮球后放在手里玩了两下，又随手放在一旁，兴致勃勃地问他：“刁叔陪我去逛街吧？”

刁明山道：“要买什么？写个单子给我，我让人去买回来。”

黎江手上的圆珠笔转了一圈，道：“还没想好，不知道要买什么，我想先去看看。”

刁明山坐在一旁乐了：“这可新鲜了，自己都不知道想要什么呢！”

“其实是我哥，他的生日快到了，我想去找找看有没有什么合适的东西送他当生日礼物。”

“那……”

那是以前的生日了，现在黎舟可能不过这个生日了。

刁明山想这么说，但看到黎江一脸认真的样子，又不忍心开口说下去，只得在心里叹了一口气。不过他嘴上还是道：“那咱们可说好了，你买了东西之后可是要听话，回头我再教你什么不许逃课，也不能耍赖不读书、不做功课啊！”

“不会，我一定好好学！”黎江笑弯了眼睛，“刁叔最好了！”

毕竟是一手带着的小孩，看着他长大，就这么一句刁明山听在心里也舒坦得像是三伏天吃了西瓜。

周一的早上，陆家举行例行的动员大会。

陆老大又不想送儿子去学校了，每到周一都要闹这么一回。

陆老大皱眉看着对面的书包，难过得连早饭都咽不下去，好一会儿才闷声道：“这才六点多，我不想去。”

叶红玉没惯着他，利落地起身道：“你不去就留在家里，我送小舟去学校。”

对面母子俩站起身，一个背上书包，一个拿上自己的小包，早就已经收拾妥当随时可以出门，留下完全是等陆老大一个人而已。叶红玉说完就带着黎舟走，陆老大见他们母子俩真的没有等自己的打算，连忙把面前的粥两三口喝光：“我好了、我好了！等等我啊，咱们一起去……”

叶红玉道：“不用了，你这段时间都没去码头，船上那么多事也不能撂挑子不管，这几天就留下来好好处理一下船上的事情吧。”

陆老大不肯，还要追上他们。叶红玉早有准备，门口几个徒弟立刻走过来把他围住，不让他走。

陆老大怒道：“你们都听谁的？”

“跟您一样，咱们都听师娘的啊！”

“对对，跟师父学，不丢人！”

“师父您看今天要不跟我们去趟码头，三哥那边已经给您准备好了，都等着您呢！”

“是啊师父，薛家的人都在那儿等着了，他们三天前就约好了，非说要今天见您不可。”

…………

陆老大被绊住了脚，追不上去，眼瞅着老婆和儿子坐上车走远了。他怒而卷起衣袖，也不装斯文了，一直把衣袖卷到了肩膀上面，露出粗壮结实的手臂，咬牙道：“走！去码头，我看他姓薛的有什么天大的事非找我不可！”

另一边，叶红玉和黎舟顺利地到了市里。

叶红玉这个母亲比陆老大称职得多，她把儿子送去学校后，转身就回了住处，一直等到黎舟晚上放学回家都没有去打扰他。反倒是黎舟中午先给她打了一个电话，简单地聊了两句。他身上带着陆老大给他新买的直板手机，平时都卡点响，今天一天特别安静，让他看了好几次，都有点不适应了。

晚上回家的时候，黎舟又一次感受到了不同。

陆老大做饭大鱼大肉，虽说是照顾他，但总恨不得一口气把儿子喂成个大胖子。

叶红玉不同，她做的饭菜清淡，更合黎舟的胃口。母子俩简单地吃了青菜面，叶红玉又炒了一个腰果西芹和菠菜，还有一道清蒸百合，大块放在里面一切四瓣。叶红玉夹了一些给他道：“吃这个，刚运来的新鲜百合，很甜。”

百合清蒸清甜爽口，粉粉的，吃起来口感不错。

黎舟和叶红玉口味相近，他们把那一小笼清蒸百合都吃了，饭菜的分量刚好。

黎舟看着桌上的空盘，忍不住笑了一声。

叶红玉好奇地问道：“你笑什么？”

黎舟道：“我在想，要是爸在这里，肯定要……”

他没说完，叶红玉也笑了：“加菜。”

两个人一起笑了，叶红玉道：“他这个人就是这样，对客人这样，对家里人更是这样，在饭桌上，要是盘子空了，那就是没吃饱，不管人家是不是吃得刚好，他非说盘子空了就是没吃饱，一定要加菜，你不用管他。”

黎舟道：“爸挺好的。”

叶红玉打趣道：“那我呢？”

“您也好。”黎舟笑道，“特别好。”

叶红玉就满足地笑了。

第九章
陪 读

晚上，有人在隔壁进进出出，不停地搬东西，瞧着也是新搬来的人。

这边房子隔音不是很好，叶红玉担心影响到儿子做功课，还出去看了一下

黎舟劝慰她道：“没事的，我都在学校写好作业了，现在就是随便看看书，不碍事的。”

叶红玉道：“嗯，那家人也说一会儿就收拾好，不会耽误邻居休息。他们家小孩也在你们学校读书，还挺好说话的。”她给黎舟倒了一杯水过去，“这边很多挨着学校近的房子都这样，陪着孩子来读书的人很多。”

叶红玉对黎舟的疼爱和陆老大不同，陆老大溺爱儿子，就不停地买买买。这个年纪的小孩有的他要给黎舟买，没有的也要买。叶红玉的宠爱是用一天的时间，给黎舟包了许多水饺和小馄饨，分盒装好，放在冰箱的冷冻层，足够他这段时间每天早上都能吃到热腾腾的早餐。

除此之外她还买了许多蔬菜瓜果，日常三餐也打算亲自料理，看来也是一早就期待来陪儿子读书，做足了功课。

临睡前，陆老大打了电话过来。叶红玉压低声音在外面客厅接了，那边听见她的声音轻，立刻也跟着压低了声音问道：“儿子睡啦？”

叶红玉道：“是呀，都快十一点了，怎么这个点打电话来？”

陆老大憋屈地道："你不知道……事多。"

叶红玉问他："码头上的事情多吗？"

陆老大道："姓薛的事多！一点小破事翻来覆去地跟我谈半天，还非带什么律师来。哦，就他懂法？我让老三喊了一个律师事务所的人来，坐那儿听那帮律师吵了一天，咬文嚼字，听得我头疼。"

叶红玉笑道："亏你想得出来。"

陆老大哼道："咱没文化，但也能请文化人来帮着吵架不是？反正我什么都吃，就不吃亏。"

叶红玉点头道："对，别跟他们硬来，薛家在小灵山岛待得时间久了，心也大了。我们弱一点，老三他们一群人都要跟着吃暗亏，没道理让跟着我们的人一起做赔本买卖。"她想了一下，又道，"那些律师继续请着，好茶招待。薛家要耗着，我们就跟他们耗，反正小六儿他们的船还在跑，我们码头就几艘货船而已，正好也休息一段时间。"

"哎，我也是这么想的。"

两个人聊了一阵码头上的事，陆老大又想儿子了，追着问叶红玉今天孩子吃了什么，去了哪里，在学校过得好不好。

叶红玉道："都好，我和小舟在这里挺好的，你不是也留了人照应？放心吧。"

陆老大叹了一口气，委屈地道："我可真想他。"

叶红玉听见了轻笑一声，说："这么多年都忍过来了，现在几天怎么都忍不了？"

陆老大道："我也不知道怎么了，红玉，我昨天晚上半夜做梦醒了，还掐了自己一把，都不知道哪是梦哪是真的，我真怕一睁眼儿子又没了……"

五大三粗的汉子隔着电话线都能听出声音里有些哽咽，叶红玉也有些鼻酸。她淡定地道："不会的，有我看着他，绝不会再弄丢他一次。"

"我等码头上的事了了，再去跑趟船，忙完了就来陪你和小舟。"陆老大闷声道，"忙了这么多年，这次咱们也提前休息一下。"

叶红玉笑道："好。"

黎舟第二天一早去学校的时候，叶红玉没有再去送他，而是给他买了一辆新自行车。

叶红玉道："上次听你弟弟说，你之前骑车上学来着。咱们在这边也跟以前一样，你爸一个人老往你们学校跑就算了，我也去，等以后让你的同学们瞧见了笑话呢。"她笑着把自行车推给黎舟，"你试试看，顺手就用，不行晚上回来我再带你去买一辆。"

黎舟面上不显，接过来推着道："就这辆吧，不用再换了。"

叶红玉送到楼下，没有送出去太远就回去了。

也多亏她走得早，黎舟已经很多年没有骑车了。从前他的车库里放着几辆豪车也只是搁着落灰，他只偶尔在过年那几天的假期里开一下越野车出去透口气，更是许多年没有碰过自行车了。不过好歹在以前高中时代骑过，试了几下慢慢也就会了。只是他骑得很慢，原本几分钟的路程用了多一倍的时间，和走路没什么区别。

进了校门后，按照规定不许在校园里骑车，而且要把车子停放到自行车棚里，离教学楼又有一段距离。

黎舟："……"

这比他走路上学花的时间还多。

黎舟跟着其他同学一起把车停好，转身刚走出自行车棚，就听到旁边一个男生喊他："哎，陆亦舟，你不锁车啊？"

黎舟愣了一下才反应过来是在喊自己，转身回来锁了车："啊，我忘了。"

那个男生乐了："你平时不大骑车吧？没事，我刚走读的时候也这样，丢了辆自行车才得了个教训，还是锁上的好。"他跟黎舟说了好一会儿，见黎舟一直看他，睁大了眼睛道，"不会吧，你不认识我？"

黎舟道："你是？"

男生指着自己的鼻尖："我是咱们班上的文体委员啊，在你来之前，咱们班最帅的就是我。你认真看看，我这张脸还算有点辨识度吧？"

黎舟笑道："我想起来了，杨帆。"

男生咧嘴笑道："对对，就是我，（1）班的杨帆！"

这个名字太普遍了，全校好几个杨帆，男生女生都有。女生还好分辨一点，其他的"杨帆"只能凭高矮和班级来分辨，大杨帆、小杨帆，还有（1）班学习特别好长得有点帅的杨帆。

杨帆一边走一边热情地道："新同学，马上就要开运动会了，你要不要报名？我看你身体好，腿又长，怎么样，来个接力赛怎么样？"

黎舟认真想了一下，摇头道："我爆发力一般，就报个长跑吧。"

杨帆简直要感动哭了，握着他的手道："好同学，我的恩人，我从今天起就认可你是咱们班的班草了。不，你是咱们学校的校草！简直太感人了，我问遍了，全班没一个要报名长跑的人，你可解决了我的一个大难题啊！"

黎舟笑出声："五千米没人跑吗？"

杨帆道："何止，三千米都没人啊！"

"那我再报一个三千米吧，我记得不是同一天比赛，应该没什么问题的。"

"恩公，受小生一拜！！"

黎舟在学校过得不错，另一边陆老大却没有他这么开心。

陆老大在码头上被琐事绊住了腿脚，一直没能过来，大概是叶红玉特意叮嘱过，他每天只在晚饭的时候打一个电话来简单地聊上两句。他在外中气十足地拍桌子骂人，薛家人说一句他恨不得要挽袖子了，对着老婆、儿子的时候连大气都不敢喘，陪着聊一会儿还绞尽脑汁地给他们母子俩讲笑话。

他说得不好笑，好几次黎舟都愣了一会儿，才反应过来这是个笑话。

叶红玉接过电话道："好了，你去忙吧，注意安全。"

陆老大故意放大了声音道："什么安全？哦——你说海上风浪大是不是——我这里特别安全，大家都可讲文明了！"

叶红玉被他那嗓门震得拧眉道："你这么大声干什么？吵得我耳朵疼。"

陆老大立刻嘘寒问暖，他关心完儿子，等黎舟回房间读书了，又开始关心起老婆来："红玉，那手镯你戴了吗？"

叶红玉敷衍道："戴了。"她其实没戴，觉得沉，跟每天负重前行一样，手腕抬起来都觉得麻烦。现在她素着双手刚好，干活十分利落。

陆老大信以为真，立刻在电话那边憨笑："那就好，我今天看老汪媳妇儿戴了一副金镯子，比咱们家的还粗一圈，回头我就去买……"

叶红玉听得头疼。

"别，我不要。"

"你要！"

黎舟在房间里读书，翻了课本没看上两页，就听着外面父母跟小孩一样你一句我一句地吵吵闹闹，忍不住笑了。

隔壁敲敲打打装修了小半个月，又陆陆续续搬来许多封好的大纸箱，连家具都搬了许多过来，装修了一阵才终于安静下来。

叶红玉看他们装修了这么久，也有些好奇。等瞧见刁明山亲自带人送来两个金丝楠木的大书柜之后，才终于发觉了，走过去笑道："刁先生，怎么是您？我就说这家住的人讲究，没想到是你和黎江。"

刁明山笑道："他们兄弟俩从小亲近，我们小江过来，咱们两家也互相有个照应不是？"

叶红玉点头道："对，您应该提前给我打个招呼，我这边别的没有，人手足够。您说一声，保管给您弄得周全。"

刁明山笑起来，摸着下巴上的胡子，连声跟她道谢。

两边家长聊着的时候，学校也到了放学的时间。

黎舟去自行车棚推了车子，这几天他已经习惯骑自行车了，有些时候还会去附近书店买些书。

在他那辆自行车旁边，还歪歪斜斜放着一辆同款自行车，车锁大大咧咧地把他的车轱辘一起锁上了，黎舟只解开了自己的车锁，那把大锁没法子解开，根本走不了。

他不用看就知道是谁做的，靠着自行车棚等弟弟来。

没一会儿，黎江没等到，反而凑过来一个红着脸的女孩。

女孩推着自行车走过去，带着点儿羞怯地看着他道："陆同学，我们可以一起回家吗？"

黎舟指了指自己的车子，道："恐怕不行，我车子被锁在这儿了，走不了。"

女孩立刻兴奋起来，说："你可以骑我的！"

黎舟看了她的自行车一眼，淡粉色的自行车上面还印着小花，很少女。他要是骑了，这个女孩就只能坐在后面的车座上。他沉吟了一下，委婉地拒绝道："不用了吧，我骑车技术不好，怕把你给摔了。"

女孩爽快地道："不怕，我带你！"

黎舟摸了一下鼻尖，一时词穷。

万幸弟弟终于赶来了，下午最后两节是体育课，黎江穿着一身运动服跑过来，头发蓬松，笑容灿烂，走近了都能闻到男孩身上带着香皂混着汗水的气味。不难闻，像在绿茵球场上滚过一样，还带着点青草的气息。只是黎舟现在看他的眼神，跟看一只在外面滚了一身脏的小狗没什么两样。

“哥，我来晚了！我们班踢球来着，我前锋，进了三个球！”

黎舟道：“你来得正好，快把车锁给我打开，下次不许锁在我车上。”

黎江吐了吐舌头，说：“我不是怕你不等我，跟人跑了嘛！”

女孩听得脸一红，低头推着自己的自行车就走了。

黎江好奇地问道：“她是谁呀？”

黎舟就把刚才的事跟他说了一下，重点批评了弟弟：“所以你不许再乱锁了。”

黎江等大哥把车子推开，反手利落地把自己的车子又给锁上了，扔在车棚里也懒得管，跑过去追上大哥，拿脑袋在他的肩膀上蹭了蹭，拖长了音故意闹他：“哥，我骑车技术不好，怕把自己摔了……”

黎舟敲了他的脑袋一下，笑道：“我带你，行了吧？”

“哎！”

黎江喜滋滋地跨坐上大哥自行车的后座上，他腿长，坐着也没多舒服，主要是心里美，没出校园就让他哥推着走了。

“哥，刁叔今天把房子收拾好了，赶明儿我就能搬过去住啦。到时候咱们每天都可以一起骑车来学校，我就在楼下等你……”

黎舟在路上一个刹车，扭头问他：“隔壁新搬来的是你？”

“是啊！”弟弟回答得坦坦荡荡，看着他，眼神明亮地道，“本来还想把你右边那套也买了，刁叔说那边西晒，来回走动老经过走廊，怕影响到你休息，我就没要。”

老式楼房一层三套，好嘛，还打算两面包抄。

黎江晃了晃腿，好奇地道：“哥，怎么了？”

黎舟想了一下，重申道：“你住过来以后，早上也不许把你的锁锁我的车轱辘上，知道吗？我到时候过去敲门喊你一起走。”

黎江坐在后面乐了好一会儿，拿脑袋蹭他，拖长了音调喊他哥。

“……”

“也不许在我衣服上擦汗，起开。”

“嘿嘿嘿！”

兄弟俩骑车刚出学校大门，也就是过个路口的工夫，就被查了。

学校的年级主任戴着袖章，已经在路口抓了七八个学生，毫无例外都是骑自行车带人的。

年级主任伸手拦住黎舟他们，冷着脸道："同学过来一下，站这儿排队，一会儿登记名字。"

黎舟有些不明所以，但站在那儿的都是他们学校穿一样校服老老实实等着的，他也就推着自行车过去，排队站在后面等着。

黎江的眼珠子转着看了一下，悄悄拽了他哥的衣角跟他咬耳朵："哥，可能是抓早恋的。"

黎舟扫了一眼，确实大多数是一男一女，但他还是有些不解："那抓我们干什么？"

这个黎江也不懂了。

兄弟俩站在那儿排队等着，倒也老实。

路边几个男孩女孩被拦下来，站在那儿的女学生满脸通红，小声解释道："老师，我的自行车坏了，所以才坐同学的车，真的是第一次。"

旁边并排站着的男同学也道："对对，她自行车胎被扎破了没气了，让我们班另一个同学帮忙推着，我们就先走一步。真的，您要是不信，等一会儿他就来了！"

正说着，果然瞧见一个高壮憨厚些的男生推着一辆女式自行车小跑过来。瞧见他们都在这边，不用老师喊自己就过来了，一边走还一边奇怪地道："你们怎么都等在这儿啊，是在等我吗？"

站着的那俩人给他使眼色，他也没瞧出来，挠着头走了过来："这是咋了？"

年级主任没跟他客气，只看他一眼道："你没什么问题，走吧。"

那男生看了看自己的两个同学，主要视线都放在那个漂亮女生身上，犹豫了一下还是跟着站在那儿，没有自己先走的打算。他还想跟女生说两句话，但女孩一点说话的心思都没有，看着年级主任记下自己的名字闷头不语。

黎江看了，小声道："他这样不行，肯定追不上那个女孩。"

黎舟道："你还懂这么多？"

"那是，我们班也有早恋的，都好几对了。"

“你也谈了？”

“我没有啊，”黎江哼道，“我不喜欢她们。”

黎舟有点好奇，从前黎江别说结婚了，身边连个交往对象都没有。B市最大的钻石王老五没有一星半点的绯闻，大家传得最多的只是黎少脾气阴晴不定。那会儿黎江脾气确实挺大的，但凡他们兄弟俩彼此遇见，黎江总是绷着一张脸，横竖看他格外不顺眼。黎舟没忍住心里的八卦心思，凑过去小声问他：“那你喜欢什么样的？”

黎江想了想，认真总结：“要对我好，宠我，遇到事能罩着我，凡事都先想着我。当然了，我肯定也对她好……”

黎舟听得面色古怪，觉得黎江这不是在找对象，简直是在找长辈。

负责风纪检查的年级主任一路记下学生们的名字，到他们跟前的时候见他们俩还在嘀嘀咕咕，严肃地道：“你们俩也别说话，叫什么名字，校卡亮出来我看一下！”

黎江站在前面道：“老师，这是我哥，我哥骑车带我也不行吗？”

“谁都不行！骑车带人过马路有安全隐患，一不小心摔了怎么办？出事了学校要负责的。你站好了，别挡着后面的同学。”老师把黎江拨开，记下黎舟的名字，那点小伎俩都没看在眼里。

黎江揉了揉鼻尖。

年级主任把他们两个校卡上的名字记在后面，又确认了一遍班级才让他们走了。

路口那些同学都蔫头耷脑地回家去了，有些脸皮薄的女同学还哭了。那几个皮厚的男生也有些苦恼，这个年纪还真是最怕叫家长了。

黎家兄弟倒是没什么太大的反应，黎江从小到大都没有在学校被为难。他拿的奖有些是校长陪同一起去领取的，校园里的天之骄子，成绩拿出去多少名校都要抢人，所以“小少爷”压根儿就不懂普通学生的烦恼。黎舟是经历太多，即便回档重来，也觉得自己并不完全是一个学生身份——他有些时候，看待老师都需要调整一下心态，毕竟他们比过去黎舟公司的下属还要年轻。

晚上，黎舟照常回家吃饭，叶红玉变着花样给他做饭。今天晚上吃的是大虾白菜汤，还有一份红烧肉和醋熘豆芽。红烧肉做得一般，却也不难吃，黎舟每样都吃了一些。

叶红玉洗干净了手，亲手给他剥虾壳：“你别动，吃饭，我来弄这个，一会儿省得你再去洗手。这虾是你爸刚让人送来的，你那几个师哥知道你喜欢吃这个，就弄了两箱过来。”

黎舟旁边放着一个小碟子，里面有一点醋和姜末儿。叶红玉给他剥好虾，他蘸着姜醋吃了一只，虾肉饱满弹牙，新鲜，带着一点甜味，蘸上最简单的姜醋就吃一个鲜。

“就是太多了，占地方，我晚上给你烤一下。烤虾也好吃，你就当是小零嘴，吃着玩吧。”

叶红玉剥了满满一碗虾肉，黎舟不肯只有自己吃，两个人便分着吃了。

叶红玉常年在海上，什么海味没吃过，但黎舟夹的虾仁咬起来口感就是不一样，鲜香可口，是她吃过最好吃的虾了。

晚上，隔壁的小邻居抱着作业礼貌地来敲门。白天叶红玉已经见过刁明山，再瞧见黎江也没有感到意外，笑着让他进来：“去吧，你哥哥在书房看书呢，你们俩正好一起学习。”

黎江笑道：“谢谢姨！”他走了两步，又绕回来递了一个小纸袋到叶红玉面前，带着点腼腆道，“姨，这是我妈让我给您的，她不知道您喜欢什么，就挑了两瓶香水让人带过来，希望您能喜欢。”

叶红玉大方地收下，笑道：“喜欢，帮我谢谢你妈妈。也跟她说，有时间来咱们这儿散散心，这里空气好，对身体也好呢！”

“哎！”

黎江任务完成，跑去找大哥了。

黎舟正在书房看书，听见外面有人轻轻敲了两下门，假装没听见。

外面敲门的声音开始变调，跟敲小鼓似的噼噼啪啪有节奏地响起来，简直可以当配乐了。黎舟看书看不下去，抬头看着门口刚想说话，就看到门开了一条缝隙。站在那儿的少年偷偷瞧他，见到他就笑出一口小白牙：“哥，我听不听话？”

黎舟：“哪里听话了？”

“大哥说的呀，你不说‘请进’我就不能进来。哥你放心，我还能再敲一会儿……”

黎舟被他气笑了，对他道：“进来吧。”

进了书房，黎江就安静多了。兄弟俩共用一张书桌，面对面一个看书一个低头写作业。到睡觉的时候，黎江就抱着作业回去了。

黎舟对这样的平淡生活挺满意的，只是每天看《新闻联播》的时候，他还是会留意一些时政消息，观察着这个时代的痕迹，提前做一些准备。黎家是做房地产生意的，但是这次黎舟并不打算再做实业，他也没有那么大的野心，只想赚一点小钱照顾家人，另外再攒一些给自己养老就够了。

第二天去学校的时候，黎舟的心态就有些崩了。

昨天抓的那些不遵守规定骑车的同学被全校通报批评，在大课间做眼保健操的时候插播进来，年级主任亲自念的。黎舟听到自己名字的时候手指正在按眼眶，一个用力差点按进去，眼前黑了一下。

“以上同学，名单贴在校园公告栏里，贴一个学期！还有，下午放学留下做检讨，叫家长！重复一遍，叫家长！”

黎舟前面的同学往后凑过来一点道：“哎，恩公，真是你啊？咱们班还是第一次有人被叫家长。”

黎舟看着他，是他们班的文体委员杨帆。这会儿看他沉默，换上一副同情的神色：“完了，老班肯定不会放过你，中午吃点好的。”

“真正的勇士，敢于直面惨淡的人生，那啥我建议中午打份小食堂的土豆烧肉。”

“臣附议！”

“臣附议！”

黎舟：“……”

周围几个人跟着起哄，中午的时候还真集体跑去小食堂打了份土豆烧肉，算是给黎舟饯行。

杨帆道：“恩公，周五了，我们还要为运动会开幕式排练，就不耽误你的大业了，放学先行一步。”

另一个拿了一个作文本给黎舟：“这是我从其他班借来的宝典，都是历届学长们写的检讨。我们也没啥经验，你自己揣摩一下吧。”

黎舟拿着那个作文本沉默了一下，翻开看了一下，通篇基本就发出一个声音，那就是“饶我一命”，有些饱含深情的检讨里还语气夸张地写了“结草衔环，来世再报”什么的。黎舟抿了一下嘴唇，还是合上了本子。

黎舟这是第一次被叫家长。

他实在不好意思跟叶红玉开口，正在琢磨的时候，手机就响了，是陆老大打来的。陆老大在码头上耗了一段时间，终于有空过来了，今天放学是他来接儿子。

黎舟放松了许多，问他道："爸，你今天有空吗？"

陆老大道："当然啊，儿子，怎么了？"

黎舟道："是这样的，我们老师想见你。"

陆老大一口就答应下来，问清了时间，没等黎舟多说什么就挂断电话。

在陆老大心里，儿子就是当代中学生的模范，老师叫他去能有什么事？肯定是表扬他教育得好啊。陆老大又高兴又有点不好意思。他没读过什么书，这些可都是黎舟自己的功劳。不过输人不输阵，他还是兴高采烈地提前去商场买了一身西装穿上，还特意搭了一条领带，直接穿着就去学校了。

在老师办公室等候的时候，陆老大还认真想了一下老师如果要发奖状啥的，他应该怎么回话，最好显得有文化一点。

黎舟放学到了老师办公室，刚进门就看到陆老大穿着一身黑西装大马金刀地坐在他们班主任的位子上。班主任反而站在对面，别说训话了，就连喘气的声音都不敢太大。

黎舟走过去道："爸，您让老师坐。"

陆老大连忙起身，让了位子。他坐着的时候还好，站起来更高，简直要到教师办公室的屋顶那儿了。这里原本就是好几个老师一起办公，几张小办公桌都并在一起。他人不但高还格外壮，站起身的时候碰得周围的桌子"嘎吱"响："来，老师你坐！"

班主任连忙摆手："不用、不用，您坐吧！"

陆老大也没跟他客气，伸手把班主任拎到座位上让他坐下，自己站在一旁。班主任看看黎舟又看看陆老大，觉得这父子二人的风格差太多了。尤其是陆老大站在一旁看他的时候，简直像是一座山压下来，震慑力十足。班主任清了清嗓子道："咯咯——那个陆同学的家长，是这样的，这次请您过来是为了学校通报批评的事……"

陆老大皱眉："啥？"

"就……学校对个别同学的一些叮嘱……"班主任斟酌了一下，

“也不是什么大问题，学校之前就有规定，骑车不让带人，这次也是突击检查，就查到十几个同学吧。我也希望咱们家长能体谅学校和老师的苦心，都是为了孩子的安全着想，对吧？”

陆老大点头道：“对。”

班主任放松了许多，笑呵呵地道：“那就好办了。这次因为陆同学是初犯，毕竟刚转学过来也不太清楚校规。这样，就在这里写一份检讨交给我就行了。”

陆老大道：“老师您说得没错，不过这件事主要怪我，还是我来写检讨吧！”

班主任原本一肚子话都憋了回去：“那不行啊，我们学校有规定，主要是以教育学生为主。”

“我儿子被教育得挺好的了，我来受点教育。”

陆老大态度好，他什么都认，就是不承认自己儿子不好，挽着袖子非要自己写检讨书。最后还是被黎舟拦住了，他自己来写，陆老大负责监督，半个小时就交上了。

班主任大概翻了一下，看他字写得还挺多，点头收下道：“行，今天就先这样吧。也是为了大家的安全，以后不要再骑车带人了啊！”

黎舟道：“是的，以后不会了。”

从办公室出来以后，陆老大给黎舟拎着书包，走了没两步自己先乐了。

黎舟奇怪地看他一眼，陆老大咳了一声道：“回去别跟你妈说，咱爷俩儿知道就行。”

“嗯。”

陆老大受了一阵教育，半点心理压力都没有，笑呵呵地带着儿子回家了。

自行车棚里剩下零星几辆车，但毫无例外后座都被强行拆除了，光秃秃的，特别难看。但是因为都这样，倒也不显得突兀。留下的都是写检讨的同学，学校拿他们当反面教材，禁止不了骑车带人，就把车后座都给拆了，还责令周一时全校学生的车都得改成这样。

陆老大瞧见黎舟的自行车后座那里光秃秃的，回去的路上就去最大的商场给他买了一辆时下最流行的变速车，这比普通自行车贵多了，七八百块钱一辆，线条流畅，后面有个挡板不加后座，特别帅气。

依着陆老大的性子，他肯定要全商场最贵最炫目的那一辆。可黎舟觉得那辆花里胡哨的车骑不出去，就随便指了一辆深蓝色的。

陆老大道：“行，咱们就买这辆！”

另一边，黎江也被叫了家长。

他在这边的监护人是刁明山，刁先生一点防备都没有，就被老师一通电话喊去了学校。

在B市的时候，刁明山偶尔也去黎江他们学校，一般都是坐在台下接受掌声，或者上台给黎江颁奖，从未受过这般奇耻大辱。

老师板着脸教育了他半个小时，还让刁明山一边读《中学生安全条例》，一边让黎江逐字逐句写下。

“认识到错误了吗？”

刁明山：“认识到了。”

“作为一名当代中学生，要谨言慎行，一举一动代表着我们学校的荣誉。在校园里要遵纪守法，离开校园更要注意生命安全……”刚上任的小班主任老师慷慨激昂，她来带尖子班后这还是第一次遇到班上有犯错被全校通报批评的学生，可以说是非常重视了！

刁明山几次想开口，对方都没给他机会。老师严肃地道：“您别插话，听我说完！”

刁明山：“……”

刁先生从业这么多年，身为一个业内有名的职业经理人，还从来没有人敢这样义正词严地阻拦他说话。

但是也没有任何用处，黎江受罚，刁明山只能跟着“连坐”。

黎江在白天已经感受过一波来自集体的教育，现在人都有点蔫蔫儿的。

刁明山念，他写，老老实实在办公室抄了大半个小时，才算是写完了检讨。

回去的路上，别说黎江有点不能接受，刁明山的心里也不是滋味：“没事，下回咱们就来领奖了，从哪里跌倒就从哪里爬起来。”

黎江坐在后面，用手抠了抠轿车上的真皮座椅：“可是这里没有科技社啊！”

“那也还有别的社团吧，反正咱们下回努力，不写检讨了，改成拿奖。”

“哦。”

刁明山从前面的后视镜瞧了一眼，见黎江也没什么精神的样子，想着法儿地哄他高兴：“那自行车我去看了，都拆了后座，特别丑。咱不骑那个了，去买辆新的山地车怎么样？”

黎江犹豫了一下道：“我回去问问我哥。”

要是他骑了新车，他哥一个人骑那辆光秃秃的自行车可太丑了。真那样的话，他宁可和大哥一样，好歹有个人陪着也不会那么丢人。

刁明山又道：“那咱们去买点东西，压压惊？”

黎江笑了：“刁叔，您怎么对我这么好啊！”

刁明山心想，这又不是什么原则性的问题，比起在B市学校里搞的那一出广播闹剧来轻多了。虽然心里这么想，但他还是嘱咐了几句：“你不是跟老师认错了吗？知错能改善莫大焉。咱们心里知道学校的出发点是好的，要互相体谅不是？”

黎江趴过来一点，隔着座椅跟他说话，比刚才瞧着精神了点。

家里反正就他们一老一少，也不急着回去。刁明山先带他去找酒楼吃了饭，晚上又去夜市一起逛了逛。

刁明山身边那个司机身手不错，不远不近地跟在后面，也不打扰，看得出是做惯了这一行的，经验丰富。

刁明山跟在黎江身边，一边走一边小声道：“这里都是摆着玩的，跟潘家园那些不一样，没什么好玩的，要不咱们还是去商场吧？最近不是新出了一款电脑，买台那个送去就挺好……”

黎江道：“我哥有啊！”

他一边走一边看，还是头一回来当地的夜市，觉得什么都新鲜。

刁明山一双眼睛几十年练得毒辣，一抬头就能看出东西的真假，更何况夜市里卖的都是些花花绿绿的小玩意儿，正儿八经算古董的没两件。但黎江想看，他也就跟在后面陪着，当饭后散步消食了。

这两年刚开始有“下海”这么一种说法，全民经商的热情高涨。夜市里格外热闹，晚上摆摊卖点塑料编的长须小虾或者带彩灯的小汽车，想着办法赚点钱贴补家用，有些头脑灵活的还会主动吆喝招揽客人。

“十二生肖邮票，为什么偏偏猴票最值钱呢？古代有这么一种说法，诸侯的‘侯’就是猴子的‘猴’。因为猴子是凭高四望，那么诸侯呢，过去那可都是达官贵人，显贵得很，站在高处自然也是机敏的呀！”

忽然传来的一阵吆喝把黎江给吸引了过去，那边的一盏路灯下，一个头发花白精瘦的老头儿正在口沫横飞地吹捧着。他手里托着一个透明的小袋子，给围过来的那几个人展示，又指着自己那两张报纸拼成的小摊位上摆着的几个歪歪扭扭的青铜马。

“您再搭配我这个青铜马，喃，马上封侯呀！”

“多少钱？”

“不贵不贵，邮票按枚单卖，这青铜马可是老物件了，给个两百拿走吧！”

“我看您是要疯！”

这边起哄得热闹，真正掏钱买的却没几个。黎江从后面挤进来看了一眼，问道：“您手上那邮票能给我看看吗？”

老头儿看他一眼，见刁明山跟着过来站在身后，知道这是家里大人跟着的，就放心地递过去：“瞧瞧吧，正儿八经的猴票，省城都炒到好几千块钱一版了呢。我单枚卖得是有点贵，要是一版全要也便宜，给个一千块钱拿走就得啦！”

“咦？一千块？”黎江疑惑地拿起来又确认了一遍，是猴票没错，他之前就买过，比这要贵得多。

大概是难得有个人谈价格，老头儿搭话道：“要是觉得贵，可以再便宜点……”

黎江看着上面的小猴子就喜欢，道：“不用，你有多少？”

老头儿谨慎地道：“你要多少？”

黎江乐了：“有多少我要多少啊！”

老头儿搓了搓手，笑道：“小朋友可别闹我呀，老头子家里认真找找还有十几版呢，你都要？”

黎江听见高兴起来，转头道：“刁叔，我就买这个。”

刁明山也没含糊，瞧着周围看热闹的人慢慢多了，开口道：“那行，就买这个吧。老人家麻烦您一趟，带我们过去拿一下。您放心，我秘书随后就到，现金结账，一分钱也不会少给。”

老头儿先愣了一下，紧跟着心跳加快狂喜起来，立刻卷了小摊上的东西背在肩上，招呼着他们一起走。

等附近的人听说有人在夜市一晚上卖东西成了万元户，找过来瞧热闹的时候，人都已经走光了。但这件事还是被夜市上摆摊的人们津津有味地提了好一阵子，这个年代没有网络，电视节目也不多，人们到哪里都爱聊八卦，尤其是这种一夜暴富的，简直太刺激了。

卖了猴票的老头儿正是许广财，他是国营食品厂的车间主任，厂子眼瞅着要撑不下去，老头儿还背着点家当坐船去过陆老大住的那个小岛上摆摊卖东西。但他卖得最多的是呼啦圈，古董一件都没卖出去，赚的那几百块还是陆老大自己掏腰包买了几张猴票，让手下把他赶走了。

许广财也不敢再去岛上，就转悠着到了这边夜市上摆摊卖点东西，顺便看看有没有什么办法能接触上这边的几个大人物，帮一把他们的食品厂。他来了之后一直都没开张，万万没想到今天晚上遇到了这么一个大客户，带着他们回到自己住的招待所后，他翻出木板床下压着的那些邮票，一气儿全摆出来给他们看。

黎江只挑猴票，整版地拿出来摆在一旁，惊喜地道："这么多啊！"

"可不是，这里有十几版猴票呢。我这也是凑巧，当初一个亲戚在邮局工作，有任务必须卖完。那会儿我家里条件还不错，就拿了一个月的工资卖了好些，都在这儿呢，您看……"他笑呵呵地看着刁明山。

刁明山过去瞧了一眼，确认了一遍后又问道："小江要多少张？"

"这十三张整版的我要了，其余零碎的不好看，不要了。"

"好好，那咱们就要这些。"

刁明山给秘书打了个电话，不多时便送来了现金。

成捆崭新的老人头，齐刷刷地摆在那儿，一万三千元整。

许广财等人走了才反应过来，桌上摆着的是真钱。他的心怦怦跳得厉害，忽然推了门出去想追上刚才那一老一少。但是刚到楼下，他就瞧见他们已经上了一辆黑色轿车走了，给他们开车门的似乎是个保镖，瞧着也是寸步不让人靠近的样子。

许广财咂了一下嘴，觉得这种人自己哪里搭得上话。

他回了房间，把桌上的钱收好，只等第二天一早返乡。出来这么久终于弄了点钱，他把钱捆在腰上睡了一个踏实觉。

在轿车里的那一老一少神情也舒缓了许多。

黎江坐在后面笑了一声。

刁明山奇怪地道："小江怎么了？"

黎江道："幸亏江彭亮没瞧见，不然肯定又找事。"

刁明山道："你管他做什么？你是咱们黎家的人，老爷子放话了，给你和小舟花钱不拘多少。别说买这些小玩意儿，再多也是应该的。江彭亮是一个外人，姑爷这些年对他们太好，接到B市去都忘了规矩，还真把那边当成了自己的家。"

"以前大哥说他是客人，要让着点他。"黎江把手臂枕在脑后，歪头看着车窗外面，眯着眼睛笑，"现在大哥很久都不提他的名字了。"

刁明山没听出重点来，还在安抚道："小舟那是懂礼数，可就是有人顺杆爬也没什么办法，谁让皇帝家里也有三门穷亲戚呢。咱们遇上了，也不能跟他们一般计较。"刁明山刚安抚到这里，就想起江彭亮，听说至今还没有找到学校接收。他也只是这么一想，很快又把精力放在了黎江身上，哄他道，"小江别管旁人，你好好听话，跟着刁叔学东西，要什么咱们都给你买。"

"真的吗？"

"当然是真的了！刁叔什么时候骗过你呀。"

黎江想了一会儿，道："那我要一个账户，您之前不是教我玩股票吗？我也要一个，我想自己赚钱买东西。"

刁明山想了想，道："也成，反正正好请了老师教你这些，我给你开一个，你的账户自己管理。"

黎江心满意足地说："刁叔真好！"

刁明山心下宽慰了许多，觉得养个孩子也挺有意思，偶尔听到这么一句就特别有成就感。

另一边，陆家。

陆老大和黎舟回来得晚了，叶红玉问起的时候，陆老大就说去给儿子买了辆新自行车。叶红玉不疑有他，这件事陆老大干得出来，带着点争宠的心思似的加倍对儿子好，生怕儿子这段时间不记得他了。别说自行车了，就是汽车也肯买。

叶红玉招呼他们吃饭，她一转身，陆老大就冲黎舟眨了眨眼睛。

黎舟笑了一声，也配合他一起把这个小秘密藏起来。

只是等到晚上的时候，陆老大翻来覆去睡不着，忍不住跟叶红玉显摆，自己主动说了出来。

陆老大说完还忍不住夸儿子，美滋滋地道：“咱们儿子就是厉害啊，写检讨，一遍就过了！那字，啧，跟写书法似的，真漂亮！”

叶红玉听了笑道：“写个检讨也美成这样？”

陆老大手枕在脑后看着天花板，笑呵呵地道：“美着呢，红玉，你不知道，我以前就想过好多次，今天真的特别高兴。”他过了一会儿，又乐道，“小舟没跟你说吧？我们俩说好了，不告诉你这件事来着。”

叶红玉故意说道：“怎么，你们父子俩现在都有小秘密了？”

“那是。”

陆老大特别得意。

他没再说话，叶红玉都快睡着了，就听见他又小声道：“红玉，现在的日子真好，我以前瞧见他们给儿子攒钱盖房子娶媳妇，我真的眼馋啊！现在我也能这么做了，我一想到小舟，就感觉身上的力气使不完。我再干个十年二十年的，好好给你和儿子置办一份家产。等将来有了孙子孙女，咱们儿孙满堂，一家人在一起高高兴兴地过日子。”

叶红玉嘴角勾起一抹笑，哄他道：“好好好，快睡吧。”

秋季运动会每年都在九月底举行，运动会之后正好十一放假。七天黄金假期是在四年后才开始实行的，现在还是三天节假日。正好赶上闰八月中秋节，学校通知运动会后多放两天假，让同学们回家过个节，也适当地放松一下。

每年运动会的这两天都是学生们最高兴的时候，校园里没有什么新鲜事，每天宿舍教室两点一线地跑，有个运动会让大家心里乐开了花。

但也有个别班级并不是那么合群。

黎舟他们这个班类似于实验班，课上得比其他班级要快，高中的课程压缩在一年半内学完，剩下的全都是题海战术，同学们每天奋斗在知识的海洋里。

班上的同学疯狂地热爱学习，对其他事情毫不关心，文艺委员和体育委员两个职务合并在一起都交给了杨帆。

杨帆同学这段时间非常痛苦，说话都成了咆哮体。

“我们班——

“文体委员身兼二职！

“因为大家都爱读书！

“可是我也想读书！”

排练开幕式的时候还好，大家集体走一走，身在操场心在教室，嘴里小声念叨着背诵课文也就过去了。但到了选开幕式代表的时候，因为每天还要排练外加站上主席台露脸，大家就纷纷转变了态度，问谁都是三连否认：我不要，我不想，我不当。

有些人是觉得自己成绩不好，要加快脚步跟上大部队；有些人是性格内向，站在主席台上就紧张，实在是不好意思站到那个位子上。

杨帆没有办法，去找了恩公黎舟，搓着手说了一下情况后小心地道：“这个开幕式代表也不麻烦，就是要准备一下宣誓什么的，到时候再排几天位置。那个……恩公啊，你方便吗？”

黎舟问道：“其他人呢？”

杨帆哭丧着脸道：“要是还有别人，我肯定找了。真的，我这边每天还要跑校广播社那边跟他们商量入场时的方阵和台词。恩公啊，要不是真没人了，我都没脸再来求你。”

黎舟虽然不太喜欢应酬，但上台脱稿讲话没什么问题，就点头答应了：“那我去吧。”

杨帆简直感动得热泪盈眶。

校园运动会准备了数日后，正式开始了。

场地就是学校的大操场，占地面积很大，是由一个以前的驻守部队留下的训练场改建的。场地收拾得平整，煤灰渣跑道上用石灰粉重新画了线，周围一圈也都插了彩旗，从早到晚循环播放着慷慨激昂的《运动员进行曲》。

校园广播台的播音员声音甜美又充满朝气：“同学们，在这个秋高气爽的日子里，我们迎来了礼贤中学一年一度的秋季运动会。学校已有百年历史，就在今朝，我们的运动健儿们本着‘更快更高更强’的精神再创新高——”

各班方阵在奏乐声中踏入操场，年级由低到高，依次入场。

黎舟他们是高一（1）班，走在第一个。

班上的同学男生穿着黑色的中山装，女生穿着民国女学生式样的衣服，配上齐耳短发，一个人手里抱了一本书，很像那么回事。

他们班的口号也没想得太花哨，集体行进的时候，用最大最响亮的声音背了一首《少年中国说》："故今日之责任，不在他人，而全在我少年。少年智则国智，少年富则国富，少年强则国强……"走过主席台的时候，他们刚好背到最后几段，声音都提高了几分贝压过了音乐。

"前途似海，来日方长！

"美哉我少年中国，与天不老！

"壮哉我中国少年，与国无疆！……

十六七岁青春的年华，朝气蓬勃的生命力都肆意渲染在这艳阳秋日里，像是一朵朵希望之花遍开四野，有种无法用笔描绘的绚烂。

黎舟去主席台做了一场简短的宣誓，之后回了自己班级所在的地方。

他换了一身运动服，看时间差不多了，就去准备区做了热身。他身边放了一瓶水，还没有拧开。

相比其他同学的紧张，黎舟的心情完全是放松的。跟这个年纪的学生比冲刺速度他可能不行，耐力却没有什么问题。

这边高中部和初中部的运动会同时举行，但项目是分开的，两边也都划了不同的看台区域。在初中部那边，初二（1）班的几个女孩和其他人一样，难得不用和在教室里一样那么守规矩。几个平时玩得好的女同学扎堆凑在一起坐在最后排说悄悄话，还有人带了小零食过来，大家一起分着吃了，一边吃一边看在场地上比赛的人。

前排一个男同学一直站着，她们扭头，他也侧身，她们试着坐高一点，对方竟然还站在那儿踮脚，也不知道在看什么，特别专注，好长时间都没换姿势。

那几个女生的视线都被挡住了，一个女孩就开口道："哎，同学！麻烦你坐下好吗？你这样我们在后面看不清楚呀！"

前面的男生听见后转过头来："抱歉，我找人……"

几个女孩的脸都红了一下，这是班上新来的转学生，小帅哥一枚。刚才开口的女生语气都放柔和了一些："没事，要不……要不你来我们这边，这里还高一些呢。"

黎江惊喜地道："你要跟我换位子吗？谢谢啊！"

女生："……"

女生只得和黎江换了一下位子。

这次黎江站在了最后一排，不会再挡到任何人，舒舒服服地倚靠着墙壁继续寻找。当他听见五千米长跑开始的时候，他的视线更是锁定在那一排准备出发的运动员身上。瞧见靠近内圈跑道的一个人时，他弯着眼睛笑了。

他找到大哥以后，视线就一直没离开。他瞧着大哥从刚开始的前几位一点一点落后，等中期又慢慢发力追上别人，步子始终不紧不慢，连跑步的姿势都那么好看，他的心里涌起一阵骄傲来。

那是他哥——

是他最帅、最好的哥哥。

黎江站在那儿看得认真，旁边的女孩们也在看他。

黎家兄弟俩的长相都非常出众，即便年纪还小，但五官已经有了轮廓。比起黎舟的清俊，弟弟黎江也不遑多让，在初中部也算是一个名人。他本身就有转学生的光环加持，成绩好，各项运动都出彩，在班上的人缘也特别好，什么都能聊上几句，尤其长得帅。

带着少年人特有的朝气，他笑起来的时候特别招人喜欢。挨得近的那几个女孩瞧见他嘴角勾起的模样，内心简直如小鹿乱撞。

女孩想了半天说辞，终于鼓起勇气想跟他搭话的时候，却看到他忽然跑下了观众台，奔着运动员区去了。

黎舟刚跑完，第一个撞线到达，正慢慢走着。

旁边的人送了毛巾和水过来，还伸手要扶他。他略微避开一点道："谢谢，有水就够了，不用……"他抬头看了对方一眼，有些惊讶地道，"你怎么来了？"

黎江扶着他走了几步，笑道："看大哥比赛，拿第一。"

黎舟拿毛巾擦了擦额头上的汗，轻笑道："万一拿不到呢？"

黎江嘴甜："那就第二呗。哥，我觉得第二的那个奖品也挺好，是一本相册呢。刁叔把我们以前用的相机拿来了，咱们拍了照片就可以放进去，刚好。"

两个人一起走了几步，黎舟喝了水，黎江不好在这边久留，他班上的同学也找了过来。这位身上也有几个任务，要跑接力赛。

黎舟坐在班级的休息区，过了一会儿杨帆就火急火燎地跑来找他。班上有个同学报了跳高却不小心在试场地的时候崴了脚，只能临时找人顶替一下。

"恩公，你不用担心，随便过去凑个数就成。那边比赛的有好几个是体育生，不用你拿啥名次，只求不缺席。”杨帆一脑门汗，这一个上午他来回跑，嗓子都有点哑了。

黎舟没多说什么，站起身跟着他过去了。

他的体力已经恢复得差不多了，在这里也是坐着看比赛而已，参与一下没什么不好的。

跳高比赛已经开始了，黎舟身上换了新的牌号，等着开始比赛。

他只在体育课上接触过这个，成绩一般，只是凑场子而已，所以他的心态很放松。

抱着和他一样想法的人不在少数，来比赛的人多半动作都不太标准，碰竿摔下去的、抱着跳竿一起倒在垫子上的，还有跳歪的，什么样的都有，不过大家都玩得挺开心的，重在参与嘛。

轮到黎舟的时候，他的动作竟然还算是比较标准和规范的。

黎舟跳起来的一瞬间，映入眼中的是蔚蓝的天空。他能感到有风吹过，还有发梢上随着跳动扬起又滴落的汗水，身心从未如此自由。

耳边回响起入场时和班上同学们一起喊过的话——

“前途似海，来日方长。”

黎舟笑了一声，闭眼跳过，重重地落在垫子上的那一刻，心脏也像归位了一样。

裁判吹响哨子：“过——升竿五厘米，进下一轮！”

跳高组的竞争太过激烈，黎舟最后以实力加上那么一点运气——同组的另一个体育生衣服挂杆跳失误了——侥幸拿了个第二名。

黎舟去主席台那边领了二等奖的奖品，手里拿着那本小相册看了一下，脚步略带犹豫，向发奖的人询问道：“同学，麻烦问一下，初二（1）班的看台在哪里？”

那个同学热情地给他指了一个方向，黎舟道谢之后便找了过去、倒是也挺好找，那边依次放着班级的牌子。

黎江刚跑完接力赛，正在用毛巾擦汗，跟旁边的几个男同学笑着说些什么，忽然就被人拍了拍肩膀，扭头就看到了自己大哥。

黎舟把那本小相册扔到他怀里，道：“刚拿到的奖品，给你了。”

黎江捧着那本相册愣了一下才反应过来，还没来得及跟大哥说什么，就瞧见对方已经走了。

旁边几个男生看到高年级的学长都老实了，等着人走了才围过来道：“什么呀？老大，你这是拿的啥？”

“那个好像是你哥，对吧？”

“哇——这是二等奖的奖品啊！我刚去主席台特意看了，一共就十本，这是最好看的一本哎！”

“你这个哥哥也太好了吧，不行了，我嫉妒了，我拿我三个表哥咱们换换吧！”

…………

黎江被他们推搡了一下也不恼，听着他们说，脸上带了一抹得意，说：“去去，不换，我这可是亲的！”

“我表哥也是亲的啊，不是一样吗？”

“一点都不一样。”黎江把相册放进书包里，背着书包直接走了，脸上的笑容就没收过。

剩下那个男同学挠了挠头，疑惑不解地道：“哪儿不一样了？老大这个不是表哥吗？我那次听人喊‘陆亦舟’来着，不一个姓的就是表亲吧？”

旁边几个接力赛刚拿了第一，还处在亢奋中，咧嘴笑道：“你管他呢，可能人家兄弟感情特别好呗！”

两天的运动会很快就结束了，最后半天的时候，只有一个闭幕式讲话。听校长念了一会儿假期注意安全的事项，最后两个字“放假”一喊出来，学生们都发出了欢呼声。

杨帆忙碌了一天半，终于可以在今天放下担子，暂时没他这个文体委员什么事了。他和班上的同学们一起回了教室，开开心心地收拾起书包来。他正往书包里塞练习册的时候，瞧见黎舟进来，立刻热情地跟他打招呼：“回来啦，这次排名我都记上了，期末评优秀的时候加分！”他拍了拍自己桌上的本子，笑得露出一口小白牙，“全都记得清清楚楚，陆同学，你可真厉害，顶咱们班的半边天呀，三个第一有俩是你拿的，长跑冠军！”

黎舟笑了笑，没说什么。

杨帆就坐在他的前排，侧身站在那儿一边收拾东西一边问道：“你这个假期怎么过？要去哪儿玩吗？”

黎舟对他道：“要去附近的一个岛上，看一下亲戚。”

“亲戚？”

“嗯。”

杨帆好奇地道：“你家是做什么的呀？”

“水产养殖。”

对面站着的杨帆同学都惊呆了，他上下看了看黎舟，怎么都看不出他家是做这个的：“真的假的？”这个人看着可一点都不像渔民，没有半点被晒过的痕迹啊！

黎舟想了想，又补充道：“还有捕捞，顺便送点货什么的吧。”

他听说陆老大跑过海船，现在都是走内陆货运居多，叶红玉也因为家里养海货在家提过两次休渔期，应该和这些都有点关系。黎舟对叶家知道得不是很多，只知道那边还有一位老太太在，另外还有一个舅舅和小姨。叶红玉跟他们关系不错，应该都是很好相处的人。

黎舟礼尚往来，也问了他一句：“你呢，打算怎么过？”

杨帆背上他那一书包的课本和练习册，两眼放光道：“看书，充电！”

黎舟夸赞道：“这么用功，回家还要看书啊？”

“看！怎么不看！”杨帆慷慨激昂，抱着书包即兴表演了一场，“我爱学习，我要学习！不要拿走我的书。啊，这该死的来自知识的甜美！”

黎舟被他逗笑了。

叶红玉和陆老大都在这边等他，黎舟和往常一样打算先骑车回家，再作其他安排。

刚到自行车棚那里，他就遇到了一点小麻烦。

他的自行车又被人锁了。

两辆变速车，一辆是深蓝色的，另一辆是张扬的大红色的，结结实实地锁在了一起。尤其是那辆大红色变速车，车锁还故意在他的车轮上绕了两圈，生怕锁得不够牢。

敢这么锁的，不作第二人想，绝对是他弟弟了。

黎舟单肩背着包，倚靠在那儿站着等了一会儿。

没过多久，黎江果然跑来了，笑嘻嘻地还想抱他一下。黎舟伸手推他的脑袋，把他给推开了。

黎江眨巴着眼睛，“嘿嘿”笑道：“哥，你在这儿等我吗？”

黎舟看他一眼，照着他的脑门轻弹了一下：“别废话，开锁。”

"哎！"

黎江三两下把车锁打开，兄弟俩一人一辆车并肩骑回去。

黎江在路上挺开心的，说了很多话，等到了小区楼下，还从自己包里掏出一个灰色硬壳笔记本递过去："哥，这是我拿的奖，接力赛一等奖，给你用。"

黎舟接过笔记本，又伸了手过去道："车也给我。"

黎江没明白："怎么了？"

黎舟道："我怕了你，两辆车都交给我，我去锁车。"他可不想再被锁一次车。

黎江觉得这是大哥在宠自己，高高兴兴地把车交给大哥，自己背着书包先上楼了。他还在家里准备了一样东西给大哥。

黎江刚上楼梯，就碰到了陆老大。

陆老大手里拎着一个大纸箱，轻轻松松地走下来，瞧见他道："哟，放学啦？"

黎江礼貌地跟他问好，还想过去给他搭把手。陆老大连忙闪开一点，笑道："不用、不用，你可提不动这个，这里面是小舟平时在书房看的书。这不要回家住两天嘛，我也不知道他要看哪本，就都给他带上了。"

黎江脸上的笑容淡下去几分："回家？"

陆老大是个粗神经，完全没看出来，还跟他聊："是啊，这不中秋节了吗？你家大人呢，是不是也等他接你回家？呵呵。"

黎江愣了一下，握紧了书包肩带："是，一会儿就回去了。"

陆老大热情地道："现在螃蟹正好，肥着呢，回头我让人给你家送两箱过去。中秋团圆就吃个应景儿！"

黎江勉强笑了一下，点头道："好。"

陆老大拿他当子侄辈看待，所以特别热情，聊起来就没个完。黎江却等不下去了，低声道："陆叔叔，我还有点事，先走了。"

陆老大不疑有他，笑着跟他摆摆手，让他走了。

黎江原本的好心情已经消退得差不多了，心里膨胀起来的那份"感情"像漏气的气球，整颗心一下就空虚下去。这段时间他一直不去想，不想承认的事，被陆老大几句话彻底戳破了。他的大哥现在是在别人家里，有别的亲人在等着和他团圆。

黎江抿了抿嘴唇，有些不死心，目光闪烁了几下，还是打开家门准备去拿那份小礼物。

他喊了十几年的哥哥，从出生起几乎没怎么分开过的最亲的人，每年生日他都会送上一份小礼物，从无例外。哪怕对方改了名字和生日，黎江也固执地要在今天送出礼物——

“是是，我和小舟那天也是这么聊的。反正小江早晚都是要回去的，在这里不过就只是待半年，新学校我都已经联系好了。”

黎江的脚步顿了一下，抬起头看向书房的方向。

“对，现在毕竟不是一家人了，老这么打扰也不是个事。以后早晚要各走各的路，可不是？瞧您这话说的，我还以为小舟也跟您汇报了呢！小江年纪还小，不懂事，过两年就知道咱们是为他好了……”

书房里，刁明山站在窗前还在说着什么。他在向黎老汇报工作，因为说得认真才没有注意到外面。直到书房门发出“砰”的一声，他才发现门口站着的男孩，连忙转身道：“小江？你什么时候回来的……”

黎江攥紧了拳头，直直地看过去：“他真的这么说了吗？他说和我不是一家人，我打扰他了，要各走各的路……是他亲口说的吗？”

刁明山赶忙挂断电话，走过来想跟他解释几句，但摸了摸鼻尖也说不出什么更好的话来。他为几个月后的摊牌想了很多办法，但是从来没有一种情况比这个更糟糕。

刁明山沉吟了一下，道：“其实这件事吧，也不是你想的那样……”

黎江冷声道：“那是什么样的？你之前跟我说好的，未来几年都让我留在这儿读书！”

刁明山苦笑道：“是，但凡事也有个例外。其实一开始是老爷子担心你的安全，为了安全着想才让我带你来这边避一阵的。等B市安稳了，咱们肯定还是要回去，还是和之前一样不好吗？”

黎江感到愤怒：“不好！我哥他也知道对不对？他一开始就知道了对不对？你们是一伙的，你们从一开始就都知道我要回B市，就骗我一个人！”

刁明山想上前一步，黎江却避开他的手，嘴唇抿成一条线。

“小江……”

“刁叔，你骗我。”

刁明山心虚地咳了一声道：“也没那么严重，那什么……就是一门说话的艺术。”

黎江没跟他说话，起身直接离开了。

刁明山不敢有半点含糊，连忙起身追上去，一边走一边打电话给楼下等着的司机，让他们帮忙拦着黎江。

这边楼房的隔音效果不是很好，黎舟在客厅里和叶红玉说话，就听到外面有一些轻微的声响，抬头看了一下。

叶红玉正在装箱，问他：“怎么了？”

黎舟收回视线道：“没什么，我帮您分吧，哪些是给小姨的？”

叶红玉指给他看，让他帮忙一起把礼品收拾好。中秋家宴，阖家团圆，她们家已经十几年没有过过一个团圆的节日了。今年终于可以好好庆祝一下，顺便带着黎舟去走走亲戚，认一下亲戚们。

陆老大上来提第二个箱子的时候，对他们道：“我刚给咱妈那边打了个电话，老太太很高兴，说晚上等咱们一起回去吃饭，捞了最大个的螃蟹等着了。”

黎舟想了一下，道：“我去隔壁问问……”

叶红玉知道他的心思，黎江在这里也没有其他认识的人，这个时候也赶不回B市和家人团圆。黎舟心软，怕是想带上他。于是她笑道：“行，去吧，多个人也热闹，那边跟你们年纪一般大的小孩也多，可以陪着一起玩。”

黎舟答应了一声，就起身过去了。

他敲了几遍门，都没有人回应。

他有些疑惑，回来之后又给黎江打了一个电话，倒是打通了，但是没人接，打第三遍的时候直接被挂断了。

黎舟有些不明所以，只能先回来找了陆老大他们，跟着船回岛上去了。

陆老大的船一早就在岸边等着，上了船，陆老大简直如鱼得水，比在陆地上要畅快得多，很快就带着他们到了叶家生活的那座小岛上。至于那座小岛，因为太小，都没有取名字，只能住六七户人家。整座岛现在都被叶家舅舅承包了下来，养螃蟹和贝类。

明天才是中秋节，但今天家宴准备得十分丰盛。

黎舟因为没有打通弟弟的电话，心里一直有事，准备饭菜的时候有些走神。

叶姥姥对他很好，但家里人都跟得了消息似的，并不敢对黎舟过分热情。她们努力控制着自己的感情，生怕黎舟会觉得拘谨。只是家里的几个年纪相仿的表弟会好奇地看过来，不过有一个开口喊了“大表哥”，另外一个就鹦鹉学舌般地跟着叽叽喳喳地喊起大表哥来。他们的笑容都是一样的爽朗热情，岛上接触的人少，即便每周也出去读书，但毕竟是这里生养长大的孩子，心思单纯得厉害。

等到晚上的时候，陆老大的一个徒弟过来送了几箱葡萄和橘子，还带来了一包东西，指名说是给黎舟的。

“那个人让我们带给小师弟的，就是上回黎家那个跟着上岛的刁先生身边的司机，来得挺急的，好像说是家里有点事要走了。”

黎舟追问道：“去哪里了？说是因为什么事没有？”

“这个倒是没说。”

黎舟听见后接过来，他最担心的是外公的身体，但打开后发现里面只是一张贺卡和礼物，没有什么亲笔信之类的东西，他才略微放心了一点。不过他还是给刁明山打了一个电话确认了一下。刁明山那边倒是很快接了起来，只听他苦笑道：“小舟，对不住，我给老爷子打电话时不小心说漏了嘴，没留神小江回来听见了。唉……这不，东窗事发，他提前转学回去啦。”

黎舟问道：“他同意转学了？”

“发了好大的脾气，现在还不跟我说话呢，也不喊叔了，我跟他说什么他都不吭声，这不路上都跟我分车坐呢！”刁明山无奈地道，“老爷子的身体很好，回头小江这边我再慢慢安抚吧。也没办法，小孩嘛，总要学着长大的。”

“嗯。”

“对了，小舟收到东西了吗？”

“收到了。”

“那是之前小江准备的礼物，他一直瞒着你准备了很久。临走的时候知道你对转学的事也知情，还说你和咱们是一伙的，他怕是在气头上，东西都要扔了……我瞧着他费了那么大心血找了这些，实在可惜，就做主让人给你送过去了，你亲自瞧瞧吧。”

黎舟挂断电话，等回到自己的房间才认真去看包里的东西。

刁明山送来的包里放着一份未送出的礼物，十几张猴票摞在那儿，最上面还有一张手写的贺卡，写着祝他生日快乐，落款是黎江。除此之外还有一台索尼随身听，当下学生当中最喜欢的一样电子产品，属于比较贵的那一种。

但是再贵，也比不上猴票贵。

现在这个年代买这些猴票可能只要万元左右，但等到十年后，价格怕是要翻上千万倍。

黎舟的手指在落款那里摸了一下，心情十分复杂。

准确地说，每年的农历中秋，也是他在黎家的生日。

现在想来，应该是因为这是外公救他的那一天。

黎老把他从孤儿院带回来，给了他一个家，也给了他一个可以庆祝的生日。

随身听里放着一盘磁带，上面空白，没有字。黎舟戴上耳机听了一下，是黎江的声音，也不知道是什么时候录的一首跑调的《生日快乐歌》，黎江唱得自得其乐。歌唱完后过了好一会儿都是安静的，只能听到磁带转动发出的轻微声响。黎舟以为是结束了，在准备按下关闭的按钮的那一刻，听见里面的少年带着笑意的清脆的声音："哥，以后咱们每年都在一起，都团圆。"

黎舟的手指停在按钮上，好半天没有按下去。

第十章
食品厂

叶家的舅舅和小姨都是很随和的人，舅舅和当地渔民一样，晒得皮肤黝黑，但是脾气很好，胸怀宽广得像大海一样，逢人就笑。他媳妇一瞧就是个爽利人，两口子性格一样，都是老好人。叶家小姨和姐姐长得颇为相似，只是叶红玉气质偏冷，她却是泼辣直爽的性格，嬉笑怒骂都展露在外。倒是她的丈夫穿戴斯文，他在市里某部门做公务员，对她和孩子们都很照顾，瞧着比叶小姨还要细心一些。

陆老大家没有长辈，以往逢年过节他都会和叶红玉到这边来。直到孩子丢了，这么多年来他们都没好好过一个节，现在孩子找到了，遇上这么一个团圆的日子，因此显得特别开心。

黎舟因为收到那份礼物，心思有些重，加上吹了海风竟然感冒了，第二天起床的时候咳嗽了几声。

叶红玉担心他的身体，吃过午饭后，就和陆老大带着黎舟回去了。她们住的那个岛基础设施相对完善一些，就医更方便。

叶姥姥也挺担心黎舟，没挽留他们，一个劲地催儿子给他们带了好些东西：“孩子的身体最重要，小舟没在岛上住习惯，可能是昨儿晚上着凉了。我就说别让那些皮猴子带他去海边玩，这要是病了可怎么办？”

叶红玉笑道：“没事儿，就是小感冒，今天早上还量了体温，不碍事的。”

陆老大笑呵呵地道："妈，回头你让叶文他们来我那儿，我带他们去摸螃蟹，自家养的哪有赶海抓的有趣。"

叶家舅舅生了一对双胞胎儿子，一个叫叶文，一个叫叶武，十来岁，正是上蹿下跳的年纪，半点都闲不住。兄弟俩对这小岛上的每一块礁石都摸熟了，最期盼的就是去陆老大住的大岛上玩耍，听见陆老大这样说，他们眼睛都亮了："姑父，真的能去吗？奶奶，我们真的能去吗？"

叶姥姥也没开口，陆老大已经打包票了："能！回头我让人来接你们。"

两个小孩顿时欢呼起来，看他们俩这么高兴，旁边叶小姨家的孩子也眼巴巴地看向父母。

叶红玉也替他们做主了："期末考好了，大姨给你们奖励。"

叶小姨道："对，进步十名才准去。"

她们姐妹俩感情好，叶红玉又是家中的大姐，小妹特别听她的，顺着就加了码。

他们上船后，黎舟躺在那儿睡了一会儿，一觉醒来已经到了。

陆老大把他背上岸，瞧见他动了一下，立刻道："没事，接着睡吧，爸背着你回家。"

黎舟哑声道："很沉。"

陆老大咧嘴笑了一下，把他往上颠了颠，背得更牢："不沉，到了喊你。"

见他没有松开的意思，黎舟就在他背上又睡了。

傍晚，黎舟身上发烫，陆老大请了医生来家里给他打退烧针，他和叶红玉轮流守了黎舟一夜。后半夜黎舟的体温就降了，呼吸也逐渐平稳。陆老大原本有些担心，想一早就带儿子去医院看看，叶红玉道："外面起风了，现在出去小心又受冻，再发烧可不得了。"

陆老大道："那我再去把医生请来？"

叶红玉探了探黎舟的额头，摇头道："不用，退烧了，他睡得也好，让他多休息一会儿，等中午再看看。"

黎舟这病来得快去得也快，中午就恢复了精神，他起来吃了饭，又吃了药，等到晚上除了还有点咳嗽，看着没什么事了。

他这两天做得最多的事是听黎江送来的那盘磁带，新款的索尼随身听只有巴掌大，放在手心里托着刚好。他只戴了一边耳机一遍遍听那首《生日快乐歌》，只是不忍心听最后那一句，倒带回去好多次。

听到假期结束，黎舟就把那个随身听连同磁带一起收了起来，放进一个木盒里，妥善收好。

到了开学那天，陆老大第一次没有借口不想去学校，因为那边除了有学校，还有大医院。他担心儿子的身体，虽然黎舟的病好了不少，但他怕儿子落下咳嗽的毛病，带着黎舟去大医院彻底检查了一番，确定儿子没有任何问题了才放心。

只是这件事，也让陆老大多了一点心思。

他常年跑船习惯了，儿子却不适应海上的气候，万一生病想去大医院都来不及，还是趁早在陆上弄一份家业才好。

黎舟在学校念书，陆老大就去找这边的几个老朋友。

有人听见了，惊讶地道："你不跑船了？那把船卖我……"

陆老大笑着骂道："滚蛋，老子还没穷到要卖船。"

另一个朋友道："那是要转型，弄个厂子开开？"

"也不一定是厂子，就是有这么一个想法，具体还没想好。"陆老大沉吟一下道，"酒楼、茶楼什么的这边倒是也有两家，都是小打小闹，真要做大了，我也嫌麻烦。我陆上接触的事少，你们的消息灵，有什么新鲜事知会我一声……"

他这么说着，一个老朋友的眼睛亮了一下，笑道："别说，还真有一个。"

陆老大道："什么消息？"

"邱城你知道吧？邱城有个国营食品厂快经营不下去了，厂子里正在裁人，好些人下岗了，现在对外承包。那生产线我去看过，前几年刚装了一套德国进口设备。我瞧着，可以去凑个热闹。"

"天上还有掉馅饼的事？"

那人对这些事知道得多，凑过来对着陆老大小声道："也不全是，原来食品厂有个老厂长，也不知是得罪了什么人，被弄到车间去干活了，倒是也弄出一点名堂来。本来食品厂要活了，上头又派下来一个人，满口的假大空，整个厂子连赔三年。这哪儿受得了啊？这不，原本招商引资找了一个新加坡的商人，但那个老厂长不知道上哪儿找的人和记者，硬生生把事情给搅黄了，说给外国人不如他们自己干，还找了原来厂里的工人写联名书，事情闹得挺大的。市领导对此焦头烂额，那新加坡商人也跑了，食品厂多放一天就亏损一天，还有这么一个搅事儿的老头儿在，啧啧！”

陆老大听着莫名有点耳熟，却又想不起来在哪里听说过。等那个人说完，有些犹豫道：“这么麻烦啊！”

“是，要不是这样，哪能轮到咱们？”

陆老大皱眉：“我回头再想想吧。”

几个人谈了一会儿，那几个老朋友也很久没瞧见陆老大了，到了饭点就要留他一起喝酒。

陆老大起身道：“不了、不了，我还得回家做饭。”他这么说的时候，脸上露出几分得意来，“我儿子要放学了，他吃不惯外面的菜，就爱吃我做的，我一会儿还得去菜市场呢，晚了都没好菜了。”

那几个老朋友对他的情况也了如指掌，笑道：“那我们就不留你了，还是咱们侄子重要，快去吧。”

给他提供消息的人也站起来，热情地送陆老大下楼，拍着他的肩膀道：“老陆，我备了一份薄礼在楼下车里，你那次办酒席的时候我人在外地，没来得及赶过去。这不，心里一直记挂着呢，给大侄子的东西可是一定要补上的。”

陆老大笑了一声：“太客气了。”

“扯淡，我跟你才不客气，咱们可是过命的交情，那次海上出事要不是你把我捞上来，我怕是早就在海里喂了鱼，这恩情我一直记着呢。”

“都过去那么久的事了，不提了。”

那个人跟陆老大感情是真的，亲自送了他下楼，又给他拿了东西。盒子很小，但是分量十足。

陆老大先拎着去买了菜，转了一圈之后，这才回家来。

黎舟只中午在学校食堂吃饭，傍晚在家里吃。他和叶红玉轮班，这周到他照顾儿子了。陆老大在家给儿子做好了饭菜，黎舟刚好到家，推门就闻到了饭菜的香味儿。

他身体刚好，陆老大被叶红玉拎着耳朵叮嘱过，没敢做大鱼大肉，只做了一份鸽子粥，又炒了三道菜，爷俩儿一起坐下吃。

黎舟瞧见桌上放着一个盒子，顺口问道：“爸，你出去了？”

陆老大道：“啊，对，去见了几个朋友，那是他们送你的礼物。

我还没看呢，你打开瞧瞧。”

黎舟擦了手，打开盒子看了一眼，里面是一个精致的铁盒，沉甸甸的，铁盒里是一个水晶摆架，上面放着个一斤重的金碗。

黎舟：“……”

真不愧是陆老大朋友送的，风格一模一样。

陆老大倒是挺高兴的：“这个好，金饭碗。儿子，这个咱们收好了，讨个好彩头！”

黎舟点头应了，又和他聊了一会儿。陆老大对儿子的事很感兴趣，自己做了什么也不瞒着黎舟，尽数跟他说了。

“儿子，你读书好，帮爸分析分析。你说就邱城这厂子，我找那个麻烦干啥。”陆老大道，“离你的学校还远，坐车过去要一个多小时，我还想就近照顾你。”

其实陆老大也在犹豫，他手里有点钱，之前想在市里买上半条街的铺子收点租金得了，但收租的老爹好像没有当厂长的老爹威风。他有儿子了，虚荣心也跟着悄悄膨胀了，想让儿子说出去的时候有面子。

黎舟听了一会儿，问道：“邱城食品厂的那个老厂长是不是姓许？”

陆老大是今天听人说了才知道的，他没告诉黎舟，猛然听见惊讶地道：“对呀，儿子，你怎么知道的？”

黎舟道：“我见过他。爸，您也见过。”

陆老大想了好半天，还是黎舟提示道：“之前我刚去岛上的时候，不是有个一起摆摊的老头儿吗？卖您两百块钱邮票那个。”

陆老大想起来了，恍然道：“对，我说怎么听着食品厂那么耳熟呢，是不是做方便面的？”

“对，”黎舟道，“这个周末您有空的话，我陪您一起过去看看。”

陆老大道：“你想帮他一把？”

黎舟道：“也不算，我刚听您说的，觉得这个生意还是可以做的。在商言商，有钱赚的事双赢互利最好。”

黎舟想得也简单，赚钱和补偿的想法各占一半。

如果他没有来这里，黎江也不会追来，许老头儿手里的猴票很大概率会在这个小城里埋藏数年，涨价至千万元。

弟弟不知道猴票的珍贵，只因为他这个哥哥是属猴的，所以从许老头儿手里买了十几版。虽然按照现在的价格买得并不便宜，但跟几年后比起来，简直天差地别。

邮票是弟弟送的生日礼物，黎舟没有还给许老头儿的打算。既然到了他手里，自然是他的。算起来，他们兄弟无形中占了老人一个便宜，如果能有生意上的往来，黎舟还是愿意帮他一把的，也算是一点补偿。

晚上，陆老大擦干净那个小金碗，特意将它放在黎舟的书柜上，给他“招财”。

黎舟的视线移过去，却落在书架上的木盒上，盒子里面放着一台随身听和十几张邮票。要说招财，怕是这些才最招财。

他弟弟命里带财，也是没有办法的事。

周末黎舟和陆老大一起去了邱城。

由之前的那个老朋友引荐，三个人一同去厂里看了一下。

邱城食品厂位置较偏远，临近市郊。但公路修建得四通八达，倒也便利。

食品厂在当地算是老字号，是当时第一批建立起来的国营工厂，能在这里上班算是很吃香的一份工作。前些年还扩建了场地，弄得非常红火。现在虽然有些败落，但是厂房还在，占地面积也广，里面有几栋家属楼，甚至还有一个小型的篮球场供大家活动。

只是现在即便是白天，厂子里也没有什么人，只有一个看门的老大爷象征性地坐在门岗那儿，捧着一个瓷缸子喝茶，瞧见他们进来也没做什么登记，只问了两声就放行了。

90 年代的国营工厂，还是什么都承包型的，工人们只管来厂子里上班，什么都是厂里负责。有些大点的厂子甚至还包含了宿舍楼，工人们吃住都在一起，更像是一个大家庭。现在食品厂已经停工，几处占地颇大的仓库大门紧锁，其他办公楼也爬了藤蔓。三楼有些窗户甚至都破了，环境不好，自然也没有人继续爱护它。

带陆老大他们来的那个人叫金玉成，他的名字里有金也有玉，他也喜欢金银玉器一类的，家里买了好些收藏。陆老大家那个一斤重的小金碗就是他送的。金玉成是专门做这些生意的，消息灵通，有这种好地方自然是第一个想着陆老大。这会儿他亲自领着他们一路走一路道：“这儿我都来好几趟了，说真的，这个地方是真不错。”

金玉成叹了口气道："我媳妇家就是这边的，我也算是半个邱城人。早两年，总觉得有许叔当老厂长，虽然他脾气倔，但也能领着大伙再翻身，好歹几百口人能有份工作。但现在换了新厂长整天不干正事儿，一天一个样地瞎折腾。这不，听说前两个月又调来一个新市委书记，人年轻，倒是挺有本事，招商引资弄来一个新加坡商人，也想投资食品厂，可最后还是黄了。"

陆老大道："就是你跟我说的，被许广财召集工人联名上书的事给搅黄的？"

金玉成点头道："是，那外商来了第一件事就是要把工人遣散，一个不留，全套换班子。其实大家心里也有点底，虽然大家心里难受却还能接受，毕竟现在不是提倡停薪留职，下岗再就业吗？好些人已经拿了买断的钱走了，留下来的都是些老师傅，对厂子有感情。"

陆老大疑惑地道："那怎么还闹起来了？"

"因为要建新厂，都重新规划了，说要把那几栋宿舍楼也推了。那边宿舍楼里住着几十户人家呢，都是些老弱病残。当初都是厂里分的房子，现在拆了宿舍，这不要他们的命吗？"

"没给钱？"

金玉成含糊地说了一个数，陆老大立刻皱眉道："就给这么点？在市郊买个平房都不够。"

金玉成苦笑道："可不是，我听说市里也拨了赔偿款，但直接落到了厂长手里，再一层层发下来，也没剩多少。"

"不管管？"

"怎么管？要不是许叔弄那联名信，那个厂长估计离开这儿之后还要高升呢。"

…………

他们两个人边走边说，黎舟跟在后面四处看看。

他越瞧这块地越觉得熟悉。

黎舟的脚步顿了一下，忽然明白过来哪里不对了。

这是1995年的临海市，再等四年，这里就要建立第二个大型机场——如果他没记错的话，他现在脚下的这片土地，正是他当初来临海市转机的时候待过的候机大厅。

黎舟在那儿站了好半天，才摸着鼻尖笑了一声。

他来这里，其实多少也因为黎江买了许老头儿的猴票。他以为来这里是还福报，没想到却是弟弟送给他的第二份大礼。

这个食品厂，他要定了。

就算陆老大完全不懂经营，连亏三年都不碍事，第四年就会因拆建赚个盆满钵满。

更何况有他在，亏钱也是一件不容易的事。

黎舟有了主意，跟在陆老大他们身后慢慢盘算，跟着他们用脚丈量完这处厂区。等再次走到厂子门口的时候，他心里已经有了一个初步的计划。

食品厂本身没有太大问题，问题其实来自厂里的工人。

领头的就是许广财，如果不让这个倔老头儿松口，怕是这件事非常难办。

陆老大他们时间还够，中午在邱城随便找个馆子吃了点东西，就打听着找到了许广财家中。

许老头儿家大门紧锁，没有人在家。

问了几个邻居之后，才有人告诉他们，前些日子许老头儿病了，住院去了。邻居问他们："你们是来瞧他的吧？去医院吧，他家就他和他老伴儿，他老伴儿也在医院照顾他呢，家里好些天没住人啦。"

陆老大他们又找去了医院，路上还给许老头儿买了一兜水果。

邱城人民医院里，许广财躺在病床上，一个房间六张床，只住了四个人，倒是还空出两张床来，能让他的老伴儿躺一躺，歇歇脚。他坐在那儿，穿着一身病号服，眼睛直往外面看。要不是手上挂着输液瓶，他怕是恨不得立刻出去。

老伴儿劝他："你呀，歇会儿吧，非要累垮了不可呀。"

"我心里急啊！"

门口传来两声敲门声，进来了三位客人。许广财原本只是抬头瞧了一眼，但很快就两眼发亮，看看陆老大又看看黎舟，惊喜地道："怎么是你们？小兄弟你怎么来啦？"

黎舟笑道："听到点消息，来看看您。"

陆老大把水果放在他的床头铁柜上，许老头儿不知道他们一起来干什么的，来回看他们。

还是黎舟上前坐下跟他慢慢说了，许广财也没想到他们是父子，又惊又喜，只是看向陆老大眨巴眨巴眼，再看看黎舟，怎么瞧都不像是一个系统里出来的。一个粗犷一个清俊，实在差太多了。

陆老大得意地道：“我一眼就认出他来了，跟我年轻时一个样儿！”

许老头儿的眼珠子一转，立刻笑逐颜开：“对对，我瞧着也像。哎呀这个英雄气概是藏不住的，我当初一看这个小兄弟，就知道他肯定不是池中之物。瞧瞧，给我说中了吧，有这么好的父母，将来肯定也能成一番事业啊……”

他吹得响亮，陆老大心里听得舒坦。

金玉成咳了一声道：“许叔，其实我们今天来是为了厂子的事。”在医院里他也不好多说什么，只简单提了几句，说是陆老大要投资方便面厂。

许老头儿高兴得很，站起来踩上鞋子就要带他们去瞧瞧，也不顾手背上的针：“行啊，我带你们去。食品厂里的一草一木我都熟悉得很，咱们这就走！在路上我跟你们说说具体情况，还有一些我的想法。这几天我想了很多，也有一些计划……”他近日消瘦了许多，病号服穿在身上空荡荡的，脸上平添了不少皱纹。除了一双眼睛还精神，哪儿都憔悴，整个人像是被一口气硬撑起来似的提着劲。

黎舟道：“不急，您这样，用三天时间写个方案，我们回去也写份东西，到时候咱们找地方坐下慢慢谈。”

许老头儿答应了，又看陆老大。

陆老大被他看得莫名其妙，说：“看我干啥？听我儿子的，我家他说了算。”

许老头儿咧嘴笑道：“哎哎，好！”

金玉成倒是多看了他们父子俩一眼，完全没想到这么重要的事陆老大竟让一个半大的小子参与。不过想想陆老大的身家和黎舟的身世，他心里也就明了了。父子失散多年，陆老大对这个孩子十分看重，怕是以后慢慢参与得更多，谁让陆家就这么一个儿子呢！

从邱城食品厂离开以后，黎舟和陆老大就回去了。

陆老大原本只是担心邱城离家远一些，但在路上听黎舟分析了一下，对这家食品厂也动心了。

黎舟为了增强陆老大的信心，还特意对他道：“我之前跟在外公身边的时候，也常听外公说这些，他还教我分析过一些案例，也写过几份策划。这个食品厂的情况算是比较好的，我觉得可以做……”

他还没说完，陆老大就咧嘴笑道：“没事，爸本来也就是想投个厂子，你和你金叔都说好，那咱们就投这个！就是策划案啥的我不懂，回头你有啥想法咱们爷俩儿商量一下，咱们找个大学生代笔。”

“不用找人，我跟外公学过这个，我先来试试看。”

“好。”

陆老大偷偷看了儿子一眼，副驾驶座上的少年性格沉稳，神色如常。在低头看了一眼手表之后，他又从包里掏出一本书翻看了两页。那书陆老大认得，是高中课本。

陆老大心里有一种微妙的自豪感，他觉得儿子做事稳当，比当年的自己不知道强了多少倍。大概像妻子叶红玉，虽然面上总是淡淡的，但认定了要去做某件事的时候，早就做好了计划。

陆老大感慨道：“你妈当年考高中的时候，我们那边只一个女孩考上了，就是她。”

黎舟抬头看着他，有些疑惑。

陆老大笑道：“你像她，瞧着不吭声，心里要强着呢。”

黎舟也笑了一声，道：“可能吧。”

陆老大反过来宽慰他道：“也不要有什么压力，咱们家有钱。”

黎舟道：“我想反正设备都在，不如咱们自己先试试。”

“行啊，那咱们就先开两年。”陆老大痛快地道，“干不下去再说。”

黎舟比他更不担心赔钱的事儿，几年后有翻个十几二十倍的大生意等着，他一点都不着急。

父子俩一个是胸有成竹，心思淡定，另一个神经大条，一点都没有感受到危机，在车上就商量得差不多了。

回到市里，他们路过百货商场的时候，黎舟让陆老大停下车进去买点东西。

陆老大自然是什么都依着他，在路边停好了车，就跟着黎舟一起进去。

黎舟没有逛其他地方，而是直奔食品区，拿了货架上所有品牌的干脆面。

有些牌子黎舟听过，有些牌子是当地的，黎舟从未听过。

结账的时候，收银员还忍不住看了一眼他俩。陆老大手上拎着满满一大袋子干脆面，花花绿绿的包装袋，跟他的形象不符，但旁边跟着黎舟的话，就让人第一时间对这个五大三粗的男人改观，认为他是一个对孩子宠溺过度的傻爸爸。

陆老大把黎舟送回家以后，就出去筹钱了。

虽然他这些年攒下了丰厚的身家，但一下也拿不出这么多钱来，总是要筹备一下。

黎舟回来之后也没做别的事，就坐在客厅的沙发上，把买到的几十包干脆面全拆开了。

他手边放着一个笔记本，每样都认真观察过，也吃了一点，再用笔在纸上认真地记录好。一共三十七包干脆面，口味大同小异。不过在这些统计数据后面，赠品一栏里，附带赠品的只有几包。

除了某品牌送了三张卡，就是当地一个小牌子附送了一张廉价贴纸，用塑料袋封好放在袋子里。

黎舟手里拿着那三张卡片认真地看了一下，上面都是很普通的卡通动物形象，印着星期几的字样。一张“小熊穿新衣”和两张“小熊跳舞”。

90年代中后期，学生群体里最火爆的一种零食恐怕就是干脆面了。黎舟一直有看电视的习惯，无论是《新闻联播》还是日常的广告，他都会固定在黄金时段看上一两个小时。记忆和当下重叠之后，有些事情他看得也更清晰了，比如说商机。

干脆面作为一种普通消遣的零食，能在众多零食里脱颖而出，风靡全国中小学校，最大的功劳要属它附赠的卡片。其中最有名的是水浒卡。当年集卡的热潮可是足足持续了数年之久，不过这也和特定时期有关。毕竟这个年代没有网络，也没有普及智能手机，集卡算是一个非常有趣的游戏。

黎舟拿着那几张还十分粗糙的卡片转着看了一下，心里大概有了计划。

试吃了太多干脆面，黎舟都饱了，也没有再吃晚饭的打算，自己去了书房里写策划案。他之前没有经营过食品厂一类的厂子，但实业总归是差不多的，先有商品，再立品牌，铺货销售，这三点都是一致的。

黎舟先在纸上写了食品厂，后面又写了“木兰方便面”几个字，随后又画掉，改成了“小英雄干脆面”。笔尖在纸上停顿几秒后，又流畅地写了下去，在白纸上留下一行行清隽的小字，一时间书房里只有落笔的沙沙声。

陆老大晚上带了饭回来，他进家门之后见书房里还亮着灯，轻手轻脚地走过去敲了敲门，问道：“儿子，还学习呢？先吃点饭吧？”

黎舟应了一声，放下笔跟着他去了客厅。

陆老大一个人吃饭，黎舟端着一杯水坐在那儿陪他，没有再吃。

陆老大看了客厅摆的那么多干脆面，笑道：“吃了这么多，大概吃不下饭了。这儿有盘水果，你坐在一旁看，别吃多了，不然胃又要不舒服。”

叶红玉带黎舟找过中医调理，黎舟的身体没有大碍，吃了两服药后就好了许多。但是陆老大两口子对儿子宝贝得紧，比黎舟还要紧张一些。

黎舟坐在一旁陪他，顺便打开电视看。

电视里正好在插播广告，也是做零食一类的，用的是动画片的形式，制作质量还不错，内容也讨喜。

黎舟一边看着，一边跟陆老大商量策划案。陆老大之前做的是卖力气的活计，在海上讨生活的讲究没这么多，投资眼光也有一点，只是不懂其中的弯弯绕绕——但他坐在那儿，光听儿子说话就高兴，跟他说什么他都点头。

黎舟提一个，他就说好，再说一个，他就说更好，哪个都答应。

陆老大笑着安抚他道：“别太担心，问题不大。反正爸以后的这些家业都是你的，先在旁边护着你折腾两年。咱家有钱，不怕。”

黎舟哭笑不得：“那也不能随便来……”

陆老大摇头，第一次不赞同，道：“你哪里乱来了，这不挺好的吗？我听着都是好计划。儿子，爸跟你说啊，当初我就一艘舢板船就去水路讨生活了，水里可不比陆上，没有脚踩大地来得踏实。但风浪大鱼也大，要是我当初守着那点东西缩手缩脚，哪儿也不去，什么也不敢，也就没有今天这份家业不是。”他吃了一口饭，对黎舟道，“你现在是做正事，赔了有爸兜着，爷们儿做事就得这样，胆大心细，摔倒了就爬起来，不丢人！”

陆老大话糙理不糙，说完了黎舟都没有一句可反驳的。

陆老大又道：“厂子的事你也别太担心，问题不大。你把这个啥策划写好，爸看过之后再跟你商量一下，等弄好了就去一趟邱城。你还是跟之前一样，读书上学，也多联络一下同学，和你那些朋友去玩。”

黎舟点头答应。

他还真有一个同学想联络的。

中秋之后，他已经好长时间没有弟弟的消息了。他曾打电话去外公那里问候，但也只和外公说了两句，黎江还是不肯接他的电话，应该还在生气。

黎舟陪着陆老大吃完饭，又去书房拿了一本同学录。他书房里放了不少东西，书柜上有不少书都是黎江从B市带来的。他去隔壁看的时候，还瞧见了他在B市家中用的那个金丝楠木的书柜。“小少爷”把这里当成了“行宫”，以前他们常用的都带了不少。

这本同学录原本就是放在他的书柜里的，这会儿黎舟拿出来翻了一下，从一个个熟悉又有点陌生的名字上看过去，视线最终停留在霍桐的名字上。

他对霍桐有印象，是因为霍家和黎家算是世交，两家关系好。霍桐的一个表弟和黎江在一个班上，两个小孩关系还不错，之前经常一起打篮球。在黎舟以往的记忆里，他也和霍桐有过几次往来，生意场上算是盟友，关系还不错。他没有多少朋友，霍桐算是其中之一。

黎舟打电话过去的时候，霍桐在电话那边懒洋洋地“喂”了一声，听见是他立刻惊喜地道：“我的天，真的假的？黎舟你终于露面了啊！我们几个人担心得要死，你这是上哪儿去了？”

黎舟听他关心的语气，一时也笑道：“没去哪里，就家里有点事，转学了。”

霍桐有些不明所以，追问了几句。黎舟也没瞒着他，把自己的身世都跟他讲了。那边听得目瞪口呆，好半天都没反应过来：“这……这拍电视剧呢？怎么就不姓黎了……不是，你家里人能让你走？别人我不说，你弟都不答应吧？”

黎舟沉吟了一下，道：“其实我这次找你，就是因为我弟弟。你能帮我打听一下他现在就读哪所学校，帮我捎点东西给他吗？”

霍桐道：“行啊。你怎么不让家里的吴阿姨给送过去？那样不是更快？”霍桐也去过黎家，知道他们家有个做了十几年的阿姨，非常疼爱他们兄弟俩。

黎舟揉了一下鼻子，道："这个……先不告诉家里吧，算是我自己送他的。"找家里人问也方便，吴阿姨或者刁明山肯定会帮忙，但是他怕弟弟又生气，总归是要哄一下的。

霍桐答应下来，笑道："还是你们兄弟俩花样多。成，我回头就帮你问问，这点小事还是能帮你办到的。"他说完又道，"你最近没在B市，也没瞧见这边的报纸吧？"

"怎么了？"

"你不知道，你们家公司出了一个大新闻，你爸……不是，现在你是不是要叫江叔叔了？反正就是他，之前给他家里一个亲戚在B市分公司挂了一个分管经理的职务，贪污了三十多万，现在你外公亲自坐镇调查。那一家人吓得跑路了，现在都登报了，说是要抓他们回来，赏金五十万，闹得可大了，把警方都给惊动了。"霍桐"啧"了一声，又道，"我记得他们家那个儿子，叫什么江彭亮吧，现在父母都逃了，只剩下他一个十三四岁的未成年，听说是被接去西北了。"

黎舟有些惊讶，但很快也就明白过来是黎老的举动。只怕是江心远金蝉脱壳，三十万不过是一个幌子，具体做了什么也只有江心远自己心里清楚。若不是事情严重，他也不会用亲人顶替——江连忠夫妇日后还会为他做更多事，只是现在已经成了一着废棋。

这一招江心远也曾经想对他用，如果那时他没有避开，怕是已经替养父坐牢去了。这次事情的发生提前了好几年，江心远不但被派去西北，连带折了至亲的人，名声更是彻底臭了，唯一能做的就是收留侄子江彭亮。但只要江彭亮在他身边一天，就会提醒他，他的家人是经济犯，是畏罪潜逃的人，是有多不光彩。

"反正这么大的消息在B市已经传遍了，江家那些人也有点厉害。听说那个江彭亮年纪不大，自己身上还有案底，好多学校不肯收他。之前没出事的时候还求到我妈这儿想让他入学来着，开除了又怎么可能再招进来。"霍桐说道。他和黎舟就读的学校是初中、高中一体的，他妈就是副校长。虽然霍桐挺爱玩，但成绩一直没有落下全校前十，也是因为家里管得严，"我记得他以前还老跟在咱们屁股后面喊'哥'，那会儿要不是你，我都懒得带他。带出来几次别的我没记住，就记住你这亲戚事儿特别多……"

"不算。"

"啊？"

"不算亲戚。"他之前姓黎，现在姓陆，从来没有姓过江，未来认可的亲人里也没有江彭亮这个人。

"哦，也是，你已经不在那个家了，我也不是故意提起这一茬……"霍桐那边刚反应过来，有点懊恼自己的冒失，过了一会儿才小心翼翼地道，"你别往心里去啊，兄弟真没那个意思。"

"嗯，我知道。"

霍桐听见他语气这么平淡，自己先乐了："怎么跟说别人一样。哎，你名字现在也改了？以后就叫陆亦舟了是吧？这么猛地一叫还真不适应，亦舟叫起来还行。"他多叫了两遍，略微熟悉了一下。到底电话对面跟他对话的是同一个人，他也就不觉得有什么生分的，不过是一个称呼，人还是那个人。

黎舟道："不用改口，跟以前那么叫我就成，外公和黎江也这么叫我。"

霍桐听见他说，也笑道："我就说，你要是连称呼都冷不丁改了，你弟还不得闹啊，我就没见过像他这么黏人的。"

黎舟笑了一声，没说什么。

霍桐又问了他这边学校怎么样，跟他聊了一阵后，叮嘱道："黎舟，你也记得常联系，咱们这边的人都挺想你的，胖子和老高那几个人打从开学没见到你后都问好几回了，大家都想你。"

黎舟沉吟了一下，道："我家里的事实在不方便跟大家讲，现在也就告诉你一个。"

霍桐道："我知道，我也不说出去，等以后咱们兄弟们见了面再说。"

"谢了。"

霍桐笑道："跟我客气什么？回来的时候一定记得喊我们一声啊，大家一起出来吃饭。你呀，就是太不想给我们添麻烦了。大家都是兄弟，同学这么多年，你也多给我打个电话聊聊。我这冷不丁同桌空了好几个月，真不适应，还挺想你的。"

"好的，我会的。"

霍桐又道："你要是撑不住就来找我，我这宽厚的肩膀给你依靠……"

黎舟被他逗笑了："不敢劳动霍公子大驾，你这肩膀还是留给班花吧。”

霍桐哈哈大笑起来。

接下来的日子按部就班地过，工厂的事要操办的也多。

光是策划书，父子俩就商量了好几天。

在书房里没有父子，更像是生意场上的会议和谈判，黎舟写了文件摆出来，任务就是说服陆老大认同他的方案。

陆老大这次认真地听，逐条跟黎舟问清楚，越是听他说，眼中的惊艳之色就越重。

“等等，这个抽奖是什么？”

“开袋再来一包面。”黎舟做了一个打开包装袋的手势给他看，“我们第一批推出的七张卡里的唯一的幸运卡，拿到这张红色的卡片，刮开条码就可以看到了。”

陆老大又问：“那这个集卡呢？”

黎舟：“集齐剩余的六张卡片，拼成一套，背面是一只红色的小狮子，拼全之后可以在当地零售商店兑换一袋面，卡片则由零售商收回。”

陆老大：“那这里写着，咱们还要打广告？”

黎舟点头：“是，不过前期资金不足，可以先搞冠名的有奖征文，比如市小学生作文比赛或者英语口语比赛一类的。食品不比其他，时间长了才能给人信任感。等一步步积累好，再做几个广告投放，打开渠道，一切就都好办了。”

陆老大听得津津有味：“那到时候都集红色幸运卡和这只红色小狮子？这个有啥特殊含义吗？”

“好看。”

这个理由相当充分了，没啥审美眼光的陆老大顿时跟着点头，他儿子说好看，那绝对是好看啊！

黎舟低头看了一下桌上他随手用红笔勾画的图，他当初设定的时候也没多想，就把脑海中一闪而过的图案给画了下来。红色是他弟弟最喜欢的颜色，狮子则是弟弟的星座，每年七月末，他们小时候还一起去看过两次流星雨，他记得十分清楚。

黎舟把策划书交给陆老大以后，陆老大又跑了两趟邱城。

邱城食品厂的许老头儿提的要求也简单，就是老宿舍楼里那些老职工要好好安置，也没多过分，只求原本的搬迁款拨下来，再加就职工人的工龄买断。若是早几个月，许广财还想要盘活厂子，但现在看清了事实，知道下岗在所难免，没有再妄想。他提的这些要求是之前领导答应过的，只是换了一拨领导后怕有变动，他年纪大了，也闹不动了，干脆和陆老大谈好。

他的条件就这些，里面没有一点是为了自己提的。

陆老大问他："等着买断工龄的还有多少人？都多大年纪？"

许广财道："还有小一百号人吧，都是四十来岁的人，在厂子里干了十几二十年，也没接触过别的，现在出去都不知道干什么好。"他想卖惨，但是刚说完，对面的陆老大就笑了，推了他的那份文件过去，摇头道："那不用买断工龄了，我给你们开工资，厂子生产线那些咱们都检查过了，没啥问题，过段时间就开起来。"

许老头儿听了好一会儿才反应过来，一双眼睛慢慢睁大，紧跟着欣喜若狂："陆老大……不不，陆厂长，你说真的？"

陆老大咧嘴笑道："这不有现成的设备嘛，咱们还做面，做干脆面！"

"哎哎，好，好！"

许老头儿听得热泪盈眶，之前也不是没有人试着给他塞好处，让他闭上嘴别管厂里的闲事。但是他忍不了啊，他十八岁参加工作，可以说是亲眼看着这个食品厂一点一点盖起来，也瞧见过它最辉煌的时候，还拿了国内食品的一个大奖。要说他最不忍心的，就是看着厂子倒下去。陆老大这句话，像是给他吃了一颗定心丸。

手续烦琐，叶红玉陪着陆老大跑了两趟。她身边还带了两个大学生和一个律师事务所的人，黎舟和他们一起吃过一次饭，这些人在面对陆老大的时候竟然客客气气的，还带着尊重和一些……崇拜？

黎舟听过陆老大那些徒弟吹捧师父，但他们的吹捧翻来覆去也就那么几个词，想不出什么新花样。但这些读过书的人就不一样了，吹起来感情真挚，词汇量又丰富，一句接一句地夸个没完。如果他们不是叶红玉带来的，黎舟都要担心这些人是想图谋陆老大什么。

吃饭的时候叶红玉神色如常，显然也听惯了这些话，没当回事。

等回到家里，黎舟跟她问起之后，叶红玉才笑着跟他解释："他们啊，他们家里的父辈或者兄长以前都是跟着你爸跑船的。那会儿没现在这么太平，有些地方排外得很，你爸是个愣头儿青，敢出头，大家伙就都跟着他。后来有些人年纪大了家里有困难，或者孩子小吃不上饭、读不起书了，咱们家都帮一把。大概十年前吧，我和你爸商量着说咱们这辈人苦就算了，不能让孩子们也跟咱们一样只知道卖力气，就凑了点钱，送那些孩子去念书。这不有几个还算争气，考上了大学，有好几个学法律的呢！”

黎舟明白，笑道：“您心善。”

叶红玉坐下握着他的手，也笑道：“是你爸人好，我说什么都听得进去。他这人呀，看着脾气硬，耳根子最软了。”

这一点黎舟觉得也要分人，陆老大似乎只对他和叶红玉会心软，换了其他人陆老大都是瞪大了眼珠子，不分男女，一视同仁。

不过这也算是一个优点。

想想还挺有趣的。

叶红玉坐在那儿跟他说话，忙了一天回家瞧见儿子她心里也是甜的，聊到那些大学生，忍不住打趣道：“他们小时候都在咱们家待过一段日子，跟咱们有来往。有的是哥哥在这边跑船喊你爸一声师父，也有辈分小的，真要算起来有几个还要喊你一声‘小叔叔’呢。”

黎舟只当她开玩笑，没有放在心里。等到几年后被人敬酒喊了一声“小叔叔”，他才知道这帮人对规矩有多重视，又有多尊敬陆老大。

厂子交接的事由陆老大和叶红玉负责，大概要忙上一两个月。这期间黎舟除了再精修一下策划书，并没有什么其他事情要做，也就恢复了简单的学生生活。

父母把担子全挑过去，晚上回来还一家人一边吃饭一边聊，聊学校、聊工作，互通有无，非常和睦。

与其说这是陆老大和叶红玉对孩子的宠爱，不如说是他们愿意把黎舟当成一个同等的生意伙伴看待，给了他足够的尊重，也彼此信任，并没有因为黎舟年纪小就有轻慢之意。尤其是陆老大，他和黎舟谈这份策划书的时候，像父子，更像朋友，心态放得很开。

黎舟看着他，不知为什么忽然想起班级教室的墙壁后面贴着的那几个字：严肃，轻松，活泼，自由。

陆老大现在给他的感觉就是这样，是一种非常舒适的状态。

陆老大聊完工作，又关心了一下儿子：“对了，你让我买的那个足球我买到了，你们班要用？”

黎舟道：“不是，送人。”

陆老大又问：“送谁啊？买足球还带那么多球星的贺卡……”

叶红玉在饭桌下轻轻踩了一下他的脚。

陆老大转头看向她：“咋，这个也不能问？”

叶红玉道：“这叫隐私，你问那么多干什么？”

陆老大一脸茫然：“现在踢个足球也讲隐私了？”

叶红玉懒得跟他说话，又踩了他一脚，起身收了碗盘端着去了厨房。陆老大不明所以，但他听老婆的话听习惯了，立刻跟着端了剩下的碗盘也去了厨房。不管怎么样，先哄就对了。

黎舟把那个足球带回房间，找了个盒子放进去。至于那些球星卡，他拿在手里找了两张出来，坐在书桌前写了祝福的话语。这段时间他一直往B市邮寄东西，第一次送还绞尽脑汁想了几个理由，现在理由也懒得想了，先哄了再说。黎舟记得上次弟弟和班上同学一起踢过几次足球，小孩的兴趣转变得快，之前喜欢打篮球，没准现在又喜欢足球了。

他之前送了个篮球，黎江很喜欢，现在再送一个足球，或许效果也会不错。

黎舟正写着，就听到手机响了，是霍桐打来的。

他之前托人去打听黎江的消息来着，邮寄的一些东西也是麻烦霍桐帮忙转交的，现在霍桐给他回复了。

霍桐道：“黎舟，你的那些东西我给你弟送去了，他没去学校，我给送家里去的。”

黎舟问他：“他怎么没去学校？是不是生病了？”

“没有，他看着挺正常的，说是要在家陪着外公。”

黎舟听他这么说，就放心下来。

霍桐跟他说完这些，又道：“对了，你的地址也给我一份，我把之前咱们班拍的合照邮寄给你，拿去扩洗了几张，一直想给你来着。”

黎舟当时走得匆忙，初中毕业的合照都没来得及拿，应下之后又对他道：“你要是有空的话，再帮我问一下黎江最近的情况……”

霍桐笑道：“行，我帮你打听。”他现在也明白了，逗他道，“你们兄弟俩几岁了，还搞冷战这一套呢？你弟也是，我一提你他就拉脸子，却又站那儿不走，非要干巴巴地问上几句。至于吗你们俩……赶紧和好吧！”

黎舟叹了一声：“正在哄。”

霍桐心有戚戚地道：“你这个弟弟真是难哄，也就是你有这份耐心。”

黎舟笑了一声，这么多年他都已经习惯了。

“过几天还有点东西邮寄给你，还要麻烦你再帮我送一趟。”

“成，又给你弟送什么好东西了？”

“没什么，就一个足球。”

“你也太好了，三天两头地送东西，弄得我都想喊你哥了。”

“别，我哄一个就够了。”

霍桐在那边笑了起来，聊了几句之后就挂断电话了。

黎舟把那个足球放在盒子里，至于贺卡，亲手写了祝福，也放了进去。

只是这份礼物送去黎家后，沉寂了将近一个多月，才到黎江手上。

黎家这段时间有不少事发生，首先是黎老处理了公司里的一些人和事，手段雷厉风行，虽过于严厉，但有江家亲戚为例，黎老以身作则，非但没有人说什么，反而稳定了人心。B 市分公司的事情结束之后，黎老就回了 G 市。老人在那里发迹，总公司也安置在那边，公司大楼已经是地标建筑，在当地口碑颇为响亮。

老人跟外孙长谈之后，黎江这次主动跟着外公一起去了 G 市。再一次转学却没有给小少年更多时间去适应，黎江过去之后参加了一个考试，连跳两级，正在赶新学校的课程。

黎江比之前沉默了很多，除了学校的功课还有刁明山的指导，忙成陀螺。他没有那么多时间去玩了，但房间的架子上始终放着一个篮球，用过几次，已经擦拭干净，摆在挨着书桌的位置。

书房里，黎江正在努力赶进度，坐在书桌前埋头写着什么。桌上摊开了几本书，旁边还放着一摞，大半已经做了标记。他肩膀稚嫩，但是需要承担的很多。

有些时候黎江也会觉得累，不过很快就能调整过来。少年人就这一点好，身体累了闭眼趴一会儿，精神力就恢复了。

刁明山在书房门口轻轻地敲了敲门，推开一点笑道：“小江还在忙呢，也要休息一会儿，别累坏了身子。你瞧，这次刁叔给你带什么来了？”他晃了晃手里的东西，挺大一个盒子，晃起来有轻微的响声。

黎江冷着脸，看都没看一眼。

刁明山道："小舟又来信了，之前邮寄去B市那边耽搁了一阵，现在刚转过来。他给老爷子写了一封信，还给小江带了礼物呢。"

黎江没什么反应。

刁明山又提高音量说了一遍，黎江的笔尖顿了一下，道："我耳朵没聋，听得到。"

刁明山夸张地道："我瞧小江一点反应也没有，还以为你没听见呢！"他把手里的那个盒子放在黎江的书桌一角，"小舟给你写了贺卡，说放盒子里了，要不要看看？"

"不看，拿走。"

刁明山逗他："那我把这一盒都拿走啦？"

埋头写字的人没吭声。

刁明山就当真把盒子拿起来，带走了。

他抱着盒子走到门口，站定了，抬起腕表看了一眼时间，在心里计算着。不到一分钟黎江就出来了，脸色比之前更臭，伸出手道："还给我。"

刁明山一边给他，一边逗他道："现在又要啦？"

不过他也不敢逗弄狠了，就把东西给黎江了。

黎江拿到后，刁明山还想跟他说两句话。他们俩的关系也没怎么缓和，虽然上课他说什么黎江都听，但黎江叫他"叔"的次数屈指可数，人前瞧着挺恭敬，背后还跟他怄气呢。刁明山想缓和一下，可刚凑过去黎江就把房门给关上了，刁明山的鼻尖差点撞到门板。

刁明山揉了揉鼻尖，笑着摇摇头，叹了一声转身走了。

黎舟姑且都要哄这么久呢，他也得努把力，找点什么新鲜的东西逗小孩开心。

黎江把盒子拿回去打开看了，盒子里是一个足球，还有一张球星贺卡，上面几句很短的祝他生活顺利学习进步的话语，和之前的那些一模一样，毫无新意。

但黎江看了很久。

他认真看过之后，打开书桌旁的一个柜子，从里面拿了一个木盒出来，把这张球星贺卡放进去，和里面的几张贺卡放在一起。那些贺卡毫无例外，字迹也都一致，显然出自同一个人的手笔。

至于那个足球，黎江拿起来放在指尖转了一会儿，又放在了旁边的架子上，挨着那个篮球放在下面一格里，一起享受最高待遇。

做完这些，黎江又回到书桌旁坐下，埋头继续学习。

陆老大卖了两条船，把邱城食品厂承包下来。剪彩的那一天非常热闹，陆老大夫妻二人结交的朋友多，好些朋友特意赶来祝贺。

老厂区门口摆了好些花篮，一直排到百米开外，全是朋友们送的。

除了帮着联系的金玉成，还有几个人站在陆老大身边。有一个矮个子皮肤略黑的人不住地拍着陆老大的胳膊跟他说话，他是最早跑船的一批人，家底丰厚，也正是他收了陆老大两条船。

矮个子男人一边祝贺，一边忍不住问道："陆老弟，你怎么不跟我们一起去G市发展？那边发展得好，这两年简直一天一个样，高楼大厦盖起来不说，港口和水路哪个少得了货船……"

黎舟模糊地听到两句，抬头去看的时候，鞭炮声忽然炸响，掩盖了声音。

陆老大正笑着拍那个人的肩膀，和那个人靠近说了两句。鞭炮声和礼炮声响起，两个人就算是挨着也得大声说话才听得到，黎舟就听不清他们的对话了。

晚上回家，陆老大喝了酒，唱了一首《水手》。他白天说多了话，嗓子哑着，竟然还唱出了摇滚的感觉。

叶红玉哭笑不得，把人扶回房间，捂着他的嘴不许他说话："儿子明天还要上学，你小声点。"

陆老大比了手指在嘴上，瞪大眼睛道："嘘——你也别……别说话，我儿子明天还要上学。"

叶红玉气得朝着这醉鬼脑袋给了一巴掌。

醉鬼看着她，敢怒不敢言，憋了半晌突然扯开嗓门"嗷"了一声："他说风雨中——"

叶红玉怒道："别唱了！"

陆老大："这点痛！算什么！擦干泪不要怕……"

叶红玉："你气不气人！"

"嘿嘿嘿——"

黎舟在客厅喝水，努力装没看到，但眼角的余光在偷看。他看到叶红玉拧陆老大的耳朵转了快两圈的时候，一口水差点喷出来，咳了两声。

叶红玉松了松手，当着孩子的面多少给了老公一点面子，又改拧陆老大腰上的软肉，好歹让陆老大哼唧着喊疼不敢撒野了。

第二天一早，陆老大酒醒了，人也恢复如常，就是他一点都没觉得哪儿丢人，坐在那儿兴高采烈地吃饭。

叶红玉一脸无奈地看了黎舟一眼，做了一个揉太阳穴头疼的动作，黎舟都被逗笑了。

一家人坐下一起吃早饭，黎舟吃着吃着想起昨天听到的那半句话。他昨晚一直记在心里，就问道："爸，昨天那个叔叔说你卖了两条船，你之前也想跟他一起去G市吗？"

陆老大不以为意，点头对他道："是啊，不过那老哥和咱家不一样，他在那边有认识的人，又有路子，问我要不要过去一起合伙做生意。"

黎舟十分惊讶："那这个工厂……"

"不关工厂的事。咱家这点钱在这儿还拿得出手，去了那边，九牛一毛，船运生意瞧着简单，但这两年也没那么容易做了。现在家里这些货船也老旧了些，去了那边怎么着也要换新船。"陆老大盘算得清楚，摆摆手，一贯大大咧咧地道，"大船贵着呢，咱们家现在的所有家底都拿出来也差一多半呢。那也就是一个梦想，怎么着也得再多赚几年钱。"

他说到这里还不忘鼓舞士气，笑呵呵地道："再说咱们工厂这事办得特别顺利，一看就是好兆头，没准干上几年就有钱买条大船了。让他们先去，等咱们在这儿干好了，咱们也去！"

陆老大手头除了其他入伙的生意，还有三条船，叶红玉名下也有一条货船。他手上的船少了一些，也没有之前那么忙碌了，主要腾出时间来经营食品厂，码头上的事就都交给徒弟阮三。

食品厂运转起来大大小小的麻烦也不少。

会议室里，陆老大把黎舟写的那个策划书拿出来，人手一份，让大家看一下。才翻了几页，许广财的神情就变了，手上的动作都慢了几分，认真地看完，再抬起头来的时候脸上的表情都是震惊的："陆厂长，您这是从哪儿找来的高人，给出一个这么好的点子，我之前从来没听过这些啊……”

陆老大得意地道：“那是，全国独一份的金点子，回头我带人来给你见见。”

许广财震惊了，他现在看陆老大都觉得这个人深不可测。能写出这种方案的高人，一句话就能喊来？这几年南方还出过一个点子大王，专门给公司想办法出主意，一个点子能卖十万块钱。许广财低头又看了看那份文件，觉得这拿在手里的可不是纸了，简直是一捆捆钞票。

陆老大问道：“大家都瞧瞧，还有什么问题，一起提出来咱们商量一下。”

许广财摇头道：“没了、没了，这个策划书写得太详细了，我能不能申请带回去看看？您放心，我绝对不外传！”他原本也想了一些办法，写了些东西，但跟手头这份详细的策划书比起来差远了。

陆老大点头答应道：“行啊，你回去也琢磨一下车间的具体实施步骤，我这边已经联络了人制作卡片，咱们尽快开工。”

“哎！”

陆老大找了当地一所大学美术院系的老师给画了卡片，正反面又重新做了设计。他钱给得痛快，那边出图也快，给了四五套款式让他们选。陆老大带回去之后，和黎舟一起挑选了最合适的七张红色小狮子卡，按照一到七的幸运数字排列，还加入了星座系列，标注了狮子座的生日和一系列幸运数字、宝石、花朵等。

这些小狮子无一例外都是活泼好动的，带着一个足球，有的在脚下控球，有的头顶足球，活泼又顽皮，特别讨人喜欢。

除了卡片，连包装也一起改版了。原先的“木兰”牌变成了“小英雄”牌，新包装上以前的棕色变成了鲜艳的颜色，卡通小狮子在绿茵草地上动感十足。

第一包干脆面出来的时候，黎舟还特意去食品厂一起看了一下。他打开的第一包里面就是一张幸运“7”号，再来一包干脆面。

陆老大眉开眼笑：“我儿子手气真好！”

黎舟没听傻爸爸在那儿吹他，转头问许广财：“财叔，卡片中奖率提高了吧？”

许广财道：“提了、提了，按方案上写的，第一批中奖率在百分之五十左右，非常高。要不是定价高，咱们这都算是赔本卖了。”市面上的干脆面五毛钱一袋，他们定价在七毛钱左右。

“没事，先打开销路。”

“懂，咱们走‘农村包围城市’道路嘛，先从学校周边的小商店开始，慢慢来！”

许广财在拿到这份策划书的时候就非常振奋，虽然他自己高中毕业就分配进了工厂，但这并不妨碍他看得出这份策划书有多出彩。他也是走南闯北做过不少生意的人，这里面提的几点是他没想到的，有些更是他从来没听过的。想到这儿，他忍不住又搓手道：“陆厂长，您当时还说请高人来让我见见呢。”

陆老大早就忘了：“啥高人？”

许广财道：“就是您当初给的那份策划书呀，我还拿回去专门拜读来着，给咱们想的这些办法也不知道出自哪位高人之手？”

黎舟又拆了一袋干脆面，吃了一口后道：“我。”

许广财冷不丁转头，看着他瞪大了眼：“啥？”

“我写的。”黎舟又重复了一遍。

这次许广财认认真真、从头到尾打量了黎舟一遍，像是刚认识他，连眼神都变了：“你这……真是你……不是，小兄弟你几岁来着？”

这个问题陆老大知道，得意地抢答道：“再过二十七天就过十六岁生日了！”

许广财看着他，又惊又喜：“这真是雪中送炭啊，求什么来什么，你怎么还会这些？”

黎舟言简意赅：“以前家里做生意，跟着学的。”

他没说是哪个家里，但在场的几个人都是知道他的身世的，不过他们只知道黎舟是陆老大找了十几年刚认回来的亲生儿子，之前收养他的人似乎是B市非常有名的商人。具体陆老大不提，他们也不问，这会儿许广财更是识趣地没有再提。老头儿拿了一袋干脆面，没舍得打开，摸了摸外面的包装袋就笑弯了眼睛道：“少东家以后多想几个主意，等咱们赚了钱，也用一回‘木兰’这个牌子印点卡片……”

黎舟道：“以后肯定会的，财叔知道我为什么用‘小英雄’这个牌子吗？”

许广财不明所以道：“为什么呀？”

黎舟笑了一声，道："因为花木兰是英雄，却也只是其中一位，我相信以后会有更多的英雄出现，木兰会回来的，产品也是。咱们食品厂以前还生产过饼干、糕点一类的吧？不同种类的产品慢慢生产，以后的时间还长，不急。"

许广财的心怦怦跳起来："还有更多？"

在今天以前，许广财除了眼前这些，还有更多的设想。但黎舟给他画了一个大饼，他光是看着就忍不住心潮澎湃了。许广财这回看向黎舟的时候，仿佛看到了少年身上散发的金光——这哪里是高人，这简直是观音座下的散财童子，整个人都镶着金边呀！

许广财很有信心，他们的商品不比别家的差，就差打出一手好牌，现在有了这些，他迫不及待想要试试效果了。

黎舟尝了一些面饼，味道还不错，但他也只吃了一点就被陆老大拿过去，三两口给吃了。黎舟上次没好好吃饭，胃又难受了一次，陆老大生怕他再犯胃病，所以现在比叶红玉盯得还紧，不敢让他再乱吃东西。

陆老大边吃边含混地道："先试试看，我跟那些朋友都打过招呼了，商店、超市还有一些县镇上的铺货，别的不说，临海和这边的几个岛没啥问题。"

黎舟倒是忘了陆老大还有这些关系，有这么一层渠道保证，第一批货基本没什么问题。

他们几个人都很乐观，反倒是一边陪同的金玉成面上有些担忧。他也拆开一包，拿到手里的是一张 3 号小狮子卡片，瞧着花花绿绿的卡片是挺招人喜欢的，但凭着几张卡片就能翻身？金玉成的眉毛拧成一团，他一个中年男人无法理解小孩子的心思，现在瞧见陆老大笑呵呵毫不在意的样子，忍不住提醒他道："如果，我是说如果啊，这次要是不太顺利也没什么……"

许广财急了："哎，这买卖还没开张呢，你别自己灭自己的士气啊！这主意多好！"

"许叔我不是这个意思……"

"许老哥没事，你听他说！"

"……"

金玉成也不说了，扭头看他："这是我许叔。"

陆老大眨眼："这是我兄弟。"

金玉成道："那你不能这么喊，我喊叔，你也得跟着喊啊，叫老哥那咱们俩算啥辈分？"

许广财现在完全是个"陆吹"，吹完儿子吹爹，护着道："他喊他的，你管我们厂长干啥！"他心里也算着呢，要是陆老大喊他一声叔，黎舟还不得叫他爷爷？许广财可不敢受，要是能让少东家多写两份这样的策划书，让自己喊他爷爷都成啊！

被占了便宜的金玉成哭笑不得。

第十一章

幸运卡

小英雄方便面火了。

起先是临海市一所小学的学生们放学之后在小商店里无意中瞧见了包装颜色鲜艳的干脆面，然后他们的其中一个带着好奇心，就买了一包尝尝味道。

第一个打开的小孩拆开包装后，除了面饼和一袋调味包，发现里面还有一张塑封好的卡片。

卡片用塑料袋单独装着，上面有锯齿状很好拆开。小孩都喜欢里面的赠品，顺手就拆开了：“哎，这里面还有张小狮子卡！”

另外一个瞧见那种刮奖的就道：“啊，这个是不是能抽奖啊？你快刮一下看看。我二叔上次就是去抽奖，两块钱抽了一辆自行车呢！”

那个小学生看了卡片上的说明，道：“这个还真能抽奖，我看看啊！”

他刮了一下，很快就看到了“再来一袋”的奖励。旁边的同学比他还惊喜，拍着他的肩膀道：“中啦、中啦，中奖了！”

老板看了他们一眼，道：“哟，真中了啊！”说着，他又给了他们一袋。

那个小同学忍了忍，还是没忍住，在周围同学的怂恿下拆开了那袋赠品。不过这次他没有再拿到好运7号，只拿到一张3号小狮子卡。

但经他们这么一喊，周围的小学生“呼啦啦”全围了过来，瞧着他手里的卡片问道：“啥中奖了？我看看，让我看一眼……你买的什么啊？”

“就那个干脆面，小狮子的！”

另外几个小学生纷纷去看，忽然，有一个背着书包的女孩看了一会儿认出来，惊奇地道：“哎，你们看这个标志，好像是学校作文比赛上的那个卡通图案呀。我认识，这是小英雄嘛！”

周围的小孩也纷纷道：“对对，就是这个！”

他们中间有不少小孩也跟着认了出来，学校里前段时间举行了一次有奖作文比赛，第一名的奖励是登报加一百块钱的奖学金呢！对小学生来说，这可是好大一笔零花钱呀！

有一个小学生带着好奇心，也掏出零花钱，指着货架道：“老板，我也要一包小英雄干脆面！”

在周围同学的关注下，那个同学也继承了前一个小孩的好运，幸运地中了“再来一袋”！

周围的同学们“哇”的一声，顿时让他成了众人瞩目的焦点！

小同学激动地搓了搓手，打开老板递过来的第二袋。拆开之后——

“哈哈哈！老板，我又中奖了！‘再来一袋’小英雄干脆面！”

好运气一直围绕着这个小同学，他一连拆了四五袋都中奖了。他也没有吃独食，大方地把零食分给了周围的小伙伴。只是看着老板把幸运小狮子卡片回收的时候，他忍不住留了一张：“老板，这个我不换了！”

老板疑惑地道：“你不换干脆面了？”

小同学摇摇头，笑道：“不换啦，这是我的幸运卡，我明天考试呢，留着放在铅笔盒里，嘿嘿！”

有一个人连续中奖，周围的小学生们就被刺激了，纷纷掏出零花钱来买。有些想抽到奖再换一包干脆面，有些想要幸运小狮子卡，就连一直踮脚在后面看着的那个小女孩也在最后矜持地挑选了一包她认为最有可能中奖的干脆面买了下来。

不过她打开之后是一张普通卡片，略微有点失望。她捏碎了干脆面，抓了一把放进嘴里，撒了调味料后，酥脆的面饼带着微咸的烤肉味道，越嚼越香。不知道是不是因为付出了七毛钱的“高价”，她总觉得它比之前吃过的其他的干脆面更好吃。女孩心细，一边吃着干脆面，一边认真地看起了袋子上的图案。她看完了正面的小狮子，又看了背面的说明，在看到其中一条的时候，忍不住停下脚步，轻声读道："按数字序号集齐剩余 1 号到 6 号小狮子卡片，可兑换一包干脆面——"

女孩的眼睛亮了一下，也就是说，就算没有抽中奖，只要慢慢凑齐卡片，也一样有奖励喽？

这个时候，旁边一个多买了几包的小男孩举着手里的卡片道："啊，怎么是一样的？我抽了两张 5 号小狮子卡，多了一张重复的，你们谁要啊？"

女孩看了一眼手里的 2 号卡片，忙道："我要，许滔你手里的这张可以给我吗？"

小男孩大方地送给了她："喏，拿去吧！"

女孩拿到崭新的小狮子卡片，心里美滋滋的，立刻道："等下次我抽到其他卡片，也给你留着。"

小男孩咧嘴笑道："好！"

女孩抬头看了一眼货架上一排排摆放得整齐的小英雄干脆面，眼神热烈得仿佛要透过它的袋子看到里面的卡片。等明天下午，不，明天一早她就再来买一包，没准就能凑到不同的卡片，运气好点或许还能中奖呢！

不光是她，其他几个小学生心里也都是这么想的。在之后的很长一段的时间里，他们手头的零花钱都拿来买了小英雄干脆面。

小狮子卡片开始风靡中小学校园！

尤其是小学校园附近的小商店，经常能看到小学生们三五成群地聚集在一起，一个人买面，往往好几个人屏息凝神地看他拆开面袋，取出里面的卡片。如果中奖了就立刻传出一阵"哇"的羡慕声，如果没中奖也不会失落到哪里去，往往会有更多的小朋友凑过来问抽到了几号卡，要不要交换。

有些人手里握着一把卡，一天如果运气好能凑齐好几套，一下就变成比中奖的小朋友还要被人羡慕的对象。被一帮小学生簇拥着去小商店前台兑换上好几包小英雄干脆面，那场面，简直众星捧月一般神气！

"老板，我要兑换五袋小英雄干脆面！"放了厚厚一摞小狮子卡在柜台上，一个小女孩特意提高音量说道。

老板在核对过卡片以后，将卡片收起来，给她拿了五袋面，还问：“要这个？”

“不不，要靠架子最边上的那包，还有中间的几包！”她认真研究了很久，觉得那个位置放着的干脆面最容易中奖。

生意好，老板心情也好，笑呵呵地按照她说的把面都拿下来给她：“喏，给你。”

女孩拿到面的时候，激动得小脸都红了。

她一直没有中奖，都是靠集卡换来的，一半是自己吃的，一半是好朋友送的，现在抱着五袋干脆面，有一种中大奖的幸福感。在众人的视线里，她立刻拆开一袋面，取了一张卡片出来看了一下，笑着递给之前送她卡片的小男孩：“哎许滔，你是不是缺这张 3 号卡？给你！”

“啊，真的给我吗？ 3 号最难收集了！”

“嗯，你之前送了我一张 5 号小狮子卡，谢谢你！”

…………

也有一连几次都没有中奖的小朋友，他们起初有些失望，但后来发现还可以拼，就高高兴兴地问同伴：“你手里有几号？”

那个小同学道：“我这里是 1 号和两张 4 号，你呢？”

“我这个是 3 号，咱们还得去找几张，拼起来就行了。喏，就是按这个数字顺序，拼成这只小狮子！”背着书包的小孩道，“到时候我不要面，如果抽中了我没有的卡片，只要给我一张卡就行了！”

互相拼卡的人也在慢慢增加，为了一套小狮子卡片，只要学校里一个人买了干脆面在吃，就会有人追上去看。如果是小英雄的干脆面就笑嘻嘻地交个朋友问问交换卡片的情况，如果对方手里拿着的不是小英雄干脆面，顿时待遇就没有这么好了，热情度都会下降几分。

这相当于一种自发传播，最早的口头宣传广告，而且每个人都是义务宣传员，乐在其中，特别热情！一个人吃了小英雄的干脆面，就会跟班上的小伙伴们炫耀卡片。在这种无形的广告下，其他小孩都纷纷开始热衷于集卡。

互相交换收集好运小狮子卡，在短短一个月内已经成了临海市中小学生们最热衷的新游戏。

小卖部来买干脆面的人也多，每天都热热闹闹的，以前一个星期卖一两箱，现在一天就要卖好几箱小英雄干脆面，甚至还不够。傍晚放学是高峰期，买小英雄干脆面甚至需要排队。这些小学生认定了小英雄干脆面，宁可排队也只买这一种，其他的干脆面和零食看也不看一眼。

有些没有进货的小商店看到了，也会特意去问一下："不都是干脆面吗？这边不是还有很多，怎么都在那边等？"

有小学生抬高了下巴道："那些里面又没有小狮子卡，我们才不买呢！"

"也有卡啊，小熊猫的，这种还有贴纸……"

"我不要，我只要这种小狮子的，买了小熊猫的都不能跟我们班的其他同学换卡，没劲！"

听到这样的回答，那些小商店的老板就算再不懂什么卡，也懂得接下来要进什么货了，回去之后也纷纷进货小英雄干脆面。

小英雄干脆面火了。

同时公司的广告也陆续铺展，在临海和周边几个城市慢慢打开市场，主要走报纸和校园宣传，还送入校园，以免费午间零食发送的理由送出去许多，效果都非常好。

来邱城食品厂拉货的货车慢慢增多，甚至开始有了排队的倾向。

食品厂的许老头儿和其他人都特别高兴，他们已经很多年没见到过这样的情形了，多年前厂子最红火的时候也不过如此。

食品厂加班加点地制作供应，但是需求量太大，一边实行三班倒的制度，一边继续招人，才勉强供应得上。

陆老大给加班的工人开了奖金，鼓励大家好好干活，恩威并施。效果倒是出奇地好，大家伙埋头干得更起劲了。

尤其是许广财，许老头儿现在是老树开新花，由内而外散发出生机来，人都年轻了十多岁，精气神好极了，每天在厂子里忙都不嫌累。

周末，陆老大让人接黎舟过来一起开了一个会。

陆老大让人在自己身边摆了把椅子，他才不管那么多规矩，儿子来了就让他挨着自己坐下，又把自己跟前的文件也印了一份一样的放在黎舟跟前。父子俩平起平坐——要是能选，陆老大肯定选那个出力气的。这种坐下听上几个小时谈话再叽叽歪歪讲半天的东西，他光想想就脑仁疼。

黎舟耐心地听了许广财他们的发言，并且看了这一个月的报表。

比预期的要好，资金开始回流，虽然不是很多，但产品销量非常好。初期为了提高购买率，中奖率很高，同时也是消耗内存，把之前仓库里的原材料尽快转化成流动资金。只有转起来，薄利多销，才能把厂子盘活。翻到第二页，是这个月前半个月的报表，只半个月就比之前一个月的利润要多，对于一个小食品厂来说已经非常可观了，尤其是目前大量铺货的只临海市一地而已。

不过黎舟对这样的成功并不感到意外。

1992 年后，南方市场开始活跃，而北方依旧要慢一些。小英雄干脆面开了零食抽奖的先河，而集卡在全国更是独一份——其他知名品牌的同类活动则更晚一点，“小英雄”有了足够的时间来占领市场。

在市场一片空白的时候，提前一个月都是极大的先机，更何况是四年。

许广财道：“今天有外省的人来进货，单子我们接了。那边还询问了一下，问能不能做我们的代工厂。”

黎舟问：“厂子考察过吗？”

许广财点头道：“考察过，也是一家老厂子，接过别的知名品牌的几单。我特意让人去看了，确认过质量都挺好的，就是那边厂子多，竞争很激烈，也是想找找别的路子。”

黎舟道：“可以，财叔这件事你和我爸亲自去跑一趟，打开外地的市场是早晚的事情。”

许广财皱着眉头道：“也可以在那边再买一个厂子，按现在的进度，一两年时间就差不多了。”

黎舟摇头解释道：“设备全部自己买的话，价格太高，不如把控好质量先铺货，把品牌建立起来，毕竟卡片很容易被模仿。”

他这话也说到许广财的心里去了，老头儿现在就担心有人跟风模仿。以前也有过这样的事情发生，早期市场上品牌意识不明确，是比较混乱的。

黎舟转了一下手中的笔道：“前几个月不会这么快，等一段时间看看吧，而且我爸已经做了准备。”

许广财好奇地道：“陆厂长打算怎么做？”

陆老大冷不丁被点名，黎舟在一旁提醒了几句，他才想起来道：“哦，那个，我之前就让人去省城进行商标注册了，和咱们厂生产的有点像的也都一起注册上了。”他今天还收到徒弟打来的电话，说是一口气注册了上百个商标，不只干脆面，餐饮、文化、食品类的商标都进行了“批量”注册申请，现在已经下来一部分了，还有一些正在申请，需要等一段时间。

1995 年，品牌意识没有之后那么强，市场处于刚萌芽的状态，真正的商标大战要在五六年后才会开始进行。在场的人都没有这个意识，甚至有些邱城食品厂的老人不知道商标注册的重要性，等陆老大说完，他们才明白过来。

许老头儿兴奋地道：“这样好，以后如果有人抄袭咱们的，咱们就去告他们！”

大概是跟陆老大他们这帮人待久了，许老头儿的动作也带了点匪气，说着他还捶了一下桌子，引得其他人都笑起来。

黎舟坐在一旁，笔尖在纸上轻轻点了两下。

他不怕别人模仿。

对方如果做大了，他正好可以收割一茬，吃进去多少早晚让对方加倍吐出来。

有人又提了广告的事情，问道：“还是继续在学校里打广告吗？”

陆老大点头道：“对，主要还是校园，这次在报纸上登一个征文比赛，奖金上千元。另外和报社找找关系，除了广告，再买两个大版面，把获奖作文也刊登上去。对了，这次除了中小学以外，高中也……”

黎舟打断他道：“高中就算了，小学和初中为主吧。”

他爸的这点心思再明显不过，他这个高中生既不想上报纸，也不想写作文。

陆老大咂巴了一下嘴，勉强道：“那行吧，就按小舟说的来，具体可以和报社那边商量，尽量做得好看一点。”

陆老大提了要求，让下面的人去实施，和他管码头的时候一样，下面的人都是这样一点点练出来的。事情太多，他不可能什么都自己来管理，有能力的时间长了自然会显露出来。

开会也没有什么特别要讲的，鼓舞士气的话，陆老大一句“发奖金”就足够了。黎舟坐在那儿陪着陆老大，难得体会了一把可以被人罩着的感觉，心态悠闲。

陆老大吩咐完这些事，就要带着儿子走。

许广财还在记录，瞧见他们走，忙起身问道："去哪儿？"

"回家。"

许老头儿愣住道："不留下啊？"

"不了，明天还要上学。"

许广财这才想起黎舟还是个高中生，刚跟他们开会的时候，他都下意识挺直腰板，比以前和领导们开会还要紧张。

亲自送陆老大他们出了厂房后，许广财心中火热，又一路小跑回了厂区。他现在一心只有工作，其他什么都不放到心上，简直像是回到了年轻的时候，走路都带风。

黎舟回去上学，这天进了教室后，收到了一封信。

有同学凑过来，特别好奇："哎，班草，你是不是交了笔友？这是G市来的信哎，我都没去过那么远的地方。"

黎舟笑道："没有，我弟弟。"

在通信还不方便的年代，有手机的人非常少，学生们大部分还靠书信来往。尤其是高中生活节奏紧张，每天沉浸在书本里，有这么一封信邮寄来，都算是新鲜事。黎舟有手机，黎江也有，但小孩跟他闹别扭，黎舟打过几次电话对方不接后，他就改成了送贺卡和写信，信倒是回得挺快。

从G市跋山涉水而来的信写得十分简短，弟弟只跟他说了三句话。

"外公身体都好，我也好。

"G市的面不好吃。

"你什么时候来看我？"

黎舟隔着信纸都能听出小孩还在赌气一样不肯多说话的模样，如果他们俩还住在一起的话，那弟弟这会儿已经从客厅慢吞吞地挪步到他斜对面的沙发上，盘着腿坐在对面偷偷看他。

黎舟提笔，认真给他写了回信。

这次信写得很长，三页纸都写满了。他写了自己在这里发生的事情，还写了邱城食品厂的事，以及对那份生日礼物的喜爱——他现在每天都用那台索尼随身听。

两个人书信来往很快，隔了几天黎江的信又来了。这次语气比上次要轻松许多，还问了黎舟在听什么，是不是英语听力一类的磁带。

G 市有很多，他可以邮寄一些来作为交换，他想要一张小狮子卡片。

信的末尾写了“祝大哥学习顺利”，虽然显得正式了点，但这是几个月来黎江第一次又开口喊他一声哥。

黎舟看了好几遍最后那句，眼神都变得柔和起来，把他信里问的都回复了，最后写道：没听英语，听歌。

至于随信邮寄过去的卡片，黎舟挑了一张幸运 7 号，小狮子在绿茵草地上带球跑跳的卡片。

G 市下一封信邮寄来的时候，随信邮寄过来的还有满满一纸箱磁带。各式各样的流行歌曲，基本把市面上的都找全了，港台歌星的全在这里。

黎舟因为这个原因被叫到了老师办公室。

老师点了点那一整箱磁带，委婉地道：“陆同学，是这样的，老师不妨碍你通信，但这里毕竟是学校，咱们学生也应该以学业为主对吧？高中学业本来就重，时间紧，任务重，咱们熬过这三年，之后等你们上了大学想怎么通信都可以，你觉得呢？另外你这样时不时有信邮寄来，也会影响班里的其他同学，不利于你和同学们的学习啊！”

黎舟道：“老师抱歉，不会再有下次了。”

班主任对他这种态度非常满意，又道：“那这箱磁带先放在我这里，等放学的时候你再来拿走，就别带去班上了。”

“好。”

黎舟回了班上，先给弟弟去了一封信，换了一个通信地址，他住的楼房门前还没有设立信箱，收到的信要送去前面的一家小商店存放，很容易丢失。黎舟好不容易才和弟弟修复好关系，可不敢弄丢黎江一封信。他想了一下，干脆留了邱城食品厂的地址，陆老大基本上每天都要跑去那边，安全又方便。

黎舟写了厂子的详细地址，给弟弟先写了回信。

放学的时候从班主任那里要回了一箱磁带，他晚上回去拆开瞧了，里面都是崭新的封好的磁带，按歌曲风格排列，小几十盘没有重复的。黎舟随手从里面拿了一盘放进随身听里打开，是姜育恒的歌。现在的流行歌曲对他来说都是很老的歌了，男歌手声线温柔清澈，在歌里唱——

曾经在幽幽暗暗反反复复中追问
才知道平平淡淡从从容容才是真
再回首恍然如梦
再回首我心依旧……

黎舟单手枕在脑后，半躺在床上，听了一会儿，神色柔和。

数天后，G 市。

黎江拿到信后，打开来认真地看了一遍，又不死心地看了一下那个空了的信封，倒了两次依旧空空如也，并没有期待中的另一张小狮子卡片。

黎江拿了信纸提笔想了很久，眉头都皱起来，还是顺从本心写道：哥，我的卡中奖了，按照规则，你要再给我一张新卡。

小狮子卡还有，弟弟开口要，黎舟自然是满足他的要求，拿了一套齐全的卡给他。

另外正好赶上黎舟过生日，他另放了一张照片一同邮寄过去。照片上黎舟闭着眼睛在许愿，面前是一个很大的蛋糕，周围有不少人，陆老大手上还拿着一个纸壳做的生日王冠正要给他戴上去，另一边的叶红玉则瞧着他们笑。

很热闹的场景，即便是一张匆忙抓拍下来的照片，也能看出照片上的少年嘴角微微勾起。

照片背面写了一句话：过生日，有多切一块蛋糕给你，我替你吃过了，很甜。

信邮寄到 G 市的时候，那边刚下了一场雨，天气略微有些冷。黎江穿着一件夹克外套，在家门前的邮箱里取了信出来。他长高了一些，留着清爽的短发，是一个帅气的男孩了，只是没有以前那么爱笑，瞧着沉稳了许多。拿到信以后发现信封的边角略微有点湿了，他皱了一下眉头，很快就用手指抹了两下，拿进去拆开看。

沉甸甸的信和以往的不太一样，打开来果然瞧见了那套小狮子卡和额外附加的一张照片。看到照片背面的字的时候他愣了一下，很快又翻转回去认真看了右下角的时间，照片洗出来印着的时间是 1 月 17 日。记下日期以后，黎江又盯着照片最中央的那个人看了很久，手指尖碰了两下，把人记在心里。

外面有人敲门，黎江立刻打开抽屉把照片收了进去。刚放好，门口的人就问了一声：“小江，我进来了？”

黎江应了一声。

刁明山推开门走了进来，瞧见他桌上放着的信纸，就笑道：“小舟又来信了？还是你们兄弟俩感情好，老爷子那边一个月都未必能收到一封呢。”

黎江把信放在一旁，打开课本道：“刁叔找我有什么事吗？”

刁明山道：“没什么事，就是老爷子那边收到了几张小舟的照片，也挺想他的，想回信的时候也放张咱们的合照过去。请了摄影师来家里，问小江下午有空没有，一起拍一张？”

黎江听到第一句就有些忍不住了，转头问道：“我哥也给外公邮寄照片了？几张？”

刁明山笑道：“邮寄了呀，好几张呢，有在家里的，也有在公园里的，小江过去看看？”

黎江忍了忍，没忍住起身跟着过去了。

刁明山这次倒是没骗人，黎舟邮寄了七八张照片给黎老。他这些照片都是一样一份，给了黎老这里，也邮寄给了养母黎曼那边，算是给两边大人按时问好，报个平安。

黎江过去把每张照片都认真看了一遍，这些背后都没写字，他心里觉得还是大哥邮寄给自己的那张更私密一些。但是看着这些他心里又有点酸，他才只有一张照片呢！

刁明山道：“小江之前都忘了给小舟邮寄照片了，这次咱们多拍两张，给他邮寄过去，也省得他想咱们呀。”

黎江放下照片，点点头道：“好。”

黎老回国之后，身边还有家庭医生陪护，身体倒是一直很好，面色红润，在厅堂里坐好后让摄影师来给他们祖孙俩一起拍了几张。

黎江额外多拍了几张单人的，还抱了黎舟送他的足球。

摄影师道：“黎少会不会其他动作？比如顶球或者颠球一类的，拍出来都很好看！”

黎江做了一个颠球的动作，很快又把足球抱在怀里了。他耳尖泛红，干巴巴地道：“就这么拍吧，做那些太傻了。”

简直跟卡片上那只傻乎乎的狮子一样，他又不是玩杂耍的。

等拍完了照片，黎江又跟黎老要了大哥的那些照片带回去看，一共七八张照片，拍的地点都不相同。有一张黎江看到的时候停顿了很久，那是一张黎舟穿着黑色长款羽绒服系着方格围巾的照片，他站在雪地里，雪花落在他肩上，半张脸藏在围巾后面也能从他弯起来的眼里看出他的心情很好。

北方已经下雪了。

往年初雪的时候，吴阿姨都会在家里煮火锅。江心远大部分时间不在家，只有他们兄弟俩，他哥都会先给他盛一碗牛肉汤底，吹凉了一点让他喝。从小到大都是这样，他依赖大哥，已经远超依赖父母。

大哥在北方过得很好，他却一点都不好。

他用了很长一段时间才调整过来去做事，但想要说服心里那个自己却很难。

就算大哥不要他了，他也不想就这样和大哥彻底分开。一想到以后他们会慢慢分开再也没有交集，他就忍不住从心里浮起一阵狂躁。那种压抑不住的感觉让他自己都觉得可怖——大哥不喜欢这样，所以他必须忍耐，不能做坏事。

黎江的手指在照片上轻轻划过，垂下的双眸暗淡。

可这是他的哥哥，是从小到大，最疼他也最宠他的大哥才对……

十四岁的男孩，第一次尝到了心有不甘的滋味。

他不甘心。

黎舟在临海市的日子过得平凡而忙碌。

他和所有在校的高中生一样，每天上课，中午在食堂吃，等到晚上却要额外多加班替陆老大解决一些厂子里的事情。

有些时候陆老大心疼儿子，不肯告诉他，但黎舟都会主动去询问，帮他修改一些管理上的问题——他也有私心，原本只是玩票性质随便做个厂子，但现在他有了一个新需求——想给陆老大买一条新的船。

陆老大为了他才选择办厂，同样地，他也想帮家人实现愿望。

邱城食品厂已经步入正轨，盈利逐渐增多，陆老大也逐渐适应了厂长的身份。事业搞得红红火火，应酬也逐渐多了起来，有些时候回来晚了还带着醉意。叶红玉怕影响儿子学习，下了最后通牒。

“你以后要是再喝醉了回来，我就把隔壁房子买下来，你搬出去住……不许还嘴，也不许捂耳朵！”

陆老大坐在那儿像是一头喝醉了的熊，双手放在膝盖上规规矩矩不敢动，撇嘴好半天才道：“那你让老三来，他替我挡酒。”

“那码头上的事谁管？”

“老三来这儿，我去码头就挺好……”

叶红玉被他气笑：“你心里就盘算这个了吧，想得美，当你的厂长去。”

陆老大拽她的胳膊，见叶红玉没真生气，就用了点力气把人拽过来脑袋挨着她来回蹭：“我就……想开船……开船多神气……”

“当初非要当厂长的是谁？”

“是叶红玉。”

叶红玉当场就拧了他耳朵，陆老大哼唧了两声喊疼。

叶红玉戳他的脑袋，被这个大黏人熊缠得动弹不得。

黎舟觉得他爸今天可能就要被“家暴”了，只是碍于他在，叶红玉不方便下手，但是再等两天估计当着孩子的面也忍不了进行家庭教育，黎舟想着还是给他爸留一点家长的面子为好。

他收拾了书包，背起来道：“爸、妈，我今天去隔壁住。”

叶红玉愣了一下道：“你去哪儿住？”

黎舟道：“隔壁就是黎江之前住的那套房子，刁叔临走的时候不是留了钥匙在这边吗？我去那边看书。”

叶红玉看了丈夫一眼，也没有留儿子在这里的打算了，点头道：“行，你今天在那边睡吧，早上过来吃早饭。”

“嗯。”

黎舟关上房门的时候，就听到陆老大喊疼的声音，带着委屈，跟白天在厂子里威风八面的时候完全不一样，简直透着可怜。

他笑了一声，也没管，有时候他也挺羡慕这样的夫妻相处方式。他上一次一直忙事业也没有谈过对象，江心远倒是给他介绍过几个家族企业的女孩，不过还是希望公司联姻，获得财力支持。他心不在此，只是客气地请对方吃了几顿饭，最后不了了之。

他在公司忙得时间太长，甚至都有些公私不分，不少公务都是带回家处理。

黎舟自己倒是不这么觉得，他顶多算是工作狂，喜欢事业多过其他。不过那都是以前的事了，他现在想要的是享受生活，享受当下。如果缘分到来，他并不排斥，甚至还有些期待有个人可以分享自己的人生，那应该会很有趣。

隔壁的房间虽然有段时间没有住人了，但收拾得干净整洁。刁明山特意留了钥匙在这边，叶红玉就顺带帮忙照看着，当成自己家一样爱护。

这边的房间和黎舟之前住的一样，也是三室一厅的房子。兄弟俩习惯一样，也是留了一间书房，另外两间卧室有一间是刁明山住的，另外一间是黎江的。黎舟权衡了一下，还是睡了弟弟那间卧室。躺在床上的时候，他还能看到周围贴着的一张记事便笺，写着约了人要去踢足球。

字迹还有些稚嫩，但写得龙飞凤舞，隔着字都能看到弟弟那张神采飞扬的小脸。

黎舟笑了一声，去洗漱之后回来关灯就睡了。

大概是换了一种环境，入睡之后他做了一个很长的梦，大部分都记不得了，只模糊地记得在梦里看到了黎江。

是成年人模样的黎江，永远皱着眉头，看到他就一副不痛快的模样，签了合同之后直接把笔甩在桌上，站起身来双手撑在桌面死死地盯着他冷笑道：“满意了？还要我写几遍，嗯？”

梦里的黎舟被他困在那儿动弹不得，但一低头就能看到那张合同上的名字，笔迹像是一个初中生的，忍不住笑了一声。

眼前恼羞成怒的小黎总就变成了少年的模样，耳朵和脸颊通红，懊恼地喊道：“大哥又欺负人！”

“你自己写得丑。”

“那……那你也不能说出来啊！”

…………

梦里的其他事都不记得了，只记得逗弄弟弟的心情，实在是有趣。黎舟醒来的时候嘴角都是勾着的。

黎舟的缘分没有等到，先收到了一个包裹。

他之前给G市那边邮寄了照片，这次收到的东西很多，除了回信，刁明山还送了一箱东西来。

那是一整箱柯达胶卷，和黎舟之前邮寄去的照片一样的牌子、一样的型号，搭配陆老大手头那台傻瓜相机简直是绝配。

刁明山给他邮寄了几张黎老和黎江的照片，另外还特意写了一封热情洋溢的信，信里说：“虽没有什么急事，但彼此还是想念，打电话也互相看不到相貌，就多夹带了几张照片来，盼这边诸事都好。”

他又跟黎舟说了一下老爷子的身体都好，黎江学习也好，另外讲了一些黎江的趣事。这些都是黎舟打听不到的，总结下来就是大错不犯，小错不断，刁叔对这样聪明又心思活泛的小家伙又爱又恨，总归还是爱多一点。

信的末尾，刁明山状似无意地加了一句：“之前邮寄来的照片，家人都非常喜欢，这次特意随信也邮寄了一点胶卷，希望小舟空闲的时候多拍两张邮寄过来，黎老和小江都很挂念。”

黎舟看了那所谓的“一点”胶卷，根本就是一整箱。

这些要是拍完，岂不是要拍到天荒地老？

黎舟觉得自己也不用再特意买明信片或者球星贺卡一类的东西了，拍了照片邮寄给弟弟的时候，直接把信写在照片背后都够用。这么一箱胶卷，得什么时候才能用完？

心里这么想着，但他还是认认真真拍了几张照片。正好陆老大和叶红玉都在，就拍了一些全家福，给外公那边邮寄一些，自己家里留一份也好。

拍完这些，黎舟又单独拍了几张单人照。

原本只想拍个几张，但陆老大拿到相机就爱不释手。他太喜欢这个了，拍起来没完，到了后面还指挥黎舟怎么站，怎么摆姿势。他指挥得兴高采烈，只要是拍自己儿子，怎么都不厌烦。

黎舟一边配合他，一边用眼角的余光看向那箱胶卷，忽然觉得，如果按照陆老大这种拍法，估计也用得完。

陆老大拍完了儿子又要拍媳妇：“红玉你换身衣服，昨天那件白色羊绒衫就挺好看，我也给你拍照！”

叶红玉坐在那儿没动，笑吟吟地道：“拍我干什么？多给小舟拍点。”

陆老大已经将镜头对准她：“他拍了很多了，也给你拍。你别动啊，这个姿势好，看镜头……哎，再笑笑！”

叶红玉丢了一颗糖扔到他脑袋上，笑道：“都说别拍我，回头挑几张小舟好看的给老爷子邮寄过去。”

黎舟道："没事，这么多，根本用不完，等过段时间我也想去G市看看外公。"

陆老大拍照的手停顿了一下，然后道："哦哦，对，应该去。"他摆弄了两下相机，还是忍不住问道，"过完年就去吗？待多久？啥时候回来啊？"

黎舟摇头道："厂子太忙，过年可能去不成。等暑假去吧，主要看你们的时间。爸，你不是还排了值班表吗？"

陆老大惊喜道："咱们一起去？"

"嗯，全家都去吧，看看那边发展的情况，顺便也去看看船。"

"看什么船？"叶红玉问他。

黎舟道："我爸不是想买条大船吗？G市有港口，也有船坞，我们可以去看看。"黎家之前打交道的几家里，有造船厂的大老板，刁明山和那边的关系不错，可以帮忙引荐一下。

叶红玉道："可咱们现在钱还不够吧……"

黎舟宽慰她道："先去看看也没事，也忙了这么久，就当旅游了。"

陆老大得意道："对对，先看看咱家的船！"

叶红玉笑道："订金的钱都还不够呢，就喊上了。"

黎舟比陆老大还自信："现在还不是，将来一定是。"

叶红玉看看丈夫又看看儿子，摇头笑起来。这俩人别的不说，这份野心倒是一模一样。

拍了一些照片，陆老大又高兴起来，嘴里嚷嚷着说要给黎舟买衣服，也要给叶红玉买衣服，已经开开心心地计划几个月后的旅行了。

这次照片邮寄过去的时候，正好是春节前后，黎舟附带了一封信。

他想在今年暑假的时候去G市拜访外公。

黎江在看完信后压抑了好一会儿，还是忍不住嘴角上扬。

等到晚上刁明山辅导他做功课的时候，他特意问了造船厂的事。

刁明山道："附近倒是有个船坞，修造平台都有，可以去看看。小江怎么突然对这个感兴趣了？"

"我哥问的。"

刁明山看了信一眼，逗他："小舟说了什么好听的，把人哄得这么高兴啊？"

黎江拿着笔在指尖转了两圈，心情不错地道："没什么，就让我帮忙。”

刁明山点头道：“问船的事是吧？成，我留意打听着，有消息就来跟你说一声。”

“谢谢刁叔。”

刁明山负责辅导黎江一些学校以外的功课，手把手地教导他，明显感觉他今天特别配合。刁明山也是今天才知道黎舟要来G市的消息，心里盘算着等黎舟来了以后，务必询问一下说话的技巧，到底说了什么这么好使。简直像是把一头小狮子给驯服了，可真听话啊！

黎江只用了比往常少半个多小时的时间就把功课做完了，刁明山一边感慨，一边拿着厚厚的书本走了出去。

等人走了以后，黎江忍不住又看了一遍那封信。

暑假的话，时间倒是不远了，还有不到五个月就是七月份。但是假期有两个月，他不知道大哥具体哪一天来……这让他在期盼之中变得焦虑起来，恨不得闭上眼睡一觉，再睁开眼睛的时候，一下就到了七月份，大哥就站在他眼前。

临近暑假，G市的信来得越发频繁，有些时候不等黎舟回信，那边就会接连邮寄两封过来。话不多，但字里行间都能瞧出对方的期待，问他有什么想提前准备的，或者想去哪里玩，还推荐了一个小岛，说到时候也可以一起过去看看。

从信上看，那边已经做足了准备，有些跃跃欲试了。

黎舟给他回了信，表示可以带弟弟去抓螃蟹。他最近回了几次岛上，这个技能练习的次数最多，还算拿得出手。

暑假的第一天，黎舟就接到了弟弟的电话。那边沉吟了一会儿才喊了一声：“哥。”

小孩在变声，黎舟一下都没听出来，笑道：“嗯，是我。”

黎江的嗓音有点沙哑，跟以前不太一样，但性子没变多少，他别别扭扭地问道：“你几号过来？”

黎舟道：“大概还要等半个多月吧，要到七月底，厂子里的事还没忙完。”

那边干巴巴地道：“哦，只住一个月啊？”

“也不一定……”

“不住也行吧，反正你忙。”

听着对面沉默了一阵，黎舟忍不住笑了一声，那边立刻挂断电话。

黎舟已经摸清了弟弟的脾气，不慌不忙地打过去，没响两声就被接起来。他不用说话，对方就自己找了理由：“信号不太好。”

黎舟道：“嗯，我这里信号也不好，在岛上呢。”

“这里也有小岛，你喜欢的话，等你来了我带你去看看。”那边用商量的语气道，“不过可能要多住几天才能玩得过来，有夏令营，得先预订。”

“好。”

隔了大半年，兄弟俩的第一次对话，黎舟没觉得生分，电话那头的“小少爷”也好哄，至少比长大以后的小黎总要好哄得多，几句话就又让他高兴起来。

“哥，那我等你来。你不用收拾什么行李，家里什么都有，我都给你准备好了。”

“嗯。”

那边不吭声，却也不挂断，矜持地等待什么。

黎舟从善如流地问他：“想要什么礼物？”

电话那头的男孩认真想了一会儿，对他道：“想要一块电子手表。”

黎舟答应了。

在临海市买不到什么好的电子手表，还是陆老大让人专门跑了一趟沪市，买了两块时下最流行的电子手表，不比名牌石英表便宜。两块一样的蓝色电子手表看起来科技感十足，戴上就是校园里最靓的仔，这么炫酷的东西，陆老大觉得自己儿子必须拥有啊！

黎舟摘下手腕上戴着的那块瑞士表，换上这个，陆老大立刻夸奖道：“好看！”

黎舟晃了晃手腕适应了一下，比之前的要轻一些。不过之前的手表是养母黎曼买给他的，即便换了一块手表，之前那块也要小心收藏起来。无关价格，这些都是来自长辈的疼爱，他一样珍惜。

除了手表，陆老大顺便让人从沪市买了不少新衣服回来，大部分是买给黎舟和叶红玉的。他长得太过高壮，衣服不怎么好买，只凑合买了身西装和两套运动服。

陆老大买的那两身运动服也有讲究，他特意买了一家三口一样的，一个花色、一个款式，穿上站在那儿不用开口说话，别人也知道他们是一家人。

收到衣服的第一天，陆老大就美滋滋地穿上了，还提着旅行箱在客厅里走了两圈，就差举个小旗子晃悠一圈当导游了。

叶红玉笑道：“行了，别闹了，快把箱子给我，我还要收拾行李呢。”

陆老大把旅行箱给了她，在一旁拿着相机还在拍照，已经进入旅游的亢奋中。

黎舟自己收拾了行李，他没带多少东西，书倒是带了两本。

陆老大瞧见了道：“儿子，别带书了，每天看还没看够呢？咱们这次就出去玩，你啥也不用想，爸带着钱就够了！”

黎舟道：“带着吧，我看了一半了。”

陆老大很好奇，过去看了一眼：“《水浒传》？你们老师布置的暑假作业，让看的名著吗？”

黎舟笑道：“算是作业吧。”

小狮子卡大火，厂子里趁机又推出了两套新的小狮子卡，分精装的金卡和银卡两种，在上面加了一点夜光材质，又掀起一轮热卖。尽管现在销量非常火爆，但将来也不可能只依靠这一种卡持续卖下去，推出新卡势在必行。而且水浒卡才是他手里真正的王牌。

叶红玉有轻微恐高症，她自己不怎么在意，提了全家坐飞机过去，但陆老大坚决反对，给一家人订了软卧的火车票。尽管时间长一些，但一家人都在一起也就不算什么了，在哪里都一样。

一直到七月中旬，许广财还不停地跑来岛上询问厂子接下来的安排。他不是第一次当厂长，但是第一次做陆家父子布置的这些事。许老头儿自己紧张得腿肚子转筋，心里忐忑不安。

陆老大安慰他道：“没事，你以前不也是厂长吗？跟以前一样干就成！”

许老头儿苦笑道：“我哪有您这么大气量，这都铺到冀州去了，我还是第一次接这么大的单子。您走也没事，把少东家给我留下也成呀，厂子里没人坐镇，我这心里还真有点慌。”

陆老大听了哈哈大笑，让人摆了一桌酒菜和许老头儿一起喝了一顿，一是送行，二是给许老头儿壮胆。

傍晚的时候，海面上起了风，回去的轮渡没走成，陆老大就让许老头儿也留在了这边，拍着他的肩膀道：“厂子一天没咱们也转得下去，老哥哥也要多休息一下，别整天这么紧张。”

许老头儿想想，倒也是这么个道理，加上喝了两杯酒心里也松快了不少，就住在了这边。

陆老大见他走了以后，脚步也不晃了。他刚才喝的是白开水，一滴酒都没敢沾。前阵子他刚跪着搓衣板指天发誓一个月不喝酒，他媳妇就在跟前呢，打死也不敢再喝了。

黎舟在房间里和弟弟打电话，那边听他说行李已经收拾好了，也挺高兴：“哥，你带相机了吗？路上也拍点照片。”

黎舟误会了，以为他要风景照：“你要路上哪里的照片？”

黎江：“哪儿都行，反正我还没有坐过火车，你就在车上拍两张吧。”

“好。”

过了一会儿，黎江忍不住又问：“大概多少个小时来着？”

“将近三十个小时吧，也挺快的，后天就能见到了。”

“好，我到时候去车站接你。”

挂断电话，黎江却有些失眠了。手机搁在枕头旁边，男孩皱紧了眉头好半天都没松开。之前几个月都不觉得难熬，现在只有三十个小时，他却觉得每一分钟都难熬得紧。

电话又响了两声，黎江迅速接起来，但打来的并不是他哥，是班上的一个同学。

“黎江，夏令营的票已经订好啦，给你留了两个位子。这次的‘龙岛探险’活动票特别难搞到手，我可是多出了一倍的钱才买到的！对了，现在能说了没有，你到底要带谁去啊？”

黎江懒洋洋地道：“到时候去了就知道了。”

那边试探着问道：“成绩好吗？还是长得好啊？”

黎江想都没想，立刻道：“都好啊！”

那边立刻“哇”了一声，激动道：“太好了！到时候破解谜题就交给你们俩了啊！天哪，我们上次就输给隔壁学校，这次怎么也要找回面子才行！你找的这个外援，确定特别厉害对吧？”

黎江嘴角勾起来一点，道：“对。”

只有最后一两天时间，黎江也不好意思再打电话过去，等到了接站的那天，他提前几个小时就去等着。但是他一直等到人都散了，也没有见到哥哥。

黎江固执地站在那里一直等着，不肯离去。

火车停下又开走了，站台上的人也散尽，空无一人。

眼前是交错的火车轨道，绿皮火车轰鸣着已经走远，慢慢连影子都看不到了。

黎江死死地盯着眼前的车轨，唇抿成一条线。

刁明山心里"咯噔"一下，知道要糟，却不知道该怎么劝，只能背过身去试着打了几通电话。但是也不知道黎舟那边是怎么搞的，打家里的没人接，打手机也没人接，他甚至还打了陆老大的私人号码，依旧没有人接。刁明山不死心试了几次，可都是这样，他只能把手机收起来，走过来试着安慰道："小江，或许是迟了，赶下一班……"

黎江道："他电话里这么说的吗？"

刁明山还在勉强打圆场："这个……凡事都有意外，也不一定就是今天。我觉得吧，可能是天气原因，等明天没准就……"

黎江又问了一遍："他这么说的吗？"

刁明山愁眉苦脸，闭嘴不言语了。

黎江站在那儿等了一会儿，转身就走。刁明山愣了一下才连忙追上去，心里也在叫苦。好不容易哄了快一年才哄好，一下就回到之前，甚至比之前还要闹得厉害了。

而此刻在靠近小灵岛的海面上，也经历着一场生死救援。

陆老大他们临出发的前一夜，海上有艘船出事了，薛家的一艘货船在大雾里行驶发生翻扣，十数人失踪。加上海上大风，海事局的救援船无法靠近，一度发出最强救援信号紧急调度周边的船只。陆老大是清晨四点收到的消息，睁开眼睛没有丝毫犹豫就带上人开船过去了。

第十二章
救 援

海上风浪大，隐隐有雷鸣声。不过两个小时之后，暴风雨就来了。

遇险船只倒扣在海中，周围水流湍急，船在海里来回摆动，海事局的救援工程船几次都无法靠近。陆老大仗着自己艺高人胆大，两次靠近，但依旧无法固定缆绳，只能跟随海事局的船一同抛锚守护。

暴雨下来了，船舱窗外暴雨如瀑，等在里面的人也是心焦如焚。

海事局的救援船发来信号，带着电流声在船上响起：“呼叫‘远航’号，呼叫‘远航’号！现通报遇难船只信息，船尾部露出水面五米左右，船首露出海面三米左右，风浪太大，无法定位……”

海上这样的天气海浪卷涌，根本无法固定救援平台。没有平台，潜水员就没办法实施救援。

陆老大看着前面的那艘遇险船，这么一会儿的工夫，船尾的方向又发生了变动，漂浮得非常不稳。周边海事局的救援船几次想靠近都差点被掀翻，他们靠近不了，周围调度来的几艘船也一样。陆老大带来的另外一艘船在靠拢过去的时候差点发生危险，又退了回来。

陆老大盯着前面，眉头皱得死紧：“这样不行，这船稳不住，就搭不了平台。”

旁边的阮三抹了一把脸，他刚去了外面甲板一下，身上还有雨水，又焦急又狼狈：“是，救援队的人也是这么说的。他们的潜水员已经随时待命，就差一个平台了……师父，咱们现在怎么办？”

陆老大又问他："老三，薛家的船什么时候到？"

阮三道："没信号，电话打不通，不过来的时候听说他们船出了港口在紧急调回。这么大的雨，怎么着也得再等上六七个小时。"

陆老大沉声道："已经过了一夜，撑不了那么久。"

阮三也急，却毫无办法。

陆老大盯着前面看了一会儿，忽然问他："咱们这边还能调来几艘船？"

阮三道："大些的就师娘那边还有一艘，其余叫得动的大概能有个七八家。"

陆老大沉声吩咐："你回去一趟，再叫三艘大船来，另外把你师娘的那艘船也开来。"

阮三愣了一下，但立刻就答应了。

岛上，小码头。

暴雨下来的那一刻，叶红玉在家中坐不住了。

她带着黎舟一同去了小码头，她和陆老大夫妻俩在海上讨生活这么多年，也知道其中的厉害。加上这样的天气，让她脸上也难得有了几分凝重。

雨太大根本无法撑伞，叶红玉和黎舟穿了厚重的黑色雨衣，顶风在码头上忙碌着。她让人把货船上剩余的货物搬卸下来，又换了一些吃重的沙袋上去，做好了随时支援的准备，紧跟着又吩咐人道："你们几个回去家里，找一些棉被来。早上的时候说是遇险船上大概有十来个人，先准备二十床棉被，药也带上一些。"

那几个人答应了一声，走了两步又回来道："师娘，三哥他们把人都带走了，我们几个不会开车！"

黎舟听见，立刻放下手里的箱子，走过来道："这边放了什么车？"

那人道："三哥的一辆桑塔纳在这儿，还有常开的一辆吉普。"

黎舟当机立断："我会开，我跟你们去。"

他原本就会开车，回岛上之后虽然年龄不够，但陆老大也在这条小路上"教"过他许多次。他开得很稳，这一点陆老大和叶红玉都知道。环岛的路只有这么几条，岛上人少，正式铺了柏油马路有红绿灯的只有靠近中心的一条，从小码头回家的路黎舟再熟悉不过了。

叶红玉也想到这个，略微沉吟一下后点头道：“去吧，让你几个师哥跟着，路上开慢一点。”

黎舟答应了一声，就跟着他们一起去了。

码头上，暴雨还在继续，不停有人跑来询问叶红玉该怎么做。隔着雨幕喊话，不只海上，靠近海边的一些船舶缆绳也有被风吹断的，突如其来的恶劣天气弄得人心惶惶。

叶红玉神色镇定地吩咐人去加固缆绳，又安排了剩余的人手再去找两艘船来：“找徐家和石家的船，他们的船大！”

“哎，我这就去！”

叶红玉自己的船也做好了准备，她站在码头上看着海面的方向，能见度不到一海里。即便什么都看不到，她也知道隔着一片海的丈夫是怎么想的。陆老大绝不会见死不救，他要救人，她就要做好其他一切有可能的准备。

黎舟冒雨开车，走的是乡间小路，除了泥水多一些，倒没有任何阻碍。车上坐着的几个师哥都是在这个岛上长大的，对每一寸土地都熟悉得很，闭着眼也能找到地方。他们指挥着黎舟走了宽敞人少的路，在暴雨中车子开得慢，却也比两条腿跑过去要快得多。

黎舟在家中翻找出棉被，家里有不少常用药品，又凑了几个急救医药箱。他正忙碌着，就听见有人敲门，“砰砰”响，简直像是砸门一样。

一个师哥放下手里的东西，跑去开了门。迎着雨进来的是一个穿了雨衣的女人，进了房门才胡乱掀开雨衣帽子，露出一张脸来焦急地问道：“陆老大去海上救人了是不是？现在怎么样了？我打电话来着，怎么都打不通啊！”

那个师哥道：“平姨，你别急，下暴雨信号不好也是常有的事，师父那边还没消息过来……”

女人四十来岁模样，连珠炮似的说道：“我怎么不急，我简直要急死了啊！你们怎么回来了？现在谁在码头？叶红玉让你们回来的？”

“对，师娘让我们回来拿些东西。”

女人快步走过去，凑过来看了一眼道：“都拿什么了？”她也不见外，用手翻了翻道，“对对，是该送些棉被过去，药也该拿上，还是她想得细！”

“师娘说遇险船上大概有十来个人，家里的这些棉被全拿过去差不多刚好够用。”

女人一瞪眼睛，立刻道：“那怎么够！人家救援队呢，去了一个中队，怎么也有十几个人啊，潜水救人简直就是拿命救命的事，怎么能不给他们也备上？”

徒弟道：“全拿上了，就这些还不够呢，一会儿路上我们再去码头上找找，我那边睡觉用的还有两三条。”

“你们那些顶什么用，在这儿等着，我马上回来！”

女人风风火火又扣上了雨衣帽子，顶着雨出去了。

再回来的时候，那个女人身边还带了一男一女两个年轻人，女孩大概二十岁出头，男孩年龄和黎舟相仿，帮那个叫平姨的人一起抬着一个用塑料布蒙盖着的厚重的东西进来。一进来她就喊人道：“我又找了十床被子来，你们快一起带过去！”她给是给了，但陆老大那些徒弟真来搬走的时候，又忍不住心痛起来，叮嘱道：“最上面那两床是新棉花做的，我原本打算给我女儿做出嫁被子用的，你们拿去的时候也小心点，给救援队送去，听见没有？”

黎舟听见她开口提了“棉花”两个字，才恍惚认出她来。原来是当初他第一次在小码头见到叶红玉的时候，当时在一旁拎着棉花包跟在一旁和叶红玉说话的女人。当时她因为没赚到钱，还颇为不满地说了叶红玉要做“女菩萨”之类的话，没想到今天海上出了事，竟然自己跑来，也当了一回活菩萨。

陆老大那些徒弟接了棉被，连声答应着。黎舟也过去亲自道谢，学着师哥们那样也喊了她一声：“谢谢平姨。”

平姨摆摆手，连声催着他们去了。

回去的路上风小了些，但豆大的雨点依旧落个不停，砸在车窗上噼啪作响。雨刮器左右摇摆擦拭，勉强分辨出一条路来。

黎舟开得慢，也开得稳，一路平安地把人和东西都带到了小码头。

他到达的时候，阮三的小船也刚好靠岸。

叶红玉正坐在那里听阮三说话，连连点头，瞧见黎舟过来立刻招手道：“小舟，来这里，妈妈一会儿要带人出海，你替我在这里看着这些船。东边两条船在卸货，要催他们快一些，其余的船只要检查缆绳，不能大意，知道吗？”

她吩咐了一些事，听黎舟又重复了一遍，才点头道："好，你和这几个师哥留在这儿，如果雨再大一些就回家去，待在家里，哪里也别去。"

黎舟点点头："好。"

那几个徒弟平时都是跟在陆老大身边的，这会儿也急了："师娘，让我们跟您去吧，这边有工人在，小师弟和他们忙一阵，一会儿回家去就行！"

"是啊师娘，你让我们跟着去吧！"

叶红玉冷声道："在码头上听我的，你们留下，阮三和我去。"

那几个人不敢反抗，即便心里着急，还是都留了下来。

黎舟一直在码头上忙碌，这一片海湾的船大多数是陆老大的，遇到这样的事也都是陆老大夫妻二人在统一调配人手去照看。如今陆老大去救人了，码头上只留了黎舟他们，活计却一样不少。停在这里的大船较少，中小型船只多一些，还有遇到暴风雨紧急停泊过来躲避的。事情很多，查换了几家的缆绳，又弄完了卸货，黎舟回来休息的时候浑身湿漉漉的，也分不清是雨水还是汗水。

有人递了一杯热水给他，黎舟接过来喝了一口，才缓过来。

外面，天依旧阴沉沉的，雨下个不停，像是到了下午，分辨不出时间。

黎舟出来得匆忙，没有戴表，问一旁的人道："师哥，几点了？"

那个人低头看了一眼，道："九点多，快十点了。"

黎舟有些恍惚，忙了这么久，竟然才过去五个多小时。他坐在那儿喝了一口水，润了润唇又问："这边有电话吗？我想打个电话。"

"有，我带你过去！"

码头附近的这座小楼是陆老大办公的地方，徒弟们有时候也会住在这里值班，东西放得很少，一张黑木桌子加两把椅子，桌上摆了一台座机，就算是办公室了。

黎舟拿起来试着播了G市那边的电话，照今天这样的情况来看，启程势必要推迟一两日了。

只是弟弟的手机拨不通，家里的座机也一样打不通。

那个师哥帮着拨了一下，皱着眉头连着拨了几个号码后，总算是有一个内线的通了，但得到的消息很令人失望。他对黎舟道："小师弟不成啊，大暴雨，岛上又没信号了，座机打不通，只能打这边的内线电话，要等雨停了让电信的人来修才行。”

黎舟摇头道：“没事，正常。”光纤没有入户的年代，座机算是最稳定的联系方式，但岛上情况特殊，如果座机打不通，手机那点微弱的信号根本不用指望。

只是他们在码头上况且如此，海上的情况恐怕更糟糕。黎舟忍不住有些担心起陆老大和叶红玉来。

外面很快就有人跑来了，没有给他更多的思考时间，进来之后喘着气道：“外面，外面东边有艘船的缆绳断了！”

“走，去看看！”

黎舟穿上雨衣，跟着他们匆匆忙忙又出去了。

另一边，海上。

海事局救援队召开了一个临时会议，也在紧急商量解决的办法。

“队长，这样不行啊，我们的船靠不上去，只能远距离看，要不要先让潜水员下水去看看？”

队长摇头道：“这超过了潜水作业的安全极限，我无法授权。局里已经请调了工程船和直升机，再等等看。”

众人沉默片刻，内心焦虑，却也知道这样的天气直升机恐怕也无法作业。

但老天不给时间，他们也没有任何办法。

忽然有，人惊呼道：“队长！队长你快来看，他们的船靠上去了！”

队长起身大步走了过去，道：“谁的船靠过去了？”

“那边，之前来救援的‘远航’号，它又靠过去了！”

“远航”号是第一艘响应他们救援信号的船，也是试图靠拢遇险船只次数最多的一条船，船长显然经验丰富，在风暴里几次强行靠近，海事局的人都替他捏了一把汗。但“远航”号摇摇晃晃，那么大一艘船却在海里出奇轻盈，避开了所有撞击，竟然徐徐地靠拢过去！

遇险船处于漂浮状态，随水流旋转。驾驶“远航”号的人控制得精准巧妙，几次险险避开碰撞之后，用缆绳固定了翻扣船的一端。紧跟着就像是咬定了一般，迅速在其船尾固定了锚链！这样一来，两艘船就固定在了一起。船体同步摇摆，只受到水流影响而没有发生挤压，较为安全，但依旧还有着不小的风险。

就在这时，“远航”号后面又缓缓驶来四艘大船，为首的一艘白底红漆的货船像是极有默契一般，径直靠拢过去，在“远航”号已经固定的基础上又用锚链拴住了另外一侧。两艘船把遇险船只“咬”住，夹在中间，另外的大船在附近已经张开网架，随时准备如果有什么意外即时进行打捞，配合熟练。

“队长，‘远航’号它们固定住遇险船了！”

救援队的人也在看着那边，队长的眼睛一眨不眨，喉结滚动几下，哑声道：“快、快派救援船过去！跟上‘远航’号！”

暴雨中直升机无法靠近，只能依靠海上的力量。

下午三点，救援队的人和潜水员登上“远航”号，开始进行水下作业。

与此同时，叶红玉那艘货船上给大家分送了一些物品。每艘船都分到了棉被、医药箱和一些食物矿泉水之类的物品，给救援队的更多，毕竟他们救人才是专业的。

陆老大在打开医药箱的时候，瞧见里面放着的绷带和药物，最下面竟然还有几块压缩饼干。

陆老大不用想也知道这是叶红玉母子会做的事，笑了一声，撕开包装袋咬了一大口压缩饼干道：“还是他们娘儿俩想得周到，出来这么大半天，还真饿了。”他自己吃，也没忘了身边的人，让徒弟们也轮流休息，一起吃了点东西，再喝了水。陆老大吃得快，三两口吃完又去前面盯着了。

下午四点，潜水员在遇险船上敲击船板，救援终于有了收获。

救援人员敲一下，对方回应一下。

敲两下，对方回应两下。

这种明显是人为敲击船体的声音，大家都振奋起来，确定遇险船只上还有生还者！

救援人员根据回音，缩小范围，一点点确定人在哪里，万幸船倒扣的时候上面压住了一定空气，有气穴在，里面的人又运气好躲在了楼梯拐角处。尽管船体被挤压得严重变形，他们也都有惊无险地躲过，活了下来。潜水员开始争分夺秒地抢救，先送了一批潜水设备下去帮遇险的人穿上，又一个接一个把人送了上来。这时，海水温度开始变低，第一批下去的潜水员体力不支，又有新的队员穿上潜水服，义无反顾地跳入水中。

船上的人也在甲板上时刻准备着，一有人从海里救出，一群人就立刻围上去把人抬走。

“放棉被上！”

“捂眼睛！”

“把衣服脱了，快，软管……软管别松手！

第一批救出来的人有七个，还能清晰回答他们问话的有三个人。那三个人都跟救援队的人确定了人数，船上一共有十二人，五名船员，另外七名是一所高校的教授和学生。他们接了通知利用暑假时间去小灵山岛上修复一座古庙的文物，没想到遇到了这样的事。

“还有我们教授和同学……他们在前面船舱里……”被救出来的一个学生蒙着一件衣服，努力跟救援队员说道。

确定了人数，也有了第一次救援经验，接下来潜水员又数次入水寻找。

傍晚雨停了片刻，但能见度降低了不少，海面上风大浪高，遇险船晃动得厉害随时有翻过来的风险。一旦翻过来，周围的船只也要跟着遭殃，潜水员不得不返回船上待命。

几个潜水员脱了潜水服裹在提前准备好的棉被里取暖，勉强混着热水吃了一点东西，几个人嘴上都起了泡。

待略微恢复了一些体力后，他们又再次强行登上遇险船，可两次探查都无法实施救援，只能返回。

那个救援队的副队长亲自下水，二十来岁的小伙子出的力气最多，也最拼命，到最后他连出水的力气都没有了，还是陆老大他们的人搭了把手，把这个副队长给拽出了水面。

天黑了，情况突然变得恶劣起来，显然已经无法再等一夜。

晚上十点，救援船请求“远航”号和遇险船首尾焊接，搭建平台，信号发来的时候一旁的徒弟忍不住看了陆老大一眼：“师父……”

陆老大一双眼睛已经带了血丝，紧紧盯着前面，头也不回地骂道：“看老子有什么用！听人家救援队的，先救人！”

徒弟连声答应了，匆匆跑出去做准备。

午夜一点，临时焊接完毕，成功搭建救援平台。工程船也到了，用吊机把遇险船抬高，在稳定住的情况下让救援队登上了翻扣船，紧跟着进行定位，并决定在船体开洞。

陆老大也在盯着前面的作业人员，船体一旦开洞，水压就会造成船迅速下沉，即便是有工程船吊着，难度也非常大。但显然已经没有任何办法，只能铤而走险。

工程船吊杆也在风中摇晃，看起来摇摇欲坠。但万幸还有“远航”号和另外那艘货船稳稳地固定住遇险船，它还是成功了。

避开油舱，开了气孔，确定无误之后，救援队迅速破开船洞救人。

打开一条缝的时候，黑洞洞的船舱里传来微弱的灯光，那些学生手里是有手电的！

里面的人声音微弱，但他们仍努力喊道：“我看到光了……”

副队长看他伸了手，急忙道：“先等一下，别着急，太热！等一下上来！”

他提了一桶水迅速浇上去，刚切割好的铁皮船板发出“刺啦”的声音。迅速降温后，副队长丢了水桶，第一个伸手过去：“同学，把手给我！”救了这一个上来之后，他紧跟着又向里面喊话，“还有人吗？还有没有人！！”

“有……”

微弱的声音传来，但带着希望，那几个被困的学生求生意识强烈，甚至还能回答急救人员的问话。

第一缕阳光升起的时候，遇险船上的十二人全部获救了。

翻扣船只开始下沉，“远航”号紧急切割断相连部位，在船首微微下沉片刻之后，“轰隆”一声掀掉大片铁皮终于被分开。遇险船徐徐下坠，而“远航”号船首虽然被破坏得严重，却也只是外部铁皮有破损，重要部位没有损坏。在海事部门救援船的开路下，几艘船返航了。

早上六点，全部人员在临海市登陆。脚踏上陆地的那一刻，他们才踏踏实实地感受到了安全。

叶红玉下了船，她跟着丈夫一同忙碌了一天一夜没有合眼，此刻脸色有些苍白，但精神还好。她慢慢走下船，旁边的徒弟瞧见了想扶她，被叶红玉摇头拒绝道："不用，不过熬了一夜，还不至于要人扶。"

陆老大身边的徒弟平时吃住也在陆家，拿着师父师娘当自己的亲长辈，听见她说，笑道："哎，是，师娘身体好，跟师父一样！"

叶红玉笑了一声，回头看了一眼海面。昨日的狂风暴雨已经消散得无影无踪，海上依旧清澈碧蓝，像是什么都没发生过一样。风暴来得快，散得也快，只有停靠在码头的那几艘船见证了昨夜救援的惊险，为首的那艘船被撕开，像是一道狰狞的伤疤，又像是英雄的勋章，看它停在那儿，她心里又是疼惜又是欣慰。

她心疼"远航"号的损坏，欣慰它又一次挺了过来，依旧是海里屹立不倒的英雄。

上了码头走几步，她就看到陆老大站在不远处带人等着她，陆老大见她过来立刻跑来。结婚这么多年了，依旧跟刚在一起的时候一样，他上上下下仔细打量了她一遍，等她连说了好多次自己没有任何事之后，才咧嘴笑道："那就好，我一天一夜没见着你，心都提起来没敢放下。"

叶红玉陪着他一路走着，笑道："胆子这么小还去做英雄呢？"

陆老大道："那不一样。"

"有什么不一样的？"

"我知道你肯定会来嘛！你来我就不怕……"

遇险的十二人被紧急送去医院，他们运气好，并无大碍。薛家的船昨天已经到了一条，这个时候也跟着救援队回来了。一部分人跟着去了医院，另一部分人则匆匆忙忙来找陆老大。到了海事局那边听说陆家夫妇二人去配合做记录了，他们就等在会议室门口，对工作人员和陆老大的那些徒弟说着感谢的话，还给大家分烟，整盒塞到人家手里。

工作人员不肯收，摆摆手道："这是我们分内的工作，为人民服务，不用客气。"

见这些工作人员不收，薛家的人就使劲往陆老大那边的人手里塞，不住地说着感谢的话："兄弟，昨天真的感谢你们，真的太谢谢了。我们来得迟，但是也听救援队的人说了，当初要不是陆老大的船硬靠上去，怕是船上这十几条人命就要交待在这里。也不瞒着你们，这里头还有我们家的小孩、长辈，真的太谢谢了……"

陆家这些徒弟也不收，只拿眼睛看着阮三。师父不在，他们都听三哥的。

阮三也觉得挺神奇的，他前几天还在码头上跟薛家这帮人吵得恨不得要拍桌子打架。尤其是眼前派烟的这人，他认得，是薛海龙身边的一个得力助手，当时态度也是最嚣张的，就差指着鼻尖和他对骂了。没想到现在这人会一脸羞愧感激地往他手里不住地塞烟，大有一副“不收下就是看不起兄弟我”的意思。

阮三收了一盒烟，对他道：“不用这么客气，不管当时是谁有难，我师父都会救的。”

见他拿了之后，陆家那几个小伙子也接了烟。薛家的人立刻笑道：“是是，陆老大心善，我们都知道，心里感激着！这样，我们老大在来的路上，马上就到，咱们两家中午一起吃顿饭，一会儿一定要给我们这个面子啊！”

阮三道：“等会儿看看吧，听我师父的。”

薛家的人还要再劝，但看到对方那些年轻力壮的小伙子眼底的青黑色，也不好再多说什么。对方不计前嫌全力救人，已经一天一夜没有合眼了，他们心里又是愧疚又是感激，连忙又派人去买了些饮料和吃的来，陪在这里一起等。

会议室里，陆老大和叶红玉配合着做完记录，海事局的领导接待了他们夫妻俩，对他们非常客气，公事说完后还笑道：“我记得你们两个，当初老局长跟我交接的时候还特意提过。陆虎臣这个名字我可不敢忘，十年前你救过一艘船，直接拖回来了，真是给我们帮了大忙！”

陆老大咧嘴笑道：“哪里，你们救援队的小伙子才是好样的。”

领导笑道：“说起这个，救援队的人还要我来谢谢你们，那些棉被我已经派人送去洗晒了，等弄好了就给你们送去。中队长说你们还特意给队里的小伙子们带了一份棉被，真是谢谢了。”

陆老大对这件事不太清楚，只知道是叶红玉准备的。等领导走了以后，叶红玉才笑道：“咱们家哪有那么多棉被，一半是钟平拿来的。”

陆老大惊讶地道：“钟平？她怎么舍得？”

叶红玉笑了一声，又给他倒了一杯热水道：“这你就不知道了吧，钟平的女儿快要结婚了，喏，这不新做的喜被都拿了两条来，显然也是把家里能用上的棉被都搬空了。”

陆老大更疑惑了：“她平时那么小气，一分钱都要算个清楚，怎么舍得拿新被子出来了？上次不是还因为新棉花价格贵了点跟你闹了一路吗？”

叶红玉道：“是，但这回不一样。”

“哪儿不一样了？”

叶红玉低声跟他咬耳朵：“她女婿在救援队里，就是那个副队长。”

陆老大恍然大悟，咧嘴笑道：“我说呢！那个人我瞧见了，是个好小子，人老实肯干，又卖力气救人。钟平选得没错，顶好的女婿！”

叶红玉摆出娘家人心态，站在岛上这一边：“钟平的女儿也不错呀，大学生呢。”

陆老大笑道：“都好、都好！”

做完记录，又给岛上打了一个电话，确认儿子和码头那边都安好之后，陆老大也放心了许多。他身体壮，累了这么久也没觉得多疲惫，只是看着身边的叶红玉面带倦容，心疼得不行。陆老大最疼的就是老婆儿子，护着叶红玉从会议室出来，他打算先找个地方让她休息一会儿。

薛家的人瞧见他们后，立刻围拢上来。刚说了几句，陆老大就挥手道：“不用，海上的规矩，遇难了瞧见的都要搭把手，帮一把，不是你们我也救，用不着这么客气。你们该去谢谢救援队的人，那些小伙子是拿命救的人。”

“都感谢、都感谢！”薛家的人完全没有在码头上拍桌子找碴儿的气势了，满脸劫后余生的感激。他们也不缺钱，一条船还赔得起，但人要是没了那可就真没了，“陆老大，还要麻烦你们在市里留步，我们一定要好好感谢一下……”

陆老大道：“我们先去休息一下，这事儿回头再说吧。”

“已经准备好酒店了，都开好了房间，我们的车就在门口，现在就送你们过去！”

陆老大还要推辞，叶红玉却轻轻碰了他的手臂一下。陆老大到了嘴边的话又改了，点头道：“行，那就多谢了。”

薛家人高兴都来不及，连忙送了他们去最近的酒店安顿下来，对陆老大一行人照顾得十分周到。

稍微休息了几个小时，陆老大就恢复了精力。他轻手轻脚地起来，没打扰叶红玉安睡，自己出去了一趟。他也没走远，就到楼下大堂那边给黎舟打了个电话。倒是也赶巧了，他刚下楼，就看到了在前台询问的黎舟，又惊又喜道："儿子，你怎么来了？"

黎舟穿了一身干爽的衣服，面容像极了叶红玉，即使略带倦容也是清冷俊美的长相，唇色略浅，哪怕只是一身款式简洁的衣服，他穿上也像是一位出门在外的贵公子一般。他看到陆老大也有些惊讶，连忙走过去道："爸，我来找你们的，我妈呢？"

"她还在睡，谁带你过来的？码头上情况怎么样？"

"三哥刚回码头去了，我跟他交接过了，码头上都好，我就过来看看你们。"

陆老大又问了一些问题，黎舟一一回答了他。他对码头上的事物不算熟悉，但关键的几件该做的事拿捏得刚好，把小码头守得牢牢的。

陆老大在海上奋战一天一夜都没一点怯意，这会儿听着儿子冒雨出去加固缆绳差点红了眼圈，心尖上的软肉被戳了一下似的又酸又疼。他伸出大手摸了儿子的脑袋好几下，哽咽着声音夸他好，也说不出别的话来。

黎舟哭笑不得，坐在那儿陪着他岔开话题说了点别的，陆老大的心情才平复过来。

陆老大看着坐在自己身边乖巧懂事的儿子，心想幸亏在邱城办了个厂子，儿子以后有个落脚的地方，风吹不着雨淋不着，安全得很。

对面坐着的黎舟想的却是在码头上看到的那艘船，"远航"号停留在那儿，戴着"勋章"，是英雄，它值得留在海上乘风破浪。就像陆老大一样，只有海里才是他真正自由的地方。

父子俩心里都有一点想法，互相没有说破，只是感情更好了。

医院里的人已经醒来了，遇险的人都没有大碍，连年纪最大的一位老教授也意识清醒。陆老大和黎舟去医院探望了他们，薛家的人也在，听着他们说话，才知道这位老教授和薛家有些亲戚关系，是他们家的一位长辈，而救出来的那些学生里有一个女孩正是薛海龙的亲生女儿。薛家这一辈七八个小子，但女孩就这么一个，从小千般宠爱着长大，有什么事无有不应。

薛家这位千金正好在老教授带的班上，学的是考古修复专业，这次也是接了任务要去小灵山岛上修复一座古庙的文物。家里千金和长辈要做的事，下面的人自然快马加鞭地准备。但也正是因为太赶，才在海上出了意外。

薛海龙亲自赶来，他比陆老大年长几岁，揽着他的肩膀一口一个“老弟”，完全没有之前在码头上剑拔弩张的气氛，恨不得立刻跟陆老大拜把子认兄弟。有这份救命的情谊在，码头上的事根本不值一提。

黎舟正在跟老教授说话，老人在鬼门关走了一遭，也是颇为感慨：“我们这次去就是修复一座古庙的文物，利用假期时间也算是为国家做些义务工作，这不万幸人都没事，只要人没事就好啊……”

黎舟点头道：“是，大家都平安就好。”

老教授跟他说得投缘，聊了一会儿，见黎舟对他说的那些专业问题也都能答上一些，又问道：“你还懂这么多呀，瞧着你年纪小，你也信佛？”

黎舟笑道：“我不信这些。”

老教授奇怪地道：“那你怎么知道这么多啊，你家里人也有学考古的吗？”

黎老不学这些，但收藏了半辈子古董，也算是个“杂学家”，什么都知道一些。黎舟和弟弟陪在老人身边，之前没少跟着去拍卖会买东西，家里的真品无数，知道得自然也多。他没有跟老教授说这些，只告诉他是外公教的。老教授笑着打趣道：“你们家倒是有善心，以后肯定有善报。”

黎舟笑笑没有说什么。

小时候外公黎老教他读《增广贤文》的时候，曾经教过这样一句，说：但行好事，莫问前程。陆老大出海救人的时候也不求什么善报，他是个顶天立地的汉子，做事只求无愧于当下，无愧于心。

黎舟心里有些骄傲，却又矜持地收起来一些，只眼里带着一点光芒。

陆老大被薛家人拦着不许走，薛家人一定要好好宴请感谢他。前几个月闹得仇家一样，一夜之间简直亲如一家人，薛海龙对陆老大的态度也极客气。陆老大走不了，只能答应留下。黎舟却没有留下，他匆匆赶来市里，又跟着陆老大跑了一趟医院，现在已经是下午三点多，他再不能耽误时间了，对陆老大道：“爸，我有点急事，想先去

G 市。”

陆老大愣住，道：“很急吗？要不再等一天，明天我和你妈就差不多能跟你一起过去，这边的事我抓紧处理……”

黎舟摇头道：“码头上几个月都没进展，三哥他们也发愁。现在薛家人都在，您多留几日把事情处理完再来吧。我自己先坐飞机过去，那边有外公在，不碍事的。”

陆老大想了想，只得答应他。

黎舟直接去了机场，他行李都没带，只身一人买了最早的一趟航班。在候机大厅的时候他给 G 市去了一通电话，得知弟弟已经去车站接人了。

黎舟算了一下时间，好像正好是火车到达的时间，没来得及再给弟弟打个电话，他便匆匆上了飞机。

四个多小时的旅程，黎舟在路上一直闭着眼睛休息。过去将近三十个小时他也没有睡好，在码头上忙碌一天一夜没有合眼过。阮三刚回来，他就去市里找了陆老大他们，确定了父母平安，又匆匆奔赴机场。等辗转到了 G 市的时候，已经是夜里了。

G 市，黎江回来之后没吃晚饭，一直在书房认真做完了所有功课。刁明山都被他这股认真劲给吓到了，旅程一点都不闹，还主动喊了一声刁叔，然后额外多做了作业，简直像是要补上什么一样，刁明山从未见过“小少爷”这么卖力地想要学东西。

晚上的时候，黎老把外孙喊过去。他接了一通电话，正在看一则电视上的新闻报道。黎江进来的时候老人招手让他过来道：“刚才鲁省的一位老朋友给我打的电话，说是临海海上有艘船出事了，之前托人多留意你大哥家里的事，听着名字好像有他们……”

黎江过目不忘，即便是画面一闪，也认出了陆老大的船。他神色一变，拿了外套立刻就要冲出去。

黎老连忙喊道：“明山，你快跟着他一起，要真是小舟那边有事，你们就留下照应一下，快去！”

刁明山答应了，起身跟着小跑出去，心里也像打鼓一样，在心里祈祷黎舟平安无事。黎家人丁单薄，本来这一代就这么最后一点独苗了，可千万不能有事啊！

黎江跑到楼下叫司机，刚坐上车就被刁明山叫住了。刁明山手里还拿着电话跟人说着什么，气喘吁吁地跑来道：“小江别去了，来了，人来了！”

“谁来了？”

“小舟来了！”

黎江伸手接过他递来的手机，放在耳边焦急地道：“哥，你在哪儿？我现在就去机场，我去找你——”

黎舟的声音倒是一如既往的平淡，如果仔细听的话还带着一点微微的窘迫：“不用了，你下楼就好。”

“什么？”

“我快到了，身上钱不太够，你下楼帮我付一下车钱。”

黎舟习惯性地从机场打了出租车，直接报了黎老的住址。司机一再确认之后他都没觉得哪里不对，直到看到计价器上的金额不停地翻滚，他才恍然想起这个年代的出租车价格如此昂贵。他很少打车，含着金汤匙养在黎家也极少有自己付钱的时候，因此也没觉得黎老住的半山别墅那里有多远。直到从机场一路开过来，路程过半费用就已经超过了他兜里全部的钱，比他的机票还要贵。

来的时候陆老大给了他一张卡，让他随便花，但出租车上显然不能刷卡。

出租车司机在听他打完那通电话以后，就在后视镜里一直紧张地看着他。

黎舟沉吟一下道：“您别担心，实在不行，我就把手机押给您。”

司机干巴巴地笑道：“哪里的话，太客气了，哈哈哈！”

虽然这么说着，一直开到半山别墅那里瞧见真有人站在门口等着，付完车费之后，出租车司机才松了一口气。

黎舟下车后，还未在夜色里看清弟弟的样子，就被冲过来的男孩抱住了。男孩力气很大，也长高了很多，只比他矮小半个头的样子，头发软软的，让黎舟的心也软了几分。他抬手揉了揉弟弟的脑袋，笑道：“有点事，来晚了一点。”

黎江声音低哑，抱着他没松开，喊了一声“哥”。

黎舟拍拍他的肩膀：“嗯，想我了没有？”

抱着他的少年就使劲点点头，热烘烘的脑袋埋在他的肩膀那儿，半天不肯离开。

黎舟被他逗笑了。

兄弟俩也没在外面多停留，黎舟跟着他进去先见了外公黎老，跟老人说了几句话报过平安之后，瞧见已经很晚了，也就没多打扰老人休息，出来了。

刁明山正等在外面，见了黎舟，一张脸上感慨万分：“小舟没事就好，咱们在这边看到电视新闻才知道。老爷子吓了一跳，小江刚才还要去机场呢！”

黎舟轻声笑道：“是去救援，不是我们出事了。”

刁明山又问：“都还好吧？”

黎舟点头道：“嗯，托大家的福，都平安，人都救出来了。”

刁明山喜笑颜开，念叨了一声，连声道：“没事就好。小舟一路上也累了，快去休息吧。房间都已经准备好了，和以前一样，都在二楼，挨着……”

黎江打断他道：“哥，我带你去。”

黎舟点头应了，跟着弟弟上了楼。

楼上的房间和B市的不太一样，这边宅子明显要大上许多，倒是和黎曼那边的别院有些像。上千平方米的别墅，弯弯绕绕的，黎江带他去了自己的房间。黎舟进去之后就瞧出来了，架子上还放着他送的篮球呢。

不过他也有话想跟弟弟说，两个人的关系刚融洽一点，黎舟还是挺珍惜的。

黎江拿了一套睡衣过来，自己等在浴室门口，忍不住隔着浴室门和大哥说话：“哥，海上那么危险，你没事吧？”

黎舟在里面洗澡，声音混着水声过了一会儿才传过来：“没事，我没出海，就在码头上待着。”

“码头上也危险啊！”

“还行吧，就是下暴雨岛上没信号，给你打电话来着，也没打通……”

后面的水声大了一些，黎舟的声音有些听不清了，黎江就等在门口，一直等到他出来。

黎舟换了睡衣，走到床边顺势坐下休息，瞧着已经准备好了他日常惯用的毛毯，忍不住笑了一声。

黎江回头，就看到大哥盘腿坐在床上，单手托腮笑着的样子。他一年没见到对方，忽然有点紧张。

黎舟招手道："过来。"

黎江走过去，站在床边。

黎舟看了他一会儿，笑道："长高了。"

黎江盯着他，也跟着道："大哥也高了一些。"

"嗯。"

黎舟环视四周，问他："有笔吗？"

黎江立刻去书桌那边拿了一支圆珠笔过来，递给他道："有，大哥要笔干什么？"

黎舟拿过笔，拽着他的手腕让少年坐下，把他睡衣的袖子卷上去一些，一边用圆珠笔在他的手腕上画了样东西，一边笑道："来得匆忙，行李都没来得及拿上，给你带的礼物在箱子里，先画一块手表给你。"跟养母黎曼和弟弟不同，黎舟的画技非常一般，有点像是简笔画一样。但他画得认真，被拽住手腕的少年低头看得也认真，绷直了手背让大哥画完了那块手表。

黎舟拿开圆珠笔，自己看了一会儿："不太好看……"

黎江飞快地道："很好看。"

黎舟笑了一声，揉了他的脑袋一下，道："虽然有点晚，但还是赶在十二点之前到了。黎江，生日快乐。"

今天是 7 月 23 日，也是黎舟一定要赶来的原因。

黎江看着他，喉结滚动两下，眼神炙热。

抵着他额头的人却闭了眼睛，过了好一会儿才带着一点鼻音道："让我睡一会儿，我从前天起就没睡好，只在路上眯了几个小时，好困。"

黎舟一路匆匆赶来，实在太累，说完眼睛都有些睁不开了。黎江喊他，他也只轻轻"嗯"了一声，被弟弟扶着躺下后，沾到枕头就睡了过去。

黎江站在那儿看了他很久，给他盖了两三次毛毯都不舍得走。最后瞧见大哥睡着了，微微皱眉的样子，这才想起来没关灯，连忙去把灯关了，只开了一盏书桌边的台灯，自己则轻手轻脚地去洗漱，回来又小心地挨着他睡了。

黎江已经很久没有睡得这么踏实过了，一夜无梦，睁开眼就天光大亮。他往旁边摸索了一下，摸了个空，顿时一个激灵彻底醒了。他睁大眼看了一下旁边空着的床位，又连忙光着脚跑下来要出去找，走过浴室门口的时候听到里面有水声，这才把心放回肚子里去。

他光着脚站在那儿等了一会儿，听见里面的水声停下，连忙又跑回床上。

黎舟从浴室出来的时候，就看到弟弟老老实实坐在床上，一副刚睡醒的懵懂模样。瞧见他之后眼睛跟着来回转，像是一只小傻狗。

黎舟笑了一声，对面坐着的男孩的神情就跟着放松下来，也勾了勾嘴角，但很快就抿了回去。

黎舟过去道："有点饿了，昨天晚上就没来得及吃饭。"

坐在床上的黎江接着道："我也没有……"他说了半句才反应过来自己说了什么，很快耳尖就有点发红，不肯往下说了。

黎舟已经猜到了，凑过去一点逗他道："也没吃饭吗？想我想的？"

黎江顿了一下道："想了很多事。"

"嗯？"

"我想做得更好，变得再厉害一点。"黎江含糊道，低下头视线没有跟大哥的对上，半垂下的双眸遮住了化不开的黑色。

黎舟没听出来，只当他是学习卖力。他知道弟弟一直争强好胜，这会儿听见就伸手摸摸他的头，安抚道："现在已经很棒了，走吧，咱们一起下去吃饭。"

黎家这边的早餐准备得丰盛，南方、北方的都有一些。黎老习惯吃小馄饨，兄弟俩正在长身体，更喜欢吃顶饱一些的。黎舟陪着老人一起吃了小馄饨，又吃了两块谷饼。黎江心情好，吃得也比平时多一些，除了和大哥吃了一样的东西，还多吃了一笼虾仁蒸饺。

吃饭的时候兄弟俩约好去爬山，黎江已经看好了附近的一座山，这个天气早上去爬山最舒服了。

黎老笑呵呵地看着他们，还不忘提醒他们带上相机："外公腿脚不好去不了，你们多拍点照片，带回来我也看看，就当咱们一起去啦。"

黎舟点头应了。

刁明山打从黎江放暑假后就一直住在黎家，早上跟着一起吃了早餐，这会儿听见他们聊天，忍不住看看黎江，又看看黎老爷子，轻咳了一声。

黎老坐在那儿道："明山有话要说？一家人，不用那么客气，你说嘛。"

刁明山："……"

老爷子不想当坏人，而且点名让刁明山自己出来说，刁明山也只能硬着头皮道："这个，出去爬山锻炼身体陶冶情操是很好，但小江也要安排好学习的时间。咱们的时间紧任务重，上回教你的那些课程还排着三位老师。"

黎江道："我知道，刁叔，我学完了再去。"

刁明山又道："那这两天……"

"这两天我先上课，上完课给您检查过了，我再去爬山。"

刁明山没有想到黎江这么好说话，又惊又喜，眼睛都在发光。他想说几句客气话，又怕黎江反悔不敢多说，点头说了句"好"就算定下来了。

那边坐着的兄弟俩已经开始低声说话了，黎舟嘱咐了几句好好学习一类的话，坐在一旁的黎江都点头应下了。

刁明山眼神火热地看向黎舟，见黎舟伸手要去倒果汁，更是热情地帮他倒了一杯。

黎舟客气地道："谢谢刁叔。"

刁明山摆摆手，笑呵呵地道："哪里的话，你喝，这儿还有鲜榨的橙汁，一会儿多喝点。"他说完，又对着一旁的黎江问道，"对了，小江咱们今天提前半小时开始，九点上课怎么样？"

黎江点头道："好。"

刁明山面带微笑，心里连声感慨：黎舟回来可真好啊！

黎舟陪着弟弟去了书房，黎老和刁明山提出让他也一起留下听听课。但黎舟志不在此，只陪着弟弟说了两句，老师一来他就退了出来。

刁明山站在门口等他，瞧见了笑道："小舟怎么不一起听听课？"

黎舟摇头，轻笑道："能者多劳，让黎江去听吧。我平时在学校上课就够了，暑假还有其他事想做。”

刁明山道：“嗨，想要什么不是一句话的事吗？小舟只管说，我去帮你办。”

黎舟道：“这件事可能还真要麻烦刁叔帮忙，您知道G市比较有名的广告公司吗？”

“广告公司？”刁明山想了一下道，“倒是知道两家，小舟想打广告？”

黎舟点头：“对，家里在临海市那边开了食品厂，在做干脆面，我想给接下来准备要出的产品做个设计，打个广告。”

刁明山笑道：“这事简单，小舟今天上午先跟着我出去吧。我去公司，顺便派个司机跟着你，带你去两家广告公司都看看，瞧中了哪个咱们就用哪个。”

黎舟答应了，又回头看了一眼在书房里认真上课的少年。

弟弟长大了不少，性子也沉稳了许多，换了从前可能早就坐不住要跟着他一起出门了。现在他正目不斜视地看着老师，低头计算的速度也飞快，瞧着没打算随意让自己休息。

黎舟站在门口又看了弟弟一眼，放轻了脚步，转身跟着刁明山离开了。

黎舟这次想做的是电视广告，小英雄干脆面已经在华北地区慢慢铺开渠道，接下来就是普及“玩法”的事了。他们起步早，抓的时机也是最好的，广告之后必然会引起新一轮热卖。

刁明山亲自带他去了那两家广告公司，两家公司各有特色。黎舟挑了一家做过动画广告的，给“小英雄”选了最合适的定位。

对方老板亲自出来接待，他们之前接过黎家的一个楼盘广告，不过是一期的广告就赚够了半年的营业额，所以对黎氏来的人格外重视，哪怕是一个小广告也做得尽心尽力：“您的意思我大概明白了，要做得有活力一点，贴近中小学生的风格，那么我们做几个剧情动画给您选择一下……”

黎舟摇头道：“不，做短动画，标语重复宣传。”

对方愣了一下，道：“什么？”

“时间控制在二十秒以内，把品牌、产品口味和卡牌说清楚就够了。”黎舟坐在那儿道，“先做三条广告，一条是七张小狮子卡的，主要玩法是集卡抽奖；第二条做‘水浒卡’，主要玩法是配合集卡册收集一百零八张卡；最后一条做得喜庆一点，我打算放在过年的时候播出，集齐五张红色福卡送一个小狮子存钱罐。”

已经过了80年代节目贫乏可以看广告解闷的时代，90年代长时间广告轰炸，做成功的除了卖保健品的那些，极少有成功的案例，简短地突出核心才是王道。黎舟说得简洁，对方也清楚明白，很快就谈拢了。

广告公司老板道：“那基本情况我已经了解了，先让策划出两个方案挑选一下。不过如果要制作的话，还需要贵公司提供实物道具。”

黎舟点头道：“当然，这两天就让人送来。”

对方看在黎家的面子上，给出的费用非常低，两万块钱一条广告，黎舟欣然接受了。

这费用大概拿去投在地方电视台也只是一个零头，多在几个电视台一天狂轰滥炸播上十几遍，一个月可能就要几十万元。广告公司这边能省一点，再少也是肉。

刁明山一直陪同，在听到黎舟和对方谈的时候，忍不住有些欣喜。他以前只知道黎江聪颖，黎舟沉稳，但是没想到在经商方面，黎舟的手段比个成年人都不逊色。他看看黎舟，十几岁的少年声音低沉，手指落在对方写下的几行字上点了点，几句话就能让对方顺着自己的意思走，完全没有因为年龄小摇摆不定。

他清楚自己要的是什么，所以才会如此坚定。

换句话说，黎舟对自己要做的事胸有成竹。

刁明山越看越惊喜，他工作忙，但实在舍不得离开片刻。手机响了几次之后，他还是起身出去接了个电话，回来的时候就看到黎舟已经和对方商谈得差不多了。

广告公司的老板亲自送了他们出去，面带笑容，一半是看黎家的面子，另一半却是高看一眼黎舟。老板拍了他的胳膊两下，笑道：“真是英雄出少年，我像你这么大的时候还只知道啃书本呢。不得了啊，刁先生好福气，以后这一身本事也有人接班喽！”

刁明山摸着下巴上的山羊胡，也笑着点头。

等到了车上，刁明山吩咐司机去公司，又对黎舟笑道：“小舟接下来没什么事吧，不如跟我去公司看看？”

黎舟沉吟一番，道：“不了，我还要去准备拍摄的道具，还要准备存钱罐什么的。”

刁明山摆摆手道：“这些简单，我这就打电话让助理去准备，多送几个过来，小舟反正都要挑的嘛。”

黎舟：“……”

他觉得自己上了贼船，还是轻易下不来的那种。

刁明山带着黎舟去了G市的公司转了一圈，黎舟尽可能地保持沉默。他没打算再参与公司的事，但是在看到办公室的沙盘和图纸的时候，还是忍不住多看了两眼。上一次斗了那么久，刁明山老狐狸一样的人物，简直要拼了命才能找到一线生机。这些东西更是捂得结实，他曾经很想看却一直无缘瞧见，没想到现在他什么都不要了，这些宝贝全都敞开了任由他观摩。

看是看到了，刁明山言语里的意思也听得很明白，但黎舟还是不想再掺和进来。

黎舟坐在办公室里喝了一杯咖啡，吃了一小盘松饼。

他甚至还拿桌上一个备用的小沙盘随手摆了一个公园景观玩。

但他就是不松口说一个字。

刁明山笑呵呵地道：“小舟在临海那边弄的‘小英雄’这个牌子不错，咱们在这边也听说了，老爷子还夸呢，说你有经商的天分，做得是真好。要不是你在临海离不开，我都想接你来跟小江一起学习了。一年之计在于春，一生之计在于勤嘛，年纪小的时候多学些总是好的。”

黎舟只回应他的前半句，点头道：“是有些事离不开。”

刁明山也是个识趣的人，听见他一再这么说，也不多劝了。

黎舟安静地坐在那儿把最后一块松饼吃完，正好助理也把他要的那些拍摄道具准备了一些来。他起身过去看了一下，其实没什么能用的，他的小狮子存钱罐需要现做，毕竟有卡上的小狮子原型在。但他还是礼貌地从里面拿了一个出来，打算回去后顺手送给弟弟，就当小礼物了。

刁明山让司机先送黎舟回去，他公事繁忙，并不能准点赶回去。

黎舟回去的时候，弟弟还在书房忙碌。比起他的悠闲，“小少爷”

肩上的担子要重许多。

上午的功课写完，刁明山没能赶回来检查，黎江也没有丝毫怠慢，整理地摞在一处，在吃过午饭后又开始下午的学习。刁明山给他找了三位老师，一天的课程安排得很满，只是下午的时候他的书桌上多了一个狮子造型的存钱罐——一只蹲坐在那里的威风凛凛的小狮子。

黎江的视线偶尔落在存钱罐上，嘴角勾起来一点，但很快又集中精神继续学习了。

黎舟下午没出去，在家陪着黎老一起下棋。

下了两盘棋，又喝了茶，黎舟看了一眼时间，已经是下午四点多了。

他坐在那儿给老人倒了茶，茶香徐徐升起，一室幽香。

黎老喝了一口，点头道："今天的茶不错，点心也好。"

黎舟道："是，我尝着也挺好的，就是有点甜，黎江应该挺喜欢吃。"

老人看他一眼，笑道："心疼了？"

黎舟顿了一下，不过很快也笑了："有点。"

黎老放下茶杯，拿了手边的一本书继续翻看，笑呵呵地道："大道至简，想成功没有多少门道，只有必须遵循的公平和公正。他在这个位子上，就得担着这副担子，先做好自己，以后才能把事情也做好。"

"我知道，就是觉得他还太小了。"

"你心疼他小，不如心疼你刁叔一把年纪了还在操心。明山也不容易啊，一把年纪了还跑前跑后。你不知道他今年都做了些什么，大事小事一件都没落下。"黎老感慨了一句，摇了摇头。

黎舟自然是知道的。

不光是以前的记忆，只今天在G市公司看到的、听到的，就让他心生敬佩。刁明山能力出众，运作、开发、管理的能力在业内都是首屈一指的，即便是抽时间出来替黎家带了位继承人，但全速运作之下，还是在一年之内就盖完了一百零八枚公章，办齐了楼盘所有的报检手续——黎家在G市一期几百套的房子，经他之手只半天时间就被抢购一空，在房产低迷的当下成为一匹黑马。

当年开工，当年销售，当年售罄。

这样的业绩，令刁明山一举成名。

别家大公司开了高薪来挖他的不少，应酬也多，但刁明山只参加必要的几场，从不多聚。他没有时间，就算是业内最炙手可热的职业经理人，也是要赶回去带小孩的。刁先生这样一个在外头一肚子弯弯绕绕的笑面虎，见了人永远都是催着“快点，赶紧，别废话”，可见了黎江就变成一个笑呵呵的慈祥的长辈，嘴里的话也永远都是“慢慢来，不着急，别累着”。

刁明山是真心对黎老和黎江尽忠之人，无论是之前还是现在，没有半点私心。

“有明山在倒是替我省了不少事，他这个项目也带着你弟弟去瞧过几次，算是实战锻炼了一回。不过黎江年纪还小，只是个半大的孩子，对这些一点概念都没有，刚开始的时候连什么是容积率都不懂。不过他肯吃苦，跟在边上学了不少……”黎老笑呵呵地道，抬头看着他又问，“小舟，你今后有什么想法？”

黎舟手上的力道不稳，捏碎了一块饼干。

“怎么了？”

“没有，”黎舟把饼干屑拍掉，避开老人的视线道，“没什么想法，现在这样就挺好。”

黎老放下手里的书，喊了他一声。他有很多话想跟这个外孙说，但是刚一开口就顿在那儿好半天，最后伸手揉了揉太阳穴，叹了一口气。

黎舟看老人不舒服，立刻放下手里的东西过去帮忙。黎老拍拍他的手，轻声道：“不碍事的，就是年纪大了受不得累，你让他们进来给我拿点药吃就好了。”

黎舟应了，按铃叫了医护人员过来。看着医护人员忙前忙后，给老人吃了药瞧着他缓过来一些之后，他才从房间里出来。

黎老年纪大了，身体不好，需要休息，先回了房间。

但老人问的那句话却一直在他耳边回响，挥之不去。

当年他也曾听到过这句话，那是他临近高考最后一次见到黎老的时候，老人也是用同样的语气问他以后想做什么。

他记不清自己那个时候是怎么回答的，大概是见到外公太高兴了，尽可能地说一些讨老人欢心的话，说想要学他做一个大商人，去管理一家公司，去做更多了不起的事。

外公那个时候却是摸着他的头，缓缓道：“咱们小舟以后当个医生也很好。”

他不知道外公今天没有说出口的那句话算不算幸运，只是现在再听到同样的话，他也不会和从前一样感到难堪。即便是回想过去，他的眼神也是淡然的，再也没有当年那样激烈的情感，他已经放开了。

黎舟躺在床上盯着那片天花板，忽然很想陆老大和叶红玉。

第十三章 爬 山

时间过得很快，不过几天时间黎舟就找了一家陶塑工厂定做好了几个小狮子存钱罐的样本。他挑了其中一个送去广告公司，刚确定下来，陆老大和叶红玉也赶到了G市。

陆家夫妇来拜访黎老，并带来了礼物，东西不算贵重，却也是一份心意。黎老对他们非常热情，招呼他们一起吃了晚餐。

但是吃过晚饭后，陆老大却开口要带人走了。

黎江眼中的笑意落下去一些，看看大哥又看看陆老大：“不能住下吗？我很久没看到大哥了……”

陆老大笑呵呵地道：“我们就在前面的一家酒店住，离得很近。”

黎江还想再说什么，但是看到黎舟已经跟着陆老大站起身了，也抿了抿嘴唇不再说什么。

他送黎舟出去的时候，伸手拽住了大哥的衣袖，对大哥道：“哥，你再等我一天，明天我就能全部弄完，明天晚上我去找你。”

黎舟看了他一会儿，男孩脸上带着点倔强，眼底也带了一抹青黑色，显然一连几日都没有休息好。黎舟揉了一把弟弟的脑袋，对他道：“明天好好睡一觉。不是说好了吗？后天一起爬山，后天早上我在那边等你。”

“嗯。”

拽着衣袖的手没松开，黎舟捏了他的脸一下，他才松了手。

等从黎家出来，陆老大带黎舟上了车，车开出去一会儿后说的第一句话就是："可饿死我了。刚才光顾着装斯文，就那一小碗面条，都不够我一口吃的。儿子，你也没吃饱吧？一会儿爸带你去夜市吃，我刚才开车过来的时候就看好了，这边有个夜市可热闹了，吃的东西也多！"

叶红玉笑道："你当儿子跟你一样，就知道吃吗？再说你来的时候是特意看的吗？明明是你开错了路。"

陆老大强辩道："这路弯弯绕绕，正南正北的都没有，也不怪我啊，再说你也指挥来着……"说到最后一句，他的声音小了几分，显然是底气不足，根本不敢指控老婆，这亏只能自己吃了。

黎舟听见他们说话，就觉得那种在岛上的亲切劲又回来了，忍不住笑了一声。

陆老大赶在叶红玉之前抢先开口："你看，儿子都笑你。"

叶红玉："嗯？"

"笑你……没指挥好我，你以后指挥能不能大点声？！"陆老大握着方向盘，说得正气凛然。

黎舟问他："爸，你从哪儿弄的车？"

陆老大道："哦，找这边一个朋友借的，上回买咱家船的那个人你还记得吧？他在这边码头跑船，生意做得还挺红火的。"

陆老大见黎舟没想起来，又对他道："上次咱们厂子开业，他还特意来了一趟，人有点黑，个头比我矮一点的那个。"

比陆老大矮的人太多了，叶红玉在旁边又提了一句陆老大卖船的事，黎舟才想起来是谁。

承包邱城食品厂的时候，陆老大手头的钱不够，卖了两条船才凑起来。那两条船就是卖给了这位。那个人叫金发祥，和金玉成是堂兄弟，陆老大当初在海上救了金玉成一条命，跟金家这几个兄弟都算得上是过命的交情，他们无论什么事都没拿陆老大当外人。这不一听说陆老大一家来了G市，金发祥立刻就送了一辆车来让他们用。

金发祥是最早一批跑船的人，家底丰厚，前几年来G市发展得相当不错。他还极力邀请陆老大一起来这边做船运。没想到才半年多的时间，大家就又在G市碰面了。

陆老大没有拿着黎家走关系的想法，因此都没跟这帮兄弟说过和黎家的关系，来这边就当是旅游，带着全家人来散心。

陆老大找了一个夜市，带了老婆孩子去吃饭。叶红玉吃得不多，只要了一碗糖水。黎舟陪着陆老大又吃了一点，但是也只陪了一小会儿，就算是长身体的少年也吃不下多少，跟陆老大的胃口根本没法比。

吃饭的时候，陆老大顺便聊了些金发祥的事，提起这个人就免不了说到船的事情。

陆老大夹了一筷子面大口吃了，含混地道：“再说吧，先忙好咱们自己家的厂子，贪多嚼不烂。往后时间还长呢，不急。”

叶红玉道：“对，慢慢来，这次主要是出来玩，旅游的，也放松一下。”

陆老大笑呵呵地道：“对，说起来这么多年还是头一回放个假，等以后咱们一家常出来玩。赚钱哪有够的时候，现在多好，咱们好好过日子！”他给黎舟夹菜，又让他吃个虾饺，“儿子多吃点，长得高。”

黎舟吃了一口，一边嚼一边默默想着。他记得自己以后大概长到一米八二，在北方算是中等偏上。他更像叶红玉一些，不只面容，身高和块头也远没有陆老大这么威武。再加上在办公室待久了，又属于比较斯文的那一种。不过弟弟黎江比他要高小半个头，倒是有点接近陆老大，力气也要大一些。只是外表看着和他一样都是文质彬彬的，比较能唬人的那种。

那个时候的黎江，高兴起来笑着看人，简直能让人甜得像是嘴里含了蜜饯。但是他翻脸不认人的时候眼神也冷到骨子里，阴晴不定。黎舟每回遇到他都忍不住要头疼，兄弟俩想要坐下来好好说上几句话都非常难。他觉得伺候那个时候的小黎总简直比伺候十个女朋友都难——他也只是估算了一下，毕竟自己也没谈过女朋友。

这么想着，他就越发珍惜现在了。

至少现在的弟弟很乖，很听话。

陆老大朋友多，在这边陪着黎舟他们待了一天，就被那个朋友喊去看船。叫了两次之后，陆老大虽然嘴上说了不去，但坐在那儿看电视的时候就忍不住抖腿。

叶红玉太了解他，知道他有些动心，就让他去。

陆老大摇头道：“不去了，等两天。你们不是还要去广告公司忙那些事吗？我这走开也不好……”

叶红玉道："其实你在这儿也帮不了什么忙，去吧。"

黎舟也劝了两句，说得十分委婉："爸，你去吧，这边有我和妈一起处理就行了。"

陆老大还在犹豫："真行吗？"

叶红玉笑道："左右不过是花钱的事，这有什么难的？"

陆老大想想也是，都是花钱买东西，不过是买了个"广告"而已，于是在请示过叶红玉后，他就乐颠颠地跑去港口码头看船。

叶红玉心细，对厂子里的事也都知道，她留下和黎舟商量了接下来给"小英雄"打广告的事情。至于和广告公司的对接，以及其他一应杂事，叶红玉都一手接了过来，让黎舟出去玩。

叶红玉对他道："难得一个暑假，你出去转转，或者去陪陪黎老爷子也好，难得过来一趟，别把时间浪费在这些地方。"

"那您呢？"

叶红玉笑道："我呀，我都安排好了。"她晃了晃手里的那些文件，又指了指酒店门口放着的几个购物袋道，"工作、购物两不误，那家广告公司附近有好几家商场，上午谈完了，下午正好去买衣服，又便宜又好看，我逛街逛得都不想回来了呢。"

黎舟听见她这么说，也跟着笑了。

叶红玉是新时代女性，平时也没有闲着的时候，工作对她而言不是负担。她是女强人，而且是劳逸结合的那种，第一天回来之后还买了不少衣服，都堆放在酒店的小客厅里。陆老大的钱都放在老婆那边，攒点私房钱也都乐颠颠地塞到了儿子手里。要说陆家最有钱的人，除了叶红玉那就是黎舟了。

叶红玉给了黎舟大把的零花钱，再加上陆老大之前偷偷塞过来的一捆现金，黎舟就放下心去享受自己的暑假了。

他之前和弟弟约好了去爬山，但他还是提前去探了探路。

不过也不太顺利，第一天下雨，第二天起雾，磕磕绊绊算是走了小半程。遇到人上前问路的时候，黎舟这个自认方向感不错的北方人还给人家指错了路。

晚上黎江打电话来问他今天干什么了的时候，他沉吟一下，道："没做什么，就在家看了一会儿书。"

黎江在那边笑了一声，道："我也是，这两天看得太多了，想出去走走。哥，咱们明天去爬山吧？”

黎舟道：“好。”

虽然黎江那边耽搁了几天，但赶工还是有成效的，接下来的二十几天他都可以过上彻底放松的暑假生活，把时间全部空出来陪大哥。他这一年来也难得放松下来喘口气，躺在床上和大哥打了好一会儿电话，听着那头的黎舟说要去洗澡睡了，这才依依不舍地挂断电话。

黎江翻身趴在枕头上，他的枕头是大哥睡过的。

那个时候还带着大哥常用的沐浴液的气味，他第一次觉得那瓶沐浴液味道那么好闻，带着特别的亲切感。

黎江想着明天的约定，忍不住笑了一声，不过很快又带了点懊恼，抵着枕头蹭了几次，把那点气味都快蹭没了才满足似的叹了一口气，闭上眼睛睡着了。

他要早点睡，就等着睁开眼睛去赴约了。

黎江挑的是星期三，这个时间大部分人在工作。加上他们来得也早，爬山的人还很少，只有三两个。

山上的风景和环境不错，尤其是夏日里一场雨过后，空气清新，地面微微有些潮湿。因为有山路，并不会弄脏鞋子。旁边的大树遮天蔽日，虽然有蝉鸣，但是有绿荫的遮盖和山泉流淌，只让人觉得暑气都去了大半，这儿实在是个好地方。

黎江提前来了一小会儿，但他到了山脚下的时候，老远就看到站在树下等着他的人了。

黎舟穿了一身新衣，叶红玉这两天化身购物狂，买了无数衣服，给陆老大买了七八套，给黎舟买得更多。他这次出门就穿了一条浅色休闲裤加一件T恤，大概是清晨还有些冷，又披了一件薄衫，这会儿将袖子松松系在胸前，半披着带有些学院范儿。他瞧见弟弟后也招了招手，脸上露出笑意。

黎江跑过去，路上那点纠结散尽了，眼里就只看得到大哥一个人：“等了很久吗？你可以给我打电话，我还能再早点出来……”

黎舟摸了弟弟的脑袋一下，不动声色地把他脑袋上翘起来的那一小撮儿头发压下去，笑道：“我也是刚到，怎么带了这么多东西？”

比起黎舟来，黎江可以说是装备齐全，身上穿了一身运动装不说，还背了一个同款的迷彩背包，瞧着装了不少物品，鼓鼓囊囊的。黎舟想帮弟弟拿一些，被黎江摇头拒绝了，黎江抓着他的手腕握住道：“不用，不沉。”

黎舟还在看他的迷彩背包。

黎江道：“哥，你的包也给我，我能背。”

黎舟的视线转到他的脸上，就看到男孩认真地道：“我长大了，背得动。”

黎舟笑了一声，没再说帮他，但是也没把自己的包给弟弟背。

黎江就跟在他身边道：“这边环境不错，也就现在来的人少，等周末的时候人就多了，好多来爬山的。”

兄弟俩想到了一处去，彼此都做了功课。只是黎舟毕竟没有在当地住过，功课做得没有黎江齐全。

黎江一路走一路跟他说着周围的景点，有些需要找一会儿。几次之后，黎江耳尖泛红道：“我也是第一次出来，听别人说的。”

黎舟笑了一声，揉了一下鼻子道：“其实我前两天还特意来过。”

黎江抬头看他。

黎舟避开他的视线，咳了一声道：“原本想提前过来探探路的，自己差点迷路，走了小半程就回去了。”

黎江扬了扬嘴角，很快收回去跟着点头道：“大哥做得对，这山不高，但一直走要到天黑才能出去，提前回去是对的。”

两个人一个以前是工作狂，现在兼顾着一个食品厂；另一个从来G市的那一天起就被疯狂地灌输知识，别说节假日了，正常的休息时间都比普通人要少很多。从某种意义上来说，这也算是黎家兄弟久违的一次放松休闲。

用陆老大的话说，这就是“玩”。

黎舟不怎么懂得玩，黎江在G市也没怎么出来玩过，兄弟俩跟学习似的互相交流对这座山的探索情报，有些时候黎江说得太认真，黎舟就看着他，忍不住笑弯了眼睛。

黎江停下来，问道：“怎么了，哪里不对吗？”

黎舟摇头道：“没有，你知道得比我多。”他看了看四周，又问，“我有点饿了，咱们坐下一起吃点东西吧？”

黎江点头应了，和大哥一起找了溪边一处环境不错的地方坐下。他一路背着的那个迷彩背包起了作用，这会儿打开之后拿出了不少东西——餐桌布和饮料杯，连吃饭的两份餐盒都准备了。

弟弟带的东西齐全，黎舟就把带来的饭团也放在餐布上和他分享。

黎江的视线一直停在那个饭团上，黎舟递给他一个，他就打开来吃了。

黎舟问他："怎么样？"

很普通的饭团，但是大哥拿来的，黎江就点头说："好吃。"

黎舟也吃了一个，道："是我自己做的，借用了酒店的厨房，不过也不能做其他更复杂的东西了。"时间不够，他的厨艺也无法支撑，顶多弄点饱腹充饥的饭团。

黎江又拿了一个，捧在手里吃得很珍惜。

他吃完又问："哥，你在酒店做这些不方便吧，要不要回家住？"

黎舟慢慢把最后一口吃完，黎江安静地等着，有些后悔刚才那句话说得太随意。忽然，他听到对面的大哥开口道："嗯，我和家里说一声，等过几天就去住。"

黎江提着的一颗心放下来，眼里多了几分神采。

兄弟俩一起分着饭团吃了，黎江带来的那些做工精致的料理也吃了不少。黎江心情好胃口大开，爬山之后更是比平时多吃了一些。

吃了东西，黎江的话也多起来，跟大哥说起去龙岛探险的事情。

黎舟听了之后有些好奇，道："夏令营？学校组织的吗？"

"不算吧，不过有学校组队参加的习惯，已经好几年了。我读书的那所学校，还有周边几所高中都会去，进行一些拉练赛和解题比赛，算是这边各所学校之间的一个团队小竞赛。大哥一起来吗？今年去龙岛封闭比赛两周，还挺有趣的。"

黎舟道："两周都在岛上？"

对面看着他的男孩又道："嗯，不参加也没事，我也能带你去龙岛看看。就是上次写信我跟你提过的那个小岛，特别漂亮，你还说要带我抓螃蟹……"他说得很快，带着自己都没听出来的紧张。

黎舟笑道："听着挺有意思的，我回去跟家里说一下，你帮我报名吧。"

黎江点点头："哎。"

他其实早就已经报名了，大哥去，他就陪着去，大哥不去，那两个名额就空着。他拼命用一个月时间完成了假期全部的课程，接下来的时间就没想过做别的事，只想陪着他——或者说让大哥陪着自己。

一起去龙岛探险的事确定下来，黎江心里特别高兴，把剩下的东西都吃了，就连黎舟手边剩了一半没吃完的饭团也被他吃光了。

黎舟道："那个我咬过了。"

"没事，"黎江拿大拇指擦嘴角，最后一粒米都没放过，舔进嘴里，"挺好吃的。"

投喂是一件非常让人开心的事情，尤其是投喂得这么成功。黎舟见他胃口大开，自己也跟着心情愉悦起来，点头道："喜欢吃这个？等回去再做给你吃。"

"嗯！"

与此同时，跟他们来的路相反的一条后山小路上，一个男孩正被人拉着，不住地劝说。

一早来爬山的人不多，但也有零星几个，乔佐就是其中一个。他今年十五岁，正是活泼好动的年纪，加上从小就喜欢户外运动，尤其是爬山探险一类。这附近大大小小的山他都爬过了，最喜欢这边，所以多来了两次。今天他还特意带了同学过来，一路上津津有味地给他们讲有趣的见闻。但正因为这个趣事，周边几个同学把他拦住了，不想他再上山。

"老大，你别去了，这也太吓人了。你想想，两次！整整两次了，为什么你一来，就要么起雾要么下雨？"

乔佐皱眉，试着认真地想原因："早晚温差大？"

"我不是说天气，老大你仔细想想你刚才说的话。"

"也没什么吧，就是我前两次来的时候，都遇到了一个特别好看的人，他还给我指路来着。"乔佐不乐意道，"你们不会怀疑他是坏人吧？不可能的，他长得那么好看，相由心生好不好？！"

"颜控"毫不讲理，站了路人，对同学的话一句不听，大有他们再说那个"漂亮朋友"一句坏话就翻脸的意思。

"就是好看才不对劲吧，深山老林里出现一个长得特好看的人，还每次都让你碰见，再加上这种天气……我怎么觉得，是想留下你，不想你走啊？"

"你别说得这么吓人好不好！我鸡皮疙瘩都要起来了！"

"不可能，"乔佐立刻否认，"他长得很好看。"

“山精野怪有几个不好看的啊？电视剧上的狐狸精美着呢，前段时间播的《封神榜》里那个妲己就特好看。”

乔佐还在皱眉：“他是男的。”

“没准是公狐狸精？”

“对对，我看《阅微草堂笔记》上面就有写公狐狸精的，反正不管男女都喜欢勾引书生。老大你仔细想想，我们算不算书生？怎么都算吧？”

乔佐：“……”

好像有点道理啊！

旁边的同学抓着他的胳膊，又劝道：“老大你再想想，他都跟你说什么了？你第一天来的时候，是不是还迷路了，大半天一直在树林里绕圈子？”

乔佐皱着眉头认真想了一会儿，他那个时候在雾里走了半天，走得晕头转向的，一肚子脏话都要憋不住了。但是瞧见那位“漂亮朋友”后，只盯着他的脸就心情愉悦起来——乔佐觉得这个人可真好看，书里那句“公子如玉世无双”说的就是这样的人，面容俊美，皮肤白皙，就连说话的声音也温和清澈。虽然只是简单的几句话，但是让他的心都静下来了，这个世上怎么会有这么好看的人？

至于指路，这个人说什么都是对的，他都信。

同学又道：“就算不是第一次，那我们说第二次，是不是也下雨了？这山上只要一下雨山路就特别难走。”

“第二次？”乔佐想了一会儿，“第二次的时候，他见了我先说了一声抱歉，说上次不小心指错了路，还告诉我要怎样走才是对的。我当时想跟他一起爬山，不过他走了几步就说下雨了，他要回家……”

乔佐这么说着的时候，忽然真下雨了，白雾也渐渐起来了。

周围几个男孩吓得“吱哇”乱叫，拽着乔佐要回去：“老大走吧，走吧！太吓人了，说下雨就下雨啊！”

乔佐心里发毛，被他们推着一起回去了。

他临走的时候还不死心地回头看了一眼山上的方向，被旁边的同学眼明手快地捂住了眼睛：“老大别看了，小心被下咒！你这几天在家好好休养一下，啥都别想啊，过段时间还要去龙岛探险，咱们学校能不能赢就看你了，千万不能出事……”

那几个男生念念叨叨，动作倒是飞快，簇拥着乔佐跑远了，简直像是山上有东西在追他们一样。

山上起了雾，带着丝丝细雨，缠绵不断似的下个不停，他们倒不至于被淋成落汤鸡，只是衣服略微有些湿，贴在身上不太舒服。

黎家兄弟也在下山的路上，黎舟把薄衫顶在头上，加快了下山的脚步。一旁的黎江虽然跟上了，但脸色有些不好，像憋着劲儿似的。

黎舟看他一眼，被逗乐了："还要宿营？"

"要。"男孩说得倔强。

黎舟想了想，他也亲眼瞧见弟弟在书房学习。小孩能出来一趟不容易，刁叔给他布置的作业很多，能喘口气真的算是十分难得的了。而且他还特意背了这么大一个迷彩背包出来，真的是做了充分的准备……黎舟又看了弟弟的侧脸一眼，他大概是在生气，气鼓鼓的样子有点可爱。

他想起在B市的时候，有一次黎江出来打篮球。那个时候他还是无忧无虑的黎家"小少爷"，笑呵呵地说想去露营看星星。

现在弟弟不像以前那么爱笑了，但愿望依旧没变。

黎舟沉吟了一下，道："外面不行，都下雨了，你换个地方我陪你吧。"

黎江还想说什么，但眉头皱了一下又很快松开："说好了，哪里都行？"

"嗯。"

黎江没有多犹豫，立刻就把大哥带回家去了。

黎老住的地方占地宽敞，有一个几百平方米的露天阳台，上面请人来精致地布置过，非常漂亮，种了许多花在那里，看着更像是一个空中小花园。

黎江在那儿腾出了一块地方，支撑起自己的露营小帐篷，晚上和大哥一起睡在了里面。

黎舟没想到这么快就又住回了这边，不过都已经答应了弟弟，也就跟着一起在露台花园里睡帐篷。

黎老听说之后，也特意来瞧了一下，还笑呵呵地吩咐人给他们兄弟俩多准备些东西。

家里的条件比外面自然要好上许多，尽管晚上还在下雨，但管家弄了临时木台把他们“露营”的那一小片区域给抬高了，还贴心地弄了一个木头台阶，保证帐篷不会弄湿。黎江拿了两条毯子，厚一点的铺在身下，薄一点的兄弟俩一起盖，连睡袋都可以省去了，正好可以躺在里面聊天。

黎江这个帐篷有一扇透明的小窗，躺在里面仰头就可以看到星空。

不过今晚下雨，天空都是黑色的，没有星光，只能模糊听到噼啪落在帐篷上的细小的雨声。

兄弟俩躺在那儿聊天。

他们比白天爬山的时候距离更近了，肩并肩躺在那里，反而沉默下来。

黎舟仰头看着外面，小花园里开了微弱的灯，倒是能看到一点雨落下来的样子。他伸手碰了一下帐篷上面，有雨滴隔着一层落在他指腹上的微凉的触觉，很快又顺着撑起来的篷布滑落下去。

黎江专心看他的手。

黎舟玩了几下，开口问他：“今天爬山累吗？”

“还好。”

“那我们聊聊？”

“嗯。”

“去年中秋你送的礼物我收到了，很喜欢。”

旁边的人沉默了一下，轻声抗议：“大哥还没把我的生日……”

黎舟笑了一声，打断他道：“你摸一下枕头下面。”

黎江听见他说，就伸手摸了一下，枕头下面有些不平。他起初以为是毯子没铺好，现在摸到了才发现是一块电子手表，是大哥答应送他的那份生日礼物。在确认的一瞬间，黎江的嘴角就忍不住扬起来一点，摸索着想要戴上。但很快他又听到旁边的大哥问他：“去年那个时候怎么离开得那么突然，连个招呼也不打？”

旁边的男孩握紧了手中的电子手表，不答反问：“大哥呢？你不是早就知道我要走了吗？你不想我留下，我临走的时候说什么都没有意义不是吗？”他说得很快，已经尽全力克制住自己的情绪。

帐篷内安静了一阵，黎江有些懊悔，但很快旁边的人就翻了个身，在黑暗中摸索着用手指戳了一下他的脸。

黎江："嗯？"

大概是确定了位置，落在黎江脸上的手指又捏了一下他的脸，带着笑意的声音在耳边响起："这一年跟着刁叔学了不少，连吵架也会了啊？口才不错，变好了。"

黎江有些动摇，但还是倔强地道："这是做人的原则问题。"

"哟，还会上升高度了？"

捏在他脸上的手指松开，又改成戳他的脸颊。黎江躲了两下，想要保持板着脸的样子，却也没维持多久。对方的手顺着下来，开始挠他的痒痒。黎江绷着脸没两秒钟就破功了，对方似乎满意了，也跟着笑起来。

黎江挪开一点，尽管手里握着手表，但态度还是明确的。

黎舟侧身枕着自己的手臂，看了他那边又问："刁叔平时也给你布置那么多功课吗？学那么多，一定很累吧？"

旁边的男孩声音很轻地"嗯"了一声，但很快就从软化的态度里恢复过来，冷冰冰地道："大哥是叛徒。"

黎舟看他一会儿，忽然笑了。

"笑什么！"

"生我气了？"

"没有。"

怎么听都像是有，但是他不肯说。

黎舟又笑了一声，手臂枕在脑后仰头看着外面的夜空。尽管没有看到星星，但空气微凉，也是夏日里很舒服的天气了。

黎舟对年幼的弟弟还是比较熟悉的，尤其是没有过去那些意外，脾气也没变得那么古怪。虽然在跟他闹别扭，但整个人恨不得在脸上贴一张"大哥快来哄我"的字条，心思不要太明显。黎舟面对这样的弟弟，尽管一年没见到他，心里也没有丝毫隔阂，顺着他找了一些话说。

"等下次你去临海那边，我带你去坐船吧。之前你上错的那条小铁皮船还记得吗？家里已经修好了，上了一遍新漆，还挺漂亮的，回头咱们可以划船去摘菱角。"

过了一会儿黎江才干巴巴地道："妈妈和小皮都喜欢吃那个。"

黎舟点头："那我们就多摘一些，也带回去给他们尝尝。我一年没回去了，很想她。"

“我过年的时候回去看她了，妈也说想你了。”

黎曼是他们兄弟俩心里最软的一块地方，即便他们身上流着不同的血液，但是对黎曼这位母亲都拥有着一样的感情，是和任何人提起都不会有的那种熟悉和亲密感。

黎江的心情缓和了一些，在黑暗中小声问道：“大哥还在跑步吗？”

黎舟道：“嗯，偶尔跑跑吧。你知道的，那边学校每天早上都要晨跑。”

旁边的男孩“哦”了一声，又道：“大哥骑车没我好。”

“对，还要再练练。”

示好的信号发过来，黎舟第一时间接住了，软声哄了几句，就发现“小少爷”的脾气来得快，去得也快，其实心里也没有那么生气。他更像是一只被丢下的小狗，固执地等了一年，再回来伸出手去，它犹豫了一下，也还是会蹭过来舔你的掌心。

黎舟搂着他，手在他的背后拍了拍，闭着眼睛哄他道：“睡吧，明天还有事要做。”

黎江的身体僵硬了一下，但很快就放松下来：“明天还爬山……”背后的人笑了，呼吸都落在他的脖颈上。黎江觉得自己脖子那里一片细小的绒毛都竖了起来，手攥紧了毯子一角，但稳住了身体一动不动，等着大哥说话。

搭了一条胳膊在他身上的人过了好一会儿，才用带着困意的声音道：“不是要去探险吗？去买点东西，提前准备一下。”

黎江想说自己都已经准备好了，话到嘴边又憋住了，换了一句道：“好，明天我们去买东西。”

只要大哥在，去哪里都好。

大概是白天爬山消耗了体力，在帐篷里睡得也还不错，黎舟一觉睡到天亮，睁开眼的时候还恍惚了一下才想起是在哪里。

旁边的少年还在睡，比之前长大了一些，但睫毛依旧很长，睡着了的样子比白天看起来要乖巧很多。只是他的睡姿和小时候一样不讲理，侧身搭了一条腿在他身上，小脸向他这边靠拢，手上还抓着一块手表，瞧模样是一晚上都没松手，抓在手里硌了一夜，都在手臂那儿压出了痕迹。

黎舟轻轻把他的腿搬开，打开帐篷出去了。

洗漱完毕，他又去卧室里换了一身衣服——这边房间和物品都是准备了双份的，他小时候跟在黎老身边比弟弟还要早些，只是近一年外公的身体变差他才来得少了，不过衣服一类准备得还齐全，不只有他以前的，也有新买的大一号的衣服。大概是猜他们兄弟俩都在长身体，衣服几个号码都摆在那儿，任他挑选。

黎舟收拾好自己，就看到弟弟也从阳台花园那边下来了，头发还翘着，但手腕上已经戴好了新表。黎江见了他就道："哥等我一下……"

这话倒是听着耳熟，像极了他们在B市住的时候。黎舟听见笑了一声，点头道："不急，我就在这儿等。"

黎江愣了一下，大概也是想到了以前，冲他点点头，然后就小跑回卧室洗漱去了。

黎舟倚在楼梯那儿等他，他的手腕上也戴了一块和弟弟相同款式的手表。低头数了不到五分钟，黎江就跑了出来，动作和以前一样敏捷。

兄弟俩早上陪着黎老一起吃了早餐，老人看报纸的时候，黎江就道："外公，我们今天出去买东西，过几天要去夏令营，提前买点露营需要的物品。"

黎老扶了扶鼻梁上的老花镜，问道："夏令营？"

黎江给老人倒了一杯茶："就学校一个活动，大哥昨天答应我了，要和我一起去。"

黎老想了想，过了好一会儿才道："哦哦，对，是说要去夏令营来着，我让司机开车送你们去商场，有什么需要的只管买，零用钱够不够？"

黎江道："够了。"

黎老笑道："你那份是够了，隔三岔五都要闹一次，自己攒那么多钱还不告诉外公。我问的不是你，是你大哥。"老人说着，又看向黎舟，和蔼地道，"小舟一年都没来外公这儿领零用钱啦，都给你攒着呢。前几天见了你太高兴，都把这茬给忘了，今天给你一起补上啊！"

黎舟推辞不要，但老人不听他的，让人拿了两个红包。

黎老笑呵呵地道："拿去买点喜欢的东西，上次期末考了第一对不对？这一份是外公奖励你的。"

黎舟愣了一下，他没有跟黎老提过成绩的事，想要解释，旁边的黎江立刻抢在前面道：“我问了同学，我以前在那边学校认识的同学还有联系……大哥在实验班，很容易问到成绩的。”

黎舟看向弟弟，男孩大概有点不好意思，转过头去没跟他的视线对上，耳尖有点红。

G 市的各大商场非常热闹，除了物品价格昂贵的大商场，还有很多东西便宜的商业街。

黎家司机习惯性开车去大商场，黎老有什么需要的一般都是列单子给他们。黎江也是这样，他平时课程太忙，自己出来得很少。

兄弟俩在商场里买好了登山露营用的一些东西，不过这年头私家车还非常少，能野外露营的人也少，没有客户这些驴友装备自然也还未兴起，只能凑合着找到几件能用的东西。像是指南针或者登山鞋一类的，都需要分别在其他柜台买到，功能性再强一些的就没有了。

黎江看中了一套休闲迷彩服，比正规的迷彩要浅一些，裤子上口袋很多，T 恤是浅绿色的，外面那件套着的外套带有一点制服的气质，看起来很神气。

他站在那儿看了一会儿，黎舟就走过来问：“想买这个？”

黎江矜持地道：“可以试试。”

两个人出来，自然没有一个人试衣服的道理，黎家兄弟试了好几套，最后黎江借口自己累了，让大哥帮忙又试了两套。但凡黎舟穿过的那些，全一样买了两套，一大一小，连鞋子都特意买了同款的。

黎舟道：“鞋子买太多了。”

黎江坚持：“穿得过来。”

黎舟就没再拦着，起身想去付钱，却又一次被黎江抢在了前面：“我来。”

黎舟看着他一笔笔钱花出去眼睛都不眨，忍不住好奇起来，问他：“你那个小金库有很多钱吗？”

黎江站在前面刷卡的手顿了一下，很快就道：“我炒股来着，赚了很多，大哥要什么都能买到。”

黎舟心想：这还真不一定。

他想要一艘船，市价几百万美金的那种万吨货轮，这个别说手头的钱不够，就是有钱也不一定能立刻买到。

在商场买了很多东西，司机提到手软，但黎江的购物欲还未得到满足。一路买下来，黎舟都有些看不下去了，拽着他的手道："不买了。"

黎江意犹未尽："可是那边还没看。"

那边还是衣服店，黎舟已经不想当模特不停地换衣服了，就对他道："我想买点实用的东西。"

黎江立刻道："大哥想要什么？"

黎舟想了下，道："防风打火机、瑞士军刀一类的吧，这里没有，我……""回去找找"这几个字他还未说出口，黎江立刻就道："我知道了，我知道哪里有这些，我带你去。"

这次他们没再去大商场，而是去了几条热闹的商业街。招牌挂得五花八门，即便是白天也开了闪烁的小灯招揽生意，来来往往的人多极了。

黎江看着不是第一次来这里，倒是挺熟练地找了几家小店面，带着黎舟走进去，低声对他道："我之前来这里买过电子配件，这边什么都有，有时候还能弄到主板。哥你进去挑挑吧。"

黎舟还是第一次来这种地方，觉得很新鲜，进去之后发现店面虽小，但摆放着的东西种类却非常丰富，从柜台到墙壁，恨不得每一寸地方都摆满了才好。尤其是各类瑞士军刀，做工优良，整套放在盒子里一看就知道是好东西。

黎舟瞧上一把瑞士军刀，拿在手里看了一下，这个在野外生存用倒是挺方便，各种功能都有。他之前唯一的爱好就是开车出去找个清静的地方休息一下，严格来说不算是户外旅行，只能算是散心。那个时候黎舟也专门买过一些东西，瑞士军刀算是手边常备的一个小玩意儿了，现在拿到手里也觉得挺亲切的。

老板看他们的穿戴就知道有生意要上门，热情地道："这款好，这叫'攀登者'，户外、日常家居都用得到！"他说着展示了七八样功能，"喏，外出旅游也能用，有十四项功能呢，重量也刚好，不到一百克！"

黎舟看了旁边一款，问道："这个呢？"

"那个呀，那个更贵了，"老板拿出来给他看了一下，光重量就比之前那把沉了一倍不止，也大一些，"这个叫'猎人'，加了木锯，是野外生存常用的。锯木头、生火，或者随便砍个粗点的树枝做手杖都好用。这把有红色的，还有新来的迷彩色，野战部队都用这个！”

黎舟笑了一声，在手里摆弄了一下，很快就熟悉起来。军刀质量过关，特有的指南针、剪刀、钳子一类齐全，做工精致，带牛皮刀套，看着就讨人喜欢，他以前用的就是这种。曾经还弄坏了一把，找了好久才收集到一款同样的，他用这个顺手。

不过老板牛吹得有点大，野战部队一般用不到这个，不过卖个噱头。

这家军刀质量好，就是价格有些贵，黎江眼睛都不眨地买下来。他不只买了黎舟选中的这把，连大哥刚才碰过的那把“攀登者”也一起买了。

老板道：“要两把是吗？”

黎江摇头：“四把，这两把一组装一个盒子，要两份一样的。”

老板惊喜地道：“好好！”

四把军刀一千多块钱，这算是他卖出的一张比较大的单子了，而且对方一点都没还价，只是在他拿不一样的颜色的时候严格制止了，他立刻从善如流地拿了两份一模一样的，笑呵呵地道：“其实都是一样的，这俩都是迷彩色，另外那种我怕你们不好分，所以才换了一个红色、一个黑色……”

面前年纪略小的男孩皱眉道：“不用分，一样的就好。”

“哎哎，好！”

这个钱黎江也没让大哥出，只说他赚钱了，他付钱就好。

黎舟就把钱收起来，看弟弟花钱。

一年没见，“小少爷”掏钱的底气足了，花钱的样子也有点帅气。

黎江付完钱后转过头来，就看到大哥在笑着看自己，上前问道：“还要买什么？”

黎舟摇摇头，笑道：“差不多齐了，不如你请我吃饭？”

黎江嘴角上扬，心情看起来很好。他提着手里的盒子先走出去，一边走一边对黎舟道：“我知道一家很好吃的店，我带你去。”

黎家兄弟走出去不久，另一帮少年也走了进来，大部分都是十五六岁的年纪，簇拥着一个个儿有些高的男孩。男孩长相帅气，身上穿着一件时下最流行的兜帽衫，裤子上四五个兜，把一个腰包斜挎在胸前，是少年人里最潮的打扮，也是家长见了最头疼的那种打扮。

“乔佐就是这儿，我哥说了，买军刀找这家没错，他家的最全！”推着他进来的一个男同学热情地道。

乔佐走两步还在回头看，眉头都皱起来。

男同学奇怪地道：“怎么了？你在看啥？”

乔佐站在那儿，困惑地道：“我刚才好像看到那个人了，就长得特别好看的那个，不过人太多，就晃了一下……”

旁边几个男生面面相觑。

另一边，黎舟陪着弟弟吃过饭后，回到了酒店。

他昨天一夜没回来，刚进酒店房间差点以为走错了房间，从走廊到小客厅，甚至连两个卧室之间的墙边都堆满了购物袋。他走进来几步都要小心地迈腿，几乎没有落脚的地方。

叶红玉坐在沙发上正在打开一个新的购物袋，瞧见黎舟进来之后眼睛都亮了，拿出购物袋里的衣服笑道：“小舟回来得正好，来，试试看！”

黎舟躲过了弟弟的攻势，但是没能躲开叶红玉的新衣攻势。换到第七套的时候，他忽然有点想给弟弟打电话了，如果现在跟黎江说一声他想过去住，不知道来不来得及？

黎舟等到傍晚才等来盟军，只是陆老大这个盟军不太靠得住，一进来就先夸奖叶红玉买得好，还问有没有自己的。在得知叶红玉大部分是给黎舟买的之后，他立刻拍板道：“买！明天接着去买！红玉你这事做得就不对了，我得批评你，咱们家啥时候缺过你穿？你穿得好看了，我也有面子是不是！明天我带你去买，衣服首饰全买最贵的！”

叶红玉一边看着儿子穿上新衣服，一边晃了晃手腕笑道：“还去什么呀，我今天买了太多，实在是累了，差点都提不回来呢！”

陆老大大步迈过几个购物袋，走过去狗腿地给她揉了手腕道：“你早说一句，我就不去港口看船了。看船有啥意思，我去给你拎包，我就爱做这些。”

叶红玉被他逗笑了，陆老大一边给她揉手腕，一边给黎舟使眼色让儿子撤退。

他也只能保护到这儿了。

黎舟看着坐在一堆购物袋里，已经开始顶替自己被叶红玉打扮的陆老大，心想，或许应该让叶红玉和黎江多接触一下，俩人看起来都是购物狂，应该有不少共同语言。

第十四章
探　险

黎舟没有在家换几天衣服，就等来了弟弟的消息，说龙岛探险的活动要开始了。

黎舟提前一天去了外公那边住下，打算第二天和弟弟一同过去。

陆老大送他去的时候十分不舍，替黎舟背着包一直到黎家大门口才给他。

黎舟接过来掂了一下就觉得不太对，当着陆老大的面打开包拿了两盒“饼干”出来，里面果然塞了对折捆好的几摞钱，扎实地塞在里面。要不是饼干盒是硬壳的，估计要被撑破了。

黎舟把那两盒饼干放回陆老大手里，对他道：“爸，这个我用不到。再说有规定，去了岛上都是集体活动，也没有能用钱的地方。”

陆老大皱着眉头道：“一点都不行？拿一半吧。”

黎舟摇摇头：“真不用。”

陆老大这么多年都没亲手照顾过儿子，打从见到黎舟之后就高兴得不知道怎么宠他才好，除了往儿子手里大把大把地塞零花钱，也不知道该怎么表达这份父爱，现在钱都送不出去了，一时纠结得眉头都皱了起来。

黎舟对他道：“我想要买几本书，早上写了单子放在妈妈那边了。”

陆老大立刻道：“我去买！”他有事要做就特别开心，拍着胸口道，“儿子你放心，下个星期你夏令营一结束，爸爸就带着书去接你，保管一本都不少！”

黎舟笑了一声，点头应了。

陆老大送了他之后，很快就回去了。瞧着他风风火火的样子，估计当天下午就会直奔书店。

黎家的两个孩子要去参加夏令营，家里准备的东西也不少。刁明山是真心疼爱他们，也不管他们自己买了多少，又亲自去找了一份送来，现在都放在客厅里，任由他们挑选。

黎舟进来的时候，就看到弟弟正在拆刁明山送来的那几个登山包，挑了几样小东西拼凑到自己的包里。黎舟走过去帮忙，黎江刚开始还捂着包不肯，但大哥在他身边蹲下以后，他也捂不住了，含糊道：“我就是多拿了两件，有备无患。”

黎舟没听明白，但看了弟弟的背包一眼后就发觉里面装的一大半都是自己的衣物，甚至还有一双备用拖鞋。难怪包被塞得鼓鼓囊囊的，连拉链都要拉不上了。

黎舟把拖鞋拿出来，衣服也收拾了几件一并拿出来：“这些用不着，我自己也带了换洗的衣服。”

黎江张了张嘴，没有说什么，但一直看着。等黎舟拿第四件衣服出来的时候，他才忍不住小声提了意见：“可是那件好看啊！”

这话太耳熟，早上的时候叶红玉给他往背包里装衣服的时候也是这么说的。黎舟低头一边收拾一边道：“我包里带的足够了，不用好看，实用就行。”

黎江看看大哥，过了好一会儿才勉强道：“行吧。”

两个星期说长不长，说短也不算短，黎舟只收拾了一个简单的背包，带了两身替换衣服和一点随身物品，最后帮弟弟也收拾完毕。虽然东西还是挺多，但是已经比之前好很多了。

夏令营在 G 市属于这两年刚火起来的一个新兴项目。这次送孩子来营地集合的车可多了，有几辆挂了两地车牌的车，黄色底牌上的“港”字十分醒目。

从车上下来一个十五六岁的少年，个子高挑，看起来是个小帅哥。就是他一身衣服穿得太潮，印着醒目嘻哈字母的 T 恤和满是口袋的迷彩裤，裤子松松垮垮，快要掉下来似的，脚上踩着一双崭新的红白经典配色的 AJ 运动鞋。同龄人见了羡慕，长辈却觉得他跟穿了一身破烂没什么两样。

乔佐站在那儿揉了一会儿眼睛才反应过来到了那里，司机下车帮他取了行李，大概是想送他到报到处，但是被他拒绝了：“我自己去就行了，你回去跟我大哥他们讲，我游戏机放客厅等我回来还要接着通关的，不要碰……”他一边这么说着，一边背上那个登山包走了。

乔佐进去报名以后，也有人认出来，低声道：“是乔家的小孩。”

“港城乔家？”

“可不就是那位。去年就听说乔家也来这边投资房产了。”

“乔家靠船起家，一整个船队都在呢，哪能一下全换了血？怕是让家里的晚辈出来探探路。不过我们也不用想了，乔家和黎家关系好，有黎家在这边，咱们也别费那个工夫了。”

“他在哪所学校读书啊？”

…………

报到处外讨论得热闹，里面的学生也三五成群地和自己学校认识的人聚集在一处，彼此见了正在打招呼。

黎家兄弟来得早，正坐在休息室里说话。黎江的那些同学陆续也到了，瞧见他都特别高兴，直接奔着他走过来：“老大，你这么早就来了啊！”

黎江点点头，见他们好奇地看着自己身边的人，介绍道：“这是我哥。”

那几个人就站在那儿跟着喊了一声“大哥”，黎舟点头应了，也留心观察了一下。弟弟跳级两年，现在跟他在一个年级读书，身边这帮同学里有一个比弟弟高一些的，大部分倒是和黎江差不多。几个人凑在一处说话也都是以黎江为主导，看起来并没有在学校遇到什么麻烦。

其中一个叫任远的男孩凑了过来，拿出一张小地图道：“老大，我弄到一份内部情报，据说是岛上的小地图，你看看能用吗？”

黎江拿过来打开和大哥一起看了，他记性好，才扫了两眼就皱起眉头道：“不对，这地图哪儿来的？山崖的位置都不对。”

任远愣了一下，道：“啊？不对吗？我特意花钱买的，说是之前去过的人画的呀。”

黎江把图还给他，道：“不用了，我自己也准备了。”

任远一边不死心地收起来放好，一边问道：“老大你也买地图了？”

“嗯。”

“哪儿买的啊？情报可靠吗？”

“我和大哥刚在门口书报亭买的，全市通用。”

“……”

任远感觉自己被打开了新思路，看着他们老大肃然起敬，这倒也是一个办法啊！

几个学生围着黎江叽叽喳喳，都在讨论这次探险的事。他们上一次输得太惨，比隔壁那所私立学校少了十几分，简直是耻辱啊！不过上次黎江没有参与活动，他们这回把希望都寄托在黎家兄弟身上。尤其是任远，他之前帮着定夏令营人员名单的时候可是听他们老大亲口说的，会请一个特别厉害的外援！

就在同学们兴奋地讨论的时候，通知很快就下来了，这次“龙岛探险”的规则改变了，他们自己带来的东西需要上交，人也按学校被分成几个小队，每一队最多十个人。黎江他们学校凑了两队，其他学校也被乱七八糟地分好了队，紧跟着就有老师通知他们把随身物品交上去。

领队老师道：“这是通信器和信号弹，发给小队长拿着。除此之外，每个人只能带七件物品。”

周围的学生一片哗然，不只黎江他们这边愣了，还有不少直接跟领队老师吵起来的。这帮人带了不少东西，有些甚至连吊床都带了，旅行箱都有两个。

“哪一队选好了，就可以坐快艇过去。岛上会有物资补给，包括食物、饮水和帐篷，这两周都会陆续投放到补给点。”领队老师道。

“补给点在哪里？”黎舟先交了东西。

“需要自己去寻找，会有题目通知，大家要一路留神观察。”领队老师收了他的包，做好了登记后对他道，“实在坚持不下去的同学可以用通信器和岛上的领队老师联系，那边有医生和生活老师，可以提前帮你们返航。但是离开龙岛就表示放弃探险资格，小队成员少一位就会有相应的扣分，还请大家珍惜名额，维护团队荣誉。”

黎舟点点头，看向弟弟。

黎江自然也跟着他一起交了自己的背包，有同学领了队长的物品过来，递给黎江。黎江看向大哥，见大哥摇头，就自己收进了包里。

接下来黎江除了挑选自己必带的物品外，还和其他同学一起低声商议，进行团队选择。

黎舟站在一旁看着弟弟分派工作，板着脸干活的小少爷还挺招人喜欢的。

在其他人还在闹的时候，黎江他们小队率先完成了分工，第一队坐快艇出发了。

其他人见状也不吵了，有些拽着同队的人赶紧也办“手续”，选好物品就急忙跟上去。

六七所学校的人都在大厅里，大概有十几个队伍，乔佐带的小队在最边上。

乔佐胳膊上戴着一个小队长的标志，心里特别不高兴。他们小队和其他队一样狼狈，地上都是打开的旅行包，里面的衣服和零食都被翻得乱七八糟堆在地上，他新买的游戏机也被扔在那里。

同队的一个书呆子抱着一本电子词典舍不得放下：“我……我有一些单词还没背好，我想带这个……”

乔佐看见了，点头道：“那就带上啊！”

“老大，这个不太好吧，电子词典又没什么用，不如让他拿一件雨衣……”

“你管好你自己就行了，管别人干什么？”乔佐满不在乎，要不是奶奶给他带了五双袜子，他实在没有名额，他也会拿游戏机的。幸好五双袜子算一包，只占一个名额，不然袜子都带不起了。

快艇走了大概半个小时，就到了龙岛。

黎江他们小队是第一个到的，也可以第一个领旗子。岛上负责物品交接的老师道：“这是你们的队旗，在上面写上你们小队的名字。”

黎江毫不犹豫地写了“Hero（英雄）”。

黎舟则观察周围，虽然夏令营范围很大，但是都做了精心的布置，有不少老师在岛上接应，还有临时搭建的帐篷做医护中心，看起来比较正规，想来也是做了许多应急措施，准备得十分周全。

跟黎舟想的一样，岛上的老师也一再跟这帮孩子重复道：“通信器在小队长手里，还有信号弹，如果身体不适或者有什么特殊情况就通知老师，我们会第一时间赶过去，回家是允许的。”

刚来的这帮小孩哪会愿意当逃兵，一个个兴奋地拿了东西，左顾右看，还准备往前冲呢！

黎舟跟着一起体验了一下，他们第一组进来，很快就顺着提示找到了补给点。

“用足球踢中对应数字可以得到补给物品……”读了在补给点贴的那张通知后，有同学开始猜测道，“老大，是不是踢得越高东西越好啊？”

黎江抬头看了一眼隔着一道障碍的一排靶子，白底黑字，清楚地贴了数字，越高的地方的数字越小，困难越大。

周围的人怂恿黎江踢最高的那个，黎江也没客气，拿了足球过来在脚下钩了一下。试了试感觉后，他一脚飞射球就以一个刁钻的角度冲着最高处的那个数字而去。只听“砰”的一声，连数字带木靶一起掉了下来。

“哇！”

“中了！踢中了！快看看是什么！”

一个同学去捡了木板做的靶子过来，但半路被一个工作人员拦住，工作人员跟他交涉了一下，然后把木板靶子要了回去，只给了他一张字条。那个男同学乐呵呵地跑回来道：“老大、老大中了一顶帐篷！就是老师说让你不要那么大力气，只要留下球印就行了，不然踢坏了靶子等会儿来的同学就没法再用了。”

黎江点点头，又踢了几次球。

一共十次机会，黎江例无虚发，最差的一个也中了一盏露营灯。这还是在帐篷已经足够的情况下，他故意放了点水，踢中了别的东西。

同队的同学乐坏了，都跑去工作人员那边领物品。这比他们自己带东西来要快乐得多，感觉像是跟在队长身后白捡呀！

黎江没去，看到大哥过来，还做了几个颠球的动作，最后用脚钩住，稳稳地踩在地面上。

黎舟夸奖道：“踢得不错。”

黎江的额头上有点薄汗，听到这话勾了嘴角：“我还会其他的。这边没草坪，下次做给你看。”

黎舟就喜欢他这种骄傲的小模样，瞧见就想起卡片上活力四射的小狮子，点头笑道：“好。”

这会儿要是黎家的摄影师在这边，肯定要大呼稀奇了。毕竟他当初想拍张黎江踢球的照片，对方可是臭着一张脸说自己不是玩杂耍的。

估计现在的黎江完全忘了自己之前说的话了。

黎江他们这一队有八个人，两个女生、六个男生，领了三顶帐篷和一些炊具、露营灯、食品等。其中一顶是高山帐篷，巨大无比，可以睡全队人都不嫌挤，也是黎江踢中最高处那个数字拿到的物资。

拿这三顶帐篷已经是最多的了，高山帐篷实在太沉，再多给他们物资也拿不动，算了下人数也够用，就没再要了。同组的两个女生用了一顶帐篷，另外黎家兄弟用了一顶帐篷，其他人则睡那顶巨大的帐篷。

这帮小孩没有什么经验，但黎舟有露营的经历，就指挥他们做一些事情。他们先找了背风的地方支撑好帐篷，又让女生去洗锅碗一类的东西。这一代老被叫小皇帝，其实真放在一个特定的环境里，动手能力也不差。刚开始搭建帐篷的时候闹了点笑话，但很快他们就一起动手笑嘻嘻地搭好了。尤其是那顶巨大的高山帐篷，黎舟也没有用过，大家一边看着说明书，一边动手弄好。

“哎，你们看，说明书上说这个能防十二级大风……”

“这里也没有这么大的风啦！”

一般旅游不适合用这个，但放在这个地方可以很多人一起住，倒是挺方便。毕竟抗风力强，空间大，体验感还是非常不错的。

搭建好帐篷以后，男生们又弄了个篝火，晚上大家凑在一起煮了点东西吃。大概因为是自己弄的，大家吃得津津有味。

他们这一队物资丰富，晚上还有露营灯在，吃饱喝足后大家还有心情凑在一起聊天说笑。等睡觉的时候，每个人都有一个最基础的简易睡袋，大部分人还挺满意的。尤其是男生那边睡高山帐篷的，收拾得像是一个大通铺，还有人乐得在里面打滚。

晚上还有人过来叫黎江，问他要不要过去一起睡：“那边空间大，再睡三四个人都没问题！”

黎江摇头道：“不去了，我和我哥睡这儿就行。”

黎舟在水边简单地洗漱了一下，走到帐篷这边看见弟弟已经进去等着了，蹲下问他：“高兴吗？”

“嗯。”

黎舟的眼睛弯了一下：“下次再带你来露营。”

黎江愣了一下，不过很快就点头道：“好。”

再和大哥一起来露营，好像听着也不错。

他们这里弄得好，但也有队伍运气不是那么好。

乔佐他们那边踢球的技术实在是太差，最后被迫放弃，换了另一项能完成的任务，和其他几个小队竞争了半个下午才抢到一点物资，炊具更是没有。他们队只捡了一个铁头盔，全队凑在一处篝火那儿眼巴巴地等着用那个头盔煮饭吃。

乔佐带着一帮人像是野人，但煮东西还不错。就一个头盔，乔佐就下令加快速度做饭，把压缩饼干和午餐肉胡乱煮在里面。要不是他们阻止，乔佐还想试试看放一只螃蟹进去，做个甜味“蟹粥”。

他们这一队人多一些，有十个人，里面有三个女生。

刚开始的时候还有人偷偷去看乔佐，觉得他帅。但吃完晚饭后，乔佐放下筷子，严肃地道：“既然来了，那就要按惯例来，我先开个头。”

“什么？”

乔佐盘腿坐在那儿，拿了个手电筒打开托住下巴，从下往上打了一束光，整个人脸都变蓝了：“就是讲——鬼——故——事——”

“啊啊啊！”

“咯咯——能不能让我把最后一口吃完再开灯？咯咯——吓死我了！”

“乔老大你别这样，我想回家啊妈妈！”

几个队员捧着碗吃得眼泪汪汪，开始想家了。

乔佐讲故事的时候把同队的人吓得吱哇乱叫，就属他们这里最热闹。不过别人说的时候乔佐就抗议：“狐狸精有什么不好的？干什么针对人家啊！”

“没有啊，故事本来就是这样的，这才讲了一半，后面要讲狐狸精报恩嫁……”

乔佐更不满意了：“不是前面已经帮了很多忙吗？人类怎么这么贪心，不许嫁给那个书生，换个结局！”

讲故事的同学一脸蒙。

不过碍于乔佐的威胁，最后他还是硬改了结局，给了点钱就算完事。

乔佐满意了，点头表示接受。

等到晚上的时候，唯一的帐篷给了女生们用，乔佐和其他男生用的是睡袋。兵荒马乱的一天，大家都累了，也没怎么嫌弃这样的环境就睡着了。乔佐晚上喝多了汤，被尿憋醒，从睡袋里爬起来准备找地方放放水。但是他找好地方以后，站在月光下就听到附近有窸窸窣窣的声音，整个人忽然就清醒了大半。

声音越来越清晰，在夜里尤其引人浮想，连脚踩在掉落在地上的树枝的声音都听得很清楚。

乔佐放在裤带上的手都抓紧了一些，不敢解开了。脑海里翻涌的都是自己晚上带头讲的那些故事，他把一只手放在胸口摸了一把挂着的那两串项链，其中有一个上面还串了一颗不起眼的狗牙……想到这里，乔佐壮着胆子准备回去，但一转身就踩到了什么东西，发出“咔嚓”一声。

“谁？”

乔佐的头发都要竖起来了，眼泪在眼眶里打转，不敢动也不敢吭声。

很快就有人过来了，问道：“谁在那儿？”

乔佐没吭声，连呼吸都快不敢了。

黎舟走到他面前的时候，就看到一个学生模样的男孩，了然地道：“是来参加夏令营的同学吧。”说着黎舟又往那边走了两步。

乔佐的喉结滚动两下，看着对方走过来，眼睛都直了。

是那个……总是在雨天出现的“漂亮朋友”啊……乔佐盯着他，心想他怎么会在这儿。不过他很快想到这里也算是山上，那么“漂亮朋友”住在这里也挺正常。

黎舟手里握着一支小手电筒，只能照亮脚边的位置，走过来后晃了晃，问他：“同学，你是不是遇到什么麻烦了？需要帮忙吗？”

乔佐看着他，眼神十分古怪，眉头都快打结了，一副欲言又止的样子。

黎舟又向前走了一步，对面站着的那个少年忽然从兜里掏出一个三角形的纸团，并举得高高的！

黎舟被他吓了一跳，脚下正好有个坑洼的地方，没站好晃了一下，对面那个傻小子立刻就放下纸团跑过来握着他的手。不过刚碰到，他立刻又松开了，手忙脚乱地问他黎舟：“没事吧，疼不疼啊？我……我……我不知道这么灵……”

黎舟：“啊？”

乔佐摸遍全身，找了三个纸团出来，一脸挣扎的表情，还是放在了一旁几步远的地方，很快他又靠近了，紧张地吞了口口水问道：“有感觉吗？”

黎舟：“啊？”

这孩子瞧着挺热心的，人也不错，就是脑子不太好使。

黎舟安抚地问道：“你晚上出来有事吗？有没有什么需要帮忙的？”他以为男孩是落单了，毕竟是夏令营里的同学，都是一帮半大的小孩。他弟弟就在后面不远处，如果真碰到要帮忙的，可以帮着用通信器联络老师带这个人离开。

乔佐看着他，脸都红了，觉得眼前站着的这个人在月光下更好看了，简直就是餐风饮露一般，浑身上下都打了柔和的光。他哪里好意思说自己是出来撒尿的，简直就是当着仙人行粗鄙之事啊！他憋红了脸道：“我……我出来找点东西。”

黎舟点点头，他和弟弟也是晚上出来找线索的，听完对他道：“这边没什么东西了，你回去吧。”

乔佐的胆子大了点，磕巴着问道：“你要回家了吗？”

“不回家，我去找其他人。”

乔佐误会了，立刻追问道：“那你还会来找我吗？”

黎舟被他逗乐了，笑道：“以后有机会一定能见到。先走了，很晚了，你也快点回去吧。”

“哦哦，好！”

黎舟也没多管他，这附近有不少领队老师在，安全得很。他打着手电筒慢慢往回走着，没一会儿就碰到了提着灯走过来的黎江，于是走过去问道：“找到了吗？”

黎江点头道：“找到了，哥你猜得没错，第二天的集合点是做了荧光标记，已经找到了，我们明天直接过去就行。”

“好。”

黎江还在看着他这边，问道：“我刚刚好像听见有人说话。”

“嗯，碰到一个同学，可能是其他队迷路的吧。”

“哦，下次遇到你带他来找我，我手边有通信器，我可以帮他找岛上的老师。”黎江自然地牵着大哥的手腕，一边走一边道，“也不是所有人都适合这里，有些就特别娇气，刚才还听到通知说有一个人退出了……”

另一边，乔佐晕晕乎乎地回去，整个人像是脚踩着棉花，都是飘着的。

他回到宿营地坐了一会儿，先是傻笑，后又皱眉。

最后还是憋不住了，才想起来自己都没来得及撒尿，他不敢一个人去，抓着旁边和他的睡袋挨着的一个男同学的肩膀晃了两下，问道：“哎，老赵醒醒！”

对方睡得迷迷糊糊的，好半天才反应过来：“啊？”

“你想不想去尿尿？”

“我不是很想……”

“你想。走，我陪你去。”

乔佐就拽着身边的男同学一起去了，步伐十分坚定。

第二天，乔佐顶着两个黑眼圈，早饭都没吃两口，全程一脸凝重的表情。

旁边的男同学半夜起来了一趟却也不碍什么事，胃口好得很。乔佐吃不下的东西全分给他，他也乐得吃了两份，一边吃还一边问道：“老大咱们今天走哪个方向？昨天那个路口做了十字标记，可以分四条路走呢！我早上去打水的时候瞧见已经有两个小队提前出发了。”

乔佐点点头，瞧着有些心不在焉。

男同学问道：“老大你怎么了？”

乔佐挣扎了一会儿，还是对他说：“我昨天又碰到那个人了，就……特别漂亮的那个啦。他以为我遇到了麻烦，你说他一直跟着我是不是来报恩……”

他话还没说完旁边的男同学就被早饭呛住，大声咳嗽起来，好一会儿才涨红着脸道：“老大不是吧，你昨天晚上又……又……看见了？”

过了一会儿，乔佐又拧了眉头，沉声道：“没理由啊！”

男同学问道：“什么？”

乔佐喃喃：“他没理由会忘记我啊！”不是他自吹，就他这长相也是全校的门面担当，校草级别了，不说每天收到情书，但也差不多了，跟他示好的女生不知道有多少，怎么着也算是能让人留点印象吧？

一夜兴奋后，乔佐终于冷静下来，发现了一个残酷的事实。

他认出了“漂亮朋友”，但对方好像没认出他啊！

乔佐皱着眉头，一脸的不痛快。

黎江他们队走得靠前，一路探索。

比起比赛，他们这一队人比较像是在郊游，队伍里的气氛非常轻松。女孩们手里还拿着刚摘的野花，一路小声地说笑。而队伍里刚多了一辆自行车，虽然在树林里只能推着车子走，却也比人搬帐篷快得多。

过了几天，大家已经习惯了有什么事就去问黎家兄弟，而且队里还有个不成文的规定，小事问黎江，大事问黎舟。黎江是他们学校里成绩最好的，各方面出类拔萃，他作表率都听黎舟的，后面跟着的这帮小孩也都跟着一起听话。

全队人分工合作，各司其职，相处特别愉快。

就是有些人跟着黎江一起喊“大哥”的时候，黎队长的脸色有些不太好看，却也没说什么。

他们一路按照提示走，一路破题通关，目前是最快的一个小队，而且是在没有一个人掉队情况下的第一名。

毕竟是夏令营，每天的任务大部分是让队员分工合作，体验生活，并没有太难的生存挑战。黎江他们小队每次都占了先机，这次也率先到达驻扎地，挑了靠近海边的一个位置。

这边有两条小船，是当地渔民出海打鱼回来放着的，已经闲置了一段日子。大概是废弃不用的，而周围的岩石一圈都做了标记，划了安全范围。

黎舟没参与他们的任务，他昨天单独解了一道数学题，给全队加了分，所以今天得到了休息的特权。

附近几棵树上挂了吊床，他去那边找了一处躺下，双手枕在脑后，看着不远处的景色。

远处有白色灯塔，背后是老榕树盘根错节地生长，海边礁石上白色的浪花不断冲击着，发出轻微的“唰唰”声，耳边还有少年们的欢声笑语，不用特意修饰，就是一幅美好的画卷。

自行车上的帐篷已经拆了下来，几个男孩熟练地搭建起来。有调皮的男孩在海边骑自行车，把车把上的铃铛按得叮叮当当响。还有一个同学今天破解关卡题目的时候赢了一把吉他，这会儿正在几个男孩女孩的热切关注下矜持地拨动琴弦，发出一阵轻快的音乐声。

黎舟闭着眼睛听了一会儿，于他而言，这算是休闲而奢侈的午后时光了。

以前的他从来没有过属于自己的时间，忙邱城食品厂的事也有些不自觉地进入工作狂状态。这几天和外界隔开才算是彻底放松下来，节奏也慢了下来。

黎舟听了一会儿，起身走了几步，旁边有跑动着搬东西的同学看到他，乐颠颠地问道："大哥去哪儿？要帮忙吗？"

黎舟摇头笑道："不用，我就去海边走走。"

"哎！"

而另一边，乔佐他们小队也在一路艰难地走过来。

乔佐用树枝挑着自己那双AJ运动鞋，把树枝扛在肩上，自己则穿了好几双袜子把脚套起来，绑了点树皮勉强做了双"草鞋"穿。

旁边的同学看了一会儿，忍不住小声道："老大，要不你还是穿鞋吧，前面要到海边礁石了，路上肯定有水。"

乔佐道："有水才不能穿啊！"

"鞋子本来就是穿的啊……"

"胡说！"乔佐一脸严肃，"这是鞋吗？这是信仰。"

乔佐坚持不肯弄脏自己的宝贝鞋子，把奶奶给他带上的五双袜子都套上，一路艰难地带队，好歹到了海边的礁石附近。他们小队选了另一条路，拿到的提示是要在礁石附近寻找一张卡牌。比赛过去几天，他们已经摸清了规则，当天一般会有一道题目让他们做出选择，会前进一段路，路上有未知的困难，克服之后才可以继续前进。而只有一直前行走到最后终点的队伍才能获胜。

乔佐的运气不错，他们小队虽然看起来惨兮兮的，队伍里的三个女生都退出了比赛——她们实在不敢也不想听鬼故事，但也正因为剩下的都是"糙汉子"，才能在乔佐横冲直撞一路向前的带领下跑到前面。

在昨天的通报中，乔佐的小队目前排名第二。

乔佐他们一帮人跟野小子没什么两样，一个人肩上背着一个睡袋凑过来认真研究刚找到的线索。那是一张画了奇怪线条的纸，上面一些数字没写完，还有一些长短不一的线条。

“这是什么？老大，是不是摩斯密码啊？”

“不是吧，这不是还有数字？不会又让解数学题探索位置吧？”

乔佐的手指在空中比画了几下，皱眉道：“我怎么觉得像什么曲子，有点熟悉……”他比画了两下之后，问后面的队员，“有人懂乐器吗？我只会弹一点钢琴，这个谱子有点印象，但我记不清是什么了。”

后面有个戴眼镜的男生举了手，扶着鼻梁上的眼镜道：“我、我会。”

他走过来看了一下，手指弹了琴谱，有些空白的地方也哼着补上了，瞧着并没有遇到什么困难，过了没一会儿就道：“这是德彪西的一首曲子，我爸巡演的时候弹过，我记得叫《风与海的对话》。”

夏令营的出题老师第一时间拿到队员们的简历后，出了相应的题目，这道待补充完全的钢琴曲的题目就是专门为有音乐专长的学生准备的。他们的原意是如果有人拿到这道题目，可以和其他小队交换，互助合作完成任务。不过乔佐他们走运，靠自己的小队就搞定了。

乔佐想了一会儿，道：“风与海，那可能就在岸边。你们几个去沙滩边找找，来两个人跟我去礁石那儿找找看。”他把宝贝鞋子给了留在岸边的一个同学，又叮嘱道，“照顾好它，别碰到水啊！”

他自己不在乎水，但特别宝贝鞋子，见那个男同学一再保证了，这才带人去了礁石那边。

留在岸边找“风与海的对话”的几个男生也是一脸茫然，他们虽然解开了这道超级难的题目，但是对找什么还是一头雾水，只能努力到处翻找观望。瞧见不远处已经有其他小队生起篝火在煮饭，他们忍不住羡慕道：“好香啊，他们吃得真好，怎么还有牛肉罐头啊？”

另外一个男生也闻了一下，道：“香。”这么说着，他还“咕咚”一声咽了口口水。

夏令营最基本的食物还是能保证的，实在找不到任何食物的小队可以去领一荤一素两道菜和不限量的米饭，只是需要扣一点队伍的总分。他们昨天就忍不住领了一次，但是在得知自己小队是第二名后就不舍得扣分了，毕竟他们还有争夺第一的希望呀。

而在不远处，黎江把牛肉罐头放进锅里煮了一会儿，再加了几个番茄，闻起来味道很不错。做好这些以后，他起身却找不到自己的大哥了，问了旁边几个同学才知道黎舟说去海边走走。他没有多想，立刻起身找了过去。

黎舟在礁石边找了几个被冲上来的小海星，挑了其中漂亮点的一个拿在手里，其余的又扔了回去。他没找到花纹好看的贝壳，正在低头继续寻找，就听到不远处传来喧哗声，吵吵闹闹，像有什么事发生。

他起身找过去，走近了就听到海边大概齐腰高的水里有人在争吵。一个声音高些的有些不讲理，另一个态度也没好到哪里去，声音低，听不清说了什么，但冷嘲热讽的意味浓厚，老远听着那一声冷笑就知道是不好惹的家伙。

“你拉我‘做咩’（干吗）啊！我要去‘揶嘢’（捡东西）啊！你……放手！”

低声的那个少年冷着脸甩开他的手，自己往岸边走，嘴里不知说了一句什么，立刻又把后面那个穿蓝色T恤的男孩激怒了，穿蓝色T恤的男孩蹚着海水几步追上来，抓着他的肩膀道：“喂！你讲‘边个’（谁）啊？”

黎江伸手把额前的湿发捋到脑后，冷眼看他道：“说你，笨蛋。”

乔佐简直要气炸了，要不是旁边有人拦着，眼瞅着就要冲过去和对方打一架，普通话都说不利索，抬脚就要踹对方：“有种别走，喂！黎江你每次都是故意的是不是？你们放手，他就是故意不让我捞东西，破坏我做任务！”

黎江的脸色也很难看，走上来的时候正好看到大哥，一时愣怔道：“哥，我刚才是……”

乔佐也挣脱了周围的人，气急败坏地走过来：“你说清楚，怎么可能看错人，你看错谁……”

两个打架的都不吭声了，站在那儿大眼瞪小眼。一模一样的问题少年，一模一样湿漉漉的狼狈样子。只是黎江抿着唇脸色不好，旁边的乔佐看看黎舟又看看自己，忽然伸手拽着自己身上那件蓝色T恤道：“啊，这个……真的一样。等一下，黎江他是你大哥？”

黎江道：“是。”

乔佐比他还不能接受，一脸震惊：“他怎么会是你大哥啊！”

黎江憋着一口气冷声道："他就是我哥，我喊了十几年，难道我连自己哥哥都不认识吗？"

黎舟已经脱下自己的外套给弟弟披上："怎么回事？"

黎江想说，但旁边的乔佐比他还积极，跟过来一边走一边跟黎舟说话。黎江自然不乐意，两个人抢着把事情说了一遍，其间互相拆台，冷嘲热讽，黎舟听了好一会儿总算听明白了。

乔佐他们小队在这边找线索，乔佐不知道怎么想的，觉得线索或许是在海水里，就仗着自己水性好跳下去找了一圈。他跳水很突然，旁边几个同学吓得吱哇乱叫。正好黎江赶了过来，大老远只看到一抹蓝色，也没多想就跟着跳下去把人给硬拽了回来——今天黎舟穿的恰好也是蓝色衣服。

乔佐被拽上来很生气，因为他要下去捞东西。黎江把他弄上岸第一眼瞧见是乔佐后，比他还生气，扭头就走。两个人你顶我一句，我骂你一句，没走到岸边就吵起来了。

不过吵架快，转机来得也快，几乎是在黎舟伸手跟乔佐他们做自我介绍的那一刻，乔佐立刻就喜笑颜开，忘了吵架的事，热情地道："大哥你是不知道，我之前见到你的时候还吓了一跳，以为你一路跟着我从山上过来……"

黎江披着他哥的衣服站在一旁，听完忍不住冷声道："你胡说八道什么？我哥是跟我来的。"

乔佐摆摆手道："哎呀你不懂，我上次就是在山上见到大哥的。"

"那是我哥，你喊什么！"

"那我不喊大哥，难道喊名字？"

"滚！"

两边眼瞅着又要掐起来，黎舟立刻制止道："好了，别吵，你们身上的衣服都湿了，赶紧回去换一下，晚了一会儿起风会冷，小心感冒。"

乔佐连连点头，又问："大哥你们在哪里露营啊？"

黎舟指了指不远处的露营区道："那里。"

乔佐两眼放光道："好巧啊！我们也是在那里哎！"

黎江看着他一双眼睛都要喷火了，这帮人，睡袋都放在礁石那边堆着根本就还没找露营地好吗！这股怒火眼看就要克制不住，他的手腕就被人握住，像是被下了咒语一样，到了嘴边的话都被咽了回去，他只冷冷地看着乔佐。

黎舟牵着弟弟的手，对乔佐他们道：“找到露营地就好，记得要在老师划的区域里，别乱跑。我先带黎江回去换衣服了，下次再聊。”

（未完待续）

番 外
小愿望

黎江小时候最讨厌的就是过节了。

逢年过节，他和哥哥就要陪着父亲在亲戚面前表演一出家庭和睦的戏码。

今年中秋又是这样。

黎江木着脸坐在高椅上，身上穿了一身板正但束缚的小西装，自己拿了勺子喝汤。而在奢华厚重的桌布的遮挡下，他人小腿短，两条腿百无聊赖地一晃一晃，够不到地面。

黎江不爱搭理父亲的这些所谓的亲戚，觉得他们都讨厌极了，一年到头见不到一两次，但重要的节日却一定要来掺和——今天可是中秋啊，应该是家人团聚的日子。如果他们不在，他就可以去见妈妈了。

想到这里，黎江一边撇嘴，一边偷偷去看旁边的大哥。

黎舟比他稍大一些，穿着同款衣服，只是把外套脱了放在一旁，身上穿着刺绣暗纹的白衬衫和背带长裤，略长的刘海儿刚好没有遮挡住双眼，露出精致的容貌，是个漂亮的小少年。他和弟弟黎江一样，面上都没有太多表情，规矩地吃着饭，并不多话。

黎江用手指碰碰哥哥，起初没有得到哥哥的回应，黎江有些生气，又去扯哥哥的衬衫袖口。

这次得到了些许回应，一旁的黎舟握着他的小手放在桌布下面，往他的掌心里塞了一颗糖。

黎江得到哥哥的重视，一下就不生气了。

好像被哥哥安抚一下，心里那头憋着气到处乱撞的小兽也跟着没那么暴躁了。

一颗糖的安抚显然是短暂的，万幸在黎江爆发之前哥哥就察觉到了他的小情绪，很快再次牵住他的小手低声问："要出去吗？"

黎江闷闷地点头，说话还带着傲气的小奶音："要。"

身旁坐着的哥哥就代替他去交涉，对坐在一旁的父亲道："爸，我带黎江去外面玩。"

江心远此刻已经吹嘘完大儿子的成绩和小儿子的天赋，正被奉承着，得意地道："去吧，别走太远，在花园玩的时候让他们看着些。"

一旁的江家人开始吹捧："是是，这边度假酒店的花园太大了，跟迷宫似的，可得找人看着。不过叔已经把这边都包下来了，安全，倒是可以放心。没外人，哈哈。"说完那人又连声夸道，"今年多亏了叔给我们找了这么好的去处，还能来度假酒店享几天福……"

奉承不断，黎江听得心烦，从高椅上蹦下来跑出去，接下来的话被厚重的木门隔开，慢慢就听不清了。

黎江只听到跟在自己身后的脚步声，大概是离开父亲身边，哥哥也放松了一点，轻轻舒了一口气。

黎江气得哼了一声，扭头转身踢了一下木门。

"黎江！"

"我讨厌他们！"

小孩儿毫不掩饰，气得俨然要奓毛："为什么我要陪他们吃饭？我才不想来，我想陪妈妈一起吃饭！"他指着房门，气呼呼地道，"爸爸也是，他最近都不去看妈妈了，让她一个人住在山上！"

他身后的哥哥黎舟微微皱着眉，站在那儿不说话。

黎江自幼跟哥哥亲厚，扑过去抱住哥哥，委屈地说："哥哥，我讨厌他们。"

半晌，他如愿听到一句叹息，紧接着一双温暖的手落在他的脑袋上，轻轻揉了两下，说："爸爸做得确实不对，我也不喜欢这里。等过两天，刁叔会来带我们去见妈妈。"

黎江还小，听到大哥这样说，知道他是站在自己这边的，立刻就高兴起来，抱着他的腰蹭了蹭，小声哼唧：“哥，你给刁叔打电话，让他现在就来。”

这次他被哥哥弹了一下脑门，道：“不许得寸进尺。”

虽然得到了小惩罚，但哥哥还是妥协了，答应陪他一整天。

黎江得意扬扬，他就知道，从小到大哥哥是最疼他的。哥哥虽然嘴上严厉，但每次都会先让步。

度假酒店外面的小花园里都是江家亲戚们的小孩在玩耍，黎江半点也不想和他们一起。他觉得对方连“赫兹函数”都不知道，真是没劲透了。而且那边好几个小姑娘一直盯着他哥哥看，这让黎江心中的警惕性提高——他当然知道自己大哥天下第一好，绝对不能让人抢了去！

黎江还有一点洁癖，挑来挑去，最后选择了回房间玩。

他们住的是顶楼的大套间，黎江这次带了不少礼物，有些还未拆开。他本想和大哥一起玩游戏的，但回到房间后就看到哥哥打了一通电话，让人送东西上来。

黎江兴奋地道：“哥哥，是什么好玩的？”

黎舟道：“不是什么好玩的，我做点东西。”

黎江举高手，表示也要参加。黎舟歪头看了他片刻，略微犹豫了一下，点头道：“也可以，但是你一会儿不许淘气，要按我说的来。”

片刻后，酒店的人送了整套的糕点用具过来。一起上来的还有一位厨师，站在一旁小心翼翼地教两个孩子做月饼。

黎江是小孩子心性，平时又喜欢玩电子产品，很快就对做点心没了兴趣，偷偷拿沾了面粉的小手去牵哥哥的衣袖：“哥，我捏不圆……”

“我来。”

随口一句撒娇的话就被哥哥重视，黎舟弄完手中的月饼之后，就认真地帮他的忙。

黎江也不好意思再闹，手托着下巴看哥哥用模具压出一块块漂亮的小月饼，忍不住“咯咯”直乐：“好漂亮，哥哥，我们多做一点给妈妈带过去好不好？”

“嗯，就是给妈妈做的。”

黎江高兴起来，欢呼雀跃：“那多做一点，也给刁叔和外公吃。”

月饼烤了一大盘，每一块都精巧可爱，还冒着热气和特有的奶香味。黎江拿了一块月饼，对着它吹了几口气，然后咬了一口，吃到满口枣泥。他坐在沙发上忍不住踐脚晃了晃，举着手里的大半块月饼递到哥哥的嘴边：“哥，好好吃！你尝一口——”

黎舟低头咬了一口，慢慢品尝。

月饼不算太甜，放的枣泥据说是这边的特产。将晒干后的红枣洗净蒸熟，去皮去核，挖出满勺的枣泥，馅料带着枣的甘甜，吃起来并不腻。

兄弟二人分吃一块月饼，黎江吃得开心，又拿了一个。但这次他没有吃，而是抬头好奇地问道：“哥，中秋节只吃月饼吗？没有红包可以拿？”

黎舟道：“没有吧，过年才有红包。”

“哦，那我在这块月饼上插蜡烛，可以许愿吗？”

“或许可以？”

黎舟一向宠弟弟，在兄弟俩讨论的工夫，他就让人送了一盒彩色的生日蜡烛上来，并帮着弟弟插在了月饼上。幸而月饼刚烤出来，松软，很容易就插上了蜡烛。

尽管只是一点烛火，但黎舟还是谨慎地把弟弟抱起来放在自己腿上。只是他年纪并不大，黎舟只能尽量抱着保护一下：“好了，可以许愿了。”

黎江的脸蛋肉嘟嘟的，说的话带着稚气的认真：“我想让爸爸搬到山上住，让妈妈回家来！”

第二个愿望他也说得超大声：“妈妈回家，但没有那么多工作，一直陪着我和哥哥！”

黎舟提醒他：“第三个愿望不可以说出来。”

黎江闻言，闭上眼睛，默默地在心里许愿——

我想快点儿长大，一家人开开心心，永远在一起！

很多年后，黎舟南下离开家，黎江独自一人待在 B 市。

小少爷偶尔也会梦到当年那块插着蜡烛的月饼。他想：一定是当年的那块月饼太小，无法承载他那么多的愿望，要不然为什么他许下的愿望一个都没有实现呢？